Dir lieber Schatz
zum 49-sten für
Zeiten wo Du
wieder Zeit zum
lesen hast.
  Dein Juro
24/2/94

Der Wilde Schub
zum Ey-stehen für
Schau wo Du
wieder Zeit zum
leben hast. ♥
Dein Jens
24/2/94

MULTATULI

MAX HAVELAAR

ODER DIE KAFFEEVERSTEIGERUNGEN DER NIEDERLÄNDISCHEN HANDELSGESELLSCHAFT

aus dem Niederländischen übertragen von

Martina den Hertog-Vogt

BRUCKNER & THÜNKER

Die Gedichte wurden von Hans Combecher
aus dem Niederländischen übertragen.

Oft habe ich Dichterfrauen klagen hören, und gewiß können sie, um dieser schwierigen Sendung mit Würde gerecht zu werden, keine Eigenschaft im Übermaß besitzen. Die seltenste Vereinigung von Vorzügen erfüllt nur das streng Notwendige und reicht sogar nicht immer zum gemeinsamen Glück. Das Dasein einer Dichterfrau besteht zumeist in dem Zwang, auch in vertrautesten Stunden die Muse als Dritte mit sich und ihrem Gatten zu sehen. Kommt er durch die Enttäuschungen seiner Mühe erschöpft wieder, so muß die Frau den Dichter, der ihr ehelich verbunden ist, in ihre Arme nehmen und zärtlich pflegen. Oder aber er entflieht ihren Augen, um das Gebilde seines Wahnes zu verfolgen. Ja, doch es gibt auch den Ausgleich der Stunden, in denen er des im Schweiße seines Genies errungenen Lorbeers froh wird. Und andächtig legt er ihn zu Füßen der in legitimer Liebe seiner harrenden Frau nieder, zu den Knien der Antigone, die ihm, dem blind Umherschweifenden, als Führerin dient.

Denn, irren Sie sich nicht: fast alle Nachfahren Homers sind auf ihre Weise mehr oder weniger blind. Sie sehen, was wir nicht sehen, ihre Blicke schweben höher auf und dringen tiefer als die unsrigen. Aber sie vermögen nicht gerade vor sich ihren bescheidenen Weg zu sehen, und sie wären imstande, zu straucheln und sich am kleinsten Kiesel den Knöchel zu zerbrechen, müßten sie ohne Stütze dahinwandeln, in den Tagen der Prosa, in denen das Leben behaust ist.

Henry de Pène

Gerichtsdiener: Herr Richter, das ist der Mann, der Barbertje ermordet hat.
Richter: Der Mann soll hängen. Wie hat er das angefangen?
Gerichtsdiener: Er hat sie in kleine Stücke geschnitten und eingesalzen.
Richter: Dann hat er sehr ungerecht gehandelt. Er soll hängen.
Lothario: Herr Richter, ich habe Barbertje nicht ermordet! Ich habe sie gespeist, gekleidet und versorgt. Es gibt Zeugen, die erklären werden, daß ich ein guter Mensch bin, und kein Mörder.
Richter: Mann, du sollst hängen! Du erschwerst dein Verbrechen durch Hochmut. Es steht jemandem, der... einer Tat beschuldigt wird, nicht zu, sich für einen guten Menschen zu halten.
Lothario: Aber Herr Richter, es gibt Zeugen, die es bestätigen werden. Und da ich nun des Mordes beschuldigt werde...
Richter: Du sollst hängen! Du hast Barbertje in Stücke geschnitten, eingesalzen, und du bist von dir selbst eingenommen... drei Kapitalverbrechen! Wer bist du, Weib?
Weib: Ich bin Barbertje.
Lohtario: Gott sei Dank! Herr Richter, Ihr seht, daß ich sie nicht ermordet habe.
Richter: Hm... ja... so! Aber das Einsalzen?
Barbertje: Nein, Herr Richter, er hat mich nicht eingesalzen. Er hat mir im Gegenteil viel Gutes getan. Er ist ein edler Mensch!
Lothario: Ihr hört es, Herr Richter, sie sagt, daß ich ein guter Mensch bin.

Richter: Hm... der dritte Punkt bleibt bestehen. Gerichtsdiener, führe diesen Mann ab, er soll hängen. Er ist des Hochmuts schuldig. Schriftführer, zitieren Sie in den Prämissen die Jurisprudenz von Lessings Patriarchen.

(unveröffentlichtes Bühnenstück)

Erstes Kapitel

Ich bin Makler in Kaffee und wohne an der Lauriergracht N°37. Es gehört nicht zu meinen Gewohnheiten, Romane zu schreiben oder ähnliche Dinge, und es hat auch lange gedauert, bis ich dazu überging, einige Ries Papier zusätzlich zu bestellen und das Werk zu beginnen, das Sie, verehrter Leser, soeben zur Hand genommen haben, und das Sie lesen sollten, wenn Sie Makler in Kaffee sind oder etwas anderes. Nicht nur schrieb ich nie so etwas wie einen Roman, ich liebe es nicht einmal, solches zu lesen, da ich ein Mann der Geschäfte bin. Seit Jahren frage ich mich, wozu solche Dinge dienen, und ich wundere mich über die Unverfrorenheit, mit der ein Dichter oder ein Romanerzähler Ihnen etwas weiszumachen wagt, das nie geschah und meistens nie geschehen kann. Wenn ich in *meinem* Beruf – ich bin Makler in Kaffee und wohne an der Lauriergracht N° 37 – einem Prinzipal – ein Prinzipal ist jemand, der Kaffee verkauft – eine Aufstellung machen würde, in der nur ein kleiner Teil der Unwahrheiten vorkäme, wie sie in Gedichten und Romanen die Hauptsache ausmachen, würde er unverzüglich zu Busselinck & Waterman gehen. Das sind ebenfalls Makler in Kaffee, doch ihre Adresse brauchen Sie nicht zu wissen. Ich achte also schon darauf, daß ich keine Romane schreibe oder andere falsche Angaben mache. Ich habe immerwieder festgestellt, daß es Menschen, die sich auf solche Dinge einlassen, gewöhnlich schlecht ergeht. Ich bin dreiundvierzig Jahre alt, besuche seit zwanzig Jahren die Börse und kann mich also getrost melden, wenn man jemanden verlangt, der Geschäftssinn hat. Ich habe schon einige Häuser fallen sehen! Und wenn ich den Ursachen auf den Grund ging, kam es mir so vor, als müßten diese in der falschen Richtung gesucht werden, die den meisten bereits in ihrer Jugend gegeben wurde.

Ich sage: *Wahrheit* und *gesunder Menschenverstand*, und dabei bleibe ich. Für die *Heilige Schrift* mache ich natürlich eine Ausnahme. Der Fehler beginnt schon bei Van Alphen, und da auch gleich im ersten Satz über die »Lieben Kinderchen«. Was in aller Welt konnte diesen alten Herrn dazu bewegen, sich als einen Anbeter meiner Schwester Truitje, die ein Augenleiden hatte, auszugeben, oder meines Bruders Gerrit, der immer an seiner Nase herumspielte? Und dennoch, er sagte: »daß er diese Verse sang, von *Liebe* gedrängt«. Ich dachte oftmals als Kind: Mann, Ihnen würde ich gerne einmal begegnen, und wenn Sie mir die Marmorklicker verweigerten, um die ich Sie bitten würde, oder meinen Namen ausgeschrieben in Gebäck – ich heiße *Batavus* –, dann sind Sie ein Lügner. Aber ich habe Van Alphen nie gesehen. Er war bereits tot, glaube ich, als er uns erzählte: mein Vater sei mein bester Freund – ich mochte Pauweltje Winser lieber, der neben uns in der Batavierstraat wohnte – und daß mein kleiner Hund so dankbar sei. Wir hielten keine Hunde, weil sie so unsauber sind.

Alles Lügen! So geht dann die Erziehung weiter.

Das neue Schwesterchen ist von der Gemüsefrau gekommen in einem großen Kohlkopf. Alle Holländer sind tapfer und edelmütig. Die Römer waren froh, daß die Batavier sie am Leben ließen. Der Bei von Tunis bekam einen Kolik, als er das Flattern der niederländischen Fahne hörte. Der Herzog Alba war ein Untier. Die Ebbe, 1672, glaube ich, dauerte etwas länger als gewöhnlich, absichtlich, um die Niederlande zu schützen. Lügen! Die Niederlande sind *die Niederlande* geblieben, weil unsere Vorfahren gut auf ihre Geschäfte achteten, und weil sie den wahren Glauben hatten. Das ist der Punkt!

Und dann kommen später wieder andere Lügen. Ein Mädchen ist ein Engel. Wer das zuerst entdeckte, hat nie Schwestern gehabt. Liebe ist Glückseligkeit. Man flieht mit dem einen oder anderen Gegenstand ans Ende der Welt. Die Welt hat keine Enden, und Liebe ist auch eine Dummheit. Niemand kann behaupten, daß ich nicht gut lebe mit meiner Frau – sie ist eine Tochter von Last & C°, Makler in Kaffee –, niemand kann etwas an unserer Ehe aussetzen. Ich bin Mitglied von *Artis*, sie hat einen Schallong von zweiundneunzig Gulden, und von solch einer törichten Liebe, die unbedingt am anderen Ende der Welt wohnen will, ist zwischen uns nie die Rede gewesen. Als wir heirateten, haben wir einen Ausflug nach Den Haag unternommen – sie hat dort Flanell gekauft, von dem ich jetzt noch die Unterhemden trage –, und ferner hat uns die Liebe nie in die Welt hinaus gejagt. Also: Alles Torheit und Lügen!

Und soll *meine* Ehe deshalb weniger glücklich sein als die anderer Menschen, die sich aus Liebe die Schwindsucht zuziehen oder sich die Haare ausreißen? Oder denken Sie vielleicht, daß mein Haushalt weniger gut in Ordnung ist als er es wäre, hätte ich vor siebzehn Jahren meinem Mädchen in *Versen* gesagt, daß ich sie heiraten wollte? Torheit! Ich hätte es ebenso gut tun können wie jeder andere, denn Verse zu machen ist sicher weniger schwierig als Elfenbein drechseln. Wie sollten sonst die Bonbons mit Sprüchen so billig sein? Und wie steht dagegen der Preis für einen Satz Billardkugeln?

Ich habe nichts gegen Verse an sich. Möchte man die Worte in Reih und Glied ordnen, gut! Aber sage nichts, was nicht wahr ist. *»Die Luft ist kalt, und vier schlägt's bald.«* Das lasse ich gelten, wenn es tatsächlich *kalt* ist und *bald vier* schlägt. Wenn es aber viertel vor drei ist, kann ich, der ich meine Worte nicht in Reih und Glied ordne, sagen: »*Die Luft ist kalt, und es ist viertel vor drei*«. Der Versemacher ist durch die *Kälte* in der ersten Zeile an die volle Stunde gebunden. Es muß für ihn *bald ein, zwei* Uhr usw. sein, oder aber die Luft darf nicht kalt sein. *Sieben* verbietet sich schon durch das Versmaß. Da fängt er dann an zu pfuschen! Entweder das Wetter muß geändert werden, oder die Zeit. Eines von beiden ist dann gelogen.

Und nicht nur die Verse verführen die Jugend zur Unwahrheit. Gehen Sie nur einmal ins Theater und hören Sie da, welche Lügen an den Mann gebracht werden. Der Held des Stückes wird aus dem Wasser gerettet von jemandem, der kurz vor dem Bankrott steht. Dann schenkt er ihm sein halbes Vermögen. Das kann nicht wahr sein. Als vor kurzem an der Prinzengracht mein Hut vom Wind ins Wasser geweht wurde, habe ich dem Mann, der ihn mir zurückbrachte, einen Groschen gegeben, und er war zufrieden. Ich weiß schon, daß ich ihm mehr hätte geben müssen, hätte er mich selbst aus dem Wasser gerettet, aber sicher nicht mein halbes Vermögen. Es liegt auf der Hand, daß man so nur zweimal ins Wasser zu fallen braucht, um bettelarm zu werden. Das Schlimmste bei solchen Darbietungen auf der Bühne ist, daß das Publikum sich derart an diese Unwahrheiten gewöhnt, daß sie ihm gefallen und es sie bejubelt. Ich hatte manchmal gute Lust, das ganze Parterre ins Wasser zu werfen, um herauszufinden, wer dieses Zujubeln ehrlich gemeint hatte. Ich, der die Wahrheit liebt, warne jeden, daß ich für's Herausfischen meiner Person keinen so hohen Lohn bezahlen werde. Wer sich mit weniger nicht zufrieden gibt, soll mich liegen lassen. Nur an Sonntagen würde ich etwas mehr geben, weil ich dann meine goldene Kette trage und einen anderen Rock.

Ja, die Bühne verdirbt viele, mehr noch als die Romane. Es ist so anschaulich! Mit etwas Flittergold und etwas Spitze aus Papier sieht alles so anziehend aus. Für Kinder, meine ich, und für Leute, die nicht im Geschäftsleben stehen. Sogar wenn diese Schauspieler Armut darstellen wollen, ist ihre Vorstellung immer lügenhaft. Ein Mädchen, dessen Vater bankrott ging, arbeitet, um ihre Familie zu ernähren. Sehr schön. Da sitzt sie dann und näht, strickt oder stickt. Aber man zähle nur einmal die Maschen, die sie strickt während des gesamten Aktes. Sie redet, sie seufzt, sie geht zum Fenster, aber arbeiten tut sie nicht. Die Familie, die von solch einer Arbeit leben kann, braucht wenig. So ein Mädchen ist natürlich die Heldin. Sie hat einige Verführer die Treppe hinuntergeworfen, sie ruft fortwährend »Oh, meine Mutter, oh meine Mutter!«, und stellt folglich die Tugend dar. Was ist das für eine Tugend, die ein ganzes Jahr für ein Paar Kniestrümpfe benötigt? Gibt dies nicht eine falsche Vorstellung von Tugend und von »*Arbeiten, um zu essen*«? Alles Torheit und Lügen!

Dann kehrt ihr erster Liebhaber – der früher Schreiber am Kopierbuch war, jetzt aber steinreich ist – plötzlich zurück und heiratet sie. Auch wieder Lügen. Wer Geld hat, der heiratet kein Mädchen aus bankrottem Hause. Und wenn Sie meinen, daß das auf der Bühne als Ausnahme akzeptiert werden kann, bleibt dennoch meine Bemerkung stehen, daß man den Wahrheitssinn beim Volk verdirbt, das die Ausnahme als Regel auffaßt, und daß man die öffentliche Sittlichkeit untergräbt, indem man es daran gewöhnt, etwas auf der *Bühne* zu bejubeln, das in der *Welt* von jedem vernünftigen Makler oder Kaufmann für lächerlichen Schwachsinn gehalten wird. Als *ich* heiratete, waren wir im Büro meines Schwiegervaters – Last & C° – zu dreizehn, und es war allerhand los!

Und noch mehr Lügen auf der Bühne. Wenn der Held mit seinen steifen Schauspielschritten abtritt, um das unterdrückte Vaterland zu retten, warum öffnet sich dann die doppelte Hintertür von selbst? Und weiter, wie kann die Person, die in Versen spricht, vorhersehen, was der andere als Antwort gibt, damit es sich reimt? Wenn der Feldherr zur Prinzessin sagt: »*Gnädige Frau, es ist zu spät, die Tore sind geschlossen*«, wie kann er dann im voraus wissen, daß sie sagen will: »*Wohlan denn, unverzagt, man soll das Schwert entblößen*«? Denn wenn sie nun, da sie hört, daß die Tore geschlossen seien, antwortete, daß sie dann warten möchte, bis sie geöffnet würden, oder daß sie ein anderes Mal wiederkommen wolle, wo blieben dann Versmaß und Reim? Ist es also nicht reine Lüge, wenn der Feldherr die Prinzessin fragend anblickt, um zu erfahren, was sie nach dem Schließen der Tore tun will? Noch einmal: wenn die gute Frau nun Lust gehabt hätte, sich schlafen zu legen, anstatt etwas zu entblößen? Alles Lügen!

Und dann die belohnte Tugend! Oh, oh, oh! Ich bin seit siebzehn Jahren Makler in Kaffee – Lauriergracht N° 37 – und habe also schon einiges mitgemacht, aber es widerstrebt mir immer schrecklich, wenn ich sehe, wie die gute, liebe Wahrheit derartig verdreht wird. Belohnte Tugend? Ist es nicht, als wenn man aus der Tugend einen Handelsartikel machen wollte? Es *ist* nicht so in der Welt. Und es ist *gut*, daß es nicht so ist. Denn wo bliebe der Verdienst, wenn die Tugend belohnt würde? Warum also werden diese infamen Lügen immer wieder aufgetischt?

Da ist zum Beispiel Lukas, unser Lagerhausknecht, der schon beim Vater von Last & C° gearbeitet hat – die Firma hieß damals Last & Meyer, aber die Meyers sind schon längst draußen –, das war ein sehr tugendhafter Mann. Keine Bohne fehlte jemals, er ging immer in die Kirche, und er trank nicht. Wenn mein Schwiegervater auf seinem Landsitz in Driebergen war, hütete er das Haus und die Kasse und alles andere auch. Einmal hatte er auf der Bank siebzehn Gulden zuviel erhalten, und er brachte sie zurück. Er ist jetzt alt und hat die Gicht und kann uns nicht mehr dienen. Jetzt hat er nichts, denn bei uns ist viel los, und wir brauchen junge Leute. Nun, ich halte diesen Lukas für sehr tugendhaft, aber wird er dafür jetzt belohnt? Kommt da ein Prinz, der ihm Diamanten schenkt, oder eine Fee, die ihm die Brote schmiert? Bestimmt nicht! Er ist arm, und er bleibt arm, und das muß auch so sein. *Ich* kann ihm nicht helfen – denn wir brauchen junge Leute, weil bei uns soviel los ist –, aber auch wenn ich *könnte*, wo bliebe denn sein Verdienst, wenn er jetzt auf seine alten Tage ein bequemes Leben führen könnte? Dann würden am Ende alle Lagerhausknechte tugendhaft, und auch sonst jeder, was nicht in Gottes Absicht liegen kann, weil der Himmel sonst keine besondere Belohnung für die Braven mehr wäre. Aber auf der Bühne verdrehen sie das... alles Lügen!

Ich bin auch tugendhaft, aber erbitte ich hierfür eine Belohnung? Wenn meine Geschäfte gut gehen – und das tun sie –, wenn meine Frau und meine Kinder gesund sind, so daß ich keinen Ärger habe mit Arzt und Apotheker... wenn ich alle Jahre eine gewisse Summe auf die Seite legen kann für den Lebensabend... wenn Fritz sich gut macht, so daß er später meinen Platz einnehmen kann, wenn ich mich in Driebergen zur Ruhe setze... sehen Sie, dann bin ich sehr zufrieden. Aber dies alles ist eine natürliche Folge der Umstände, und weil ich auf meine Geschäfte achtgebe. Für meine Tugend verlange ich nichts.

Und daß ich wirklich tugendhaft bin, das erweist sich aus meiner Wahrheitsliebe. Diese ist nach meiner Gläubigkeit meine hauptsächliche Neigung. Ich wünschte, daß Sie hiervon überzeugt wären, weil es die Entschuldigung ist für das Schreiben dieses Buches.

Eine zweite Neigung, die mich gleich stark beherrscht wie die Wahrheitsliebe, ist die Leidenschaft für meinen Beruf. Ich bin nämlich Makler in Kaffee, Lauriergracht N° 37. Nun, lieber Leser, meiner unbeirrbaren Liebe zur Wahrheit und meinem Geschäftseifer haben Sie es zu verdanken, daß diese Seiten geschrieben wurden. Ich werde Ihnen erzählen, wie sich das zugetragen hat. Da ich mich jetzt für einen Augenblick von Ihnen verabschiede – ich muß zur Börse –, lade ich Sie nachher zum zweiten Kapitel ein. Auf Wiedersehen also!

Kommen Sie, stecken Sie es ein... es ist eine geringe Mühe... es kann gelegen kommen... siehe da, da ist sie: meine Visitenkarte! Dieser C° bin ich, seit die *Meyers* draußen sind... der alte Last ist mein Schwiegervater.

> LAST & C°
> **MAKLER IN KAFFEE**
> Lauriergracht N° 37

Zweites Kapitel

Es war flau an der Börse, aber die Frühjahrsauktion wird es wieder in Ordnung bringen. Denken Sie nicht, daß bei uns nichts los ist. Bei Busselinck & Waterman ist es noch flauer. Eine merkwürdige Welt!

Man macht einiges mit, wenn man etwa zwanzig Jahre lang die Börse besucht. Denken Sie nur, daß sie sogar versucht haben – Busselinck & Waterman, meine ich –, mir Ludwig Stern wegzunehmen. Da ich nicht weiß, ob Sie sich an der Börse auskennen, möchte ich Ihnen sagen, daß Stern ein führendes Haus in Kaffee in Hamburg ist, das immer von Last & C° bedient wurde. Ganz zufällig kam ich dahinter... ich meine, hinter die Pfuscherei von Busselinck & Waterman. Sie würden ein viertel Prozent der Courtage nachlassen – Preisbrecher sind es, sonst nichts! – und sehen Sie nur, was ich getan habe, um den Schlag zu parieren. Ein anderer an meiner Stelle hätte vielleicht an Ludwig Stern geschrieben, daß er ebenfalls etwas nachlassen würde und auf Entgegenkommen hoffe, wegen der langjährigen Dienste von Last & C°... Ich habe ausgerechnet, daß die Firma seit gut fünfzig Jahren vierhunderttausend an Stern verdient hat. Die Geschäftsverbindung rührt noch aus der Zeit der Kontinentalsperre her, als wir die Kolonialwaren von Helgoland aus einschmuggelten. Ja, wer weiß, was ein anderer wohl geschrieben hätte. Aber nein, zum Preisbrecher werde ich nicht. Ich bin in das Polnische Kaffeehaus gegangen, ließ mir Feder und Papier geben und schrieb:

Daß die große Ausweitung, welche unsere Geschäfte in letzter Zeit erfahren hätten, vor allem durch die vielen geehrten Orders aus Norddeutschland...

Es ist die reine Wahrheit!

...daß diese Ausweitung eine Mehrung unseres Personals erforderlich gemacht habe.

Es ist die Wahrheit! Gestern Abend erst war der Buchhalter noch nach elf Uhr im Büro, um seine Brille zu suchen.

Daß vor allem ein Bedarf zu verzeichnen sei an anständigen, wohlerzogenen jungen Leuten für die deutschsprachige Korrespondenz. Daß zwar viele deutsche junge Leute, hier in Amsterdam anwesend, hierzu die erforderlichen Befähigungen besäßen, aber daß ein Haus, das sich respektiere...

Es ist die reine Wahrheit!

...bei zunehmendem Leichtsinn und Unsittlichkeit unter den Jugendlichen, bei der täglich wachsenden Zahl der Glücksritter und mit dem Augenmerk auf der Notwendigkeit der Solidität im Betragen, die Hand in Hand gehen muß mit der Solidität in der Ausführung der erteilten Orders...

Es ist, tatsächlich, die reine Wahrheit!

...daß solch ein Haus – ich meine Last & C°, Makler in Kaffee, Lauriergracht N° 37 – *nicht vorsichtig genug sein könne mit dem Engagieren von Mitarbeitern.*

Dies alles ist die reine Wahrheit, Leser! Wissen Sie denn nicht, daß der junge Deutsche, der an der Börse seinen Platz bei Säule 17 hatte, mit der

Tochter von Busselinck & Waterman durchgebrannt ist? Unsere Marie wird im September auch schon dreizehn.

...daß ich die Ehre gehabt hätte, von Herrn Saffeler zu vernehmen – Saffeler reist für Stern –, *daß der sehr geehrte Chef der Firma, der Herr Ludwig Stern, einen Sohn habe, den Herrn Ernst Stern, der zur Vervollständigung seiner kommerziellen Kenntnisse für einige Zeit in einem holländischen Haus angestellt zu werden wünsche. Daß ich im Hinblick auf...*

Hier wiederholte ich wieder all die Sittenlosigkeit und erzählte die Geschichte der Tochter von Busselinck & Waterman. Nicht, um sie anzuschwärzen... nein, Verleumdung liegt nun gerade ganz und gar nicht in meiner Art! Aber... es kann nie schaden, wenn sie davon wissen, meine ich.

...daß ich im Hinblick darauf nichts lieber wünschte, als Herrn Ernst Stern mit der deutschen Korrespondenz unseres Hauses befaßt zu sehen.

Aus Taktgefühl vermied ich sämtliche Anspielungen auf Honorar oder Gehalt. Aber ich fügte hinzu:

Daß, falls Herr Ernst Stern mit dem Aufenthalt in unserem Hause – Lauriergracht N° 37 – *vorlieb nehmen wolle, meine Frau sich dazu bereit erklärte, wie eine Mutter für ihn zu sorgen, und daß seine Wäsche im Hause geflickt werden würde.*

Das ist die reine Wahrheit, denn Marie stopft und flickt ganz manierlich. Und schließlich:

Daß bei uns dem Herrn gedient würde.

Den kann er sich in die Tasche stecken, denn die Sterns sind lutherisch. Und ich versandte meinen Brief. Sie verstehen, daß der alte Stern nicht im Guten zu Busselinck & Waterman wechseln kann, wenn der junge Stern bei uns im Büro angestellt ist. Ich bin sehr neugierig auf die Antwort.

Um wieder auf mein Buch zurückzukommen. Vor einiger Zeit kam ich Abends durch die Kalverstraat und blieb beim Geschäft eines Kolonialwarenhändlers stehen, der sich mit dem Sortieren einer Partie *Java, ordinär, schön-gelb, Cheribonart, leicht gebrochen, mit Spillage* beschäftigte, was mich sehr interessierte, denn ich achte immer auf alles. Da fiel mir auf einmal ein Herr ins Auge, der nebenan vor einer Buchhandlung stand und mir bekannt vorkam. Er schien auch mich zu erkennen, denn unsere Blicke trafen sich fortwährend. Ich muß bekennen, daß ich zu sehr in die Spillage vertieft war, um sogleich zu bemerken, was ich nämlich erst später sah, daß er ziemlich schäbig gekleidet war. Sonst hätte ich die Sache dabei belassen. Aber plötzlich kam mir der Gedanke, er sei vielleicht Reisender eines deutschen Handelshauses, der einen soliden Makler suchte. Er hatte auch etwas von einem Deutschen und auch von einem Reisenden. Er war sehr blond, hatte blaue Augen und in Haltung und Kleidung steckte etwas, das den Fremden verriet. Statt eines vernünftigen Wintermantels hing eine Art Schal über die Schulter, als käme er gerade von einer Reise. Ich meinte einen Kunden zu sehen und gab ihm eine Visitenkarte: *Last & C°*,

Makler in Kaffee, Lauriergracht N° 37. Er betrachtete sie unter der Gaslaterne und sagte: »Ich danke Ihnen, aber ich habe mich wohl geirrt. Ich dachte das Vergnügen zu haben, einen ehemaligen Schulkameraden vor mir zu sehen, aber... *Last?* Das ist nicht der Name.«

»Pardon«, sagte ich – denn ich bin immer höflich –, »Mein Name ist Droogstoppel, Batavus Droogstoppel. *Last & C°* ist die Firma, Makler in Kaffee, Lauriergr...«

»Nun, Droogstoppel, kennst du mich nicht mehr? Sieh mich einmal genau an.«

Je länger ich ihn ansah, um so mehr erinnerte ich mich, ihn öfter gesehen zu haben. Aber, sonderbar, sein Aussehen bewirkte, daß ich fremde Parfümerien roch. Lachen Sie nicht darüber, Leser, gleich werden Sie sehen, wie das kam. Ich bin sicher, daß er keinen Tropfen Duftwerk an sich trug, und dennoch roch ich etwas Angenehmes, etwas Starkes, etwas, das mich erinnerte an... da hatte ich es!

»Sind *Sie* es«, rief ich, »der mich von dem Griechen befreit hat?«

»Sicher«, sagte er, »das war *ich.* Und wie geht es *Ihnen?*«

Ich erzählte, daß wir zu dreizehn im Büro wären, und daß bei uns so viel los sei. Und als ich fragte, wie es ihm ginge, was mir später leid tat, denn seine Lebensumstände schienen nicht günstig zu sein, und ich mag keine armen Leute, weil gewöhnlich eigenes Verschulden mit im Spiel ist, denn der Herr würde niemanden verlassen, der ihm treu gedient hat. Hätte ich einfach gesagt, »wir sind zu dreizehn, und... einen schönen Abend noch!«, so wäre ich ihn los gewesen. Aber durch das Fragen und Antworten wurde es immer schwieriger, von ihm loszukommen. Andererseits muß ich auch wieder bekennen, daß Sie dann dieses Buch nicht zu lesen bekommen hätten, denn es ist die Folge dieser Begegnung. Ich liebe es, das Gute zu bemerken, und die das nicht tun, sind unzufriedene Menschen, die ich nicht leiden kann.

Ja, ja, er war es, der mich aus den Händen des Griechen befreit hatte! Denken Sie jetzt nicht, daß ich jemals in die Hände von Seeräubern gefallen wäre oder daß ich einen Streit in der Levante gehabt hätte. Ich habe Ihnen bereits gesagt, daß ich nach meiner Heirat mit meiner Frau nur nach Den Haag gefahren bin. Dort haben wir das Mauritshuis besichtigt und in der Veenestraat Flanell gekauft. Das ist der einzige Ausflug, den die Geschäfte mir je erlaubt haben, weil bei uns so viel los ist. Nein, in Amsterdam selbst hatte er um meinetwillen einem Griechen die Nase blutig geschlagen. Denn er mischte sich immer in Angelegenheiten, die ihn nichts angingen.

Es war im Jahre drei- oder vierunddreißig, glaube ich, im September, denn es war gerade Jahrmarkt in Amsterdam. Da meine Eltern vorhatten, einen Prediger aus mir zu machen, lernte ich Latein. Später habe ich mich oft gefragt, weshalb man Latein verstehen muß, um auf holländisch zu sagen: »Gott ist gut?« Genug, ich ging in die Lateinschule – heute sagt man *Gymnasium* –, und es war Jahrmarkt... in Amsterdam, meine ich. Auf dem Westermarkt standen Buden, und wenn Sie ein Amsterdamer sind, Leser, und etwa im gleichen Alter wie ich, werden Sie sich erinnern, daß darunter eine war, die durch die schwarzen Augen und die langen Flechten eines Mädchens auffiel, das wie eine Griechin gekleidet war. Auch ihr Vater war Grieche oder sah zumindest aus wie ein Grieche. Sie verkauften allerlei Parfümeriewaren.

Ich war gerade alt genug, um das Mädchen schön zu finden ohne jedoch den Mut zu haben, sie anzusprechen. Dies hätte mir auch wenig genutzt, denn Mädchen mit achtzehn Jahren betrachten einen Jungen mit sechzehn als ein Kind. Und darin haben sie auch zweifellos recht. Dennoch kamen wir Jungs von der *Quarta* abends immer auf den Westermarkt, um das Mädchen zu sehen.

Nun war er, der da vor mir stand mit seinem Schal, einmal mit dabei, obwohl er um einige Jahre jünger war als die anderen und noch zu kindisch, um sich die Griechin anzusehen. Aber er war der *Primus* unserer Klasse – denn gescheit war er, das muß ich zugeben –, und er liebte es zu spielen, zu rangeln und zu kämpfen. Deshalb war er bei uns. Während wir also – wir waren zu zehn – ziemlich weit von der Bude entfernt die Griechin betrachteten und uns berieten, wie wir es anstellen sollten, sie kennenzulernen, wurde beschlossen, Geld zusammenzulegen, um etwas an dieser Bude zu kaufen. Aber da war guter Rat teuer, wer war mutig genug, das Mädchen anzusprechen. Jeder wollte, aber keiner traute sich. Es wurde gelost, und das Los fiel auf mich. Nun gebe ich zu, daß ich nicht gerne Gefahren trotze. Ich bin nur ein Mann und Familienvater und halte jeden, der die Gefahr sucht, für verrückt, so steht es auch in der Heiligen Schrift. Es ist mir in der Tat angenehm zu bemerken, wie ich mir hinsichtlich der Vorstellungen von Gefahr und ähnlichen Dingen treu geblieben bin, daß ich heute darüber noch immer dieselbe Meinung habe wie an diesem Abend, als ich an der Bude des Griechen stand, mit den sechs Groschen, die wir zusammengelegt hatten, in der Hand. Aber siehe, aus falschem Schamgefühl wagte ich nicht zu sagen, daß ich mich nicht traute, und außerdem mußte ich einfach gehen, denn meine Kameraden drängten mich, und bald darauf stand ich vor der Bude.

Das Mädchen sah ich nicht: ich sah gar nichts! Alles wurde grün und gelb vor meinen Augen. Ich stammelte einen *Aoristus Primus* von ich weiß nicht welchem Verb...

»*Plaît-il?*« sagte sie.

Ich sammelte mich einigermaßen und fuhr fort: »*Meenin aeide thea*«, und... daß Ägypten ein Geschenk des Nils sei.

Ich bin davon überzeugt, daß es mir gelungen wäre, ihre Bekanntschaft zu machen, hätte einer meiner Kameraden mir nicht in diesem Augenblick aus kindischem Übermut einen Stoß in den

Rücken versetzt, daß ich sehr unsanft gegen den Schaukasten prallte, der auf halber Manneshöhe die Vorderseite der Bude abschloß. Ich fühlte einen Griff im Nacken... einen zweiten Griff viel weiter unten... ich schwebte einen Augenblick... und bevor ich recht begriff, wie die Sache stand, war ich in der Bude des Griechen, der in verständlichem Französisch sagte, ich sei ein *Gamin* und er würde die Polizei rufen. Jetzt war ich dem Mädchen zwar ganz nah, aber Vergnügen bereitete es mir nicht. Ich weinte und bat um Gnade, denn ich hatte schreckliche Angst. Aber es half nichts. Der Grieche hielt mich fest und schüttelte mich. Ich suchte nach meinen Freunden – wir hatten gerade an diesem Vormittag viel über Scaevola gesprochen, der seine Hand ins Feuer legte, und in ihren lateinischen Aufsätzen hatten sie das so schön gefunden – natürlich! Keiner war dageblieben, um für *mich* die Hand ins Feuer zu legen...

So glaubte ich. Aber siehe, da stürmte plötzlich mein Schalmann durch die Hintertür in die Bude. Er war weder groß noch stark und erst etwa dreizehn Jahre alt, aber er war ein schnelles und tapferes Kerlchen. Jetzt noch sehe ich seine Augen funkeln – sonst waren sie matt – er versetzte dem Griechen einen Fausthieb, und ich war gerettet. Später habe ich erfahren, daß der Grieche ihn kräftig geschlagen hat, aber da ich das feste Prinzip habe, mich nie in Angelegenheiten einzumischen, die mich nichts angehen, bin ich sofort weggerannt. Ich habe es also nicht gesehen.

Das ist der Grund, weshalb seine Züge mich so

an Parfümware erinnern, und wie man in Amsterdam Ärger mit einem Griechen bekommen kann. Wenn auf späteren Jahrmärkten der Mann wieder mit seiner Bude auf dem Westermarkt stand, amüsierte ich mich immer woanders.

Da ich weise Bemerkungen sehr liebe, muß ich Ihnen doch kurz sagen, Leser, wie wunderbar die Dinge dieser Welt zusammenhängen. Wären die Augen des Mädchens weniger schwarz gewesen, hätte sie kürzere Flechten gehabt, hätte man mich nicht gegen den Schaukasten gestoßen, würden Sie jetzt dieses Buch nicht lesen. Seien Sie also dankbar, daß es sich so zugetragen hat. Glauben Sie mir, alles in der Welt ist gut, so wie es ist, und unzufriedene Menschen, die immer klagen, sind nicht meine Freunde. Da ist zum Beispiel Busselinck & Waterman... aber ich sollte lieber fortfahren, denn mein Buch muß fertig sein vor der Frühjahrsauktion.

Rundheraus gesagt – denn ich liebe die Wahrheit –, war mir das Wiedersehen mit dieser Person nicht angenehm. Ich bemerkte sofort, daß dies keine solide Verbindung war. Er sah sehr blaß aus, und als ich ihn fragte, wie spät es sei, wußte er es nicht. Das sind Dinge, auf die ein Mensch achtet, der seit etwa zwanzig Jahren die Börse besucht und schon so viel erlebt hat. Ich habe schon einige Häuser fallen sehen!

Ich dachte, er würde rechts abbiegen, und sagte, ich müsse nach links. Aber siehe, er ging auch nach links, und so konnte ich es nicht verhindern, daß ich in ein Gespräch verwickelt wurde. Doch mußte ich ständig daran denken, daß er nicht wußte, wie spät es war, und bemerkte zudem, daß sein Jackett bis zum Kinn zugeknöpft war – was ein sehr schlechtes Zeichen ist –, so daß ich den Ton der Unterhaltung etwas kühl hielt. Er erzählte mir, daß er in Niederländisch-Indien gewesen sei, daß er verheiratet sei, daß er Kinder habe. Ich hatte nichts dagegen, fand aber auch nichts Wichtiges daran. Bei der Kapelsteeg – ich gehe sonst nie durch diese Gasse, weil es sich für einen anständigen Mann nicht geziemt, finde ich –, aber dieses Mal wollte ich bei der Kapelsteeg rechts abbiegen. Ich wartete, bis wir bereits an der Gasse vorbei waren, um mir ganz sicher zu sein, daß sein Weg geradeaus führte, und dann sagte ich sehr höflich... denn höflich bin ich immer, man kann nie wissen, ob man jemanden später einmal brauchen kann: »Es war mir besonders angenehm, Sie wiederzusehen, Herr... r...r...! Und... und... und... ich empfehle mich! Ich muß hier abbiegen.«

Dann sah er mich ganz komisch an, seufzte und faßte plötzlich einen Knopf meines Mantels...

»Werter Droogstoppel«, sagte er, »ich habe Sie etwas zu fragen.«

Ein Zittern durchfuhr meine Glieder. Er wußte nicht, wie spät es war und wollte mich etwas fragen! Natürlich antwortete ich, ich hätte keine Zeit, und daß ich zur Börse müsse, obwohl es Abend war. Aber wenn man etwa zwanzig Jahre die Börse besucht hat... und jemand möchte einen etwas fragen, ohne zu wissen, wie spät es ist...

Ich löste meinen Knopf aus seinem Griff, grüßte sehr höflich – denn höflich bin ich immer – und ging in die Kapelsteeg, was ich sonst nie tue, weil es nicht anständig ist, und Anstand geht mir über alles. Ich hoffe, daß niemand mich gesehen hat.

Drittes Kapitel

Als ich am Tag darauf von der Börse kam, sagte Fritz, es sei jemand dagewesen, der mich sprechen wollte. Der Beschreibung nach war es der Schalmann. Wie er mich gefunden hatte... nun ja, die Visitenkarte! Ich dachte daran, meine Kinder aus der Schule zu nehmen, denn es ist lästig, noch zwanzig, dreißig Jahre später von einem Klassenkameraden behelligt zu werden, der einen Schal statt eines Mantels trägt und der nicht weiß, wie spät es ist. Auch habe ich Fritz verboten, zum Westermarkt zu gehen, wenn dort die Buden stehen.

Am folgenden Tag erhielt ich einen Brief zusammen mit einem großen Paket. Ich werde Sie den Brief lesen lassen:

»*Werter Droogstoppel!*«

Ich finde, daß er zumindest hätte sagen können: »*Sehr geehrter Herr Droogstoppel*«, weil ich Makler bin.

»*Ich bin gestern bei Ihnen gewesen, um Sie um etwas zu ersuchen. Ich glaube, daß Sie in guten Verhältnissen leben...*«

Das stimmt: wir sind im Büro zu dreizehn.

»*...und ich würde gerne einen Kredit von Ihnen in Anspruch nehmen, um etwas bewerkstelligen zu können, das für mich von großer Wichtigkeit ist.*«

Könnte man da nicht denken, daß es um eine Order auf die Frühjahrsauktion ginge?

»*Durch verschiedene Umstände bin ich im Augenblick ein wenig um Geld verlegen.*«

Ein wenig! Er trug kein Hemd. Das nennt er *ein wenig!*

»*Ich kann meiner lieben Frau nicht alles geben, was zur Verschönerung des Lebens nötig ist, und auch die Erziehung meiner Kinder ist in finanzieller Hinsicht nicht so, wie ich sie mir wünschen würde.*«

Verschönerung des Lebens? Erziehung der Kinder? Denken Sie, daß er für seine Frau eine Loge in der Oper mieten und seine Kinder auf ein Institut in Genf schicken wollte? Es war Herbst und recht kalt... nun, er wohnte auf einem Dachboden, ohne Ofen. Als ich den Brief erhielt, wußte ich dies nicht, aber später bin ich bei ihm gewesen, und heute noch stört mich der alberne Ton seines Schreibens. Meine Güte, wer arm ist, kann doch einfach sagen, daß er arm ist! Arme muß es auch geben, das ist nötig für die Gesellschaft, und so ist es Gottes Wille. Solange er nicht um ein Almosen bittet und niemanden belästigt, habe ich ganz und gar nichts dagegen, daß er arm ist, aber diese Beschönigung der Sache ist unpassend. Hören Sie weiter:

»*Da auf mir die Verpflichtung ruht, die Bedürfnisse der Meinen zu erfüllen, habe ich beschlossen, ein Talent zu gebrauchen, das, wie ich glaube, mir gegeben ist. Ich bin Dichter...*«

Puh! Sie wissen, Leser, was ich und mit mir alle vernünftigen Menschen davon halten.

»*...und Schriftsteller. Seit meiner Kindheit drückte ich meine Regungen in Versen aus, und auch später schrieb ich täglich nieder, was meine*

Seele berührte. Ich glaube, daß sich unter all dem Aufsätze befinden, die von Interesse sind, und suche dafür einen Verleger. Aber gerade das ist das Schwierige. Das Publikum kennt mich nicht, und die Verleger beurteilen ein Werk eher nach dem etablierten Namen des Schriftstellers als nach dem Inhalt.«

Genau wie wir den Kaffee nach dem Renommee der Marken. Aber sicher! Wie wohl sonst?

»Wenn ich also annehmen darf, daß mein Werk nicht ganz ohne Bedeutung ist, so würde sich dies dennoch erst nach der ersten Ausgabe herausstellen, und die Buchhändler verlangen die Zahlung von Drucklohn usw. im Voraus,...«

Darin haben sie auch vollkommen recht.

»...was mir im Augenblick nicht gelegen kommt. Da ich gleichwohl davon überzeugt bin, daß meine Arbeit die Kosten decken würde, und ich wage mein Wort ruhigen Gewissens darauf zu verpfänden, bin ich, ermutigt durch unsere Begegnung von vorgestern...«

Das nennt er ermutigen!

»...zu dem Entschluß gelangt, Sie zu bitten, ob Sie sich bei einem Buchhändler verbürgen würden für die Kosten einer ersten Ausgabe, und sei es nur von einem kleinen Buchteil. Ich überlasse Ihnen ganz die Auswahl der ersten Probe. In dem Paket, das ich anbei mitsende, werden Sie zahlreiche Manuskripte finden und daraus ersehen, daß ich viel nachgedacht, gearbeitet und erlebt habe...«

Ich habe nie gehört, daß er Geschäfte macht.

»...und wenn die Gabe des guten Ausdrucks mir

nicht gänzlich fehlt, so wäre es gewiß nicht durch einen Mangel an Eindrücken, daß ich scheitern würde.

In Erwartung einer wohlwollenden Antwort verbleibe ich als Ihr alter Klassenkamerad...«

Und sein Name stand darunter. Aber den verschweige ich, da ich es nicht liebe, jemanden ins Gerede zu bringen.

Leser, Sie verstehen, wie dumm ich geschaut habe, als man mich da tatsächlich zum Makler in Versen machen wollte. Ich bin sicher, daß dieser Schalmann – so werde ich ihn weiterhin nennen –, hätte er mich bei Tag gesehen, sich mit solch einem Ersuchen nicht an mich gewandt hätte. Denn Würde und Anstand lassen sich nicht verbergen. Aber es war Abend, und ich nehme es mir deshalb nicht zu Herzen.

Es spricht für sich, daß ich von dieser Dummheit nichts wissen wollte. Ich hätte das Paket durch Fritz zurückbringen lassen, aber ich kannte seine Adresse nicht, und er ließ auch nichts von sich hören. Ich dachte, er sei krank oder tot oder etwas ähnliches.

Vorige Woche war das Kränzchen bei Rosemeyers, die in Zucker machen. Fritz war zum ersten Mal mitgegangen. Er ist sechzehn Jahre alt, und ich finde es richtig, daß ein junger Mensch die Welt kennenlernt. Sonst würde er vielleicht zum Westermarkt gehen oder solche Sachen. Die Mädchen hatten Klavier gespielt und gesungen, und beim Dessert neckten sie sich mit etwas, das im vorderen Zimmer geschehen zu sein schien, während wir hinten *Gents Whist* spielten, etwas, in das Fritz verwickelt war. »Ja, ja, Louise«, rief Betsy Rosemeyer, »geweint hast du! Papa, Fritz hat Louise zum Weinen gebracht.«

Meine Frau sagte hierauf, daß Fritz dann fortan nicht mehr mitkommen dürfe zum Kränzchen. Sie dachte, er hätte Louise gezwickt oder etwas ähnliches getan, was sich nicht gehört, und auch ich machte mich bereit, um ein herzhaftes Wörtchen hinzuzufügen, als Louise rief: »Nein, nein, Fritz ist sehr lieb gewesen! Ich wollte, er würde es noch einmal tun!«

Was denn wohl? Er hatte sie nicht gezwickt, er hatte rezitiert, da haben Sie es.

Natürlich sieht die Frau des Hauses es gerne, wenn zum Dessert etwas Nettes geboten wird. Das rundet ab. Die gnädige Frau Rosemeyer – die Rosemeyers lassen sich *gnädige Frau* nennen, weil sie in Zucker machen und einen Anteil an einem Schiff besitzen –, die gnädige Frau Rosemeyer begriff, daß das, was Louise zum Weinen gebracht hatte, auch uns amüsieren würde, und bat Fritz, der puterrot geworden war, um ein Dakapo. Ich wußte nicht um alles in der Welt, was er denn wohl vorgetragen hatte, denn ich kannte sein Repertoire haargenau. Es bestand aus: *Die Götterhochzeit, die Bücher des alten Testaments in Versform* und eine Episode aus der *Hochzeit von Kamacho*, was den jungen Leuten immer so gefällt, weil so etwas wie ein Brillengucker darin vorkommt. Was bei all dem sein konnte, das Tränen entlockte, war mir ein Rätsel. Aber es stimmt, so ein Mädchen weint schnell.

»Bitte, Fritz! Ach, ja, Fritz! Komm, Fritz!« So ging es, und Fritz begann. Da ich die Neugier des Lesers nicht unnötig steigern möchte, werde ich gleich an dieser Stelle sagen, daß sie zu Hause das Paket von Schalmann geöffnet hatten. Daraus hatten Fritz und Marie eine Naseweisheit und eine Sentimentalität geschöpft, die später viel Ärger in mein Haus gebracht haben. Dennoch muß ich gestehen, Leser, daß auch dieses Buch aus jenem Paket stammt, und ich werde mich nachher gebührend dafür verantworten, denn ich lege großen Wert darauf, daß man mich als jemanden betrachtet, der die Wahrheit liebt, und der seine Geschäfte korrekt tätigt. Unsere Firma heißt *Last & C°, Makler in Kaffee, Lauriergracht, N° 37.*

Anschließend rezitierte Fritz ein Stück, das aus lauter Unsinn bestand. Es hatte einfach keinen Zusammenhang. Ein junger Mensch schreibt an seine Mutter, daß er verliebt gewesen sei und daß sein Mädchen einen anderen geheiratet habe – womit sie vollkommen recht hatte, finde ich –, daß er jedoch, dessen ungeachtet, seine Mutter immer sehr geliebt habe. Sind diese letzten drei Zeilen klar oder nicht? Finden Sie, daß viel Aufhebens nötig ist, um das zu sagen? Nun, ich habe ein Brötchen mit Käse gegessen, danach zwei Birnen geschält, und ich war gut zur Hälfte fertig mit dem Verzehr der dritten, ehe Fritz seine Erzählung beendet hatte. Aber Louise weinte wieder, und die Damen sagten, daß es sehr schön sei. Dann erzählte Fritz, der scheinbar meinte, ein großes Stück vorgetragen zu haben, daß er das Stück in dem Paket des Mannes, der einen Schal trüge, gefunden habe, und ich erklärte den Herren, wie dasselbe in mein Haus gelangt war. Von der Griechin jedoch sprach ich nicht, weil Fritz dabei war, und auch sagte ich nichts vom Kapelsteeg. Jeder fand, daß ich richtig gehandelt hatte, mich des Mannes zu entledigen. Nachher werden Sie sehen, daß auch noch andere Dinge von soliderer Art in diesem Paket waren, von denen das eine oder andere in dieses Buch aufgenommen wurde, da die *Kaffeeauktionen der Handelsgesellschaft* damit im Zusammenhang stehen. Denn ich lebe für meinen Beruf.

Später fragte mich der Verleger, ob ich nicht hinzufügen wollte, was Fritz rezitiert hatte. Ich will das wohl tun, unter der Voraussetzung, daß man wohl wisse, daß ich mich nicht mit solchen Dingen abgebe. Alles Lügen und Torheit! Ich halte meine Bemerkungen zurück, sonst wird mein Buch zu dick. Ich möchte nur dazu sagen, daß die Erzählung etwa um 1843 in der Nähe von Padang geschrieben wurde, und daß dies eine unbedeutende Marke ist. Der Kaffee, meine ich.

Mutter, ich bin weit weg vom Land,
Wo das Leben mir ward eingegossen,
Wo meine ersten Tränen flossen,
Wo ich aufwuchs an deiner Hand…
Wo deiner Mutter Treu der Seel',
Des Knaben ihre Sorgen weihte,
Und ihm liebreich stand zur Seite,
Und ihn aufhob, wenn er fiel…

Scheinbar trennt das Los die Bande,
Die uns banden, grausam ganz entzwei...
Ich stehe hier an fremdem Strande,
Mit mir selbst und Gott allein...
Aber, Mutter, was mich betrübte,
Was Freud oder Leid mir gab,
Mutter, zweifle an der Liebe,
An des Sohnes Herz doch nicht!

Es ist noch kaum zwei paar Jahre her,
Als ich letzt in jenem Land,
Schweigend an dem Ufer stand,
Um die Zukunft zu erspähn...
Als erklang des Schönen Ruf,
Aus der Zukunft, heiß ersehnt,
Und ich das Heute stolz verlachte,
Und mir Paradiese schuf...
Und trotz Abgrund,
Der zu meinen Füßen gähnte,
Das Herz sich träumend selig wähnte...

Doch die Zeit seit letztem Abschied,
Wie geschwind uns auch entzogen,
Unbegreiflich blitzeschnell,
Wie im Traum vorbeigeflogen...
Und sie ließ im Weiterschreiten,
Tiefe, tiefe Spuren nach!
Ich schmeckte Freud und Schmerz zugleich,
Ich hab gedacht und auch gestritten,
Ich hab gejauchzt und auch gebetet,
Mir ist, als flögen die Äonen hin!
Ich hab nach Lebenskraft gestrebt,

Ich hab gefunden und verloren,
Und, ein Kind noch kurz zuvor,
Jahr in einer Stund erlebt!

Aber doch Mutter woll' es glauben,
Bei dem Himmel, der mich sieht,
Mutter! woll' es doch glauben,
Nein, dein Kind vergaß dich nie!

Ich liebte ein Mädchen. Mein ganzes Leben
schien mir durch die Liebe rein,
Ich sah in ihr die Ehrenkrone
Als Endlohn meines Strebens,
Mir von Gott zum Ziel gegeben.
Selig durch den reinen Schatz
Den seine Sorgen mir zuerkannt,
Der seine Gunst geschenkt hat,
Dankte ich ihm mit einer Träne in den Augen,
Liebe war eins mit Religion...
Und's Gemüt, das verzückt
Dankend sich zum Herrn erhob,
Dankte und bat für sie allein!

Sorge bracht die Liebe,
Unruh quälte mir mein Herz,
Unerträglich war der Schmerz,
der mein weich Gemüt durchschnitt,
Ich hab nur Angst und Leid versammelt,
Wo ich höchsten Genuß erwartete,
Und für's Heil, wonach ich strebte,
Ward mir Gift und Weh zuteil...
Ich fand Genuß in leidend Schweigen!

Ich stand standhaft hoffend da,
Unglück ließ den Preis mir steigen,
Ich trug und litt so gern für sie!
Zählte weder Schlag noch Schläge,
Freude zog ich aus Verdruß,
Alles, alles, wollt ich tragen...
Raubt das Los sie mir nur nicht!

Und das Bild, mir das schönste auf Erden,
Das ich mittrug im Gemüt,
Als ein unschätzbar Gut,
Und so treu im Herz bewahrte...
Fremd nur einmal meinen Sinnen!
Und bleibt auch die Liebe fest,
Bis der letzte Atemzug des Lebens,
Mir in einem bess'ren Vaterland,
Endlich sie wird wiedergegeben...
Ich hatte begonnen, sie zu lieben!

Was ist Minne, die einst begann,
Im Vergleich zu der Liebe mit dem Leben,
Dem Kind durch Gott ins Herz gegeben,
Als es noch nicht stammeln konnte?
Als es an der Mutterbrust,
Kaum aus dem Mutterschoß gekommen,
Das erste Naß fand für den Durst,
Das erste Licht der Mutteraugen?
Nein, kein Band, das fester bindet,
Fester Herzen hält umschlossen,
Als das Band von Gott geschlossen,
Zwischen Mutterherz und Kind!
Und ein Herz, das sich so band,
An das Schöne, das eben strahlte,

Das mir nichts als Dornen gab,
Und kein einzig Blümchen flocht...
Könnte dasselbe Herz die Treu,
Des Mutterherzens vergessen?
Und die Liebe einer Frau,
Die meine ersten Kinderschreie,
Auffing in besorgt Gemüt?
Die mich, wenn ich weinte, wiegte,
Tränen von der Wange küßte,
Die mich genährt mit ihrem Blut?

Mutter, woll es niemals glauben,
Bei dem Himmel, der mich sieht,
Mutter, woll es niemals glauben,
Nein, dein Kind vergaß dich nie!

Ich bin hier weit von was das Leben,
Dort uns Süßes und Schönes kann geben,
Und Genuß der frühen Jahre,
Oft gerühmt und hoch gepriesen,
Kann wohl hier mein Teil nicht sein:
Einsam Herz kennt keine Freude,
Steil und dornig meine Wege,
Unglück drückt mich tief hernieder,
Und die Last mir aufgeladen,
Beengt mich, und tut das Herz mir weh...
Laß nur meine Tränen zeugen,
Wenn so manche mutlos Stund,
Mir am Busen der Natur,
Das Haupt so traurig neigen läßt...
Oft wenn mir der Mut entsank,
Ist mir der Seufzer fast entflohen:

»Vater! gib mir bei den Toten,
Was das Leben mir nicht bot!
Vater! Gib an jener Seite,
Wenn des Todes Mund mich küßt,
Vater! Gib an jener Seite,
Was ich hier nicht fand... die *Ruh*!«

Doch, ersterbend auf den Lippen,
Stieg die Bitte nicht zum Herrn...
Ich fiel auf beide Knie nieder,
Ich fühlte wohl, wie mir ein Seufzer entglitt,
Aber es war: »*Noch nicht, oh, Herr!*
Gib mir erst die Mutter wieder!«

Viertes Kapitel

Bevor ich fortfahre, muß ich Ihnen sagen, daß der junge Stern eingetroffen ist. Er ist ein netter Kerl. Er scheint gewandt und fähig zu sein, aber ich glaube, daß er schwärmt. Marie ist dreizehn Jahre alt. Seine Mitgift ist ganz ordentlich. Ich habe ihn an das Kopierbuch gesetzt, damit er sich im holländischen Stil üben kann. Ich bin gespannt, ob bald Orders von Ludwig Stern eintreffen werden. Marie wird ein Paar Pantoffeln für ihn besticken ... für den jungen Stern, meine ich. Busselinck & Waterman haben das Nachsehen. Ein anständiger Makler unterbietet nicht, das sage *ich!*

Am Tag nach dem Kränzchen bei den Rosemeyers, die in Zucker machen, rief ich Fritz und gebot ihm, mir dieses Paket von Schalmann zu bringen. Sie sollen wissen, Leser, daß ich in meiner Familie sehr genau auf Religion und Sittlichkeit achte. Nun, am vorigen Abend, gerade als ich meine erste Birne geschält hatte, las ich auf dem Antlitz der Mädchen, daß etwas in diesem Vers vorkam, bei dem etwas nicht stimmte. Ich selbst hatte dabei nicht zugehört, aber ich hatte bemerkt, daß Betsy ihr Brötchen zerbröselte, und das war mir genug. Sie werden einsehen, Leser, daß Sie es mit jemandem zu tun haben, der weiß, was in der Welt geschieht. Ich ließ mir also von Fritz dieses schöne Stück vom Vorabend vorlegen und fand sehr bald die Stelle, die Betsys Brötchen zerbröselt hatte. Da ist die Rede von einem Kind, das an der Mutterbrust liegt – das kann man durchgehen lassen –, aber: »das kaum dem Mutterschoß entkommen«, sehen Sie, das fand ich nicht richtig – hierüber zu *sprechen*, meine ich –, und meine Frau auch nicht. Marie ist dreizehn Jahre alt. Über *Kohlköpfe* oder *Störche* wird bei uns im Haus nicht gesprochen, und die Dinge so beim Namen zu nennen, halte ich für unschicklich, weil ich so viel Wert auf Sittlichkeit lege. Ich ließ mir von Fritz versprechen, der das Ding nun einmal auswendig konnte, es nie wieder vorzutragen – zumindest nicht, bevor er Mitglied der *Doctrina* sein wird, weil da keine jungen Mädchen verkehren –, und dann legte ich ihn in meinen Schreibtisch, den Vers, meine ich. Aber ich mußte wissen, ob sich nicht mehr in dem Paket befand, das Anstoß erregen konnte. Also fing ich an zu suchen und zu blättern. Alles konnte ich nicht lesen, denn ich fand Sprachen darin, die ich nicht verstand, aber siehe, da fiel mein Auge auf ein Bündel: »*Bericht über die Kaffeekultur in der Residentschaft Menado*«.

Mein Herz machte einen Sprung, weil ich Makler in Kaffee bin – *Lauriergracht N° 37* –, und *Menado* ist eine gute Marke. Also hatte dieser Schalmann, der solche unsittlichen Verse machte, auch in Kaffee gearbeitet. Ich sah jetzt das Paket mit ganz anderen Augen und fand Passagen darin, die ich zwar nicht alle begriff, die aber tatsächlich von Sachverstand zeugten. Da waren Bilanzen, Verzeichnisse, Berechnungen mit Zahlen, in denen kein Reim zu finden war, und alles war mit solch einer Sorgfalt und Genauigkeit ausgearbeitet, daß ich, geradeheraus gesagt – denn ich liebe die Wahrheit –, auf die Idee kam, daß dieser Schalmann, wenn der dritte Schreiber einmal ausfallen würde – was passieren kann, da er alt und unbeholfen wird –, sehr gut dessen Stelle einnehmen könnte. Selbstverständlich würde ich zuerst Erkundigungen hinsichtlich Ehrlichkeit, Religion und Anstand über ihn einziehen, denn ich stelle niemanden ein im Büro, bevor ich mir dessen nicht ganz sicher bin. Das ist ein fester Grundsatz von mir. Das haben Sie bereits aus meinem Brief an Ludwig Stern ersehen.

Ich wollte es Fritz nicht eingestehen, daß ich ein gewisses Interesse für den Inhalt des Paketes zu hegen begann, und schickte ihn deshalb fort. Mir wurde in der Tat schwindlig, als ich ein Bündel nach dem anderen aufnahm und die Aufschriften las. Es stimmt, es waren viele Verse darunter, aber ich fand auch viel Nützliches und staunte über die Vielseitigkeit der behandelten Themen. Ich gestehe – denn ich liebe die Wahrheit –, daß ich, der ich immer in Kaffee gemacht habe, nicht imstande bin, den Wert von all dem zu beurteilen, aber auch ohne diese Beurteilung, war schon die Liste der Überschriften allein kurios. Da ich Ihnen die Geschichte mit dem Griechen erzählt habe, wissen Sie bereits, daß ich in meiner Jugend ein wenig latinisiert worden bin, und sosehr ich mich in meiner Korrespondenz aller Zitate enthalte – was für ein Maklerbüro auch nicht passend wäre –, dachte ich jedoch beim Anblick von alledem: *multa, non multum.* Oder: *de omnibus aliquid, de toto nihil.*

Aber dies kam eigentlich eher aus einer Art Unmut und aus einem gewissen Drang heraus, der Gelehrtheit, die vor mir lag, auf Lateinisch zu begegnen, nicht weil ich es genau so meinte. Denn wo ich das eine oder andere Stück etwas länger einsah, mußte ich anerkennen, daß der Verfasser mir sehr wohl über seine Aufgabe im klaren zu sein schien, und sogar, daß er eine große Solidität in seinen Argumentationen an den Tag legte.

Ich fand dort Abhandlungen und Aufsätze:

Über das Sanskrit *als Mutter der germanischen Sprachzweige.*

Über die Strafbestimmungen bezüglich Kindesmord.

Über den Ursprung des Adels.

Über den Unterschied zwischen den Begriffen:
 Unendliche Zeit *und* Ewigkeit.

Über die Wahrscheinlichkeitsrechnung.

Über das Buch Hiob.

(Ich fand noch etwas über *Hiob*, aber das waren Verse.)

Über Protein in der atmosphärischen Luft.

Über die Staatslehre Rußlands.

Über die Vokale.

Über Zellengefängnisse.

Über die ehemaligen Thesen hinsichtlich des: horror vacui.

Über das Erstrebenswerte zur Abschaffung der Strafbestimmungen bezüglich Verleumdung.

Über die Ursachen des Aufstandes der Niederländer gegen Spanien, die nicht in dem Streben nach religiöser oder staatlicher Freiheit begründet waren.

Über das Perpetuum Mobile, die Quadratur des Kreises und die Wurzel wurzelloser Zahlen.

Über die Schwere des Lichts.

Über den Niedergang der Kultur seit der Entstehung des Christentums.

(Wie?)

Über die isländische Mythologie.

Über den ›Emile‹ von Rousseau.

Über die zivile Rechtsforderung in Sachen Handel.

Über Sirius als Mittelpunkt eines Sonnensystems.

Über Einfuhrzölle als unzweckmäßig, unanständig, ungerecht und unsittlich.

(Davon hatte ich noch nie etwas gehört)

Über den Vers als älteste Sprachform.

(Das glaube ich nicht.)

Über weiße Ameisen.

Über das Widernatürliche schulischer Einrichtungen.

Über die Prostitution in der Ehe.

(Das ist ein schändliches Stück)

Über hydraulische Themen in Zusammenhang mit dem Reisanbau.

Über die scheinbare Überlegenheit der westlichen Kultur.

Über Kataster, Registratur und Siegel.

Über Kinderbücher, Fabeln und Märchen.

(Das will ich wohl einmal lesen, weil es auf Wahrheit drängt.)

Über Vermittlung im Handel.

(Dies gefällt mir ganz und gar nicht. Ich glaube, daß er die Makler abschaffen will. Ich habe es aber dennoch auf die Seite gelegt, weil das eine oder andere darin vorkommt, das ich für mein Buch verwenden kann.)

Über Erbschaftssteuer, eine der besten Steuern.

Über die Erfindung der Keuschheit.

(Das verstehe ich nicht.)

Über Multiplikation.

(Dieser Titel klingt ganz einfach, aber es steht vieles in diesem Stück, an das ich früher nicht gedacht habe.)

Über eine gewisse Art des Geistes der Franzosen, eine Folge der Armut ihrer Sprache.

(Das lasse ich gelten. Geistesreichtum und Armut... er muß es wissen.)

Über den Zusammenhang zwischen den Romanen von August Lafontaine *und der Schwindsucht.*

(Das will ich einmal lesen, weil von diesem *Lafontaine* Bücher auf dem Speicher liegen. Aber er sagt, daß der Einfluß sich erst im zweiten Geschlecht offenbart. Mein Großvater las nicht.)

Über die Macht der Engländer außerhalb Europas.

Über das Gottesurteil im Mittelalter und heute.

Über die Mathematik bei den Römern.

Über den Mangel an Poesie bei Komponisten.

Über Pietismus, Hypnose und Tischerücken.

Über ansteckende Krankheiten.
Über den maurischen Baustil.
Über die Kraft der Vorurteile, ersichtlich aus Krankheiten, die durch Zug verursacht sein sollen.
(Habe ich nicht gesagt, daß die Liste kurios war?)
Über die deutsche Einheit.
Über das Längenmaß auf See.
(Ich nehme an, daß auf dem Meer alles genauso lang ist wie auf dem Festland.)
Über die Pflichten der Regierung hinsichtlich öffentlicher Amüsements.
Über die Übereinstimmung der schottischen und der friesischen Sprache.
Über Verslehre.
Über die Schönheit der Frauen zu Nimes und Arles, mit einer Untersuchung des Kolonialsystems der Phönizier.
Über Landwirtschaftsverträge auf Java.
Über die Saugleistung des neuen Pumpenmodells.
Über die Legitimität der Dynastien.
Über die Volksdichtung in javanischen Rhapsodien.
Über die neue Art des Reffens.
Über die Perkussion, angewendet bei Handgranaten.
(Dieses Stück datiert aus dem Jahr 1847, also aus der Zeit vor Orsini.)
Über den Begriff der Ehre.
Über die apokryphen Bücher.
Über die Gesetze von Solon, Lykurgus, Zoroaster, und Konfuzius.

Über die elterliche Macht.
Über Shakespeare *als Geschichtsschreiber.*
Über die Sklaverei in Europa.
(Was er hiermit meint, verstehe ich nicht. Nun, da gibt es mehr!)
Über Windmühlen.
Über das souveräne Recht der Begnadigung.
Über die chemischen Bestandteile des ceylonesischen Zimts.
Über die Züchtigung auf Kauffahrteischiffen.
Über die Opiumpacht auf Java.
Über die Bestimmungen hinsichtlich des Verkaufs von Gift.
Über das Weitergraben der Landenge von Suez und seine Folgen.
Über die Bezahlung der Landpacht in Naturalien.
Über die Kaffeekultur zu Menado.
(Das habe ich bereits erwähnt.)
Über die Spaltung des Römischen Reiches.
Über die Gemütlichkeit *der Deutschen.*
Über die skandinavische Edda.
Über die Pflicht Frankreichs, sich im indischen Archipel ein Gegengewicht zu England zu verschaffen.
(Das war auf Französisch, ich weiß nicht, warum?)
Über die Essigherstellung.
Über die Verehrung von Schiller *und* Goethe *im deutschen Mittelstand.*
Über den Anspruch des Menschen auf Glück.
Über das Recht des Aufstandes bei Unterdrückung.

(Das war auf *Javanisch*. Ich bin erst später hinter den Titel gekommen.)

Über ministerielle Verantwortlichkeit.

Über einige Punkte in der Strafprozeßordnung.

Über das Recht eines Volkes zu fordern, daß die erbrachten Steuern zu seinem Wohl verwendet werden.

(Das war wieder auf *Javanisch*.)

Über das doppelte A und das griechische ETA.

Über die Existenz eines unpersönlichen Gottes in den Herzen der Menschen.

(Eine infame Lüge!)

Über den Stil.

Über eine Konstitution für das Reich INSULINDE.

(Ich habe nie von diesem Reich gehört.)

Über den Mangel an Ephelkustik in unseren Sprachregeln.

Über Pedanterie.

(Ich glaube, daß dieses Stück mit viel Sachverstand geschrieben wurde.)

Über die Verpflichtung Europas gegenüber den Portugiesen.

Über Waldgeräusche.

Über die Brennbarkeit von Wasser.

(Ich nehme an, daß er *Formalin* meint.)

Über den Milchsee.

(Ich habe nie davon gehört. Es scheint etwas in der Nähe von *Banda* zu sein.)

Über Seher und Propheten.

Über Elektrizität als Triebkraft, ohne weiches Eisen.

Über Ebbe und Flut der Kultur.

Über epidemischen Verderb im Staatshaushalt.
Über bevorrechtete Handelsgesellschaften.
(Hierin kommt das eine oder andere vor, das ich für mein Buch brauche.)
Über Ethymologie als Hilfsquelle bei ethnologischen Studien.
Über Vogelnestklippen an der javanischen Südküste.
Über die Stelle, an der der Tag beginnt.
(Das verstehe ich nicht.)
Über persönliche Auffassungen als Maßstab der Verantwortlichkeit in der sittlichen Welt.
(Lächerlich! Er sagt, daß jeder sein eigener Richter sein soll. Wohin würde das führen?)
Über Galanterie.
Über den Versaufbau der Hebräer.
Über das Century of inventions *des Marquis von Worcester.*
Über die nicht-essende Bevölkerung der Insel Rotti bei Timor.
(Da muß das Leben wohl billig sein.)
Über das Menschenfressen der Battah's und die Kopfjagd der Alfuren.
Über das Mißtrauen gegenüber der öffentlichen Sittlichkeit.
(Er will, glaube ich, die Schlosser abschaffen. Ich bin dagegen.)
Über »das Recht«, und die Gesetze.
Über Béranger *als Philosoph.*
(Das verstehe ich wiederum nicht.)
Über den Widerwillen der Malayen gegenüber den Javanern.

Über die Wertlosigkeit des Unterrichts in den sogenannten höheren Schulen.
Über den lieblosen Geist unserer Vorfahren, ersichtlich aus ihren Vorstellungen von Gott.
(Wieder ein gottloses Stück!)
Über den Zusammenhang der Sinnesorgane.
(Es stimmt, als ich ihn sah, roch ich Rosenöl.)
Über die Pfahlwurzel des Kaffeebaumes.
(Das habe ich für mein Buch auf die Seite gelegt.)
Über Gefühl, Empfindlichkeit, Sentimentalität, Gefühlsüberschwang, usw.
Über das Vermischen von Mythologie und Religion.
Über den Palmwein auf den Molukken.
Über die Zukunft des niederländischen Handels.
(Das ist eigentlich das Stück, das mich dazu bewegt hat, mein Buch zu schreiben. Er sagt, daß nicht immer solche großen Kaffeeauktionen abgehalten werden, und ich lebe für meinen Beruf.)
Über die Genesis aus dem ersten Buch Mose.
(Ein infames Stück!)
Über die Geheimbünde der Chinesen.
Über das Zeichnen als natürliche Schrift.
(Er behauptet, daß ein Neugeborenes zeichnen kann!)
Über Wahrheit in der Poesie.
(Aber sicher!)
Über die fehlende Popularität der Reisschälmühlen auf Java.
Über den Zusammenhang zwischen Poesie und mathematischen Wissenschaften.

Über die Wajangs und die Chinesen.
Über den Preis des Java-Kaffees.
(Das habe ich auf die Seite gelegt.)
Über das europäische Münzsystem.
Über die Bewässerung der gemeinschaftlichen Felder.
Über den Einfluß der Vermischung der Rassen auf den Geist.
Über Gleichgewicht im Handel.
(Er spricht darin von Wechsel-Agio. Ich habe es beiseite gelegt für mein Buch.)
Über das Beibehalten asiatischer Gewohnheiten.
(Er behauptet, daß *Jesus* einen Turban trug.)
Über Vorstellungen von Malthus *über die Bevölkerungszahl in Zusammenhang mit den Unterhaltsmitteln.*
Über die Urbevölkerung Amerikas.
Über die Hafenmolen von Batavia, Semarang und Surabaja.
Über die Baukunde als Ausdruck von Vorstellungen.
Über das Verhältnis der europäischen Beamten zu den Regenten auf Java.
(Hiervon kommt das eine oder andere in mein Buch.)
Über das Wohnen in Kellern in Amsterdam.
Über die Kraft des Irrtums.
Über die Arbeitslosigkeit eines Überwesens bei vollendeten Naturgesetzen.
Über das Salzmonopol auf Java.
Über die Würmer in der Sagopalme.

(Die werden, sagt er, gegessen... bah!)

Über die Sprüche, die Prediger, das Hohelied und die Pantuns *der Javaner.*

Über das jus primi occupantis.

Über die Armseligkeit der Malkunst.

Über die Unsittlichkeit des Angelns.

(Wer hat denn je davon gehört?)

Über die Verbrechen der Europäer außerhalb Europas.

Über die Waffen der schwächeren Tierarten.

Über das jus talionis.

(Schon wieder ein infames Stück! Darin kam ein Gedicht vor, das ich sicher allerschändlichst gefunden hätte, wenn ich es zu Ende gelesen hätte.)

Und das war noch nicht alles! Ich fand, um von den Versen erst gar nicht zu reden – es gab sie in vielen Sprachen –, einige Bündel, denen die Aufschrift fehlte, Romanzen auf Malaiisch, Kriegsgesänge auf Javanisch und was nicht sonst noch! Auch fand ich Briefe, von denen viele in Sprachen abgefaßt waren, die ich nicht verstand. Manche waren an ihn gerichtet, oder besser, es waren lediglich Abschriften, doch er schien damit eine bestimmte Absicht zu verfolgen, denn alles war von anderen Personen unterschrieben mit: *gleichlautend mit dem Original.* Dann fand ich noch einige Auszüge aus Tagebüchern, Notizen und lose Gedanken... manche tatsächlich sehr lose.

Ich hatte, wie ich bereits sagte, einige Stücke beiseite gelegt, weil mir schien, daß sie mir in meinem Beruf von Nutzen sein würden, und für meinen Beruf lebe ich. Aber ich muß gestehen, daß ich mit dem Rest nichts anzufangen wußte. Ihm das Paket zurücksenden konnte ich nicht, denn ich wußte nicht, wo er wohnte. Es war nun einmal geöffnet. Ich konnte nicht leugnen, daß ich es eingesehen hatte, und dies hätte ich auch nicht getan, weil ich die Wahrheit so liebe. Auch gelang es mir nicht, es wieder so zu schließen, daß man nicht sehen konnte, daß es geöffnet worden war. Außerdem darf ich nicht verhehlen, daß einige Stücke, die von Kaffee handelten, mir Interesse abnötigten, und daß ich gerne von ihnen Gebrauch machen würde. Ich las täglich hier und da einige Seiten und gelangte immer mehr zu der Überzeugung, daß man Makler in Kaffee sein muß, um so genau zu erfahren, was los ist in der Welt. Ich bin davon überzeugt, daß den Rosemeyers, die in Zucker machen, nie dergleichen unter die Augen gekommen ist.

Nun befürchtete ich, daß dieser Schalmann plötzlich wieder vor mir stehen könnte, und daß er mir wieder etwas zu sagen haben würde. Allmählich tat es mir jetzt leid, daß ich an jenem Abend in den Kapelsteeg gegangen war, und ich sah ein, daß man nie den rechten Weg verlassen sollte. Natürlich hätte er mich um Geld gebeten und von seinem Paket gesprochen. Ich hätte ihm vielleicht etwas gegeben, und wenn er mir dann am nächsten Tag diese Menge Schreiberei zugesandt hätte, wäre es mein rechtmäßiges Eigentum gewesen. Ich hätte dann den Weizen trennen können von der Spreu, ich hätte die Schriften herausgenommen, die ich brauchte für mein Buch, und den Rest verbrannt oder in den Papierkorb geworfen, was ich jetzt nicht tun konnte. Denn wenn er wiederkäme, würde ich es aushändigen müssen, und wenn er merkte, daß ich mich für einige Stücke von seiner Hand interessiere, würde sicher zuviel dafür verlangen. Nichts gibt dem Verkäufer mehr Überlegenheit als die Entdeckung, daß der Käufer um seine Ware verlegen ist. Solch eine Position wird daher auch von einem Kaufmann, der sich auf seinen Beruf versteht, weitestgehend vermieden.

Eine andere Vorstellung – ich sprach bereits davon –, die beweisen möge, wie empfänglich das Besuchen der Börse jemanden machen kann für menschenliebende Regungen, war folgendes. Bastians – das ist der dritte Bedienstete, der so alt und unbeholfen wird – war in letzter Zeit von dreißig Tagen an nicht einmal fünfundzwanzig zur Arbeit erschienen, und wenn er ins Büro kommt, erledigt er seine Arbeit oft schlecht. Als ein ehrlicher Mann bin ich der Firma – *Last* & *C°*, seit die Meyers draußen sind – verpflichtet, dafür zu sorgen, daß ein jeder seine Arbeit macht, und ich darf nicht aus falsch verstandenem Mitleid oder Überempfindlichkeit das Geld der Firma vergeuden. So sind meine Prinzipien. Ich gebe diesem Bastians lieber ein Dreiguldenstück aus eigener Tasche, als daß ich fortfahre, ihm die siebenhundert Gulden im Jahr zu bezahlen, die er nicht mehr verdient. Ich habe ausgerechnet, daß dieser Mann seit vierunddreißig Jahren ein Einkommen

– sowohl von *Last & C°* wie früher von *Last & Meyer*, aber die Meyers sind draußen – von fast fünfzehntausend Gulden genossen hat, und das ist für einen einfachen Bürger ein nettes Sümmchen. Es gibt nur wenige in diesem Stand, die so viel besitzen. Recht zum Klagen hat er nicht. Ich bin auf diese Berechnung gekommen durch das Stück von Schalmann über die Multiplikation.

Dieser Schalmann hat eine schöne Schrift, dachte ich. Außerdem sah er armselig aus und wußte nicht, wie spät es war... wie wäre es, dachte ich, wenn ich ihm die Stelle von Bastians gäbe? Ich würde ihm in diesem Fall sagen, er solle mich Herr nennen, aber das würde er selbst schon begreifen, denn ein Bediensteter kann doch seinen Chef nicht mit dem Namen ansprechen, und ihm wäre vielleicht für sein Leben geholfen. Er könnte vielleicht anfangen mit vier- oder fünfhundert Gulden – unser Bastians hat auch lange gearbeitet, bevor er zu siebenhundert aufstieg –, und ich hätte eine gute Tat vollbracht. Ja, mit dreihundert Gulden könnte er schon anfangen, denn da er nie im Geschäftsleben tätig war, könnte er die ersten Jahre als Lehrzeit betrachten, was dann auch recht und billig ist, denn er kann sich nicht auf eine Stufe stellen mit Leuten, die schon viel gearbeitet haben. Ich bin sicher, daß er auch mit zweihundert Gulden zufrieden wäre. Aber ich war mir seines Verhaltens nicht ganz sicher... er trug einen Schal. Und außerdem, ich wußte nicht, wo er wohnte.

Einige Tage später waren der junge Stern und

Fritz zusammen auf einer Bücherauktion in *Het Wapen van Bern* gewesen. Ich hatte Fritz untersagt, etwas zu kaufen, aber Stern, der über reichlich Taschengeld verfügt, kam mit einigem Schund nach Hause. Das ist seine Sache. Doch siehe, da erzählte Fritz, er habe den Schalmann gesehen, der bei der Auktion angestellt zu sein schien. Er hätte die Bücher aus den Schränken genommen und sie auf dem langen Tisch dem Auktionator zugeschoben. Fritz sagte, daß er sehr blaß war und daß ein Herr, der dort die Aufsicht zu haben schien, ihn ausgeschimpft hatte, weil er einige Jahrgänge von *Aglaia* hatte fallen lassen, was ich aber auch sehr ungeschickt finde, denn das ist eine allerliebste Sammlung von Damen-Handarbeiten. Marie hält sie zusammen mit den Rosemeyers, die in Zucker machen. Sie knüpft etwas daraus... aus der *Aglaia*, meine ich. Aber bei diesem Schimpfen hatte Fritz gehört, daß er 75 Cent am Tag verdiene. »Meinst du, ich verschwende auf dich täglich 75 Cent?« hatte der Herr gesagt. Ich rechnete aus, daß 75 Cent täglich – ich denke, daß die Sonn- und Feiertage nicht mitzählen, sonst hätte er einen Monats- oder Jahreslohn genannt – zweihundertundfünfundzwanzig Gulden im Jahr ausmachen. Ich fasse meine Beschlüsse schnell – wenn man seit so langer Zeit im Geschäftsleben steht, weiß man sofort, was man zu tun hat –, und am nächsten Morgen war ich bei Gaafzuiger. So heißt der Buchhändler, der die Auktion abgehalten hatte. Ich erkundigte mich nach dem Mann, der die *Aglaia* hatte fallen lassen.

»Der ist entlassen«, sagte Gaafzuiger. »Er war faul, pedantisch und kränklich.«

Ich kaufte eine Schachtel Oblaten und beschloß sogleich, es mit unserem Bastians noch einmal zu versuchen. Ich konnte mich nicht entschließen, einen alten Mann einfach so auf die Straße zu setzen. Streng, aber, wo immer es möglich ist, nachsichtig, ist immer mein Grundsatz gewesen. Ich versäume es jedoch nie, etwas zu vernehmen, das den Geschäften zu Gute kommen kann, und deshalb fragte ich Gaafzuiger, wo denn dieser Schalmann wohne? Er gab mir die Adresse, und ich notierte sie mir.

Ich dachte lange über mein Buch nach, aber da ich die Wahrheit liebe, muß ich rund heraus sagen, daß ich nicht wußte, wie ich es damit anfangen sollte. Eines steht fest: die Bausteine, die ich in Schalmanns Paket gefunden hatte, waren wichtig für Makler in Kaffee. Die Frage war nur, wie ich vorgehen sollte, um diese Bausteine vernünftig zu ordnen und zusammenzutragen. Jeder Makler weiß, von welcher Wichtigkeit eine gute Sortierung der Partien ist.

Aber... schreiben – bis auf die Korrespondenz mit Geschäftspartnern – liegt mir nicht so sehr, und dennoch spürte ich, daß ich schreiben mußte, weil vielleicht die Zukunft der Branche davon abhängt. Die Angaben, die ich in den Bündeln von Schalmann fand, sind nicht von der Art, daß *Last & C°* den Nutzen hiervon allein für sich behalten kann. Wenn dies der Fall wäre, versteht ein jeder, daß ich mir nicht die Mühe machen würde, ein

Buch drucken zu lassen, das Busselinck & Waterman auch zu lesen bekommen, denn wer einem Konkurrenten weiterhilft, der ist verrückt. Dies ist ein fester Grundsatz von mir. Nein, ich sah ein, daß eine Gefahr droht, die den gesamten Kaffeemarkt verderben könnte, eine Gefahr, die nur mit den vereinten Kräften der Makler abgewehrt werden kann, und es ist sogar möglich, daß diese Kräfte hierzu nicht einmal ausreichen, und daß auch die Zuckerraffinadeure – Fritz sagt: *Raffineure*, aber ich schreibe *nadeure*. Das machen die Rosemeyers auch, und die *machen* in Zucker. Ich weiß wohl, daß man sagt: *raffinierter* Schelm, und nicht: *raffinadierter* Schelm, aber das ist deswegen so, weil jeder, der mit Schelmen zu tun hat, sich so kurz wie möglich faßt – daß auch die Raffinadeure also und die Händler von Indigo hierbei nötig sein werden.

Wenn ich so schreibend überlege, kommt es mir so vor, als ob sogar die Reedereien in einem gewissen Maße darin verwickelt sind, und die Kauffahrteiflotte... sicher, das ist wahr! Und die Segelmacher ebenfalls, und der Finanzminister, und die Armenfürsorge, und die anderen Minister, und die Konditoren, und die Putzmacher, und die Frauen, und der Schiffsbaumeister, und die Großhändler, und die Einzelhändler, und die Haushüter, und die Gärtner.

Und – merkwürdig ist es, wie einem die Gedanken beim Schreiben kommen – mein Buch geht auch die Müller an, und die Pfarrer, und jene, die Hollowaypillen verkaufen, und die Likörbrenner, und die Ziegelbrenner, und die Menschen, die von den Staatsschulden leben, und die Pumpenmacher, und die Seilmacher, und die Weber, und die Schlachter, und die Schreiber in einem Maklerbüro, und die Aktienhalter der Niederländischen Handelsgesellschaft, und eigentlich, richtig betrachtet, alle anderen auch.

Und den König auch... ja, vor allem den König!

Mein Buch *muß* in die Welt hinaus. Dagegen ist nichts zu machen! Selbst wenn Busselinck & Waterman es auch zu lesen bekommen... Mißgunst ist nicht meine Sache. Aber Pfuscher und Preisbrecher sind sie, das sage *ich!* Ich habe es heute noch zum jungen Stern gesagt, als ich ihn in *Artis* einführte. Er darf es ruhig seinem Vater schreiben.

So saß ich also vor einigen Wochen noch schrecklich in der Klemme mit meinem Buch, und siehe, Fritz hat mir weitergeholfen. Ihm selbst habe ich das nicht gesagt, weil ich es nicht richtig finde, jemanden merken zu lassen, daß man ihm gegenüber verpflichtet ist – das ist ein Grundsatz von mir –, aber es stimmt. Er sagte, daß Stern so ein gescheiter Junge sei, daß er solche raschen Fortschritte in der Sprache mache, und daß er deutsche Verse von Schalmann ins Holländische übersetzt habe. Sie sehen, es war eine verdrehte Welt in meinem Haus: der *Holländer* hatte in Deutsch geschrieben, und der *Deutsche* übersetzte ins Holländische. Hätte jeder sich an seine eigene Sprache gehalten, wäre Mühe gespart worden.

Aber, dachte ich, wenn ich nun mein Buch von Stern schreiben ließe? Wenn ich etwas hinzuzufügen habe, schreibe ich selbst von Zeit zu Zeit ein Kapitel. Fritz kann auch helfen. Er hat eine Liste von Wörtern, die mit zwei e geschrieben werden, und Marie kann alles ins reine schreiben. Das ist dann zugleich für den Leser eine Garantie gegen jegliche Unsittlichkeit. Denn das verstehen Sie doch, daß ein anständiger Makler seiner Tochter nichts in die Hände geben wird, das nicht mit Sitte und Anstand vereinbar ist.

Ich habe dann mit beiden Jungen über meinen Plan gesprochen, und sie waren einverstanden. Nur schien Stern, der literarisch interessiert ist – wie viele Deutsche – auch über die Art und Weise der Ausführung mitreden zu wollen. Dies behagte mir zwar nicht sonderlich, aber da die Frühjahrsauktion vor der Tür steht und ich von Ludwig Stern noch keine Orders habe, wollte ich ihm nicht allzu sehr widersprechen. Er sagte, daß: »wenn die Brust ihm glühe vor Gefühl für das Wahre und Schöne, keine Macht der Welt ihn daran hindern könne, die Töne anzuschlagen, die mit solch einem Gefühl übereinstimmten, und daß er viel lieber schweige, als seine Worte eingezwängt zu sehen zwischen den entehrenden Fesseln der Alltäglichkeit.« Ich fand das allerdings recht merkwürdig von Stern, aber mein Beruf geht mir über alles, und der Alte hat ein gutes Haus. Wir legten also fest:

1° Daß er wöchentlich einige Kapitel für mein Buch abliefern soll.

2° Daß ich an dem von ihm Geschriebenen nichts verändern soll.

3° Daß Fritz die Fehler verbessern soll.

4° Daß ich ab und zu ein Kapitel schreiben würde, um dem Buch einen soliden Kern zu geben.

5° Daß der Titel lauten soll: *Die Kaffeeauktionen der Niederländischen Handelsgesellschaft.*

6° Daß Marie die Reinschrift für den Druck anfertigen soll, daß man aber Geduld mit ihr haben sollte, wenn Waschtag ist.

7° Daß die vollendeten Kapitel jede Woche beim Kränzchen vorgelesen werden sollen.

8° Daß jegliche Unsittlichkeit vermieden werden soll.

9° Daß mein Name nicht auf dem Titelblatt stehen soll, weil ich Makler bin.

10° Daß Stern eine *deutsche*, eine *französische* und eine *englische* Übersetzung meines Buches herausgeben dürfe, weil – so behauptete er – solche Werke im Ausland besser verstanden würden als bei uns.

11° *(Darauf drängte Stern sehr.)* Daß ich Schalmann ein Ries Papier, ein Gros Federn und ein Fläschchen Tinte schicken sollte.

Ich war mit allem einverstanden, denn es war Eile geboten bei meinem Buch. Stern hatte am nächsten Tag sein erstes Kapitel fertiggestellt, und siehe da, Leser, somit ist die Frage beantwortet, wie es sein kann, daß ein Makler in Kaffee – *Last & C°, Lauriergracht N°37* – ein Buch schreibt, das Ähnlichkeit mit einem Roman hat.

Kaum jedoch hatte Stern mit seiner Arbeit begonnen, schon stieß er auf Probleme. Neben der Schwierigkeit, aus so vielen Bausteinen das Nötige herauszusuchen und zu ordnen, kamen in den Handschriften ständig Wörter und Ausdrücke vor, die er nicht verstand und die mir ebenfalls fremd waren. Es war meistens Javanisch oder Malaiisch. Zudem waren hier und da Abkürzungen angebracht worden, die schwer zu entziffern waren. Ich sah ein, daß wir Schalmann brauchten, und da ich es bei einem jungen Menschen nicht für richtig halte, daß er falsche Verbindungen knüpft, wollte ich weder Stern noch Fritz dahin schicken. Ich nahm Zuckerwerk mit, das noch vom letzten Abendkränzchen übriggeblieben war – denn ich denke immer an alles – und suchte ihn auf. Blendend war seine Bleibe nicht, aber die Gleichheit für alle Menschen, also auch hinsichtlich ihrer Wohnungen, ist ein Hirngespinst. Er selbst hatte dies gesagt, in seiner Abhandlung über den Anspruch des Menschen auf Glück. Außerdem liebe ich Menschen nicht, die ständig unzufrieden sind.

Es war in der Lange-Leidsche-Dwarsstraat in einem Hinterhaus. In der unteren Wohnung lebte ein Trödler, der alle möglichen Sachen verkaufte, Tassen, Untertassen, Möbel, alte Bücher, Glaswaren, Porträts von Van Speyk und vieles mehr. Ich fürchtete sehr, etwas zu zerbrechen, denn in solch einem Fall fordern die Menschen immer mehr Geld für die Sachen als sie tatsächlich wert sind. Ein kleines Mädchen saß auf der Schwelle und kleidete ihre Puppe an. Ich fragte sie, ob Herr

Schalmann hier wohne? Sie lief weg, und die Mutter kam.

»Ja, der wohnt hier, mein Herr. Gehen Sie nur die Treppe hinauf zum ersten Stock, und dann die Treppe zum zweiten Stock, und dann noch eine Treppe, und dann sind Sie da, Sie kommen ganz von selbst dahin. Myntje, lauf und sage Bescheid, daß ein Herr gekommen ist. Wer soll sie sagen, der da ist, mein Herr?«

Ich sagte, daß ich Herr Droogstoppel sei, Makler in Kaffee, von der Lauriergracht, und daß ich mich wohl selbst anmelden würde. Ich stieg so hoch wie mir gesagt worden war, und hörte im dritten Stock eine Kinderstimme singen: »*Gleich kommt der Vater, der liebe Papa.*« Ich klopfte an, und die Tür wurde von einer Frau oder einer Dame geöffnet – ich weiß selbst nicht recht, für was ich sie halten sollte. Sie war sehr blaß. Ihre Züge trugen Spuren jener Müdigkeit, die mich an meine Frau erinnerte, wenn die Wäsche gemacht ist. Sie war in ein weißes, langes Hemd gekleidet, oder in eine untaillierte Jacke, die ihr bis an die Knie reichte und vorne mit einer schwarzen Spange geschlossen war. Statt eines anständigen Kleides oder Rocks trug sie darunter ein Stück dunkel geblümtes Leinengewand, das einige Male um den Leib gewunden zu sein schien und ihre Hüften und Knie ziemlich eng umschloß. Es gab keine Spur von Falten, Weite oder Fülle, wie sich dies bei einer Frau doch gehört. Ich war froh, daß ich Fritz nicht geschickt hatte, denn ihre Kleidung kam mir sehr unanständig vor, und das Fremdartige daran wurde noch verstärkt durch die ungezwungene Art, in der sie sich bewegte, so als gefiele sie sich so ganz gut. Die Frau schien überhaupt nicht zu wissen, daß sie nicht wie andere Frauen aussah. Auch wollte es mir so vorkommen, als ob sie nicht im geringsten verlegen war über meinen Besuch. Sie verbarg nichts unter dem Tisch, verrückte die Stühle nicht und tat nichts von dem, was sonst Brauch ist, wenn ein vornehmer Fremder eintritt.

Sie hatte das Haar nach hinten gekämmt wie eine Chinesin und es hinten in einer Art Schleife oder Knoten zusammengebunden. Später habe ich vernommen, daß ihre Kleidung eine Art *fernöstliche Tracht* ist, die sie dortzulande *Sarong* und *Kabaai* nennen, aber ich fand es abstoßend.

»Sind Sie Frau Schalmann?« fragte ich.

»Mit wem habe ich die Ehre zu sprechen?« fragte sie, und zwar in einem Ton, in dem etwas lag, als hätte auch ich etwas *Ehre* in meine Frage legen sollen.

Nun, ich mag keine Komplimente. Mit einem Geschäftspartner ist das etwas anderes, und ich stehe zu lange im Berufsleben, um meine Welt nicht zu kennen. Aber mir nun so viele Umstände zu machen, in einem dritten Stockwerk, das fand ich nicht nötig. Ich sagte also kurz angebunden, daß ich Herr Droogstoppel sei, Makler in Kaffee, *Lauriergracht N°37*, und daß ich ihren Mann zu sprechen wünsche. Natürlich, warum sollte ich viele Umstände machen?

Sie bot mir einen kleinen Korbstuhl an und nahm ein kleines Mädchen auf den Schoß, das auf dem Boden gespielt hatte. Der kleine Junge, den ich hatte singen hören, sah mich direkt an und betrachtete mich von Kopf bis Fuß. Auch er schien überhaupt nicht verlegen zu sein! Es war ein Knabe von etwa sechs Jahren, und ebenso merkwürdig gekleidet. Seine weite Hose reichte ihm kaum bis zur Mitte des Oberschenkels, und die Beinchen waren nackt von dort bis zu den Knöcheln. Sehr ungewöhnlich, finde ich. »Kommst du, um Papa zu sprechen?« fragte er plötzlich, und ich begriff sofort, daß die Erziehung dieses Knaben viel zu wünschen übrig ließ, sonst hätte er ›kommen Sie‹ gesagt. Aber da ich mich ziemlich unbehaglich fühlte und gerne etwas reden wollte, antwortete ich: »Ja, Bub, ich komme, um deinen Papa zu sprechen. Ob er wohl bald kommen wird?«

»Das weiß ich nicht. Er ist ausgegangen und sucht Geld, um einen Malkasten für mich zu kaufen.«

»Sei still, mein Junge«, sagte die Frau. »Spiele mit deinen Bildern oder mit der chinesischen Spieldose.«

»Du weißt doch, daß dieser Herr gestern alles mitgenommen hat.«

Auch seine Mutter nannte er: »du«, und es schien ein ›Herr‹ dagewesen zu sein, der alles ›mitgenommen hatte‹... ein freundlicher Besuch! Die Frau schien auch nicht ganz glücklich, denn sie wischte sich verstohlen ein Auge, während sie das kleine Mädchen zu ihrem Bruder setzte. »Da«, sagte sie, »spiel ein wenig mit Nonni«. Ein merkwürdiger Name. Und er tat es.

Da ließ der kleine Junge, der mit seiner Schwester Kahnfahren gespielt hatte, die Kleine im Stich und fragte mich: »Gnädiger Herr, warum nennst du Mama: ›Frau‹?«

»Wie denn, Bub,« sagte ich, »wie soll ich sie denn nennen?«

»Nun... wie andere Leute! Die *Frau* ist unten. Sie verkauft Untertassen und Kreisel.«

Nun bin *ich* Makler in Kaffee – Last & C°, Lauriergracht, N° 37 –, wir sind im Büro zu dreizehn, und wenn ich Stern mitzähle, der noch kein Gehalt bekommt, sind wir zu vierzehn. Nun, *meine* Gattin ist: ›Frau‹, und sollte ich *diese* Frau etwa mit ›gnädige Frau‹ ansprechen? Das war doch nicht möglich! Jeder muß in seinem Stande bleiben, und außerdem hatte gestern ein Gerichtsvollzieher die Sachen weggeholt. Ich fand mein: ›*Frau*‹ also passend und blieb dabei.

Ich fragte, warum Schalmann sich nicht bei mir gemeldet hatte, um sein Paket abzuholen. Sie schien darüber Bescheid zu wissen und sagte, sie seien verreist gewesen, nach Brüssel. Daß er da für die *Indépendance* gearbeitet habe, aber daß er dort nicht habe bleiben können, weil seine Artikel der Grund seien, weshalb die Zeitung an den französischen Grenzen so häufig abgewiesen würde. Daß sie vor einigen Tagen nach Amsterdam zurückgekehrt seien, weil Schalmann hier eine Anstellung bekommen würde...

»Bei Gaafzuiger wohl?« fragte ich.

»Ja, das sei es! Aber das sei schiefgegangen«, sagte sie. Nun, darüber wußte ich mehr als sie. Er hatte die *Aglaia* fallen lassen und war faul, pedantisch und kränklich... genau, deshalb war er weggeschickt worden.

Und, fuhr sie fort, daß er sicher dieser Tage zu mir kommen würde und vielleicht gerade auf dem Weg zu mir sei, um die Antwort zu holen auf die Bitte, die er an mich gerichtet habe.

Ich sagte, daß Schalmann ruhig einmal kommen solle, aber daß er nicht läuten solle, denn das sei so lästig für das Hausmädchen. Wenn er warte, so sagte ich, würde die Tür bestimmt einmal aufgehen, wenn jemand hinausginge. Und dann ging ich und nahm mein Zuckerwerk wieder mit, denn offen gesagt, gefiel es mir dort nicht. Ich fühlte mich nicht wohl. Ein Makler ist doch kein Laufbursche, dünkt mich, und ich behaupte, daß ich anständig aussehe. Ich hatte meinen Mantel mit dem Pelzbesatz an, und dennoch saß sie einfach so da, und sprach so ruhig zu ihren Kindern, als wäre sie allein. Außerdem schien sie geweint zu haben, und unzufriedene Menschen kann ich nicht ertragen. Auch war es dort kalt und ungemütlich – sicher weil ihnen die Sachen weggenommen worden waren –, und ich lege großen Wert auf Gemütlichkeit in einem Wohnzimmer. Auf dem Weg nach Hause beschloß ich, es mit Bastians noch eine Weile zu versuchen, weil ich nicht gerne jemanden auf die Straße setze.

Nun folgt die erste Woche von Stern. Es versteht sich von selbst, daß vieles darin vorkommt, das mir nicht gefällt. Aber ich muß mich an Artikel 2 halten, und den Rosemeyers hat es gefallen. Ich glaube, daß sie Stern in den Himmel heben, weil er einen Onkel in Hamburg hat, der in Zucker macht.

Schalmann war tatsächlich dagewesen. Er hatte mit Stern gesprochen und diesem einige Wörter und Sachverhalte erläutert, die er nicht verstand. Die Stern nicht verstand, meine ich. Ich ersuche nun den Leser, sich durch die nächsten Kapitel zu quälen, dann verspreche ich für danach wieder etwas von soliderer Art, von *mir*, Batavus Droogstoppel, Makler in Kaffee: *Last & C°, Lauriergracht, N°37*.

Fünftes Kapitel

Am Morgen zur zehnten Stunde herrschte eine ungewöhnliche Betriebsamkeit auf der großen Straße, die die Provinz *Pandaglang* mit *Lebak* verbindet. ›Große Straße‹ ist vielleicht etwas zu viel gesagt für den breiten Fußweg, den man aus Höflichkeit und aus Mangel an Besserem die ›Straße‹ nannte. Aber wenn man mit einem Vierspänner aus *Serang*, der Hauptstadt der Residenz *Bantam*, abfuhr mit der Absicht, sich nach *Rangkas-Betong*, der neuen Hauptstadt des *Lebakschen* zu begeben, konnte man nahezu sicher sein, zu gegebener Zeit auch dort anzukommen. Es war also eine Straße. Zwar blieb man wiederholt im Schlamm stecken, der in den *Bantamer* Niederungen schwer, lehmig und zäh ist, wohl war man fortwährend gezwungen, die Hilfe der Bewohner der nächstgelegenen Dörfer anzurufen – obgleich sie nicht sehr nahe waren, denn Dörfer gibt es nur wenige in diesen Gebieten –, aber wenn es dann endlich geglückt war, zwanzig Bauern aus der Umgebung zusammenzubekommen, dauerte es für gewöhnlich nicht sehr lange, bis man Pferde und Wagen wieder auf festen Boden gebracht hatte. Der Kutscher klatschte mit der Peitsche, die Läufer – in Europa würde man, glaube ich, sagen Lakaien, oder besser, es existiert in Europa nichts, was diesen Läufern gleicht –, diese unvergleichlichen Läufer also mit ihren kurzen, dicken Peitschen rannten wieder weiter an der Seite des Vierspänners, kreischten unbeschreibliche Laute und trieben die Pferde durch Schläge unter den Bauch an. So holperte man dann einige Zeit fort, bis zu dem verdrießlichen Augenblick, da man wieder bis über die Achsen im Schlamm versank. Dann begann das Rufen um Hilfe erneut. Man wartete geduldig, bis Hilfe kam und... zuckelte weiter.

Oftmals, wenn ich diesen Weg ging, war mir, als müßte ich da oder dort einen Wagen finden mit Reisenden aus dem vorigen Jahrhundert, die im Schlamm versunken und vergessen worden waren. Aber dies ist mir nie passiert. Ich nehme also an, daß alle, die je über diesen Weg kamen, schließlich auch dort angekommen sind, wo sie hinwollten.

Man würde sich täuschen, wenn man sich von der ganzen großen Straße auf Java eine Vorstellung nach dem Maßstab dieser Straße im *Lebakschen* bildete. Die eigentliche Heerstraße mit ihren vielen Verzweigungen, die Marschall Daendels unter großen Verlusten an Menschenleben anlegen ließ, ist in der Tat ein prächtiges Stück Arbeit, und man wundert sich über die Geisteskraft dieses Mannes, der, trotz aller Hindernisse, welche seine Neider und Gegner in der Heimat ihm in den Weg legten, dem Unwillen der Bevölkerung und der Unzufriedenheit der Häupter zu trotzen wagte, um etwas zustande zu bringen, das heute noch die Bewunderung jedes Besuchers erregt und verdient.

Keine Pferdepost in Europa – nicht einmal in England, Rußland oder Ungarn – kann denn auch mit jener auf Java gleichgestellt werden. Über hohe Bergrücken, entlang an Abgründen, die Sie erschaudern lassen, eilt der schwer beladene Reisewagen im Galopp dahin. Der Kutscher sitzt wie auf dem Bock festgenagelt, Stunden, ja, ganze Tage in einem fort, und er schwingt die schwere Peitsche mit eisernem Arm. Er weiß genau einzuschätzen, wo und wieviel er die rasenden Pferde zurückhalten muß, um nach einer fliegenden Abfahrt von einem Berghang, dort, an der Ecke...

»Mein Gott, die Straße ist... weg! Wir stürzen in den Abgrund«, schreit der unerfahrene Reisende, »dort ist keine Straße... dort ist die Tiefe!«

Ja, so scheint es. Die Straße krümmt sich, und gerade, wenn ein einziger Galoppsprung das Gespann den festen Boden verlieren lassen würde, wenden sich die Pferde und schleudern das Fahrzeug um die Biegung. Sie fliegen die Berghöhe hinauf, die man einen Augenblick früher nicht sah, und... der Abgrund liegt hinter Ihnen.

Es gibt bei dieser Gelegenheit Augenblicke, in denen der Wagen nur auf den Rädern an der Außenseite des Bogens ruht, den Sie beschreiben: die Fliehkraft hat die Innenräder vom Boden gehoben. Es gehört Kaltblütigkeit dazu, nicht die Augen zu schließen, und wer zum ersten Male auf Java reist, schreibt seinen Verwandten in Europa, er habe in Lebensgefahr geschwebt. Aber wer dort zu Hause ist, der lacht über diese Angst.

Es ist nicht meine Absicht, vor allem nicht am Anfang meiner Erzählung, den Leser lang mit der Beschreibung von Orten, Landschaften oder Gebäuden aufzuhalten. Ich befürchte zu sehr, ihn abzuschrecken durch etwas, das an Langatmigkeit grenzt, und erst später, wenn ich spüre, daß ich ihn für mich gewonnen habe, wenn ich aus Blick und Haltung bemerke, daß das Schicksal der Heldin, die irgendwo vom Balkon eines vierten Stockwerks springt, das Interesse in ihm weckt, dann lasse ich sie, mit kühner Verachtung für alle Gesetze der Schwerkraft, zwischen Himmel und Erde schweben, bis ich meinem Herzen Luft gemacht habe in einer genauen Beschreibung der Schönheiten der Landschaft oder vom Gebäude, das eigens dort errichtet worden zu sein scheint, um einen Vorwand für eine umfangreiche Abhandlung über mittelalterliche Architektur an die Hand zu geben. All diese Schlösser ähneln einander. Sie sind von einer gleichbleibend heterogenen Bauordnung. Das *Corps de Logis* datiert immer von einigen Regierungen früher als die Anbauten, die unter diesem oder jenem späteren König hinzugefügt wurden. Die Türme sind in einem verfallenen Zustand...

Lieber Leser, es gibt keine Türme. Ein Turm ist eine Vorstellung, ein Traum, ein Ideal, eine Erfindung, unerträgliche Prahlerei! Es gibt halbe Türme und... Türmchen.

Der blinde Glaubenseifer, der meinte, Türme erbauen zu müssen auf den Gebäuden, die zu Ehren dieses oder jenes Heiligen errichtet wurden, dauerte nicht lange genug, um sie zu vollenden, und die Spitze, die den Gläubigen den Himmel zeigen soll, ruht gewöhnlich um einige Stockwerke zu niedrig auf der massiven Basis, was an den Mann ohne Oberschenkel auf dem Jahrmarkt erinnert. Nur *Türmchen, kleine Spitzen* auf Dorfkirchen, sind vollendet worden.

Es ist wahrlich nicht schmeichelhaft für die westliche Kultur, daß sich nur selten die Vorstellung, ein großes Werk zu vollbringen, lange genug hat halten können, um dieses Werk auch vollendet zu sehen. Ich spreche jetzt nicht von Unternehmungen, deren Fertigstellung erforderlich war, um die Kosten zu decken. Wer genau wissen möchte, was ich meine, der sehe sich den Dom zu Köln an. Er gebe sich Rechenschaft über die großartige Vorstellung des Bauwerkes in der Seele des Baumeisters Gerhard von Riehl... des Glaubens im Herzen des Volkes, das ihn in die Lage versetzte, diese Aufgabe anzufangen und weiterzuführen... von der Wirkung der Gedanken, die einen solchen Koloß brauchten, um einer sichtbaren Form des ungesehenen religiösen Gefühls zu dienen... und er vergleiche diese Kraftanstrengung mit der Richtung, die einige Jahrhunderte später so weit führte, daß man die Arbeit einstellte...

Es besteht eine tiefe Kluft zwischen Erwin von Steinbach und unseren Baumeistern! Ich weiß, daß man seit Jahren versucht, diese Kluft zu überbrücken. Auch zu Köln baut man wieder am Dom. Doch wird man den abgerissenen Faden wieder anknüpfen können? Wird man in *unseren* Tagen das zurückfinden, was *damals* die Kraft von Kirchenvogt und Bauherrn ausmachte? Ich glaube es nicht. Geld wird schon aufzutreiben sein, um dafür Steine und Kalk zu kaufen. Man kann den Künstler bezahlen, der einen Plan entwirft, und den Maurer, der die Steine legt. Aber nicht für Geld zu kaufen ist das verirrte und doch ehrbare Gefühl, das in einem Bauentwurf eine Dichtung sah, ein Gedicht aus Granit, das laut zum Volk sprach, ein Gedicht in Marmor, das dastand wie ein unbewegliches, immerwährendes, ewiges Gebet.

An der Grenze zwischen *Lebak* und *Pandaglang* herrschte eines Morgens ungewöhnliche Betriebsamkeit. Hunderte gesattelter Pferde bedeckten die Straße, und tausend Menschen mindestens – was viel war für diesen Ort – liefen aufgeregt erwartungsvoll auf und ab. Hier sah man die Häupter der Dörfer und die Distrikthäupter aus dem *Lebakschen*, alle mit ihrem Gefolge, und nach dem schönen Araberbastard zu urteilen, der in seinem reichen Zaumzeug auf der silbernen Trense kaute, war auch ein Haupt höheren Ranges an diesem Ort anwesend. Das war denn auch der Fall. Der Regent von Lebak, *Radhen Adhipatti Karta Natta Nagara* hatte mit großem Gefolge *Rangkas-Betong* verlassen und trotz seines hohen Alters die knapp 20 Kilometer zurückgelegt, die seinen Wohnort von der angrenzenden Provinz *Pandaglang* trennen.

Ein neuer Resident-Assistent wurde erwartet, und der Brauch, der in Niederländisch-Ostindien mehr als irgendwo sonst die Kraft eines Gesetzes hat, will, daß der Beamte, der mit der Führung einer Provinz beauftragt ist, bei seiner Ankunft festlich willkommen geheißen wird. Auch der Kontrolleur, ein Mann mittleren Alters, der seit dem Tod des vorigen Resident-Assistenten als Rangnächster für einige Monate die Führung stellvertretend übernommen hatte, war dort anwesend.

Sobald der Zeitpunkt der Ankunft des neuen Resident-Assistenten bekannt war, hatte man eiligst einen *Pendoppo* errichten lassen, einen Tisch und einige Stühle dorthin gebracht und einige Erfrischungen bereitgestellt. In diesem *Pendoppo* nun wartete der Regent mit dem Kontrolleur auf die Ankunft des neuen Chefs.

Nach einem breitkrempigen Hut, einem Regenschirm oder einem hohlen Baum ist ein *Pendoppo* sicher die einfachste Form von einem *Dach*. Stellen Sie sich vier oder sechs Bambuspfähle in den Boden geschlagen vor, die oben mit weiterem Bambus verbunden sind, auf dem eine Lage aus den langen Blättern der Wasserpalme, die in diesem Gebiet *Atap* heißt, befestigt ist, und Sie haben einen solchen *Pendoppo* vor Augen. Er ist, wie Sie sehen, so einfach wie möglich gebaut und sollte hier auch lediglich als *Pied à terre* für die europäischen und inländischen Beamten dienen, die dort ihr neues Oberhaupt an der Grenze willkommen hießen.

Ich habe mich nicht vollkommen klar ausgedrückt, als ich den Resident-Assistenten das Oberhaupt auch des Regenten nannte. Eine Ausführung über den Mechanismus der Führung in diesen Gebieten ist an dieser Stelle für das bessere Verständnis von dem, das folgen wird, erforderlich.

Das sogenannte *Niederländisch Ostindien* – das Adjektiv *niederländisch* kommt mir einigermaßen ungenau vor, aber es wurde offiziell angenommen – ist, was das Verhältnis des Mutterlandes zur Bevölkerung anbelangt, in zwei sehr unterschiedliche Hauptbereiche zu unterteilen. Ein Bereich besteht aus Stämmen, deren wichtige und weniger wichtige Fürsten die Oberherrschaft der Niederlande als Kolonialmacht anerkannt haben, wobei allerdings die direkte Führung in mehr oder weniger starkem Maße noch immer in den Händen der eingeborenen Häupter selbst geblieben ist. Ein anderer Bereich, zu dem – mit einer sehr kleinen, vielleicht nur scheinbaren Ausnahme – ganz *Java* gehört, ist den *Niederlanden* direkt unterstellt. Von Zins oder Tribut oder Bündnis ist hier keine Rede. *Der Javaner ist niederländischer Untertan.* Der König der Niederlande ist auch *sein* König. Die Nachfahren seiner ehemaligen Fürsten und Herren sind *niederländische* Beamte. Sie werden angestellt, versetzt, befördert vom Generalgouverneur, der im Namen des *Königs* regiert. Der Verbrecher wird gerichtet und verurteilt nach einem Gesetz, das von *'s Gravenhage* erlassen worden ist. Die Steuern, die der Javaner aufbringt, fließen in die Staatskasse der *Niederlande*.

Nur von diesem Teil der niederländischen Besitztümer, die also in der Tat ein Teil des *Königreichs der Niederlande* sind, wird auf diesen Seiten die Rede sein.

Dem Generalgouverneur steht ein Rat zur Seite, der jedoch auf seine Beschlüsse keinen *entschei-*

denden Einfluß hat. In Batavia sind die unterschiedlichen Verwaltungszweige in ›Departements‹ unterteilt, an deren Spitze Direktoren stehen, die ein Bindeglied zwischen der oberen Führung des Generalgouverneurs und den Residenten in den Provinzen bilden. Bei der Behandlung von Angelegenheiten politischer Art wenden sich die Beamten direkt an den Generalgouverneur.

Die Bezeichnung *Resident* rührt aus der Zeit, da die *Niederlande* die Bevölkerung erst *mittelbar* als *Lehnsherr* beherrschten und sich an den Höfen der noch regierenden Fürsten von *Residenten* vertreten ließen. Diese Fürsten gibt es nicht mehr, und die Residenten sind als regionale Gouverneure oder *Präfekten* Herrscher der Landstriche geworden. Ihr Wirkungskreis hat sich gewandelt, doch der Name ist geblieben.

Es sind diese Residenten, die eigentlich die niederländische Staatsgewalt gegenüber der javanischen Bevölkerung vertreten. Das Volk kennt weder den Generalgouverneur, noch die Räte Niederländisch-Ostindiens, noch die Direktoren in Batavia. Es kennt lediglich den *Residenten* und die Beamten, die ihm unterstellt sind.

Eine solche Residenz – es gibt welche, die nahezu eine Million Seelen umfassen – ist in drei, vier oder fünf Provinzen oder Regentschaften unterteilt, an deren Spitze *Resident-Assistenten* eingesetzt sind. Von diesen wiederum wird die Führung von Kontrolleuren, Aufsehern und vielen anderen Beamten übernommen, die erforderlich sind für das Eintreiben der Steuern, für die Aufsicht über die Landwirtschaft, für das Errichten von Gebäuden, für die wasserwirtschaftlichen Arbeiten, für die Polizei und für das Rechtswesen.

In jeder Provinz steht ein einheimisches Haupt von hohem Rang mit dem Titel eines *Regenten* dem Resident-Assistenten zur Seite. Solch ein Regent, obwohl sein Verhältnis zur Führung und sein Aufgabengebiet ganz dem eines *besoldeten Beamten* entspricht, gehört immer zum hohen Adel des Landes und oftmals zur Verwandtschaft der Fürsten, die früher in diesem Landstrich oder in der Nachbarschaft unabhängig regiert haben. Sehr diplomatisch wird also von ihrem feudalen Einfluß von alters her Gebrauch gemacht – der in ganz Asien von großer Bedeutung ist und bei den meisten Stämmen sogar religiöse Wurzeln hat –, wobei durch die Ernennung dieser Häupter zu Beamten eine Hierarchie geschaffen wird, an deren Spitze die niederländische Obrigkeit steht, die vom Generalgouverneur vertreten wird.

Es gibt also nichts Neues. Wurden nicht die Reichs-, Mark-, Gau- und Burggrafen des Deutschen Reiches ebenso vom Kaiser angestellt und meistens aus Baronen gewählt? Ohne näher auf den Ursprung des Adels eingehen zu wollen, der ganz in der Natur der Sache liegt, möchte ich mich an dieser Stelle dennoch darüber äußern, wie in unserem Erdteil sowie im weit entfernten Niederländisch-Ostindien dieselben Ursachen dieselben Folgen hatten. Ein Land muß über große Entfernungen hinweg regiert werden, und dazu sind Beamte nötig, die die zentrale Obrigkeit vertreten.

Unter dem System der militärischen Willkür wählten die Römer hierfür die *Präfekten*, zunächst gewöhnlich die Befehlshaber der Legionen, die das betreffende Land unterworfen hatten. Solche Regionen blieben dann auch *Provinzen*, das heißt *erobertes Gebiet*. Als jedoch später die zentrale Obrigkeit des Deutschen Reiches sich berufen fühlte, ein weit entfernt gelegenes Volk in einer anderen Weise an sich zu binden als durch materielle Überlegenheit allein, als eine weit entfernte Region durch Gleichheit in Herkunft, Sprache und Gewohnheit als zum Reich gehörig erachtet wurde, war es notwendig, jemanden mit der Führung der Angelegenheiten zu beauftragen, der in diesem Land nicht nur zu Hause war, sondern durch seinen Stand über seine Mitbürger in diesen Regionen erhaben war, auf daß die Gehorsamkeit den Befehlen des Kaisers gegenüber erleichtert würde durch die einhergehende Neigung, sich dem, der mit der Ausführung dieser Befehle beauftragt war, zu unterwerfen. Hierdurch wurden dann gleichzeitig ganz oder teilweise die Ausgaben vermieden, die für ein stehendes Heer zu Lasten der Staatskasse aufzuwenden waren, oder, wie es meistens geschah, zu Lasten der Provinzen selbst, die von einem solchen Heer bewacht werden sollten. So wurden die ersten Grafen aus den Baronen des Landes gewählt, und genaugenommen ist folglich das Wort *Graf* kein Adelstitel, sondern nur die Bezeichnung einer mit einem gewissen *Amt* betrauten Person. Ich glaube daher auch, daß im Mittelalter die Meinung galt, daß der deutsche Kaiser zwar das Recht hatte, Grafen, also *Landesfürsten*, und Herzöge, also *Heerführer*, zu ernennen, daß aber die Barone behaupteten, hinsichtlich ihrer Geburt dem Kaiser gleichgestellt und nur von Gott abhängig zu sein, mit der Einschränkung, dem Kaiser dann zu dienen, wenn dieser mit ihrer Zustimmung und aus ihrer Mitte gewählt worden war. Ein Graf bekleidete ein *Amt*, zu dem der Kaiser ihn berufen hatte. Ein Baron betrachtete sich als Baron ›*von Gottes Gnaden*‹. Die Grafen vertraten den Kaiser und führten in dieser Eigenschaft *dessen* Banner, also die Reichsstandarte. Ein Baron mobilisierte die Menschen unter seiner eigenen Fahne, als Bannerherr.

Der Umstand nun, daß Grafen und Herzöge in der Regel aus den Reihen der Baronen gewählt wurden, führte dazu, daß sie das Gewicht ihres Amtes in die Waage legten zusätzlich zu dem Einfluß, der in ihrer Geburt begründet war, und hieraus scheint später, vor allem, als man sich an die Erblichkeit dieser Ämter gewöhnt hatte, der Vorrang entstanden zu sein, den diese Titel gegenüber dem des Barons genossen. Heute noch soll so manche freiherrliche Familie – ohne kaiserlichen oder königlichen Adelsbrief, die ihren Adel von der Entstehung des Landes ableitet, die *immer* adelig war, *weil* sie adelig war – *autochton* – eine Erhebung in den Grafenstand als entwürdigend ablehnen. Es gibt Beispiele hierfür.

Die Personen, die mit der Führung einer solchen Grafschaft betraut waren, versuchten natürlich, den Kaiser dazu zu bringen, ihren Söhnen oder, wenn keine da waren, anderen Blutsverwandten die Nachfolge ihrer Ämter zu übertragen. Dies geschah in der Regel auch, obgleich ich nicht glaube, daß jemals das Recht auf diese Nachfolge *gesetzlich* anerkannt wurde, zumindest nicht, was diese Beamten in den *Niederlanden* betrifft, zum Beispiel die Grafen von Holland, Seeland, Henegouwen oder Flandern, die Herzöge von Brabant, Gelderland und so weiter. Es war zu Beginn eine Gunst, bald eine Gewohnheit, schließlich eine Notwendigkeit, aber nie wurde diese Erbfolge zum Gesetz erhoben.

Nahezu in gleicher Weise – was die Wahl der Personen betrifft, da hier keine Rede von Gleichheit im Aufgabenbereich ist, obwohl auch in dieser Hinsicht eine gewisse Übereinstimmung ins Auge fällt – steht an der Spitze einer Provinz auf Java ein einheimischer Beamter, der den ihm vom Gouvernement verliehenen Rang mit seinem *autochtonen* Einfluß verbindet, um dem europäischen Beamten, der die *niederländische* Obrigkeit vertritt, die Führung zu erleichtern. Auch hier ist die Vererbbarkeit, ohne durch ein Gesetz festgelegt zu sein, zur Gewohnheit geworden. Bereits zu Lebzeiten des Regenten ist diese Angelegenheit meistens geregelt, und es gilt als Belohnung für Diensteifer und Treue, wenn man ihm die Zusage gibt, daß sein Sohn ihm in seinem Amt nachfolgen wird. Es müssen schon sehr gewichtige Gründe vorliegen, damit von dieser Regel abgewichen wird, und wo dies der Fall sein mag, wählt man normalerweise den Nachfolger aus den Mitgliedern derselben Familie.

Das Verhältnis zwischen europäischen Beamten und derartig hochgestellten javanischen Größen ist von sehr heikler Art. Der Resident-Assistent einer Provinz ist die verantwortliche Person. Er hat seine Instruktionen und es wird von ihm erwartet, Haupt der Provinz zu sein. Das verhindert jedoch nicht, daß der Regent durch seine Ortskenntnis, durch Geburt, durch den Einfluß auf die Bevölkerung, durch finanzielle Einkünfte und eine entsprechende Lebensweise weit über ihn erhaben ist. Außerdem ist der Regent als Vertreter des *javanischen Elementes* einer Region, der im Namen der hundert- oder mehr tausend Seelen spricht, die seine Regentschaft bevölkern, auch in den Augen des Gouvernements eine viel wichtigere Person als der einfache *europäische* Beamte, dessen Unzufriedenheit nicht gefürchtet zu werden braucht, da man an seiner Statt viele andere einsetzen kann, während die getrübte Laune eines Regenten leicht zum Keim für Unruhen und Aufstand werden könnte.

Aus all dem ergibt sich also der merkwürdige Umstand, daß eigentlich der *Geringere* dem *Vorgesetzten* befiehlt. Der Resident-Assistent ordnet dem Regenten an, ihm Bericht zu erstatten. Er beauftragt ihn, Volk für die Arbeit an Brücken und Straßen zu schicken. Er ordnet an, Steuern einzutreiben. Er beruft ihn zum Sitz im Landrat, dem er, der Resident-Assistent, vorsitzt. Er ermahnt ihn, wo er sich der Pflichtversäumnis schuldig macht. Dieses sehr merkwürdige Verhältnis wird nur ermöglicht durch den äußerst höflichen Umgang, der gleichwohl weder Herzlichkeit noch, wo sich dies als erforderlich erweisen sollte, Strenge auszuschließen braucht, und ich glaube, daß der Umgangston, der in diesem Verhältnis herrschen sollte, recht genau in der offiziellen Vorschrift diesbezüglich festgelegt ist: der *europäische* Beamte habe den *einheimischen* Beamten, der ihm zur Seite steht, zu behandeln wie seinen *jüngeren Bruder*.

Aber er vergesse nicht, daß dieser *jüngere Bruder* bei den Eltern sehr geliebt – oder gefürchtet – ist und daß bei einer auftretenden Meinungsverschiedenheit seine altersbedingte Überlegenheit in Rechnung gebracht würde als Grund, es ihm übel zu nehmen, daß er seinen *jüngeren Bruder* nicht mit mehr Nachgiebigkeit oder Takt behandelt.

Die angeborene Höflichkeit des javanischen Fürsten – sogar der geringere Javaner ist höflicher als sein europäischer Standesgenosse – macht gleichwohl dieses scheinbar schwierige Verhältnis erträglicher, als es sonst wäre.

Der Europäer sei wohlerzogen und taktvoll, er betrage sich mit freundlicher Würde und kann sich dann sicher sein, daß ihm der Regent seinerseits die Führung erleichtern wird. Sogar abstoßenden Befehlen, in bittender Form geäußert, wird strikt nachgekommen. Standesunterschied, Geburt, Reichtum werden ausgelöscht vom Regenten selbst, der den Europäer als Vertreter des Königs der Niederlande zu sich erhebt, und schließlich wird ein Verhältnis, das oberflächlich betrachtet Konflikte hervorrufen müßte, sehr oft zur Quelle eines angenehmen Umgangs.

Ich sagte, daß solche Regenten auch durch Reichtum den Vorrang hatten vor dem europäischen Beamten, und das ist natürlich. Der Europäer ist, wenn er zur Führung einer Provinz berufen wird, die hinsichtlich der Größe vielen deutschen Herzogtümern gleichkommt, normalerweise jemand mittleren Alters oder etwas älter, verheiratet und Familienvater. Er bekleidet ein Amt, sein täglich Brot zu verdienen. Seine Einkünfte reichen gerade aus, und oft sogar reichen sie *nicht* aus, um den Seinen das Nötige zu geben. Der Regent ist: *Tommongong*, *Adhipatti*, ja, sogar *Pangerang*, das heißt *Javanischer Prinz*. Die Frage ist für ihn nicht zu *leben*, sondern er muß so leben, wie das Volk dies bei seiner Aristokratie zu sehen gewohnt ist. Wo der *Europäer* ein Haus bewohnt, ist *seine* Bleibe oft ein *Kratoon* mit vielen Häusern und Dörfern darin. Wo der Europäer eine Frau hat mit drei, vier Kindern, unterhält *er* eine Vielzahl Frauen mit allem, was dazu gehört. Wo der *Europäer* ausreitet, gefolgt von einigen Beamten, nicht mehr, als er bei seiner Inspektionsreise unterwegs für das Geben von Informationen braucht, wird dem Regenten Gesellschaft geleistet von all den Hunderten, die zum Gefolge gehören, das in den Augen des Volkes unzertrennlich mit seinem hohen Rang verbunden ist. Der *Europäer* lebt bürgerlich, der Regent lebt – oder es wird von ihm erwartet zu leben – wie ein Fürst.

Doch dies alles muß *bezahlt* werden. Die niederländische Verwaltung, die sich auf den Einfluß dieser Regenten stützt, weiß das, und nichts ist also natürlicher, als daß sie deren Einkünfte auf eine Höhe gesteigert hat, die einem Außenstehenden übertrieben vorkommen würde, tatsächlich aber nur selten ausreicht, um die Ausgaben, die mit der Lebensweise eines solchen einheimischen Hauptes verbunden sind, zu decken. Es ist nicht ungewöhnlich, Regenten, die zwei- ja, dreimal hunderttausend Gulden im Jahr an Einkommen haben, in Geldnöten zu sehen. Hierzu trägt die sozusagen fürstliche Gleichgültigkeit, mit der sie ihre Einkünfte verschwenden, ihre Nachlässigkeit bei der Bewachung ihrer Untergebenen, ihre Kaufsucht und *vor allem* der Mißbrauch, der oftmals von diesen Umständen durch die Europäer getrieben wird, viel bei.

Die Einkünfte der javanischen Häupter könnte man durch vier teilen und nach Verwendungszweck trennen. Zunächst ein bestimmtes Monatsgeld. Dann eine feste Summe als Entschädigung für abgekaufte Rechte, die auf die niederländische Führung übergegangen sind. Drittens eine Belohnung proportional zur Menge der in ihrer Regentschaft erzeugten Produkte wie Kaffee, Zucker, Indigo, Zimt und so weiter. Und schließlich die willkürliche Verfügung über die Arbeitskraft und das Eigentum ihrer Untergebenen.

Die beiden letzten Einnahmequellen fordern einige Erläuterungen. Der Javaner ist vom Wesen her Bauer. Der Boden, auf dem er geboren wurde, der viel verspricht für wenig Arbeit, fordert ihn hierzu heraus, und vor allem ist er mit Leib und Seele der Bewirtschaftung seiner Reisfelder ergeben, worin er daher auch sehr erfahren ist. Er wächst inmitten von *Sawahs* und *Gagahs* und *Tipars* auf und begleitet bereits in sehr jungem Alter seinen Vater aufs Feld, wo er ihm zur Hand geht bei der Arbeit mit Pflug und Spaten, beim Eindämmen und Bewässern seiner Felder. Er zählt seine Jahre nach den Ernten, er rechnet die Zeit nach der Farbe seiner auf dem Feld stehenden Halme, er fühlt sich zu Hause unter den Kameraden, die mit ihm *Padie* schnitten, er sucht seine Frau unter den Mädchen der *Dessah*, die abends unter fröhlichem Gesang den Reis stampfen, um ihm die Schale zu nehmen... Der Besitz einiger Büffel, die seinen Pflug ziehen werden, ist das Ideal, das ihn anlächelt... kurzum, der Reisanbau ist für den Javaner, was in den Rheinauen und im Süden Frankreichs der Weinbau.

Doch dann kamen Fremde aus dem Westen, die sich zu Herren des Landes machten. Sie wollten ihren Vorteil aus der Fruchtbarkeit des Bodens ziehen und befahlen dem Bewohner, einen Teil seiner Arbeitskraft und seiner Zeit dem Erzeugen anderer Produkte zu widmen, die mehr Gewinn auf den Märkten *Europas* abwerfen würden. Um den kleinen Mann hierzu zu bewegen, war nicht mehr als ganz einfache Politik erforderlich. Da er seinen Häuptern gehorsam ist, brauchte man also nur noch diese Häupter zu gewinnen, indem man ihnen einen Teil des Gewinns zusicherte, und... es glückte vollkommen.

Wenn man auf die gewaltige Menge javanischer Produkte achtet, die in den Niederlanden angeboten werden, kann man sich von der Wirksamkeit dieser Politik überzeugen, obgleich man sie nicht edel findet. Denn sollte jemand fragen, ob der Bauer selbst auch eine diesem Ergebnis entsprechende Belohnung genießt, so muß ich darauf eine verneinende Antwort geben. Die Regierung verpflichtet ihn dazu, auf seinem Grund und Boden das anzubauen, was *ihr* behagt, sie straft ihn, wenn er das so Hervorgebrachte verkauft an wen auch immer außer ihr, und *sie selbst* bestimmt den Preis, den sie ihm dafür bezahlt. Die Kosten für die Überführung nach Europa durch Vermittlung einer bevorrechteten Handelsgesellschaft sind hoch. Die den Häuptern zusätzlich bezahlten Prämien steigern noch den Einkaufspreis, und... da doch schließlich die ganze Angelegenheit Gewinn abwerfen *muß*, kann dieser Gewinn nicht anders erzielt werden, als dem Javaner gerade so viel auszuzahlen, daß er nicht an Hunger sterbe, was die produktive Kraft der Nation schmälern würde.

Auch den europäischen Beamten wird eine Prämie ausbezahlt, die dem Ertrag entspricht.

Zwar wird also der arme Javaner fortgepeitscht durch doppelte Obrigkeit, zwar wird er oftmals von seinen Reisfeldern abgezogen, zwar ist Hungersnot oft die Folge dieser Maßnahmen, doch... fröhlich wehen in Batavia, in Semarang, in Surabaja, in Passaruan, in Besuki, in Probolingo, in Patjitan, in Tjilatjap die Fahnen an Bord der

Schiffe, die mit den Ernten beladen werden, die den Niederlanden Reichtum bringen.

Hungersnot? Auf dem reichen, fruchtbaren, gesegneten Java *Hungersnot?* Ja, Leser. Vor wenigen Jahren sind ganze Distrikte durch Hunger ausgestorben. Mütter boten ihre Kinder zum Kauf für Speise. Mütter haben ihre Kinder gegessen...

Aber dann hat sich das Mutterland der Sache angenommen. In den Beratungssälen der Volksvertretung ist man darüber sehr unzufrieden gewesen, und der damalige Landvogt hat Befehle erteilen müssen, daß man die Ausweitung der sogenannten *europäischen Marktprodukte* fortan nicht wieder bis hin zur Hungersnot fortsetzen solle...

Hier bin ich bitter geworden. Was würden Sie von jemandem halten, der solche Dinge niederschreiben könnte *ohne* Bitterkeit?

Mir bleibt noch zu sprechen über die letzte und wichtigste Art des Einkommens einheimischer Häupter: das willkürliche Verfügen über die Personen und Eigentum ihrer Untergebenen.

Nach der allgemeinen Auffassung in fast ganz Asien gehört der Untertan mit allem, was er besitzt, dem Fürsten. Das ist auch auf Java der Fall, und die Nachfahren oder Verwandten der ehemaligen Fürsten machen gerne Gebrauch von der Unkenntnis der Bevölkerung, die nicht recht versteht, daß sein *Tommongong* oder *Adhipatti* oder *Pangerang* jetzt ein *besoldeter Beamter* ist, der seine eigenen Rechte und die des Volkes für ein bestimmtes Einkommen verkauft hat, und daß folglich die spärlich belohnte Arbeit in Kaffeeplantagen oder auf dem Zuckerfeld an die Stelle der Steuern getreten ist, die früher durch die Herren des Landes von den Bewohnern gefordert wurden. Nichts ist also alltäglicher, als daß Hunderte von Familien von sehr weit her aufgerufen werden, *unentgeltlich* Felder zu bearbeiten, die dem Regenten gehören. Nichts ist gewöhnlicher, als das *unentgeltliche* Herausgeben von Nahrungsmitteln für die Hofhaltung des Regenten. Und wenn der Regent ein gefälliges Auge auf das Pferd, den Büffel, die Tochter, die Frau eines geringen Mannes fallen lassen sollte, würde man es als ungehörig empfinden, wenn dieser die bedingungslose Herausgabe des begehrten Gegenstandes verweigerte.

Es gibt Regenten, die von solchen willkürlichen Verfügungen nur mäßigen Gebrauch machen und nicht mehr vom geringen Mann fordern als zum Erhalt ihres Ranges absolut erforderlich ist. Andere gehen etwas weiter, aber gänzlich fehlt diese Ungesetzlichkeit nirgends. Es ist daher auch schwierig, ja, unmöglich, einen solchen Mißbrauch *völlig* auszumerzen, da er in der Art der Bevölkerung selbst, die darunter leidet, tief verwurzelt ist. Der Javaner ist freigiebig, vor allem da, wo es darum geht, einen Beweis für seine Verbundenheit mit seinem Haupt zu liefern, dem Nachfahren desjenigen, dem schon seine Väter gehorchten. Ja, er würde glauben, der Ehrfurcht, die er seinem vererbten Herrn schuldig ist, nicht Genüge zu tun, wenn er ohne Geschenke dessen *Kratoon* beträte. Solche Geschenke sind daher auch oftmals von so geringem Wert, daß das Abweisen etwas Erniedrigendes in sich bergen würde, und oft ist demnach diese Gewohnheit eher zu vergleichen mit der Ehrung eines Kindes, das versucht, seine Liebe zum Vater durch das Anbieten eines kleinen Geschenkes zu äußern, als es für die Wertschätzung einer tyrannischen Willkür zu halten.

Aber... so wird durch einen *liebenswerten Brauch* die Abschaffung von *Mißbrauch* behindert.

Wenn sich der *Alun-Alun* vor dem Hause des Regenten in einem verwilderten Zustand zeigte, wäre die in der Nähe wohnende Bevölkerung hierüber beschämt, und es wäre viel Macht erforderlich, sie daran zu *hindern*, diesen Platz von Unkraut zu säubern und ihn in einen Zustand zu bringen, wie es einem Regenten gebührt. Hierfür etwas zu bezahlen, würde allgemein als Beleidigung aufgefaßt. Aber neben diesem *Alun-Alun* oder anderenorts, liegen *Sawahs*, die auf den Pflug warten oder auf eine Leitung, die das Wasser dorthin leiten soll, oft von meilenweit her... diese *Sawahs* gehören dem Regenten. Um *seine* Felder zu bearbeiten oder zu bewässern, ruft er die Bevölkerung von ganzen Dörfern auf, deren eigene *Sawahs* ebensosehr der Bearbeitung bedürfen... siehe da, der *Mißbrauch*.

Dies alles ist der Regierung bekannt, und wer die Staatsblätter liest, in denen die Gesetze, Instruktionen und Anleitungen für die Beamten enthalten sind, der jubelt der Menschenliebe zu, die diese Entwürfe beherrschen. Allenthalben wird dem Europäer, der mit der Verwaltung in den Provinzen beauftragt ist, als eine seiner teuersten Verpflichtungen ins Gewissen gerufen, die Bevölkerung vor ihrer eigenen Unterwürfigkeit und der Habsucht der Häupter zu schützen. Und, als wäre es nicht genug, diese Verpflichtung *im allgemeinen* vorzuschreiben, wird von den Resident-Assistenten beim Antritt ihrer Führung einer Provinz noch ein *gesonderter Eid* gefordert, daß sie diese väterliche Sorge für die Bevölkerung als erste Pflicht betrachten müssen.

Das ist ganz sicher eine schöne Berufung. Gerechtigkeit walten zu lassen, den Geringen zu schützen vor dem Mächtigen, den Schwachen vor dem Starken zu schützen, das Schaf des armen Mannes zurückzufordern aus den Ställen des fürstlichen Räubers... siehe, es könnte einem das Herz übergehen vor Freude bei der Vorstellung, man sei zu etwas derart Schönem berufen! Und wer in der javanischen Provinz manchmal unzufrieden sein mag mit Standort oder Entlohnung, der wende den Blick der erhabenen Pflicht zu, die auf ihm ruht, auf das herrliche Vergnügen, das die Erfüllung *solch* einer Pflicht mit sich bringt, und er wird keine andere Entlohnung mehr begehren.

Doch... leicht ist diese Pflicht nicht. Vorerst habe man erst zu beurteilen, wo der *Gebrauch* aufgehört hat, um dem *Mißbrauch* Platz zu machen? Und... wo der Mißbrauch *besteht*, wo tatsächlich Raub oder Willkür geschehen *ist*, sind die Opfer hieran zumeist mit schuldig, sei es aus einer zu weit getriebenen Unterwerfung, sei es aus

Furcht, sei es aus Mißtrauen gegenüber dem Willen oder der Macht der Person, die ihn beschützen soll. Jeder weiß, daß der *europäische* Beamte jeden Augenblick für eine andere Stellung abberufen werden kann, und daß der *Regent, der mächtige Regent,* bleibt. Zudem gibt es so viele Möglichkeiten, sich das Eigentum eines armen, unbedarften Menschen anzueignen! Wenn ein *Mantrie* ihm sagt, daß der Regent sein Pferd begehrt, mit der Folge, daß das begehrte Tier alsbald seinen Platz in den Stallungen des Regenten erhalten hat, beweist dies noch ganz und gar nicht, daß dieser nicht beabsichtigte – oh, sicher! – hierfür einen hohen Preis zu bezahlen... zu seiner Zeit. Wenn Hunderte auf den Feldern eines Oberhauptes arbeiten, ohne hierfür jegliche Entlohnung zu erhalten, folgt daraus keineswegs, daß er das zu *seinem* Vorteil geschehen ließ. Hätte es nicht in seiner Absicht liegen können, ihnen die Ernte zu überlassen aus der menschenliebenden Berechnung heraus, daß sein Grund und Boden besser gelegen, fruchtbarer sei als ihrer, und er deshalb ihre Arbeit besser belohnen würde?

Außerdem, woher nimmt der europäische Beamte die Zeugen, die den Mut besitzen, eine Erklärung gegen ihren Herrn, den gefürchteten Regenten, abzugeben? Und, wenn er eine Beschuldigung wagte, *ohne diese beweisen zu können,* wo bleibt dann das Verhältnis des *älteren Bruders,* der in einem solchen Fall seinen *jüngeren Bruder* ohne Grund in seiner Ehre gekränkt hätte? Wo bleibt die Gunst der Regierung, die ihm

Brot gibt für Dienst, ihm jedoch dieses Brot entsagen, ihn als unfähig entlassen würde, wenn er eine so hochgestellte Persönlichkeit wie einen *Tommongong*, *Adhipatti* oder *Pangerang* leichtfertig verdächtigt oder angeklagt hätte?

Nein, nein, leicht ist diese Pflicht nicht! Das wird bereits daraus ersichtlich, daß die Neigung der einheimischen Oberhäupter, um die Grenze der erlaubten Verfügung über Arbeit und Eigentum ihrer Untergebenen zu überschreiten, überall offen anerkannt wird... daß alle Resident-Assistenten den Eid leisten, diese verbrecherische Habsucht zu ahnden, und... daß dennoch *sehr* selten ein Regent wegen Willkür oder Machtmißbrauch angeklagt wird.

Es scheint also sehr wohl nahezu unüberwindbare Schwierigkeiten zu geben, dem Eid Folge zu leisten: »*die einheimische Bevölkerung zu schützen vor Ausbeutung und Unterdrückung*«.

Sechstes Kapitel

Kontrolleur Verbrugge war ein guter Mensch. So wie er da saß in seinem blauen Tuchfrack mit gestickten Eichen- und Orangenzweigen auf Kragen und Ärmelaufschlägen war es schwierig, in ihm den Typus zu verkennen, der unter den Holländern in Niederländisch-Ostindien vorherrscht... ein Menschenschlag, nebenbei bemerkt, der sehr wohl von den Holländern in Holland zu unterscheiden ist. Träge, solange es nichts zu tun gab, und weit entfernt von der Hektik, die in Europa als Fleiß gilt, aber fleißig, wo Tatkraft vonnöten war... einfach, doch herzlich zu denen, die zu seinem Umfeld gehörten... mitteilsam, hilfsbereit und gastfreundlich... mit guten Manieren ohne Steifheit... empfänglich für gute Eindrücke... ehrlich und aufrichtig, ohne jedoch Lust zu verspüren, zum Märtyrer der Umstände zu werden... kurz, er war der Mann, der, wie man so sagt, überall hineinpassen würde, ohne daß man jedoch auf die Idee kommen würde, das Jahrhundert nach ihm zu benennen, wonach er aber auch nicht strebte.

Er saß in der Mitte des *Pendoppo* an einem weiß gedeckten Tisch, auf dem Speisen angerichtet waren. Leicht ungeduldig fragte er von Zeit zu Zeit, mit den Worten der Frau von Blaubart den *Mandoor*-Wachmann, das ist der Chef der Polizei- und Bürodiener des Assistent-Residenten, ob noch nichts zu sehen sei? Dann stand er auf, versuchte vergeblich, seine Sporen auf dem gestampften

Lehmboden des *Pendoppo* klirren zu lassen, zündete zum zwanzigsten Male seine Zigarre an, und setzte sich enttäuscht wieder hin. Er sprach wenig.

Und dabei hätte er sprechen können, denn er war nicht allein. Ich meine damit nicht etwa, daß er von zwanzig oder dreißig Javanern umgeben war, von Bediensteten, *Mantries* und Wachmännern, die am Boden im und außerhalb des *Pendoppo* hockten, noch meine ich die vielen, die ständig ein- und ausgingen, noch die Vielzahl der Einheimischen unterschiedlicher Ränge, die draußen die Pferde hielten oder umherritten... nein, der Regent von Lebak selbst, *Radhen Adhipatti Karta Natta Nagara*, saß ihm gegenüber.

Warten ist immer unangenehm. Eine Viertelstunde dauert eine Stunde, eine Stunde einen halben Tag, und so weiter. Verbrugge hätte ruhig etwas gesprächiger sein können. Der Regent von *Lebak* war ein gebildeter alter Mann, der über vieles mit Verstand und Urteilsvermögen zu sprechen wußte. Man brauchte ihn nur anzusehen, um davon überzeugt zu sein, daß der überwiegende Teil der Europäer, die mit ihm in Berührung kamen, mehr von ihm lernen konnten als er von ihnen. Das Feuer seiner lebhaften dunklen Augen stand im Widerspruch zu der Müdigkeit in den Zügen seines Antlitzes und dem Weiß seiner Haare. Was er sagte, war für gewöhnlich lange durchdacht – eine Eigenart übrigens, die alle gebildeten Asiaten auszeichnet –, und wenn man mit ihm in einem Gespräch verwickelt war, so spürte man, daß seine Worte wie Briefe zu betrachten waren, deren erste schriftliche Entwürfe er in seinem Archiv bewahrte, um, falls nötig, darauf zu verweisen. Dies nun mag demjenigen, der den Umgang mit javanischen Größen nicht gewohnt ist, unangenehm erscheinen, obgleich es nicht schwer ist, alle Gesprächsthemen, die Anstoß erregen könnten, zu vermeiden, vor allem, weil sie von sich aus nie auf brüske Art und Weise dem Lauf der Unterhaltung eine andere Richtung geben werden, da dies nach asiatischen Begriffen dem guten Ton zuwiderlaufen würde. Wer also Grund hat, die Berührung eines bestimmten Punktes zu vermeiden, der braucht lediglich über unbedeutende Angelegenheiten zu sprechen und kann dann sicher sein, daß ein javanisches Haupt ihn nicht durch eine unerwünschte Wendung des Gespräches auf ein Terrain führen wird, das er lieber nicht betreten würde.

Über die beste Umgangsform mit diesen Häuptern gibt es übrigens verschiedene Meinungen. Mir scheint, daß einfache Aufrichtigkeit, ohne Streben nach diplomatischer Vorsicht, den Vorzug verdient.

Wie dem auch sei, Verbrugge begann mit einer banalen Bemerkung über das Wetter und den Regen.

»Ja, Herr Kontrolleur, es herrscht Westmonsun.«

Dies nun wußte Verbrugge wohl: man schrieb Januar. Aber was *er* über den Regen gesagt hatte, wußte der Regent auch. Hierauf folgte wieder eine

Zeit des Schweigens. Der Regent winkte mit einer kaum sichtbaren Kopfbewegung einem der Bediensteten, der am Eingang des *Pendoppo* hockte. Ein kleiner Junge, allerliebst gekleidet in ein blausamtenes Wams, eine weiße Hose mit einer goldenen Bauchbinde, die seinen kostbaren *Sarong* um die Lenden hielt, und auf dem Kopf eine schöne *Kain Kapala*, unter der seine schwarzen Augen keck zum Vorschein kamen, kroch hockend bis zu den Füßen des Regenten, stellte die goldene Dose hin, die den Tabak, den Kalk, die *Sirie*, die *Pinang* und das *Gambier* enthielt, machte die *Slamat*, indem er beide Hände zusammengefügt erhob bis zu seiner tief verneigten Stirn und bot seinem Herrn die kostbare Dose an.

»Der Weg wird beschwerlich sein nach so viel Regen«, sagte der Regent, wie um das lange Warten erklärbar zu machen, während er das Betelblatt mit Kalk bestrich.

»Im *Pandaglangschen* ist der Weg gar nicht so schlecht«, antwortete Verbrugge, der, zumindest wenn er nichts Anstößiges berühren wollte, diese Antwort ziemlich unbedacht gab. Denn er hätte bedenken sollen, daß ein Regent aus *Lebak* es nicht gerne hört, wenn die Straßen von *Pandaglang* gelobt werden, auch wenn diese tatsächlich besser sind als im *Lebakschen*.

Der *Adhipatti* machte den Fehler einer zu raschen Antwort nicht. Der kleine Page war bereits rückwärts auf den Knien bis zum Eingang des *Pendoppo* zurückgekrochen, wo er bei seinen Kameraden Platz nahm... der Regent hatte bereits seine Lippen und die wenigen Zähne mit dem Speichel seiner *Sirie* braunrot gefärbt, bevor er sagte: »Ja, es gibt viel Volk in *Pandaglang*.«

Für denjenigen, der den Regenten und den Kontrolleur kannte, für den die Zustände in *Lebak* kein Geheimnis waren, hätte es klar sein können, daß das Gespräch bereits zu einem Streit ausgeartet war. Denn eine Anspielung auf den besseren Zustand der Straßen in einer benachbarten Provinz schien die Folge von gescheiterten Versuchen zu sein, auch in *Lebak* solche besseren Straßen anlegen zu lassen oder die vorhandenen besser instandzuhalten. Doch hatte der Regent damit recht, daß *Pandaglang* dichter bevölkert war, vor allem im Verhältnis zur erheblich kleineren Fläche, und daß folglich dort die Arbeit an den großen Straßen mit vereinten Kräften leichter fiel als im *Lebakschen*, einer Provinz, die auf hunderten von Quadratkilometern Fläche lediglich siebzigtausend Einwohner zählte.

»Das ist wahr,« sagte Verbrugge, »wir haben wenig Volk hier, aber...«

Der *Adhipatti* sah ihn an, als erwarte er einen Angriff. Er wußte, daß nach einem ›aber‹ etwas folgen konnte, das unangenehm sein würde für ihn, der seit dreißig Jahren Regent von *Lebak* war. Es schien, daß Verbrugge in diesem Augenblick keine Lust verspürte, den Streit fortzusetzen. Zumindest brach er das Gespräch ab und fragte wiederum den *Mandoor*-Wachmann, ob er nichts kommen sehe?

»Ich sehe noch nichts aus der Richtung *Pandaglang*, Herr Kontrolleur, aber drüben auf der anderen Seite kommt jemand zu Pferd... es ist der *Tuwan kommendaan*.«

»Ja, du hast recht, *Dongso*«, sagte Verbrugge und sah hinaus, »das ist der Kommandant! Er jagt in dieser Gegend und ist heute Morgen schon früh ausgeritten. He, Duclari... Duclari!«

»Er hört Sie schon, mein Herr, er kommt hierher. Sein Bursche reitet hinter ihm und hat einen *Kidang* auf dem Pferd.«

»*Pegang kudahnja tuwan kommendaan*«, befahl Verbrugge einem der Bediensteten, die draußen saßen. »Bonjour, Duclari! Bist du naß? Was hast du geschossen? Komm herein!«

Ein kräftiger, etwa dreißigjähriger Mann mit straffer militärischer Haltung, obwohl er keine Uniform trug, betrat das *Pendoppo*. Es war Oberleutnant Duclari, Kommandant der kleinen Garnison von *Rangkas-Betong*. Verbrugge und er waren befreundet, und ihre Gemeinsamkeit war umso größer, da Duclari in Erwartung der Fertigstellung eines neuen Forts seit einiger Zeit die Wohnung von Verbrugge bezogen hatte. Er drückte diesem die Hand, grüßte den Regenten höflich und setzte sich und fragte: »Nun, was gibt es hier so?«

»Möchtest du Tee, Duclari?«

»Aber nein, mir ist warm genug! Hast du keine Kokosmilch? Die erfrischt besser.«

»Die lasse ich dir nicht bringen. Wenn man erhitzt ist, halte ich Kokosmilch für sehr schlecht.

Man wird steif und gichtig davon. Sieh doch die *Kulis*, die schwere Lasten über die Berge tragen: sie halten sich schnell und beweglich, indem sie heißes Wasser trinken oder *Koppi Dahun*. Aber *Ingwertee* ist noch besser...«

»Was? *Koppi dahun*, Tee aus Kaffeeblättern? Das habe ich noch nie gesehen.«

»Weil du nicht auf Sumatra gedient hast. Da trinkt man es.«

»Laß mir also Tee bringen... aber nicht von Kaffeeblättern oder von Ingwer. Ja, du warst auf Sumatra... und der neue Resident-Assistent auch, nicht wahr?«

Dieses Gespräch wurde auf Niederländisch geführt, einer Sprache, die der Regent nicht verstand. Vielleicht weil Duclari spürte, daß etwas Unhöfliches darin lag, ihn hierdurch von der Unterhaltung auszuschließen, vielleicht auch, weil er etwas anderes damit bezweckte, setzte er das Gespräch, indem er sich an den Regenten wandte, plötzlich auf Malaiisch fort: »Weiß der Herr *Adhipatti*, daß der Herr Kontrolleur den neuen Resident-Assistenten kennt?«

»Aber nein, das habe ich nicht gesagt, ich bin ihm nie begegnet. Er diente einige Jahre vor mir auf Sumatra. Ich habe dir nur gesagt, daß ich da viel über ihn habe reden hören, mehr nicht!«

»Nun, das läuft auf dasgleiche hinaus. Man braucht jemanden nicht unbedingt zu sehen, um ihn zu kennen. Wie denkt der Herr *Adhipatti* darüber?«

Der *Adhipatti* hatte gerade noch einen Bediensteten gerufen. Es verging also noch ein wenig

Zeit, bevor er sagen konnte: er stimme dem Herrn Kommandanten zu, doch es sei dennoch oft erforderlich, jemanden zu sehen, bevor man ihn beurteilen könne.

»Im großen und ganzen stimmt das vielleicht,« fuhr Duclari nun auf Niederländisch fort – vielleicht, weil diese Sprache ihm geläufiger war und er meinte, der Höflichkeit Genüge getan zu haben, vielleicht auch, weil er nur von Verbrugge verstanden werden wollte – »dies mag in der Regel stimmen, aber bei Havelaar braucht man gewiß keine persönliche Bekanntschaft... er ist verrückt!«

»Das habe ich nicht behauptet, Duclari!«

»Nein, du hast das nicht behauptet, aber ich sage es nach allem, was du mir von ihm erzählt hast. Ich nenne jemanden, der ins Wasser springt, um einen Hund vor den Haien zu retten, einen Verrückten.«

»Nun ja, vernünftig war es sicher nicht. Aber...«

»Und, hör mal, dieses Gedicht gegen General Vandamme... es war unerhört!«

»Es war geistreich...«

»Das mag zwar stimmen, aber ein junger Mensch darf nicht geistreich sein gegenüber einem General.«

»Du solltest dir vor Augen halten, daß er noch sehr jung war... es ist vierzehn Jahre her. Er war damals erst zweiundzwanzig Jahre alt.«

»Und dann dieser Truthahn, den er gestohlen hat.«

»Das tat er, um den General zu ärgern.«

»Genau! Ein junger Mensch darf keinen General ärgern, der außerdem als Zivilgouverneur sein Chef war. Das andere Gedicht gefällt mir, aber... dieses ewige Duellieren!«

»Er tat es gewöhnlich für andere. Er ergriff immer Partei für den Schwächeren.«

»Nun, soll ein jeder sich für sich selbst duellieren, wenn er das unbedingt will! Ich für meinen Teil glaube, daß ein Duell selten nötig ist. Wo es unvermeidlich wäre, würde ich die Herausforderung annehmen und in gewissen Fällen auch selbst herausfordern, aber einen Beruf daraus zu machen... danke! Es ist zu hoffen, daß er sich in dieser Hinsicht geändert hat.«

»Aber sicher, ganz zweifellos! Er ist jetzt um so vieles älter, zudem seit langer Zeit verheiratet und Assistent-Resident. Außerdem, habe ich immer gehört, daß sein Herz gut sei und er einen feinen, geradezu leidenschaftlichen Gerechtigkeitssinn habe.«

»Nun, das wird ihm zupaß kommen in *Lebak*! Da ist mir unlängst etwas passiert, das... ob der Regent uns verstehen kann?«

»Ich glaube nicht. Aber du kannst mir etwas aus deiner Jagdtasche zeigen, damit er meint, wir sprechen darüber.«

Duclari nahm seine Jagdtasche, holte einige Waldtauben heraus, und während er die Vögel betastete als spreche er über die Jagd, erzählte er Verbrugge, daß ihm soeben ein Javaner nachgelaufen sei, der ihn gefragt hatte, ob er nichts tun könne, um den Druck, unter dem die Bevölkerung leidet, zu erleichtern.

»Und,« fuhr er fort, »das ist ein starkes Stück, Verbrugge! Nicht, daß ich mich über die Sache an sich wundere. Ich bin lange genug im Bantamschen, um zu wissen, was hier passiert, aber daß ein geringer Javaner, der gewöhnlich doch so vorsichtig und zurückhaltend ist, wo es seine Häupter betrifft, jemanden fragt, der nichts damit zu tun hat, das befremdet mich!«

»Und was hast du geantwortet, Duclari?«

»Nun, daß es mich nichts anginge! Daß er sich an Sie wenden solle oder an den neuen Resident-Assistenten, wenn dieser zu *Rangkas Betong* eingetroffen sein würde, um dort seine Beschwerden vorzutragen.«

»*Ienie apa tuwan-tuwan datang*!« rief plötzlich der Wachmann *Dongso*. »Ich sehe einen *Mantrie*, der mit seinem *Tudung* winkt.«

Alle standen auf. Duclari, der durch seine Anwesenheit im *Pendoppo* nicht den Anschein erwecken wollte, er sei auch an der Grenze um den Resident-Assistenten willkommen zu heißen, der zwar sein Vorgesetzter war, doch nicht sein Chef, und zudem verrückt, stieg auf sein Pferd und ritt davon, gefolgt von seinem Burschen.

Der *Adhipatti* und Verbrugge stellten sich an den Eingang des *Pendoppo* und sahen einen von vier Pferden gezogenen Reisewagen näher kommen, der alsbald, ziemlich verschlammt, vor dem Bambusgebäude hielt.

Es wäre schwierig gewesen zu erraten, was sich

so alles in dem Wagen befand, bevor *Dongso*, unterstützt von den Läufern und zahlreichen Bediensteten, die zum Gefolge des Regenten gehörten, die Riemen und Knoten gelöst hatte, die das Fahrzeug mit einem schwarzledernen Futteral umschlossen hielten, das an die Diskretion erinnerte, mit der in früheren Jahren Löwen und Tiger in die Stadt kamen, als die zoologischen Gärten noch fahrende Tierschauen waren. Löwen oder Tiger aber befanden sich nicht im Wagen. Man hatte alles nur deshalb so sorgfältig verschlossen, weil der Westmonsun herrschte und man auf Regen eingestellt sein mußte. Nun ist das Aussteigen aus einem Reisewagen, in dem man lange über die Straße geholpert ist, nicht so einfach wie es sich jemand, der nie oder nur wenig gereist ist, vorstellen würde. Fast wie die armen *Saurier* aus der Vorzeit, die durch langes Warten schließlich zu einem Bestandteil des Lehms wurden, in den sie zunächst nicht mit der Absicht geraten waren, länger zu verweilen, findet auch bei Reisenden, die ziemlich eng zusammengezwängt in einer erzwungenen Haltung in einem Reisewagen gesessen haben, etwas statt, das ich Ihnen vorschlage *Assimilation* zu nennen. Man weiß eigentlich nicht mehr genau, wo das lederne Polster des Wagens aufhört und wo das Ich anfängt, ja, die Vorstellung ist mir nicht fremd, daß man in einem solchen Wagen Zahnschmerzen oder einen Krampf haben kann, man es aber für Mottenfraß im Stoff hält, oder umgekehrt.

Es gibt wenige Umstände in der materiellen

Welt, die dem denkenden Menschen nicht Anlaß geben zum Äußern von Bemerkungen in verstandesmäßiger Hinsicht, und so habe ich mich oftmals gefragt, ob nicht viele Irrtümer, die unter uns die Kraft von Gesetzen haben, viele ›Schiefheiten‹, die wir für ›Recht‹ halten, sich hieraus ergeben, daß man zu lange in derselben Gesellschaft in demselben Reisewagen gesessen hat? Das Bein, das Sie dort links ausstrecken mußten, zwischen die Hutschachtel und den Korb mit Kirschen... das Knie, das Sie an die Tür gedrückt hielten, um die Dame Ihnen gegenüber nicht denken zu lassen, Sie hätten einen Angriff auf Unterrock oder Tugend vor... der Fuß mit dem Hühnerauge, der sich so fürchtete vor den Absätzen des Handelsreisenden neben Ihnen... der Hals, den Sie so lange nach links neigen mußten, weil es auf der rechten Seite tropft... siehe, das werden so schließlich Hälse, Knie und Füße, die etwas Verdrehtes bekommen. Ich halte es für richtig, von Zeit zu Zeit die Wagen, den Sitzplatz und die Mitreisenden zu wechseln. Man kann dann den Hals einmal anders neigen, man bewegt ab und zu das Knie, und vielleicht sitzt einmal ein Fräulein neben ihnen mit Tanzschuhen oder ein kleiner Junge, dessen Beinchen den Boden noch nicht berühren. Man hat dann bessere Chancen, *geradeaus* sehen und *geradeaus* gehen zu können, sobald man wieder festen Boden unter den Füßen hat.

Ob auch in dem Wagen, der nun vor dem *Pendoppo* hielt, sich etwas gegen die ›Auflösung der

Kontinuität‹ wehrte, weiß ich nicht, sicher aber ist, daß es lange dauerte, bis etwas zum Vorschein kam. Es schien ein Streit mit höflichen Worten geführt zu werden: »Bitte, gnädige Frau!« und »Resident!«. Wie dem auch sei, endlich stieg ein Herr aus, der in Haltung und Erscheinung wohl etwas hatte, das an die Saurier, von denen ich vorhin sprach, erinnerte. Da wir ihn später wiedersehen werden, werde ich Ihnen gleich hier erzählen, daß seine Unbeweglichkeit nicht ausschließlich auf die Assimilation mit dem Reisewagen zurückgeführt werden sollte, sondern daß er, auch wenn meilenweit im Umkreis kein Fahrzeug in der Nähe war, eine Ruhe, eine Langsamkeit und eine Vorsicht an den Tag legte, die so manchen Saurier eifersüchtig machen würde, die aber in den Augen vieler das Kennzeichen von Vornehmheit, Bedächtigkeit und Weisheit ist. Er war, wie die meisten Europäer in Niederländisch-Ostindien, sehr blaß, was in diesen Gegenden aber keineswegs für ein Zeichen schwächlicher Gesundheit gehalten wird, und er hatte feine Züge, die von vornehmer Bildung zeugten. Da war nur etwas Kaltes in seinem Blick, etwas, das Sie an eine Logarithmentafel erinnert, und obwohl seine Erscheinung ganz und gar nicht unangenehm oder abstoßend war, konnte man sich des Eindrucks nicht erwehren, daß sich seine ziemlich große, magere Nase in diesem Gesicht langweilte, weil so wenig darauf geschah.

Höflich bot er einer Dame seine Hand, um ihr beim Aussteigen behilflich zu sein, und nachdem sie von einem Herrn, der noch im Wagen saß, ein

Kind entgegengenommen hatte, einen kleinen blonden Jungen von etwa drei Jahren, traten sie in das *Pendoppo*. Darauf folgte der Herr selbst, und wer sich auf Java auskannte, dem wäre es als Besonderheit ins Auge gefallen, daß er an der Wagentür wartete, um einer alten javanischen *Babu* das Aussteigen zu erleichtern. Drei weitere Bedienstete hatten sich selbst erlöst aus dem wachsledernen Kasten, der hinten am Wagen festgeklebt war wie eine junge Auster auf dem Rücken ihrer Mutter.

Der Herr, der als erster ausgestiegen war, hatte dem Regenten und Kontrolleur Verbrugge die Hand gereicht, die sie in Ehrfurcht ergriffen, und an ihrer gesamten Haltung war zu erkennen, daß sie einer gewichtigen Persönlichkeit gegenüberstanden. Es war der Resident von *Bantam*, dem großen Landstrich, von dem *Lebak* eine Provinz, eine Regentschaft oder, wie man offiziell sagt, eine *Assistent-Residenz* war.

Beim Lesen erfundener Geschichten habe ich mich oftmals geärgert über die geringe Ehrfurcht der Autoren vor dem Geschmack des Publikums, und vor allem war dies dann der Fall, wenn diese offensichtlich etwas hervorbringen wollten, das eigentlich possenhaft oder burlesk heißen müßte, um nun nicht von *Humor* zu sprechen, eine Eigenart, die leider fast durchweg mit *Komik* verwechselt wird. Man führt eine Person ein, die die entsprechende Sprache nicht versteht oder schlecht ausspricht, die stottert, oder man ›erfindet‹ eine Person, deren Steckenpferd es ist, einige

Worte ständig zu wiederholen. Ich habe eine schrecklich lächerliche Komödie gelingen sehen, weil jemand darin spielte, der ständig sagte: ›*mein Name ist Meyer*‹. Mir kommen solche geistreichen Passagen etwas billig vor, und, um die Wahrheit zu sagen, ich bin Ihnen böse, wenn Sie so etwas lustig finden.

Nun aber muß ich Ihnen etwas ähnliches vorstellen. Ich muß von Zeit zu Zeit jemanden auf die Bühne bringen – ich werde es so selten wie möglich tun –, der tatsächlich eine Art zu reden hatte, die mich fürchten läßt, eines mißlungenen Versuches, Sie zum Lachen zu bringen, verdächtigt zu werden. Deshalb muß ich Ihnen ausdrücklich versichern, daß es nicht *meine* Schuld ist, wenn der höchstvornehme Resident von Bantam, von dem hier die Rede ist, etwas derart Eigenartiges zeigte in seiner Art zu reden, daß es mir schwerfällt, dies wiederzugeben, ohne den Anschein zu erwecken, daß ich durch einen *Tick* besonders geistreich wirken möchte. Er sprach nämlich in einem Tonfall, als stünde hinter jedem Wort ein Punkt oder gar ein Gedankenstrich, und ich kann den Raum zwischen seinen Worten mit nichts Besserem vergleichen als mit der Stille, die auf das ›Amen‹ nach einem langen Gebet in der Kirche folgt, was, wie ein jeder weiß, ein Zeichen dafür ist, daß man Zeit hat, sich ein wenig anders hinzusetzen, zu husten oder die Nase zu schneuzen. Was er sagte, war gewöhnlich gut durchdacht, und hätte er sich diese unverhältnismäßigen Ruhepausen abgewöhnen können, hätten seine Sätze, aus der Sicht der Redekunst zumindest, meistens ein gesundes Ansehen genossen. Aber diese bröckelnde, stoßweise und holprige Art zu reden machten das Zuhören schwer. Man mokierte sich denn auch oft darüber. Denn in der Regel, wenn man in der festen Überzeugung, daß sein Satz zu Ende war, begonnen hatte zu antworten und daß er die Ergänzung des Fehlenden dem Scharfsinn seines Zuhörers überließ, kamen die noch fehlenden Worte wie Nachzügler eines geschlagenen Heeres hinterher und gaben einem das Gefühl, ihm ins Wort gefallen zu sein, was immer unangenehm ist. Das Publikum der Hauptstadt *Serang*, soweit man nicht im Dienste des Gouvernements stand – nannte seine Sprechweise ›schleimig‹. Ich finde dieses Wort nicht besonders geschmackvoll, muß jedoch anerkennen, daß es die Haupteigenschaft der Sprechweise des Residenten ziemlich genau traf.

Ich habe noch nichts über Max Havelaar und seine Frau gesagt – denn das waren die beiden Personen, die nach dem Residenten mit ihrem Kind und der *Babu* aus dem Wagen gestiegen waren – und vielleicht würde es genügen, die Kennzeichnung ihrer Erscheinung und ihres Charakters dem Laufe der Geschehnisse und der Phantasie des Lesers zu überlassen. Da ich jedoch nun einmal dabei bin zu beschreiben, möchte ich Ihnen sagen, daß Frau Havelaar nicht schön war, daß sie jedoch in Blick und Sprache etwas sehr Liebreizendes hatte und durch die natürliche Ungezwungenheit ihrer Manieren unverkennbar zeigte, daß sie die Welt gesehen hatte und in den höheren Kreisen der Gesellschaft zu Hause war. Sie hatte nicht das Steife und Unbehagliche des bürgerlichen Anstandes, der meint, um als ›distinguiert‹ zu gelten, sich und andere mit Hemmungen plagen zu müssen, und sie legte daher auch keinen Wert auf Äußerlichkeiten, was für manch andere Frau von Bedeutung zu sein scheint. Auch in ihrer Kleidung war sie ein Beispiel an Einfachheit. Ein weißes *Badju* aus Musselin, mit blauer *Cordelière* – ich glaube, daß man in Europa solch ein Kleidungsstück *Peignoir* nennen würde – war ihr Reisekleid. Um den Hals hatte sie ein dünnes seidenes Band, an dem zwei kleine Medaillons hingen, die man jedoch nicht zu sehen bekam, da sie in der Falte zwischen ihren Brüsten verborgen waren. Übrigens, das Haar *à la chinoise*, und einen kleinen Kranz *Melati* im *Kondeh*... siehe da, das war schon ihre Toilette.

Ich sagte, sie sei nicht schön, und dennoch würde ich nicht wollen, daß Sie sie für das Gegenteil halten. Ich hoffe, daß Sie sie schön finden werden, sobald ich die Gelegenheit habe, sie vorzustellen, glühend empört über das, was sie ›Verkennen des Genies‹ nannte, wenn ihr angebeteter Max im Spiel war oder wenn sie ein Gedanke beschäftigte, der im Zusammenhang mit dem Wohlergehen ihres Kindes stand. Zu oft wurde bereits gesagt, daß das Gesicht der Spiegel der Seele sei, um dem Portrait eines unbeweglichen Gesichts noch Bedeutung beizumessen, das nichts zum Widerspiegeln hat, weil keine Seele ihren Widerschein gibt. Nun, *sie* hatte eine schöne Seele, und man mußte schon blind sein, um nicht auch ihr Gesicht für schön zu halten, wenn diese Seele darauf zu lesen war.

Havelaar war ein Mann von fünfunddreißig Jahren. Er war schlank und rasch in seinen Bewegungen. Außer seiner kurzen und beweglichen Oberlippe und seinen fahlblauen Augen, die, wenn er in einer ruhigen Stimmung war, etwas Träumerisches hatten, aber vor Feuer sprühten, wenn eine große Idee ihn beherrschte, gab es an seiner Erscheinung nichts Außergewöhnliches zu bemerken. Sein blondes Haar hing glatt an den Schläfen herab, und ich verstehe sehr gut, daß einige, die ihm zum ersten Mal begegneten, auf den Gedanken kommen würden, jemanden vor sich zu haben, der, sowohl was den Kopf als auch was das Herz angeht, zu den Ausnahmen gehörte. Er war ›ein Faß voller Widersprüche‹. Scharf wie ein Skalpell und sanft wie ein Mädchen, spürte er immer als erster die Wunde, die seine bitteren Worte geschlagen hatten, und er litt darunter mehr als der Verletzte. Er hatte eine rege Auffassungsgabe, erfaßte sofort das Höchste und das Komplizierteste, spielte gerne mit der Lösung schwieriger Fragen, nahm dafür alle Mühe, alle Studien, alle Anstrengungen auf sich... und oftmals jedoch begriff er die einfachste Sache nicht, die ein Kind ihm hätte erklären können. Voller Liebe für Wahrheit und Recht vernachlässigte er manches Mal seine einfachsten und naheliegendsten Verpflichtungen, um ein Unrecht zu beheben, das höher oder ferner oder tiefer reichte, und das ihn durch die vermutlich größere Anstrengung des Kampfes mehr lockte. Er war ritterlich und mutig, verschwendete aber wie Don Quijote seine Tapferkeit oftmals an Windmühlen. Er glühte vor unbefriedigtem Ehrgeiz, der ihm jegliche normale Unterscheidung im gesellschaftlichen Leben als nichtig erscheinen ließ, und dennoch empfand er das höchste Glück in einem ruhigen, häuslich vergessenen Leben. Dichter im höchsten Sinne des Wortes, träumte er sich Sonnensysteme aus einem Funken, bevölkerte diese mit Geschöpfen seiner Vorstellung, fühlte sich als Herr der Welt, die er selbst ins Leben gerufen hatte... und dennoch konnte er unmittelbar darauf sehr gut ohne die geringste Träumerei ein Gespräch über den Reispreis, die Sprachregeln oder die wirtschaftlichen Vorteile einer ägyptischen Hühnerbrüterei führen. Keine Wissenschaft war ihm gänzlich fremd. Er ahnte, was er nicht wußte – und er besaß in hohem Maße die Gabe, das Wenige, das er wußte – ein jeder weiß wenig, und er, der vielleicht mehr wußte als so manch einer, stellte hierin keine Ausnahme dar – dieses Wenige in einer Weise anzuwenden, die das Maß seiner Kenntnisse vervielfachte. Er war pünktlich und ordentlich und dabei außergewöhnlich geduldig, doch gerade Pünktlichkeit, Ordnung und Geduld fielen ihm schwer, da sein Geist etwas Wildes hatte. Er war langsam und umsichtig im Beurteilen von Angelegenheiten, obwohl dies gerade denen, die ihn so hastig seine Schlußfolgerungen äußern hörten, nicht so erschien. Seine Eindrücke waren zu lebhaft, als daß man es wagte, sie für dauerhaft zu halten, und doch bewies er oft, daß sie von Dauer waren. Alles, was groß und erhaben war, zog ihn an, und zugleich war er unbedarft und naiv wie ein Kind. Er war ehrlich, vor allem da, wo Ehrlichkeit in Großmut überging, und würde Hunderte, die er schuldete, unbezahlt lassen, weil er Tausende verschenkt hatte. Er war geistreich und unterhaltsam, wenn er spürte, daß sein Geist verstanden wurde, sonst aber spröde und in sich gekehrt. Herzlich zu seinen Freunden, machte er – manchmal etwas zu schnell – jeden, der litt, zu seinem Freund. Er war empfindsam für Liebe und Anhänglichkeit... seinem Wort treu... schwach in Kleinigkeiten, aber standhaft bis hin zum Starrsinn, wo es ihm die Mühe wert zu sein schien, Charakter zu zeigen... bescheiden und wohlwollend zu denen, die seine geistige Überlegenheit anerkannten, doch unbequem, wenn man versuchte, sich dagegen zu wehren... freimütig aus Stolz und zuweilen auch zurückhaltend, wo er befürchtete, man könnte seine Aufrichtigkeit für Unverstand halten... ebenso empfänglich für sinnlichen als auch für geistigen Genuß... schüchtern und nicht sehr redegewandt, wo er meinte, nicht verstanden zu werden, aber sehr beredt, wenn er spürte, daß seine Worte auf fruchtbaren Boden fielen... träge, wenn er nicht angespornt wurde durch einen Reiz, der aus seiner eigenen Seele hervorkam, aber fleißig, feurig und energisch, wo dies der Fall war... dazu freundlich, von feinen Manieren und von tadellosem Benehmen: so nahezu Havelaar!

Ich sage: nahezu. Denn wenn Bestimmungen im allgemeinen schon schwierig sind, so gilt dies vor allem für die Beschreibung einer Person, die sehr weit vom Alltäglichen abweicht.

Das ist wahrscheinlich auch der Grund dafür, daß Romanschreiber ihre Helden in der Regel zu Teufeln oder Engeln machen. Schwarz oder weiß läßt sich einfacher malen, weit schwieriger ist aber die richtige Wiedergabe von Schattierungen, die sich dazwischen befinden, wenn man an die Wahrheit gebunden ist und folglich weder zu dunkel noch zu hell färben darf. Ich spüre, daß die Skizze, die ich von Havelaar zu geben versuchte, höchst unvollkommen ist. Das Material, das vor mir liegt, ist von so unterschiedlicher Art, daß es mich durch das Übermaß an Fülle in meinem Urteil beeinträchtigt, und ich werde vielleicht, während der Entwicklung der Geschehnisse, die ich mitzuteilen wünsche, darauf als Ergänzung zurückkommen. Eines ist sicher, er war ein außergewöhnlicher Mensch, und es lohnt sich, näher auf ihn einzugehen. Ich bemerke jetzt bereits, daß ich es versäumt habe, als einen seiner Hauptzüge anzugeben, daß er die lächerliche und zugleich die ernste Seite der Dinge mit derselben Geschwindigkeit erfaßte, eine Eigenschaft, die seiner Art zu reden, ohne daß er dies selbst wußte, eine Art *Humor* verlieh, die seine Zuhörer beständig zweifeln ließ, ob sie nun getroffen waren durch das tiefe Gefühl, das in seinen Worten lag, oder ob sie lachen sollten über den Witz, der plötzlich den Ernst schmälerte.

Bemerkenswert war, daß seine Erscheinung und sogar seine Empfindungen wenig Spuren seines bisher verbrachten Lebens zeigten. Sich mit Erfahrung zu rühmen, ist ein lächerlicher Allgemeinplatz geworden. Es gibt Leute, die fünfzig oder sechzig Jahre lang mittrieben mit dem Strom, in dem sie behaupten zu schwimmen, und die aus der ganzen Zeit wenig mehr erzählen können, als daß sie von der A-Gracht zur B-Straße umgezogen sind. Nichts ist normaler, als sich der Erfahrung rühmen zu hören, gerade von jenen, die ihre grauen Haare so leicht bekamen. Andere wiederum meinen, ihre Ansprüche auf Erfahrung auf tatsächlich durchlebte Wendepunkte des Schicksals begründen zu dürfen, ohne daß jedoch aus irgendetwas hervorgeht, daß sie durch diese Veränderungen in ihrem Seelenleben beeinträchtigt worden sind. Ich kann mir vorstellen, daß das Erleben oder gar das Erleiden wichtiger Geschehnisse kaum oder gar keinen Einfluß hat auf eine gewisse Art von Gemütern, die nicht mit der Gabe ausgestattet sind, Eindrücke einzufangen und zu verarbeiten. Wer dies anzweifelt, frage sich, ob man all jenen Bewohnern Frankreichs, die im Jahr 1815 vierzig oder fünfzig Jahre alt waren, Erfahrung zugestehen dürfte? Und doch waren sie alle Personen, die der Aufführung des wichtigen Dramas, das 1789 begann, beigewohnt hatten, und nicht nur das, sondern sie hatten sogar in einer mehr oder weniger wichtigen Rolle in diesem Drama mitgespielt.

Und umgekehrt, wie viele ertragen eine Reihe von Leiden, ohne daß die äußeren Umstände hierzu Anlaß zu geben scheinen. Man denke an die Crusoe-Romane, an Silvio Pellicos Gefangenschaft, an die allerliebste *Picciola* von Saintine, an den Kampf in der Brust einer ›alten Jungfer‹, die ihr ganzes Leben lang eine einzige Liebe hegte, ohne jemals durch ein einziges Wort zu verraten, was sich in ihrem Herzen rührte, an die Leiden des Menschenfreundes, der, ohne äußerlich in den Lauf der Geschehnisse verwickelt zu sein, ein feuriges Interesse am Wohlergehen seiner Mitbürger oder Mitmenschen hat. Man stelle sich vor, wie er abwechselnd hofft und bangt, wie er jede Veränderung beobachtet, sich ereifert für eine schöne Idee und glüht vor Empörung, wenn er sieht, wie sie verdrängt oder niedergetreten wird von den vielen, die, für einen Augenblick zumindest, stärker waren als schöne Ideen. Man denke an den Philosophen, der von seiner Zelle aus das Volk zu lehren trachtet, was Wahrheit ist, wenn er bemerken muß, daß seine Stimme übertönt wird von pietistischer Heuchelei oder gewinnsüchtigen Quacksalbern. Man stelle sich Sokrates vor – nicht wie er den Giftbecher leert, denn ich meine hier die Erfahrung des Gemüts, und nicht die, welche auf direktem Wege durch äußere Umstände verursacht wird – wie bitter betrübt seine Seele gewesen sein muß, als er, der das Gute und Wahre suchte, sich ›einen Verführer der Jugend und einen Spötter der Götter‹ nennen hörte.

Oder besser noch: man denke an Jesus, wie er

so traurig auf Jerusalem schaut und klagt, ›daß ihr nicht gewollt habt‹.

Solch ein Schmerzensschrei – vor dem Giftbecher oder dem Kreuz – entspringt nicht aus einem unberührten Herzen. Da muß gelitten worden sein, viel gelitten, da wurde *erfahren!*

Diese Tirade ist mir entwischt... sie steht nun einmal da, und sie bleibe. Havelaar hatte viel erfahren. Möchten Sie etwas hören, das den Umzug in die A-Gracht aufwiegt? Er hatte Schiffbruch erlitten, mehr als einmal. Er hatte Feuer, Aufruhr, Meuchelmord, Krieg, Duelle, Überfluß, Armut, Hunger, Cholera, Liebe und Liebschaften in seinem Tagebuch stehen. Er hatte viele Länder besucht und war mit Menschen von allerlei Rasse und Stand, Sitten, Vorurteilen, Religion und Hautfarbe umgegangen.

Was also die Lebensumstände anbelangt, *konnte* er viel erfahren haben. Und daß er tatsächlich erfahren hatte, daß er nicht durch das Leben gegangen war, ohne die Eindrücke *aufzufangen*, die es ihm so reichhaltig bot, dafür möge die Regsamkeit seines Geistes bürgen und die Empfänglichkeit seines Gemütes.

Dies nun rief Bewunderung hervor bei allen, die wußten oder vermuten konnten, wieviel er erlebt und erlitten hatte, daß hiervon so wenig in seinem Gesicht zu lesen war. Zwar sprach aus seinen Zügen etwas wie Ermüdung, doch diese erinnerte eher an frühreife Jugend als an nahendes Alter. Und nahendes Alter hätte es doch sein müssen, denn in Niederländisch-Ostindien ist ein

Mann mit fünfunddreißig Jahren nicht mehr jung.

Auch seine Empfindungen, sagte ich, waren jung geblieben. Er konnte mit einem Kind spielen wie ein Kind, und mehr als einmal klagte er darüber, daß der ›kleine Max‹ noch zu jung sei, um Drachen steigen zu lassen, weil er, ›der große Max‹, dies doch so liebte. Mit Jungen spielte er Bockspringen, und er zeichnete sehr gerne ein Muster für die Stickerei der Mädchen. Er selbst nahm diesen mehrmals die Nadel aus der Hand und amüsierte sich mit dieser Arbeit, obwohl er oft sagte, daß sie auch etwas besseres machen könnten als dieses ›stupide Kreuze zählen‹. Bei jungen Männern von achtzehn Jahren war er ein junger Student, der gerne sein *Patriam canimus* sang, oder *Gaudiamus igitur*... ja, ich bin mir nicht ganz sicher, ob er nicht noch vor kurzem, als er auf Urlaub in Amsterdam war, ein Aushängeschild abgebrochen hat, das ihm nicht gefiel, weil ein Neger darauf gemalt war, in Ketten gelegt, zu Füßen eines Europäers mit einer langen Pfeife im Mund, und unter dem wie selbstverständlich zu lesen stand: *der rauchende junge Kaufmann.*

Die *Babu*, der er beim Aussteigen behilflich gewesen war, sah aus wie alle *Babus* in Niederländisch-Ostindien, wenn sie alt sind. Wenn Sie diese Art von Bediensteten kennen, brauche ich Ihnen nicht zu sagen, wie sie aussah. Und wenn Sie sie nicht kennen, so kann ich es Ihnen auch nicht sagen. Zum Unterschied zu anderen Kindermädchen in Niederländisch-Ostindien hatte sie sehr wenig zu tun. Denn Frau Havelaar war ein Beispiel an Sorge für ihr Kind, und was für oder mit dem kleinen Max getan werden mußte, tat sie selbst, zur großen Verwunderung vieler anderer Damen, die nicht guthießen, daß man sich zur ›Sklavin seiner Kinder‹ machte.

Siebentes Kapitel

Der Resident von *Bantam* stellte dem Regenten und dem Kontrolleur den neuen Resident-Assistenten vor. Havelaar begrüßte die beiden Beamten höflich. Den Kontrolleur – es steckt immer etwas Peinliches in der Begegnung mit einem neuen Chef – beruhigte er mit einigen freundlichen Worten, als wolle er bereits zu Beginn eine Art Gemeinsamkeit herstellen, die den Umgang erleichtern würde. Die Begegnung mit dem Regenten war so, wie sich dies geziemte bei einer Person, die den goldenen *Pajong* führt, aber die zugleich sein ›jüngerer Bruder‹ sein würde. Mit vornehmem Wohlwollen tadelte er ihn wegen seines feurigen Diensteifers, der ihn bei solch einem Wetter zu den Grenzen seiner Provinz geführt hatte, was der Regent auch nach den Regeln der Etikette streng genommen nicht hätte tun müssen.

»Wahrlich, Herr *Adhipatti*, ich bin Ihnen böse, daß Sie sich diese Umstände um meinetwillen gemacht haben! Ich dachte Sie erst in *Rangkas-Betong* zu treffen.«

»Ich wünschte den Herrn Resident-Assistenten so bald wie möglich zu sehen, um Freundschaft zu schließen«, sagte der *Adhipatti*.

»Sicher, sicher, ich fühle mich sehr geehrt! Aber ich sehe es nicht gerne, daß sich jemand Ihres Ranges und Ihres Alters so sehr anstrengt. Und dann auch noch zu Pferd!«

»Ja, Herr Resident-Assistent! Wo der Dienst mich ruft, bin ich noch immer schnell und stark.«

»Sie muten sich zuviel zu! Nicht wahr, Resident?«

»Der Herr *Adhipatti*. Ist. Sehr.«

»Gut, aber es gibt Grenzen.«

»Eifrig« schleppte der Resident hinterher.

»Gut, aber es gibt Grenzen«, mußte Havelaar erneut sagen, wie um das Vorherige zu verschlucken. »Wenn Sie einverstanden sind, Resident, werden wir Platz im Wagen schaffen. Die *Babu* kann hier bleiben, wir werden ihr von *Rangkas-Betong* aus einen *Tandu* schicken. Meine Frau nimmt Max auf den Schoß... nicht wahr, Tine? Und dann ist Platz genug vorhanden.«

»Es. Ist. Mir.«

»Verbrugge, wir werden auch Sie mitnehmen, ich sehe nicht ein...«

»Recht!« sagte der Resident.

»Ich sehe nicht ein, weshalb Sie ohne zwingenden Grund zu Pferd durch den Schlamm reiten sollten... es ist Platz genug für uns alle da. Wir können uns dann gleich ein wenig kennenlernen. Nicht wahr, Tine, wir werden schon zurechtkommen? Hier, Max... sieh mal, Verbrugge, ist das nicht ein liebes Kerlchen? Das ist mein kleiner Junge... das ist Max!«

Der Resident hatte mit dem *Adhipatti* im *Pendoppo* Platz genommen. Havelaar rief Verbrugge zu sich, um ihn zu fragen, wem dieser Schimmel mit der roten Satteldecke gehöre. Und als Verbrugge zum Eingang des *Pendoppo* trat, um zu sehen, welches Pferd er meinte, legte Havelaar ihm die Hand auf seine Schulter und fragte:

»Ist der Regent immer so dienstbeflissen?«

»Er ist noch sehr rüstig für sein Alter, Herr Havelaar, und Sie verstehen, daß er gerne einen guten Eindruck auf Sie machen möchte.«

»Ja, das verstehe ich. Ich habe viel Gutes über ihn gehört... er ist kultiviert, nicht wahr?«

»Oh, ja...«

»Und er hat eine große Familie?«

Verbrugge sah Havelaar an, als verstünde er diesen Übergang nicht. Das war für alle, die ihn nicht kannten, oft schwierig. Die Schnelligkeit seines Geistes bewirkte, daß er in Gesprächen oftmals einige Gedankengänge ausließ, und wie allmählich dieser Übergang in *seinen* Gedanken auch stattfand, so war es doch jemandem, der weniger gewandt oder nicht an seine Schnelligkeit gewöhnt war, nicht übel zu nehmen, wenn er ihn bei einer solchen Gelegenheit ansah mit der unausgesprochenen Frage auf den Lippen: Bist du nun verrückt... oder was ist los?

Etwas ähnliches lag daher auch in den Zügen Verbrugges, und Havelaar mußte die Frage wiederholen, bevor er antwortete: »Ja, er hat eine sehr umfangreiche Verwandtschaft.«

»Und gibt es im Bau befindliche Moscheen in der Provinz?« fuhr Havelaar fort, schon wieder in einem Ton, der, ganz im Widerspruch zu den Worten selbst, anzudeuten schien, daß es einen Zusammenhang gab zwischen diesen *Moscheen* und der ›großen Verwandtschaft‹ des Regenten.

Verbrugge antwortete, daß tatsächlich viel an Moscheen gearbeitet würde.

»Ja, ja, das wußte ich!« rief Havelaar. »Und sage mir nun, ob viele Rückstände bestehen in der Bezahlung der Pacht?«

»Ja, es könnte besser sein...«

»Genau, und vor allem im Distrikt *Parang-Koodjang*«, sagte Havelaar, als fände er es einfacher, selbst zu antworten. »Wie hoch ist die Erhebung in diesem Jahr?« fuhr er fort, und als er merkte, daß Verbrugge leicht zögerte, wie um sich auf die Antwort zu besinnen, kam Havelaar ihm zuvor, indem er im selben Atemzug fortfuhr:

»Gut, gut, ich weiß es bereits... sechsundachtzigtausend und einige hundert... fünfzehntausend mehr als im vorigen Jahr... aber nur um sechstausend höher als 1855. Die Einnahmen haben sich seit 1853 nur um achttausend erhöht... und auch die Bevölkerung ist sehr dünn... nun ja, Malthus! In zwölf Jahren ist sie nur um elf Prozent gestiegen, und das ist auch noch fraglich, denn die Zählungen waren früher sehr ungenau... und sind es immer noch! Von 1850 auf 1851 ist sogar ein Rückgang zu verzeichnen. Auch der Viehbestand steigt nicht... das ist ein schlechtes Zeichen, Verbrugge! Teufel, sehen Sie, wie das Pferd dort ausschlägt, ich glaube, es hat den Koller... sieh dir das an, Max!«

Verbrugge merkte, daß er dem neuen Resident-Assistenten wenig beibringen konnte und daß sich die Frage nach einer Überlegenheit durch ›Dienstalter‹ vor Ort nicht stellte, allerdings hatte der gute Kerl auch nicht danach gestrebt.

»Aber es ist nur natürlich«, fuhr Havelaar fort, während er Max auf den Arm nahm. »Im *Tjikan-*

dischen und *Bolangischen* sind sie sehr froh darüber... und die Aufständischen in den *Lampongs* ebenfalls. Ich wünsche mir sehr Ihre Mitarbeit, Herr Verbrugge! Der Regent ist ein Mann von Jahren, also müssen wir... sagen Sie, ist sein Schwiegersohn noch immer Distriktsoberhaupt? Alles in allem halte ich ihn für eine Person, die Nachgiebigkeit verdient... der Regent, meine ich. Ich bin sehr froh, daß es hier so rückständig und ärmlich ist und... hoffe, hier lange zu bleiben.«

Hierauf reichte er Verbrugge die Hand, und als er mit ihm zum Tisch zurückging, wo der Resident, der *Adhipatti* und Frau Havelaar saßen, fühlte dieser sich bereits etwas besser als noch fünf Minuten zuvor, da ›dieser Havelaar gar nicht so verrückt war‹, wie der Kommandant gemeint hatte. Verbrugge war nicht im mindesten begriffsstutzig, und er, der die Provinz *Lebak* so gut kannte, wie man einen so großen Landstrich, über den nichts gedruckt wird, kennen kann, begann einzusehen, daß es doch einen Zusammenhang gab zwischen den scheinbar zusammenhanglosen Fragen von Havelaar, und auch, daß der neue Resident-Assistent, obwohl er die Provinz noch nie vorher betreten hatte, bereits über die Verhältnisse dort informiert war.

Dennoch verstand er die Freude über die Armut von *Lebak* noch immer nicht, aber er ging davon aus, den Ausdruck falsch verstanden zu haben. Später jedoch, als Havelaar ihm mehrmals dasselbe sagte, sah er, wieviel Großes und Edles in dieser Freude lag.

Havelaar und Verbrugge nahmen am Tisch

Platz, und während sie den Tee nahmen und sich über Belanglosigkeiten unterhielten, wartete man, bis Dongso hereinkam, um dem Residenten zu berichten, daß frische Pferde angespannt seien. Man machte es sich nun, so gut es ging, in dem Wagen bequem und fuhr los. Durch das Ruckeln und Stoßen fiel es schwer zu sprechen. Der kleine Max wurde ruhig gehalten mit *Pisang*, und seine Mutter, die ihn auf dem Schoß hatte, wollte um keinen Preis zugeben, daß sie müde war, als Havelaar ihr anbot, ihr den schweren Jungen abzunehmen. In einem Augenblick erzwungener Ruhe in einem Schlammloch fragte Verbrugge den Residenten, ob er mit dem neuen Resident-Assistenten bereits über Frau Slotering gesprochen habe?

»Herr, Havelaar. Hat. Gesagt.«

»Aber sicher, Verbrugge, warum denn nicht? Die Dame kann bei uns bleiben. Ich würde nicht gerne...«

»Daß. Es. Gut. Sei.« schleppte der Resident mit viel Mühe hinzu.

»Ich würde mein Haus einer Dame in ihren Umständen nicht gerne verweigern! So etwas ist selbstverständlich... nicht wahr, Tine?«

Auch Tine meinte, das sei selbstverständlich.

»Sie haben zwei Häuser in *Rangkas-Betong*«, sagte Verbrugge. »Es gibt Platz im Überfluß für zwei Familien.«

»Auch wenn das nicht der Fall wäre...«

»Ich. Getraute. Mich. Nicht. Es. Ihr.«

»Aber Resident«, rief Frau Havelaar, »es gibt gar keinen Zweifel!«

»Nicht. Zu. Gestatten. Denn. Es. Ist.«

»Und wenn sie zu zehn wären, wenn sie sich nur mit dem zufrieden geben, wie es bei uns ist.«

»Eine. Große. Last. Sie. Ist.«

»Aber das Reisen in ihrem Zustand ist unmöglich, Resident!«

Ein heftiger Ruck des Wagens, der aus dem Schlamm gezogen wurde, setzte ein Ausrufezeichen hinter Tines Erklärung, daß Reisen unmöglich sei für Frau Slotering. Jeder hatte das übliche *hoppla!* gerufen, das auf einen solchen Ruck folgt. Max hatte auf dem Schoß seiner Mutter die *Pisang* wiedergefunden, die er durch den Stoß verloren hatte, und man war dem nächsten Schlammloch, das folgen würde, bereits ein gutes Stück näher gekommen, bevor der Resident sich entschließen konnte, seinen Satz zu vollenden, indem er hinzufügte: »Eine. Einheimische. Frau.«

»Oh, das ist doch völlig gleich«, versuchte Frau Havelaar sich verständlich zu machen. Der Resident nickte, als sei er zufrieden, daß die Angelegenheit hiermit geregelt war, und da das Sprechen recht beschwerlich war, brach man das Gespräch ab.

Diese Frau Slotering war die Witwe von Havelaars Vorgänger, der zwei Monate zuvor gestorben war. Verbrugge, der daraufhin vorläufig mit dem Amt des Resident-Assistenten betraut worden war, hätte das Recht gehabt, während dieser Zeit die geräumige Wohnung zu beziehen, die zu *Rangkas-Betong* wie in jeder Provinz von landeswegen für den Beamten des Bezirks errichtet worden war.

Er hatte dies jedoch nicht getan, vielleicht teilweise wegen der Befürchtung, bald erneut umziehen zu müssen, oder auch, um die Benutzung der Witwe mit ihren Kindern zu überlassen. Es wäre aber Platz genug dagewesen, denn außer der ziemlich großen Resident-Assistentenwohnung selbst stand daneben auf ›demselben Grund‹ noch ein anderes Haus, das früher demselben Zweck gedient hatte und trotz einer gewissen Baufälligkeit noch immer sehr gut bewohnt werden konnte.

Frau Slotering hatte den Residenten gebeten, ihr Fürsprecher beim Nachfolger ihres Ehegatten zu sein, um die Erlaubnis zu erhalten, dieses alte Haus bis nach ihrer Niederkunft in einigen Monaten, bewohnen zu dürfen. Es war diese Bitte, die von Havelaar und seiner Frau so bereitwillig gewährt worden war, etwas, das ganz in ihrer Art lag, denn gastfreundlich und hilfsbereit waren sie in höchstem Maße.

Wir hörten den Residenten sagen, daß Frau Slotering eine ›einheimische Frau‹ war. Dies bedarf für einige diesbezüglich nicht bewanderte Leser einiger Erläuterungen, da man leicht zu der falschen Ansicht gelangen könnte, es hier mit einer richtigen Javanerin zu tun zu haben.

Die europäische Gesellschaft in Niederländisch-Ostindien ist ziemlich scharf in zwei Klassen gespalten: die eigentlichen Europäer, und diejenigen, die – obgleich gesetzlich in den völlig gleichen Rechtszuständen lebend – nicht in Europa geboren wurden und mehr oder weniger einheimisches

Blut in den Adern haben. Zu Ehren der Auffassungen über Menschlichkeit in Niederländisch-Ostindien beeile ich mich hinzuzufügen, daß, so scharf diese Trennung auch sein mag, die im gesellschaftlichen Umgang zwischen den beiden Gruppen von Individuen, welche gegenüber dem Einheimischen gleichermaßen den Namen *Holländer* tragen, gemacht wird, diese gleichwohl keinesfalls die barbarischen Züge aufweist, die in Amerika mit der Rassentrennung einhergehen. Ich leugne nicht, daß noch immer etwas Ungerechtes und Abstoßendes in diesem Verhältnis bestehen bleibt, und daß das Wort *Liplap* mir mehrmals in den Ohren klang als Beweis, wie weit der Nicht-Liplap, der Weiße, oftmals von der wahren Kultur entfernt ist. Es ist wahr, daß der Liplap ausschließlich im Ausnahmefall zu Gesellschaften zugelassen wird, und daß er in der Regel, wenn ich mich hier eines sehr saloppen Ausdruckes bedienen darf ›nicht für voll genommen‹ wird, aber selten wird man hören, daß solch ein Ausschluß oder eine derartige Geringschätzung als *Grundsatz* gefordert oder verteidigt wird. Es steht natürlich jedem frei, seine eigene Umgebung und Gesellschaft zu wählen, und man darf es den eigentlichen Europäern nicht nachtragen, wenn sie den Umgang mit Leuten ihrer Herkunft gegenüber dem Verkehr mit Personen vorziehen, die – ihr mehr oder weniger sittlicher und verstandesmäßiger Wert einmal dahingestellt – ihre Eindrücke und Vorstellungen nicht teilen, oder – und das ist vielleicht bei einem vermeintlichen Bildungsunterschied sehr oft die Hauptsache – deren *Vorurteile eine andere Richtung genommen haben* als die ihren.

Ein *Liplap* – um einen Ausdruck zu verwenden, der für höflicher gehalten wird, müßte ich sagen ein ›*sogenanntes einheimisches Kind*‹, aber ich bitte um die Erlaubnis, mich an den Sprachgebrauch halten zu dürfen, der aus einer Alliteration hervorgegangen zu sein scheint, ohne daß ich mit diesem Ausdruck etwas Beleidigendes meine, und zudem, was bedeutet das Wort denn schon? –, ein Liplap hat viel Gutes. Auch der Europäer hat viel Gutes. Beide haben viel Falsches, demnach also ähneln sie einander auch darin. Aber das Gute und das Böse, das beiden eigen ist, ist zu gegensätzlich, als daß ihr Umgang normalerweise zu einem gegenseitigen Vergnügen werden könnte. Außerdem – und daran trägt die Regierung viel Schuld – ist der Liplap oftmals schlecht gebildet. Die Frage ist nun nicht, wie der Europäer wäre, wenn er auf diese Weise von Jugend an in seiner Entwicklung gehemmt worden wäre, aber sicher ist, daß die geringe wissenschaftliche Bildung des Liplaps *im allgemeinen* seiner Gleichstellung mit dem Europäer im Wege steht, auch da, wo er *als Individuum* hinsichtlich Sittlichkeit, Wissenschaft oder Kunst vielleicht den Vorzug gegenüber einer bestimmten europäischen Person verdienen würde.

Auch hieran ist wiederum nichts Neues. Es war zum Beispiel auch ein Staatsprinzip Wilhelm des Eroberers, den unbedeutendsten Normannen über den kultiviertesten Angelsachsen zu erheben, und jeder Normanne berief sich gerne auf die Überlegenheit der Normannen *im allgemeinen*, um seiner Person auch dort Geltung zu verschaffen, wo er der Geringste gewesen wäre *ohne* den Einfluß seiner überlegenen Stammesgenossen.

Aus so etwas entsteht natürlich im Umgang eine gewisse Gezwungenheit, die nicht zu beseitigen ist, außer durch philosophische und großzügige Einsichten und Maßnahmen seitens der Führung.

Daß sich der Europäer, der in solch einem Verhältnis auf der siegreichen Seite steht, sehr leicht in diese künstliche Überlegenheit fügt, spricht für sich. Oft ist es aber eigenartig zu hören, wenn jemand, der seine Bildung und seine Sprache größtenteils im Rotlichtviertel von Rotterdam erwarb, den Liplap auslacht, weil dieser ein *Glas Wasser* und das *Gouvernement* männlich oder *Sonne* und *Mond* sächlich macht.

Ein Liplap mag kultiviert, gut gebildet oder gelehrt sein – es gibt solche –, sobald der Europäer, der Krankheit vortäuschte, um nicht mehr auf das Schiff zurück zu müssen, auf dem er Tellerwäscher war, und dessen Ansprüche auf Höflichkeit auf ›Ihre‹ und ›Exküsieren Sie‹ gestützt sind, an der Spitze eines Handelsunternehmens steht, das durch Indigo im Jahr 1800 soundsoviel einen ›enormen‹ Gewinn erzielte... nein, lange bevor der den ›*Toko*‹ besaß, wo er Schinken und Jagdgewehre verkauft –, wenn so ein Europäer bemerkt, daß der anständigste Liplap Mühe hat, das h und das g auseinander zu halten, lacht er über die Dummheit des Mannes, der nicht weiß, daß es einen Unterschied zwischen *Gut* und *Hut* gibt.

Um aber hierüber nicht zu lachen, hätte er wissen müssen, daß im Arabischen und im Malaiischen das *Cha* und das *Hha* durch ein und dasselbe Schriftzeichen ausgedrückt wird, daß *Hieronymus* über *Geronimo* in *Jerômer* übergeht, daß wir aus *Huano Guano* machen, daß ein *Fäustling* ein *Handschuh* ist, daß *Kous* von *Hose* abstammt, und daß wir für *Guild Heaume* auf Holländisch *Huillem* oder *Willem* sagen. Soviel Bildung ist zuviel verlangt von jemandem, der sein Vermögen ›in‹ Indigo machte und seine Kultur dem guten Gelingen des Würfelspiels verdankt... oder noch schlimmerem!

Und so ein Europäer kann doch keinen Umgang mit solch einem Liplap pflegen!

Ich verstehe, wo sich *Willem* von *Guillaume* herleitet und muß bekennen, daß ich, vor allem auf den Molukken, sehr oft ›Liplaps‹ kennengelernt habe, die mich staunen ließen über den Umfang ihrer Kenntnisse und die mich auf die Idee brachten, daß wir Europäer, so viele Hilfsmittel uns auch zur Verfügung standen, oft – und nicht nur vergleichsweise – weit unter den armen Parias stehen, die von der Wiege an mit der künstlich-unbilligen Zurücksetzung und dem dummen Vorurteil gegenüber ihrer Hautfarbe zu kämpfen hatten.

Frau Slotering aber war ein für allemal geschützt vor Fehlern im Niederländischen, weil sie nie anders als Malaiisch sprach. Wir werden ihr später noch begegnen, wenn wir mit Havelaar, Tine und dem kleinen Max auf der Veranda der

Resident-Assistentenwohnung in *Rangkas-Betong* Tee trinken, wo unsere Reisegesellschaft nach langem Rütteln und Stoßen endlich wohlbehalten ankam.

Der Resident, der nur mitgekommen war, um den neuen Resident-Assistenten in seinem Amt zu bestätigen, äußerte den Wunsch, noch am selben Tag nach *Serang* zurückzukehren: »Weil. Er.«

Havelaar erklärte, ebenfalls zu aller Eile bereit zu sein...

»So. Viel. Zu. Tun. Habe.«

...und es wurde vereinbart, daß man in einer halben Stunde auf der großen Veranda des Hauses des Regenten zusammenkommen würde. Verbrugge, der darauf vorbereitet war, hatte bereits vor vielen Tagen die Distrikthäupter, den *Patteh*, den *Kliwon*, den *Djaksa*, den Steuereintreiber, einige *Mantries* und ferner alle einheimischen Beamten, die dieser Zeremonie beiwohnen mußten, beauftragt, sich in der Provinzhauptstadt einzufinden.

Der *Adhipatti* verabschiedete sich und ritt zu seinem Haus. Frau Havelaar sah sich ihre neue Wohnung an und war sehr zufrieden damit, vor allem weil der Garten groß war, was ihr besonders gut erschien für den kleinen Max, der viel an der frischen Luft sein sollte. Der Resident und Havelaar waren auf ihre Zimmer gegangen, um sich umzuziehen, denn zu der Zeremonie, die stattfinden sollte, machte sich die offiziell vorgeschriebene Uniform erforderlich. Um das Haus herum standen Hunderte von Menschen, die entweder zu

Pferd den Wagen des Residenten begleitet hatten oder zum Gefolge der zusammengerufenen Häupter gehörten. Die Polizei- und Büroaufseher liefen geschäftig umher. Kurzum, alles zeigte, daß die Eintönigkeit in diesem vergessenen Stück Land im Westen Javas für einen Augenblick durch etwas Leben unterbrochen wurde.

Bald schon fuhr der schöne Wagen des *Adhipatti* auf den Platz. Der Resident und Havelaar, glänzend vor Gold und Silber, doch leicht stolpernd über ihre Degen, stiegen ein und begaben sich zur Wohnung des Regenten, wo sie mit der Musik von *Gongs* und *Gamlangs* empfangen wurden. Auch Verbrugge, der sich seines schlammbespritzten Anzugs entledigt hatte, war bereits eingetroffen. Die niederen Häupter saßen nach asiatischer Art in einem großen Kreis auf Matten am Boden, und am Ende der langen Galerie stand ein Tisch, an dem der Resident, der *Adhipatti*, der Resident-Assistent, der Kontrolleur und sechs Häupter Platz nahmen. Man reichte Tee und Gebäck und die einfache Zeremonie begann.

Der Resident stand auf und las den Beschluß des Generalgouverneurs vor, dem zufolge Max Havelaar als Resident-Assistent der Provinz *Bantan-Kibul* oder *Südbantam*, wie *Lebak* von den Einheimischen genannt wurde, bestellt worden sei. Danach nahm er das Staatsblatt mit dem Eid, der zum Antritt von Ämtern allgemein vorgeschrieben ist, der besagt: ›*daß man, um zum Amt des ***** benannt oder befördert zu werden, niemandem etwas versprochen oder gegeben hat, versprechen* *oder geben wird; daß man seiner Majestät dem König der Niederlande verpflichtet und treu sein wird; seiner Majestät gehorsamer Vertreter in den niederländisch-ostindischen Provinzen; daß man die Gesetze und Bestimmungen, die erlassen worden sind oder erlassen werden, genau befolgen und genau befolgen lassen wird, und daß man sich in allem so betragen wird, wie es sich für einen guten...* (hier: Resident-Assistenten) *geziemt.«*

Darauf folgte natürlich das sakramentale: ›*so wahr mir Gott der Allmächtige helfe.*‹

Havelaar sprach die vorgelesenen Worte nach. Schon dieser Eid hätte eigentlich als Versprechen betrachtet werden müssen: *die inländische Bevölkerung vor Ausbeutung zu schützen und Unterdrückung.* Denn wenn man schwört, die bestehenden Gesetze und Bestimmungen zu befolgen, brauchte man nur einen Blick auf die zahlreichen Vorschriften diesbezüglich zu werfen, um zu sehen, daß ein besonderer Eid in diesem Zusammenhang eigentlich nicht mehr erforderlich war. Aber der Gesetzgeber scheint der Meinung gewesen zu sein, daß ein Zuviel des Guten nicht schaden kann, zumindest fordert man vom Resident-Assistenten einen gesonderten Eid, bei dem die Verpflichtung hinsichtlich des kleinen Mannes einmal mehr ausdrücklich erwähnt wird. Havelaar mußte also noch einmal ›den allmächtigen Gott‹ zum Zeugen rufen bei dem Versprechen: daß er die ›*einheimische Bevölkerung schützen werde vor Unterdrückung, Mißhandlung und Knechtschaft.*‹

Für den aufmerksamen Beobachter hätte es die Mühe gelohnt, den Unterschied zwischen Haltung und Ton des Residenten und von Havelaar bei dieser Gelegenheit zu bemerken. Beide hatten sie solchen Zeremonien bereits mehrere Male beigewohnt. Der Unterschied, den ich meine, bestand also nicht darin, daß sie durch das Neue und Ungewohnte betroffen waren, sondern wurde nur verursacht durch den Unterschied der Charaktere und Grundsätze der beiden Personen. Der Resident sprach zwar etwas schneller als sonst, da er den Beschluß und die Eide lediglich abzulesen brauchte, was ihm die Mühe ersparte, nach seinen Schlußworten zu suchen, aber dennoch geschah seinerseits alles mit einer Vornehmheit und einem Ernst, die dem oberflächlichen Zuschauer eine ehrfürchtige Meinung von der Bedeutung, die er der Angelegenheit beimaß, vermitteln mußte. Havelaar hingegen, als er mit erhobener Hand die Eide wiederholte, hatte etwas in Gesicht, Stimme und Haltung, als wollte er sagen: ›das ist selbstverständlich, auch ohne Gott den Allmächtigen würde ich das tun‹, und wer Menschenkenntnis besaß, hätte sich mehr auf seine Ungezwungenheit und scheinbare Gleichgültigkeit verlassen als auf die amtliche Vornehmheit des Residenten.

Ist es nicht wirklich abwegig zu glauben, daß der Mann, der berufen ist Recht zu sprechen, der Mann, dem das Wohl und Wehe von Tausenden in die Hand gelegt wurde, sich gebunden fühlen sollte an einige ausgesprochene Worte, wenn er sich nicht, auch ohne diese Worte, dazu gedrängt fühlte durch sein eigenes Herz?

Wir glauben von Havelaar, daß er die Armen und die Unterdrückten, wo er diese auch antreffen mochte, geschützt hätte, auch wenn er ›Gott dem Allmächtigen‹ das Gegenteil versprochen hätte.

Anschließend folgte eine Ansprache des Residenten an die Häupter, in der er ihnen den Resident-Assistenten als Oberhaupt der Provinz vorstellte, sie aufforderte, ihm zu gehorchen, ihren Verpflichtungen strikt nachzukommen und einige solcher Allgemeinplätze mehr. Die Häupter wurden Havelaar dann einzeln mit Namen vorgestellt. Er reichte jedem die Hand und die ›Amtseinführung‹ war beendet.

Man nahm im Hause des *Adhipatti* das Mittagsmahl ein, zu dem auch Kommandant Duclari eingeladen war. Sofort nach dem Mahl stieg der Resident, der gerne noch am selben Abend in *Serang* zurück sein wollte:

»Weil. Er. So. Besonders. Viel. Zu. Tun. Habe.«

...wieder in seinen Reisewagen, und so kehrte in *Rangkas-Betong* wieder jene Ruhe ein, wie sie von einem javanischen Innenposten, der von nur wenigen Europäern bewohnt wurde und zudem nicht an der großen Straße lag, zu erwarten ist.

Die Bekanntschaft zwischen Duclari und Havelaar hatte schon bald zu einem ungezwungenen Ton geführt. Der *Adhipatti* gab Zeichen, daß er von seinem neuen ›älteren Bruder‹ eingenommen war und Verbrugge erzählte später, daß sich auch der Resident, den er auf seiner Rückreise nach

Serang ein Stück begleitet hatte, sehr wohlwollend über die Familie Havelaar, die auf der Durchreise nach Lebak einige Tage in seinem Hause verweilt hatte, geäußert habe. Auch sagte er, daß Havelaar, der bei der Regierung in gutem Ansehen stünde, höchstwahrscheinlich schon bald zu einem höheren Amt befördert oder zumindest in eine ›vorteilhaftere‹ Provinz versetzt werden würde.

Max und ›seine Tine‹ waren erst unlängst von einer Reise nach Europa zurückgekehrt, und sie fühlten sich erschöpft von dem, was ich einmal sehr eigenartig ein Leben aus dem Koffer habe nennen hören. Sie schätzten sich also glücklich, nach dem vielen Umherreisen endlich wieder einen Ort zu bewohnen, an dem sie zu Hause sein würden. Vor ihrer Reise nach Europa war Havelaar Resident-Assistent von *Amboina* gewesen, wo er mit vielen Schwierigkeiten zu kämpfen gehabt hatte, da sich die Bevölkerung dieser Insel als Folge der vielen falschen Maßnahmen, die in der letzten Zeit ergriffen worden waren, in einem gärenden und aufständischen Zustand befand. Nicht ohne viel Anstrengung hatte er diesen Widerstandsgeist zu unterdrücken gewußt, doch aus Kummer über die geringe Hilfe, die man ihm in dieser Angelegenheit von höheren Orts leistete, und aus Ärger über die schlechte Führung, die seit Jahrhunderten die herrlichen Landstriche der Molukken entvölkert und verdirbt...

Der interessierte Leser versucht sicher herauszufinden, was über dieses Thema bereits 1825 von

Baron Van der Capelle geschrieben wurde, und er kann die Publikationen dieses Menschenfreundes im Staatsblatt von Niederländisch-Ostindien jenes Jahres finden. An den Zuständen hat sich seit dieser Zeit nichts gebessert!

Wie dem auch sei, Havelaar tat in *Amboina*, was er durfte und konnte, aber aus Ärger über den Mangel an Mitarbeit derjenigen, die in erster Linie berufen gewesen wären, seine Versuche zu unterstützen, war er erkrankt, und das hatte ihn bewogen, nach Europa abzureisen. Genaugenommen hätte er bei Wiedereinstellung Anspruch auf eine bessere Wahl als die arme und kaum florierende Provinz *Lebak* gehabt, da sein Wirkungskreis in *Amboina* von größerem Gewicht war und er dort, ohne Residenten über sich, ganz auf sich gestellt gewesen war. Zudem war bereits bevor er nach *Amboina* reiste die Rede davon gewesen, ihn zum Residenten zu befördern, und es befremdete also so manchen, daß ihm jetzt die Führung über eine Provinz übertragen worden war, die hinsichtlich der Nebeneinnahmen so wenig eintrug, da viele die Wichtigkeit eines Amtes an den damit verbundenen Einkünften messen. Er selbst jedoch beschwerte sich hierüber keineswegs, denn sein Ehrgeiz war nicht im geringsten dergestalt, daß er um einen höheren Rang oder um mehr Gewinn betteln würde.

Letzteres wäre ihm dennoch gut zustatten gekommen! Denn auf seinen Reisen in Europa hatte er das Wenige ausgegeben, das er in den vorhergehenden Jahren erspart hatte. Sogar Schulden hatte er dort hinterlassen und war folglich mit einem Wort arm. Doch nie hatte er sein Amt als Geldgewinn betrachtet und bei seiner Berufung nach *Lebak* nahm er sich mit Zufriedenheit vor, die Ausstände durch Sparsamkeit auszugleichen, wobei ihn seine Frau, die so einfach war hinsichtlich Geschmack und Bedürfnissen, mit Vergnügen unterstützen würde.

Aber Sparsamkeit fiel Havelaar schwer. Er konnte sich auf das strikt Notwendige beschränken. Ja, ohne die geringste Mühe konnte er innerhalb dieser Grenzen bleiben, doch wo andere Hilfe benötigten, war ihm das Helfen, das Geben, eine wahre Leidenschaft. Er selbst sah dies als Schwäche, argumentierte mit dem ganzen gesunden Menschenverstand, der ihm gegeben war, wie *unrecht* es sei, jemanden zu unterstützen, wo er selbst mehr Anspruch gehabt hätte auf dessen Hilfe... er spürte dieses Unrecht noch heftiger, wenn auch ›seine Tine‹ und Max, die er beide so lieb hatte, unter den Folgen seiner Freigiebigkeit zu leiden hatten... er warf sich seine Gutherzigkeit als Schwäche vor, als Eitelkeit, als Sucht, für einen verkappten Prinzen gehalten zu werden... er versprach Besserung, und dennoch... immer wenn dieser oder jener sich ihm als Opfer von Schicksalsschlägen darzustellen wußte, vergaß er alles, nur um zu helfen. Und dies trotz der bitteren Erfahrung der Folgen dieser durch Übertreibung zum Fehler gewordenen Tugend. Acht Tage vor der Geburt seines kleinen Max besaß er nicht das Nötige, um die eiserne Wiege zu kaufen, in der sein Liebling ruhen sollte, und noch kurz davor hatte er die wenigen Schmuckstücke seiner Frau geopfert, um jemandem beizustehen, der gewiß in besseren Verhältnissen lebte als er selbst.

Aber dies alles lag schon wieder weit hinter ihnen, als sie in *Lebak* angekommen waren! Mit fröhlicher Ruhe hatten sie von dem Haus Besitz genommen: ›wo sie nun doch einige Zeit zu bleiben hofften‹. Mit einem eigenartigen Genuß hatten sie in *Batavia* Möbel bestellt, die alles *comfortable* und gemütlich machen würden. Sie zeigten einander die Plätze, an denen sie frühstücken und an denen der kleine Max spielen würde, wo die Bibliothek sein würde, wo er abends vorlesen würde, was er am Tage geschrieben hatte, denn er war immer mit der Entwicklung seiner Ideen auf Papier beschäftigt... und: ›einmal würde das gedruckt werden‹, meinte Tine, ›und dann würde man sehen, wer ihr Max sei!‹ Aber nie hatte er etwas von dem, was ihm durch den Kopf ging, auf die Druckpresse legen lassen, weil eine gewisse Scheu ihn beseelte, die etwas von Ehrbarkeit hatte. Er selbst zumindest wußte diesen Widerwillen nicht besser zu beschreiben, als den, der ihn zur Publizität anspornte, zu fragen ›würden *Sie* Ihre Tochter ohne Hemd über die Straße gehen lassen?‹

Dies war dann wieder eine der vielen Schrullen, die seine Umgebung sagen ließen, daß ›dieser Havelaar doch ein sonderbarer Mensch sei‹, und ich behaupte nicht das Gegenteil. Aber wenn man sich die Mühe machte, seine ungewöhnliche Art zu sprechen zu interpretieren, so hätte man in dieser merkwürdigen Frage über die Toilette eines Mädchens vielleicht den Text gefunden für eine Abhandlung über die Keuschheit des Geistes, die sich vor den Blicken eines plumpen Passanten scheut und sich in eine Hülle jungfräulicher Zurückhaltung flüchtet.

Ja, sie würden glücklich sein in *Rangkas-Betong*, Havelaar und seine Tine! Die einzige Sorge, die sie drückte, waren die Schulden, die sie in Europa zurückgelassen hatten, erhöht um die noch unbezahlten Kosten für die Rückreise nach Niederländisch-Ostindien und um die Ausgaben für die Möblierung ihrer Wohnung. Aber Not litten sie nicht. Sie würden schließlich von der Hälfte, einem Drittel seiner Einkünfte leben? Vielleicht auch, ja wahrscheinlich, würde er bald Resident werden, und dann würde alles innerhalb kurzer Zeit geregelt...

»Obwohl es mit sehr leid tun würde, Tine, *Lebak* zu verlassen, denn es gibt hier viel zu tun. Du mußt sehr sparsam sein, Liebes, dann können wir vielleicht alles abbezahlen, auch ohne Beförderung... und dann hoffe ich, lange hierzubleiben, sehr lange!«

Einen Ansporn zur Sparsamkeit brauchte er *ihr* nicht zu geben. *Sie* war wahrlich nicht schuld daran, daß Sparsamkeit nötig geworden war, doch sie hatte sich so sehr mit ihrem Max identifiziert, daß sie diesen Ansporn keineswegs als Vorwurf auffaßte, was er denn auch nicht war. Denn Havelaar wußte sehr gut, daß *er* allein versagt hatte, aufgrund seiner zu weit getriebenen Freigiebigkeit, und daß *ihr* Fehler – wenn ihrerseits überhaupt ein Fehler vorhanden war – nur darin gelegen hatte, daß sie aus Liebe zu Max immer alles gutgeheißen hatte, was er tat.

Ja, *sie* hatte es gutgeheißen, als er die beiden armen Frauen aus der *Nieuwstraat*, die Amsterdam nie verlassen hatten und nie ›ausgewesen‹ waren, auf dem Haarlemer Jahrmarkt herumgeführt hatte, unter dem lächerlichen Vorwand, der König hätte ihn beauftragt mit: ›dem Amüsement von alten Damen, die sich so anständig verhalten haben‹. *Sie* hatte es gebilligt, daß er die Waisenkinder aus allen Heimen in Amsterdam auf Kuchen und Mandelmilch eingeladen und mit Spielzeug überhäuft hatte. *Sie* verstand es vollkommen, daß er die Übernachtungskosten der armen Sängerfamilie bezahlte, die zurückkehren wollte in ihr Land, jedoch nicht gerne die Habe zurückließen, zu der die Harfe gehörte, und die Geige, und der Baß, die sie so sehr brauchte für ihr ärmliches Gewerbe. *Sie* konnte es nicht ablehnen, daß er das Mädchen zu ihr brachte, das ihn abends auf der Straße angesprochen hatte... und daß er ihr zu essen gab und sie beherbergte, und das allzu billige ›gehe hin und sündige fortan nicht mehr!‹ nicht aussprach, bevor er ihr dieses ›nicht sündigen‹ ermöglicht hatte. *Sie* fand das sehr schön von ihrem Max, daß er das Klavier zurückbringen ließ in das Vorderzimmer des Familienvaters, den er hatte sagen hören, wie leid es ihm tat, daß die Mädchen nun die Musik entbehren müßten ›nach dem Bankrott‹. *Sie* verstand sehr gut, daß ihr Max in *Menado* die Sklavenfamilie freikaufte, die so bitter betrübt war, auf den Tisch des Auktionators steigen zu müssen. *Sie* fand es selbstverständlich, daß Max den Alfuren in *Minahassa* Pferde wiedergab, deren Pferde von den Offizieren der *Bayonnaise* zu Tode geritten worden waren. *Sie* hatte nichts dagegen gehabt, als er sich in *Menado* und in *Amboina* der Schiffbrüchigen der amerikanischen *Whaler* annahm und sie pflegte und sich zu sehr als *Grand Seigneur* erachtete, um der amerikanischen Regierung eine Rechnung für die Aufwendungen vorzulegen. *Sie* verstand sehr gut, weshalb die Offiziere von fast jedem angekommenen Kriegsschiff größtenteils bei Max wohnten und sein Haus ihr geliebtes *pied à terre* war.

War er nicht ihr Max? War es nicht zu klein, zu nichtig, war es nicht ungereimt, ihn, der so edelmütig dachte, an die Regeln der Sparsamkeit und Wirtschaftlichkeit, die für andere gelten, binden zu wollen? Und außerdem, wenn schon manchmal Ungereimtheiten auftauchten zwischen Einnahmen und Ausgaben, war Max, ihr Max, nicht für eine glänzende Laufbahn bestimmt? Würde er nicht schon bald in Verhältnissen leben, die es ihm ermöglichen würden, ohne Überschreitung seiner Einkünfte seinen großherzigen Neigungen freien Lauf zu lassen? Sollte ihr Max nicht Generalgouverneur von diesem lieben Niederländisch-Ostindien werden oder... ein König? War es nicht sogar merkwürdig, daß er nicht bereits König war?

Wenn ein Fehler bei ihr gefunden werden konnte, so war die Eingenommenheit für Havelaar Schuld daran, und wenn überhaupt, dann müßte es hier gelten: daß man demjenigen viel verzeihen muß, der viel geliebt hat.

Doch man hatte ihr nichts zu verzeihen. Auch ohne die übertriebenen Vorstellungen zu teilen, die sie für ihren Max hegte, darf man dennoch annehmen, daß er eine gute Laufbahn vor sich hatte, und wenn diese begründete Voraussicht sich verwirklicht haben würde, würden tatsächlich die unangenehmen Folgen seiner Freigiebigkeit bald aus dem Weg geräumt sein. Aber noch ein Grund ganz anderer Art entschuldigte sie und ihre scheinbare Sorglosigkeit.

Sie hatte sehr jung ihre beiden Eltern verloren und war bei Verwandten aufgewachsen. Als sie heiratete, teilte man ihr mit, daß sie ein kleines Vermögen besäße, das ihr auch ausgezahlt wurde, doch Havelaar entdeckte aus einigen Briefen aus früherer Zeit und aus einigen losen Notizen, die sie in einer von ihrer Mutter stammenden Kassette verwahrte, daß ihre Familie sowohl väterlicher- als auch mütterlicherseits sehr reich gewesen war, ohne daß ihm jedoch klar werden konnte, wo, wodurch oder wann dieser Reichtum verlorengegangen war. Sie selbst, die nie Interesse gehabt hatte für Angelegenheiten finanzieller Art, wußte kaum oder gar nichts zu antworten, als Havelaar sie zu einigen Hinweisen hinsichtlich der früheren Besitztümer ihrer Verwandten drängte. Ihr Großvater, der Baron Van W., war mit Wilhelm dem Fünften nach England geflohen und Rittmeister in der Armee des Herzogs von York gewesen. Er schien mit den emigrierten Mitgliedern der Familie des Statthalters ein fröhliches Leben geführt zu haben, was auch von vielen als Grund für den Untergang seines Vermögens angegeben wurde. Später, bei Waterloo, fiel er während eines Angriffs der Husaren von Boreel. Ergreifend war es, die Briefe ihres Vaters zu lesen – damals ein Jüngling von achtzehn Jahren, der als Leutnant bei diesem Korps während desselben Angriffs einen Säbelhieb auf den Kopf bekam, an dessen Folgen er acht Jahre später geistesgestört sterben würde –, Briefe an seine Mutter, in denen er klagte, wie er vergeblich auf dem Schlachtfeld nach der Leiche seines Vaters gesucht hatte.

Was ihre Abstammung mütterlicherseits betraf, so erinnerte sie sich, daß ihr Großvater auf großem Fuße gelebt hatte, und aus manchen Unterlagen war ersichtlich, daß er im Besitz der Poststellen in der Schweiz gewesen war, in einer Weise wie dies heute noch in weiten Teilen Deutschlands und Italiens einen Zweig der Einkünfte der *Apanage* der Fürsten von *Thurn und Taxis* ausmacht. Das ließ auf ein großes Vermögen schließen, aber auch hiervon war aus vollkommen unbekannten Gründen nichts oder zumindest nur sehr wenig auf das zweite Geschlecht übergegangen.

Havelaar vernahm das Wenige, das darüber zu vernehmen war, erst nach seiner Heirat, und bei seinen Nachforschungen wunderte es ihn, daß die Kassette, von der ich soeben sprach – und die seine Frau mit dem Inhalt aus einem Gefühl der Pietät heraus verwahrte, ohne auf die Idee zu kommen, daß sich darin vielleicht Unterlagen befanden, die aus finanzieller Sicht wichtig waren – auf unbegreifliche Weise verlorengegangen war. Wie uneigennützig auch immer, er baute auf diesen und vielen anderen Umständen die Vorstellung auf, daß sich dahinter ein *Roman intime* verbarg, und man darf es ihm nicht übel nehmen, daß er, der für seine kostspielige Leidenschaft so viel benötigte, mit Freuden diesen Roman ein glückliches Ende hätte nehmen sehen. Wie es auch sein mag mit der Existenz dieses Romans und ob nun tatsächlich ein Raub stattgefunden hatte, fest steht, daß in Havelaars Phantasie etwas geboren wurde, das man einen *Millionentraum* nennen könnte.

Doch schon wieder war es merkwürdig, daß er, der so genau und scharf das Recht des anderen – wie tief auch immer begraben unter staubigen Akten und dickwebigen Haarspaltereien – verfolgt und verteidigt hätte, daß er hier, wo sein eigenes Interesse im Spiel war, mit Schlendrian den Augenblick versäumte, in dem vielleicht die Sache in die Hand hätte genommen werden müssen. Er schien so etwas wie Scham zu verspüren, weil es hier seinem eigenen Vorteil galt, und ich bin mir sicher, wenn ›seine Tine‹ mit jemand anderem verheiratet gewesen wäre, mit jemandem, der sich an ihn gewandt hätte mit der Bitte, die Weben zu zerreißen, in denen ihr vorväterliches Vermögen sich verfangen hatte, daß es ihm gelungen wäre, ›die interessante Waise‹ in den Besitz des Vermögens zu stellen, das ihr gehörte. Nun aber war diese interessante Waise *seine* Frau, *ihr* Vermögen war das *seine,* er sah also etwas zu Kaufmännisches darin, etwas Anstößiges, in ihrem Namen zu fragen: ›Sind Sie mir nicht noch etwas schuldig?‹

Und dennoch konnte er den Millionentraum nicht von sich abschütteln, und war es auch oft nur deshalb, um eine Entschuldigung zur Hand zu haben bei den oft auftauchenden Selbstvorwürfen, daß er zu viel Geld ausgab.

Erst kurz vor seiner Rückkehr nach Java, als er unter dem Druck des Geldmangels bereits viel gelitten hatte, als er sein stolzes Haupt vor der *furca caudina* so manches Schuldners hatte beugen müssen, hatte er seine Trägheit oder seine Scheu überwinden können, um sich um die Millionen zu kümmern, auf die er noch ein Recht zu haben glaubte. Und man antwortete ihm mit einem alten Kontokorrent... einem Argument, gegen das, wie man weiß, nichts vorzubringen ist.

Aber sie würden so sparsam sein in *Lebak!* Und warum auch nicht? In so einem unkultivierten Land irren am späten Abend keine Mädchen durch die Straßen, die ein wenig Ehre zu verkaufen haben für ein wenig Nahrung. Da irren keine Leute umher, die von heiklen Berufen leben. Dort geschieht es nicht, daß eine Familie plötzlich zugrunde geht durch einen Wechsel des Vermögens... und solcher Art waren ja gewöhnlich die Klippen, auf denen die guten Vorsätze von Havelaar strandeten. Die Zahl der Europäer in dieser Provinz war so gering, daß es nicht in Frage kommen konnte, und der Javaner in *Lebak* war zu arm, um – bei welcher Schicksalswende auch immer – wichtig zu werden durch noch größere Armut. Dies alles überlegte Tine nicht so – hierzu hätte sie sich, genauer als sie es aus Liebe zu Max wollte, Rechenschaft ablegen müssen über die Ursachen ihrer ungünstigen Verhältnisse – aber in ihrer neuen Umgebung lag etwas, das Ruhe verströmte und es fehlten alle Anlässe – mit mehr oder weniger falschem, romanhaftem Anstrich allerdings – die Havelaar früher so oft hatten sagen lassen: »Nicht wahr, Tine, das ist nun doch ein Fall, dem ich mich nicht entziehen kann?«

Und worauf sie immer geantwortet hatte:

»Aber nein, Max, dem kannst du dich nicht entziehen!«

Wir werden sehen, wie das einfache, scheinbar unbewegte *Lebak* Havelaar mehr kostete als alle vorhergehenden Ausbrüche seines Herzens zusammen. Aber das wußten sie noch nicht! Sie sahen der Zukunft mit Vertrauen entgegen und fühlten sich so glücklich in ihrer Liebe und in dem Besitz ihres Kindes...

»So viele Rosen im Garten«, rief Tine, »und sieh dort auch *Rampeh* und *Tjempaka* und so viel *Melati*, und schau dir mal diese schönen Lilien an...«

Und Kinder, die sie waren, vergnügten sie sich mit ihrem neuen Haus. Und als Duclari und Verbrugge nach einem Besuch bei Havelaar abends in ihre gemeinsame Wohnung zurückkehrten, sprachen sie viel über die kindliche Fröhlichkeit der neu angekommenen Familie.

Havelaar begab sich in sein Büro und blieb dort die Nacht über bis zum folgenden Morgen.

Achtes Kapitel

Havelaar hatte den Kontrolleur gebeten, die Häupter, die in *Rangkas-Betong* anwesend waren einzuladen, hier bis zum nächsten Tag zu verweilen, um der *Sebah* beizuwohnen, die er einberufen wollte. Eine solche Versammlung fand in der Regel einmal im Monat statt, doch sei es, weil er manchen Häuptern, die recht weit von der Hauptstadt entfernt lebten – denn die Provinz *Lebak* ist sehr groß – das unnötige Hin- und Herreisen ersparen wollte, sei es, daß er wünschte, sofort und ohne den festgelegten Tag abzuwarten, feierlich zu ihnen zu sprechen, er hatte den ersten *Sebah*-Tag für den nächsten Morgen anberaumt.

Links vor seiner Wohnung, doch auf demselben ›Hof‹ und gegenüber von dem Haus, das Frau Slotering bewohnte, stand ein Gebäude, das teilweise die Büroräume des Resident-Assistenten enthielt, zu denen ebenfalls die Landeskasse gehörte, und teilweise aus einer ziemlich geräumigen, offenen Galerie bestand, die einen geeigneten Platz für eine solche Versammlung bot. Dort waren also am nächsten Morgen die Häupter frühzeitig versammelt. Havelaar trat ein, grüßte und nahm Platz. Er empfing die schriftlichen Monatsberichte über Landwirtschaft, Viehbestand, Polizei und Justiz und legte diese für eine eingehendere Prüfung beiseite.

Jeder erwartete hierauf eine Ansprache, wie sie der Resident am vorigen Tag gehalten hatte, und es ist nicht ganz sicher, ob Havelaar selbst sich vorgenommen hatte, etwas anderes zu sagen, aber man mußte ihn bei solchen Anlässen gesehen und gehört haben, um sich eine Vorstellung davon machen zu können, wie er sich bei Ansprachen ereiferte und durch seine bezeichnende Art zu sprechen den bekanntesten Dingen eine neue Färbung verlieh, wie er sich dann in seiner Haltung aufrichtete, wie seine Augen Feuer sprühten, wie seine Stimme von schmeichelnd leise in schneidende Schärfe überging, wie die Worte von seinen Lippen strömten als streue er etwas Kostbares um sich aus, das ihn dennoch nichts kostete, und wie, wenn er innehielt, ein jeder ihn ansah mit offenem Mund, wie um ihn zu fragen: ›Mein Gott, wer seid Ihr?‹

Es ist wahr, daß er selbst, der bei solchen Anlässen sprach wie ein Apostel, wie ein Seher, später nicht recht wußte, wie er gesprochen hatte, und seine Beredtheit hatte auch eher die Eigenschaft, Erstaunen und Betroffenheit hervorzurufen als durch Bündigkeit der Argumentation zu überzeugen. Er hätte die Kriegslust der Athener, sobald der Krieg gegen Philippus beschlossen war, bis zur Raserei anstacheln können, aber es wäre ihm wahrscheinlich weniger gut gelungen, hätte er die Aufgabe gehabt, sie durch Argumentation zum Krieg zu bewegen. Seine Ansprache zu den *Lebakschen* Häuptern hielt er natürlich auf Malaiisch, was die Eigenartigkeit seiner Rede noch verstärkte, da die Einfachheit der asiatischen Sprachen vielen Ausdrücken eine Kraft verleiht, die unseren Idiomen durch literarische Gekünsteltheit verlorengegangen ist, während andererseits das süßfließende des Malaiischen in manch anderer Sprache schwer wiederzugeben ist. Man bedenke außerdem, daß der überwiegende Teil seiner Zuhörer aus einfachen, jedoch keinesfalls dummen Menschen bestand, und zudem Asiaten waren, deren Eindrücke sich sehr von den unseren unterscheiden.

Havelaar muß also in etwa so gesprochen haben:

»Herr *Radhen Adhipatti*, Regent von *Bantan-Kidul*, und Ihr, *Rhadhens Dhemang*, Häupter der Distrikte in dieser Provinz, und Ihr, *Radhen Djaksa*, der Ihr die Justiz zu Eurem Amt habt, und auch Ihr, *Radhens*, *Mantries* und alle Häupter in der Provinz *Bantan-Kidul*, ich begrüße Euch!

Und ich sage Euch, daß ich Freude in meinem Herzen verspüre, da ich Euch alle hier versammelt sehe, den Worten meines Mundes zu lauschen.

Ich weiß, daß es unter Euch einige gibt, die hervorragen in Kenntnis und Aufrichtigkeit des Herzens: ich hoffe, meine Kenntnis durch die Eure zu mehren, denn sie ist nicht so groß wie ich es mir wünschte. Wohl liebe ich die Aufrichtigkeit, doch oft bemerke ich, daß in meinem Gemüt Fehler sind, welche die Aufrichtigkeit überschatten und ihm danach das Wachstum nehmen... Ihr alle wißt, wie der große Baum den kleinen verdrängt und tötet. Darum werde ich achten auf diejenigen unter Euch, die herausragen an Tugend, um zu versuchen, besser zu werden als ich es bin.

Ich begrüße Euch alle sehr herzlich.

Als der Generalgouverneur mir auftrug, zu Euch zu gehen, um Resident-Assistent der Provinz zu sein, war mein Herz erfreut. Es mag Euch bekannt sein, daß ich *Bantan-Kidul* nie zuvor betreten hatte. Ich ließ mir also Schriften geben, die von Eurer Provinz berichten, und ich habe gesehen, daß viel Gutes in *Bantan-Kidul* ist. Euer Volk besitzt Reisfelder in den Tälern, und es gibt Reisfelder in den Bergen. Und Ihr wünscht, in Frieden zu leben, und Ihr begehrt nicht zu wohnen in Gegenden, die von anderen bewohnt werden. Ja, ich weiß, daß viel Gutes in *Bantan-Kidul* ist!

Aber nicht deshalb war mein Herz erfreut. Denn auch in anderen Gegenden hätte ich viel Gutes vorgefunden.

Doch ich wurde gewahr, daß Eure Bevölkerung arm ist, und darüber war ich froh im Innersten meiner Seele.

Denn ich weiß, daß Allah den Armen liebt und daß er jenem Reichtum verleiht, den er prüfen will. Aber den Armen sendet Er den, der Seine Worte spricht, auf daß sie sich aus ihrem Elend erheben.

Gibt er nicht Regen, wo der Halm verdorrt, und einen Tautropfen in den Blütenkelch, der dürstet?

Und ist es nicht schön, ausgesandt zu werden, um die Erschöpften zu suchen, die nach der Arbeit zurückblieben und niedersanken am Wegesrand, da ihre Knie nicht mehr stark genug waren, um sich aufzumachen zu dem Ort ihres Lohnes? Wäre ich nicht erfreut, jenem die Hand reichen zu dürfen, der in die Grube fiel, und einen Stab zu geben dem, der die Berge erklimmt? Wäre mein Herz nicht fröhlich, wenn es sieht erwählt worden zu sein aus vielen, um aus Klagen ein Gebet zu machen und eine Danksagung aus Weinen?

Ja, ich bin sehr glücklich, nach *Bantan-Kidul* gerufen worden zu sein!

Ich habe der Frau, die meine Sorgen teilt und mein Glück vergrößert, gesagt ›freue Dich, denn ich sehe, daß Allah seinen Segen auf das Haupt unseres Kindes legt! Er hat mich zu einem Ort gesandt, an dem nicht alle Arbeit getan ist, und er hielt mich für würdig dort zu sein noch vor der Erntezeit. Denn nicht im Schneiden der *Padie* liegt die Freude: die Freude liegt im Schneiden der *Padie*, die man selbst gepflanzt hat. Und die Seele des Menschen wächst nicht durch den Lohn, sondern durch die Arbeit, die den Lohn verdient.‹ Und ich sagte zu ihr: ›Allah hat uns ein Kind geschenkt, das einmal sagen wird: ›wißt ihr, daß ich sein Sohn bin?‹ Und dann wird es solche geben in dem Land, die ihn grüßen mit Liebe, die ihm die Hand auf das Haupt legen und sagen werden: ›setz Dich nieder zu unserem Mahl, und bewohne unser Haus, und nimm Teil an allem, was wir haben, denn ich habe Deinen Vater gekannt.‹

Häupter von *Lebak*, es gibt viel zu tun in Eurem Land!

Sagt mir, ist nicht der Landmann arm? Reift nicht die *Padie* oftmals zur Nahrung von dem, der sie nicht gepflanzt hat? Gibt es nicht viele Mißstände in Eurem Land? Ist nicht die Zahl Eurer Kinder gering?

Ist nicht Scham in Euren Seelen, wenn der Bewohner von *Bandung*, das dort im Osten liegt, Eure Gegenden besucht und fragt: ›wo sind die Dörfer und wo die Landarbeiter? Und warum höre ich nicht den *Gamelang*, der Freude kundtut mit kupfernem Mund, noch das Stampfen der *Padie* eurer Töchter?‹

Ist es Euch nicht bitter, von hier wegzureisen nach der Südküste und die Berge zu sehen, die kein Wasser auf ihren Höhen haben? Oder die Ebenen, wo nie ein Büffel den Pflug zog?

Ja, ja, ich sage Euch, daß Eure und meine Seele darüber sehr betrübt sind! Und gerade deshalb sind wir Allah dankbar, daß er uns die Macht verlieh, hier zu arbeiten.

Denn wir haben in diesem Land Äcker für viele, obwohl der Bewohner wenige sind. Und es ist nicht der Regen, der fehlt, denn die Berggipfel saugen die Wolken des Himmels zur Erde. Und nicht überall gibt es Felsen, die der Wurzel den Platz verweigern, denn an vielen Orten ist der Boden weich und fruchtbar und schreit nach dem Getreidekorn, das er uns wiedergeben möchte mit gebeugtem Halm. Und es herrscht weder Krieg in diesem Land, der die *Padie* niedertrampelt, wenn sie noch grün ist, noch Krankheit, die den *Patjol* nutzlos macht. Noch gibt es Sonnenstrahlen, die heißer sind als nötig, um das Getreide reifen zu lassen, das Euch und Eure Kinder ernähren soll, noch *Banjirs*, die Euch jammern machen: ›zeig mir den Platz, wo ich gesät habe!‹

Wo Allah Wasserströme ausgießt, die die Äcker

fortspülen... wo Er den Boden hart macht wie dürren Stein... wo Er Seine Sonne glühen läßt zur Versengung... wo Er Krieg sendet, der die Felder verwüstet... wo er schlägt mit Krankheiten, welche die Hand schlaff machen, oder mit Dürre, die die Ähren tötet... dort, Häupter von *Lebak*, beugen wir demütig das Haupt und sagen: ›Er will es so!‹

Aber nicht in *Bantan-Kidul!*

Ich bin hierher gesandt worden, um Euer Freund zu sein, Euer älterer Bruder. Würdet Ihr Euren jüngeren Bruder nicht warnen, wenn Ihr einen Tiger auf seinem Weg sähet?

Häupter von Lebak, wir haben oftmals Schicksalsschläge erlitten, und unser Land ist arm, weil wir soviele Schicksalsschläge erleiden mußten.

Denn in *Tjikandi* und *Bolang* und im *Krawangschen* und in der Gegend um *Batavia* sind viele, die in unserem Land geboren wurden und die uns verlassen haben.

Warum suchen sie Arbeit, weit entfernt von der Stätte, an der sie ihre Eltern begruben? Warum entfliehen sie der *Dessah*, wo sie die Beschneidung empfingen? Warum stellen sie die Kühle des Baumes, der dort wächst, über den Schatten unserer Wälder?

Und weit im Nordwesten jenseits des Meeres sind viele, die unsere Kinder sein sollten, die jedoch *Lebak* verließen, um mit *Kris* und *Klewang* und Schießgewehr umherzuirren in fremden Gegenden. Und sie kommen elendig um, denn dort ist es die Macht der Regierung, die die Aufständischen besiegt.

Ich frage Euch, Häupter von *Bantan-Kidul,* warum gibt es so viele, die fortgingen, um nicht dort begraben zu werden, wo sie geboren wurden? Warum fragt der Baum, wo der Mann ist, den er als Kind an seinem Fuße spielen sah?«

Havelaar hielt hier einen Augenblick inne. Um einen gewissen Eindruck zu bekommen von der Wirkung, die seine Rede hatte, hätte man ihn hören und sehen müssen. Als er von seinem Kind sprach, war in seiner Stimme etwas Weiches, etwas unbeschreiblich Rührendes, das die Frage aufwarf: ›Wo ist der Kleine? Bereits jetzt möchte ich das Kind küssen, das seinen Vater so sprechen läßt!‹ Aber als er kurz darauf, scheinbar übergangslos, zu den Fragen kam, warum *Lebak* arm sei und warum so viele Bewohner dieser Gegend an andere Orte zögen, klang in seinem Ton etwas, das an das Geräusch erinnerte, das ein Bohrer macht, wenn er mit Kraft in hartes Holz getrieben wird. Dennoch sprach er nicht laut, noch betonte er einzelne Worte stärker, es war sogar etwas Eintöniges in seiner Stimme, ob sie nun erlernt war oder natürlich, gerade diese Eintönigkeit verstärkte den Eindruck seiner Worte auf Gemüter, die ganz besonders empfänglich waren für eine solche Sprache.

Seine Bilder, die immer dem Leben, das ihn umgab, entnommen waren, bedeuteten für ihn tatsächlich Hilfsmittel, um verständlich zu machen, was er meinte, und nicht, wie so oft, lästige Anhängsel, die die Sätze der Redner beschweren, ohne jegliche Klarheit beizutragen zu dem Verständnis der Sache, die man zu erläutern vorgibt. Wir sind heutzutage gewöhnt an die Ungereimtheit des Ausdrucks: ›stark wie ein Löwe‹, aber wer in Europa dieses Bild einmal verwendete, zeigte, daß er seinen Vergleich nicht aus der Seelenpoesie entnommen hatte, die Bilder eingibt für Argumentationen und nicht anders sprechen *kann*, sondern daß er seinen ergänzenden Allgemeinplatz einfach abgeschrieben hatte aus dem einen oder anderen Buch – aus der Bibel vielleicht –, in dem ein *Löwe* vorkam. Denn keiner seiner Zuhörer hatte je die Stärke eines Löwen zu spüren bekommen, und es wäre demnach eher nötig gewesen, sie diese Kraft ermessen zu lassen durch den Vergleich des Löwen mit etwas, dessen Kraft ihnen durch Erfahrung bekannt war, als umgekehrt.

Man erkenne, daß Havelaar tatsächlich ein Dichter war. Jeder spürt, daß er, redend über die Reisfelder auf den Bergen, den Blick durch die offene Seite des Saals dorthin richtete, und daß er diese Felder tatsächlich sah. Es war klar, als er den Baum fragen ließ, wo der Mann sei, der als Kind an seinem Fuße gespielt hatte, daß dieser Baum da stand und in der Einbildung von Havelaars Zuhörern tatsächlich fragend umhersah nach den fortgegangenen Bewohnern von *Lebak*. Auch erfand er nichts; er hörte den Baum sprechen und vermeinte lediglich nachzusprechen, was er in seiner dichterischen Auffassung so deutlich verstanden hatte.

Wenn vielleicht jemand die Bemerkung machen sollte, daß das Ursprüngliche in Havelaars Art zu sprechen nicht unanfechtbar ist, da seine Sprache an den Stil der Propheten des Alten Testaments erinnert, muß ich darauf aufmerksam machen, daß ich bereits sagte, er habe in Augenblicken der Verzückung wirklich etwas von einem Seher. Voll der Eindrücke, die das Leben in Wäldern und auf Bergen ihm mitgegeben hatte, umgeben von der Poesie atmenden Atmosphäre des fernen Ostens, und somit aus einer ähnlichen Quelle schöpfend wie die Mahner der Antike, mit denen man ihn zu vergleichen sich gezwungen fühlte, vermuten wir, daß er nicht anders gesprochen hätte, wenn er die herrlichen Gedichte des Alten Testaments nie gelesen hätte. Finden wir nicht bereits in den Versen, die aus seiner Jugend stammen, Zeilen wie diese, die geschrieben waren auf dem *Salak* – einem der Riesen, aber nicht dem größten, unter den Bergen der *Preanger Regentschaften* – in denen wiederum der Anfang die Feinheit seiner Empfindungen kennzeichnet, um plötzlich dazu überzugehen, dem Donner, den er unter sich hört, nachzusprechen:

> Es ist süßer, hier seinen Schöpfer laut zu preisen...
> Das Gebet klingt schön an Berg- und Hügelkette...
> Viel mehr als dort reist hier das Herz nach oben:
> Auf den Bergen ist man näher seinem Gott!
> Hier erschuf er selbst Altar und Tempelchöre,
> Noch durch keinen Schritt von Menschenfuß entweiht,
> Hier läßt er sich im tobenden Gewitter hören...
> Und rollend ruft Sein Donner: Majestät!

...und spürt man nicht, daß er die letzten Zeilen nicht so hätte schreiben können, wenn er nicht wirklich zu hören und zu verstehen meinte, wie Gottes Donner ihm diese Zeilen in hallender Schwingung gegen die Wände des Gebirges zurief?

Aber er mochte keine Verse. ›Es sei eine häßliche Zwangsjacke‹, sagte er, und wenn er dazu überredet wurde, etwas zu lesen, das er ›begangen‹ hatte, wie er sich ausdrückte, machte er sich einen Spaß daraus, sein eigenes Werk zu verderben, entweder indem er es in einem Ton vortrug, der es lächerlich machen mußte oder indem er plötzlich vor allem bei einem höchst ernsten Passus abbrach und eine witzige Bemerkung dazwischenwarf, die den Zuhörer peinlich berührte, die aber für ihn nichts anderes war als eine blutige Satire auf die Unverhältnismäßigkeit zwischen diesem Korsett und seiner Seele, die sich darin so eingeengt fühlte.

Es waren unter den Häuptern nur wenige, die von den angebotenen Erfrischungen nahmen. Havelaar hatte nämlich mit einem Wink angeordnet, den bei solchen Gelegenheiten unvermeidlichen Tee mit *Maniessan* zu reichen. Es schien, daß er mit Absicht nach dem letzten Satz seiner Ansprache einen Ruhepunkt folgen lassen wollte. Und das hatte seinen Grund. ›Wie‹, mußten die Häupter denken, ›er weiß bereits, daß so viele unsere Provinz mit Bitterkeit im Herzen verließen? Ihm ist bereits bekannt, wie viele Familien in benachbarte Landstriche umzogen, um der Armut zu entrinnen, die hier herrscht? Und er weiß sogar, daß es so viele *Bantamer* gibt unter den Banden, die in den *Lampongs* die Fahne des Aufstandes gegen die niederländische Herrschaft entrollt haben? Was will er? Was meint er? Wem gelten seine Fragen?‹

Und es gab welche, die *Radhen Wiera Kusuma*, das Distriktoberhaupt von *Parang-Koojang*, ansahen. Aber die meisten schlugen die Augen nieder.

»Komm mal her, Max!« rief Havelaar, der seines Kindes gewahr wurde, das auf dem Hof spielte, und der Regent nahm den Kleinen auf den Schoß. Aber dieser war zu wild, um lange dort zu bleiben. Er sprang weg und tobte in dem Kreis umher und amüsierte die Häupter mit seinem Plappern und spielte mit den Griffen ihrer Krisse. Als er zum *Djaksa* kam, der die Aufmerksamkeit des Kindes erregte, weil er kostbarer gekleidet war als die anderen, schien dieser dem *Kliwon*, der neben ihm saß, etwas auf dem Kopf des kleinen Max zu zeigen, was er durch eine geflüsterte Bemerkung zu bestätigen schien.

»Geh nun wieder, Max«, sagte Havelaar, »Papa hat den Herren etwas zu sagen.«

Der Kleine ging, nachdem er mit Kußhändchen gegrüßt hatte.

Daraufhin fuhr Havelaar fort:

»Häupter von *Lebak!* Wir alle stehen im Dienste des Königs der Niederlande. Aber er, der gerecht ist und will, daß wir unsere Pflicht erfüllen, ist weit entfernt von hier. Dreißig mal tausend mal tausend Seelen, ja, mehr als soviel, sind gehalten, den Befehlen zu gehorchen, aber er kann nicht in der Nähe aller sein, die von seinem Willen abhängig sind.

Der Große Herr zu *Buitenzorg* ist gerecht und will, daß jeder seine Pflicht tue. Aber auch er, mächtig wie er ist und gebietend über alles, was Macht hat in den Städten, und über alle, die in den Dörfern die Ältesten sind, der über die Macht des Heeres verfügt und über die Schiffe, die auf dem Meer fahren, auch er kann nicht sehen, wo Unrecht geschah, denn das Unrecht bleibt weit von ihm entfernt.

Und der Resident zu *Serang*, Herr über den Landstrich *Bantam*, wo fünfmal hunderttausend Menschen wohnen, will, daß in seinem Gebiet Recht geschehe und daß Gerechtigkeit herrsche in den Gegenden, die ihm unterstehen. Doch er ist weit entfernt von dort, wo Unrecht ist. Und wer Böses tut, verbirgt sich vor seinem Angesicht, weil er Strafe fürchtet.

Und Herr *Adhipatti*, der Regent ist von *Süd-Bantam*, will, daß jeder lebe, der das Gute beherzigt, und daß keine Schande sei über dem Landstrich, der seine Regentschaft ist.

Und ich, der gestern den Allmächtigen Gott als Zeugen nahm, daß ich gerecht sein würde und gütig, daß ich Recht walten lassen würde ohne Furcht und ohne Haß, daß ich ›ein guter Resident-Assistent‹ sein werde... auch ich will tun, was meine Pflicht ist.

Häupter von *Lebak*! Das wollen wir alle!

Aber wenn manche unter uns sein mögen, die

ihre Pflicht vernachlässigen für Gewinn, die das Recht verkaufen für Geld oder die Büffel des Armen nehmen und die Früchte, die denen gehören, welche Hunger haben... wer wird sie bestrafen?

Wenn einer von Euch davon wüßte, er würde es unterbinden. Und der Regent würde es nicht dulden, wenn so etwas in seiner Regentschaft geschähe. Und auch ich werde es unterbinden wo ich kann. Aber wenn weder Ihr, noch der *Adhipatti*, noch ich davon wußten...

Häupter von *Lebak*! Wer sonst wird Recht walten lassen in *Bantan-Kidul*?

Hört mich an, wenn ich Euch sage, wie dann Recht walten wird.

Es wird eine Zeit kommen, da unsere Frauen und Kinder weinen werden beim Herrichten unseres Totenkleides, und ein Reisender, der vorübergeht, wird sagen: ›Da ist ein Mensch gestorben.‹ Dann wird der, welcher durch die Dörfer geht, die Kunde verbreiten über den Tod desjenigen, der gestorben ist, und wer ihn beherbergt, wird fragen: ›Wer war der Mann, der gestorben ist?‹ Und man wird sagen: ›Er war gut und gerecht. Er sprach Recht und wies dem Kläger nicht die Tür. Er hörte jedem geduldig zu, der zu ihm kam, und gab zurück, was weggenommen worden war. Und wer den Pflug nicht durch den Boden treiben konnte, weil der Büffel aus dem Stall geholt worden war, dem half er bei der Suche nach dem Büffel. Und wo die Tochter geraubt war aus dem Haus der Mutter, suchte er den Dieb und brachte die Tochter zurück. Und wo man gearbeitet hatte, behielt er den Lohn nicht ein, und er nahm denen die Früchte nicht, die den Baum gepflanzt hatten. Er kleidete sich nicht mit dem Kleid, das andere bedecken sollte, noch ernährte er sich mit Nahrung, die den Armen gehörte.‹

Dann wird man in den Dörfern sagen: ›Allah ist groß, Allah hat ihn zu sich genommen. Sein Wille geschehe... es ist ein guter Mensch gestorben.‹

Doch ein anderes Mal wird der Wanderer stehen bleiben vor einem Haus und fragen, ›Was ist geschehen, daß der *Gamelang* schweigt und der Gesang der Mädchen?‹ Und wiederum wird man sagen: ›Es ist ein Mann gestorben.‹

Und der umherreist durch die Dörfer, wird abends bei seinem Wirt sitzen und um ihn die Söhne und Töchter des Hauses und die Kinder der Dorfbewohner, und er wird sagen: ›Dort starb ein Mann, der versprach, gerecht zu sein, aber er verkaufte das Recht an den, der ihm Geld gab. Er düngte seinen Acker mit dem Schweiß des Arbeiters, den er abberufen hatte von dessen Acker. Er behielt des Arbeiters Lohn ein und ernährte sich mit der Nahrung des Armen. Er wurde reich von der Armut der anderen. Er hatte viel Gold und Silber und Mengen von Edelsteinen, doch der Bauer, der in der Nachbarschaft wohnt, konnte den Hunger seines Kindes nicht stillen. Er lächelte wie ein glücklicher Mensch, aber man hörte das Knirschen der Zähne des Klägers, der Recht suchte. Es lag Zufriedenheit auf seinem Gesicht, aber keine Milch in den Brüsten der Mütter, die stillten.‹

Häupter von *Lebak*, einmal sterben wir alle!

Was wird gesagt werden in den Dörfern, in denen wir zu gebieten hatten? Und was von den Reisenden, die der Beerdigung beiwohnen?

Und was werden wir antworten, wenn nach unserem Tod eine Stimme zu unserer Seele spricht und fragt: ›Warum ist Weinen in den Feldern, und warum verbergen sich die Jünglinge? Wer nahm die Ernte aus den Scheunen und aus den Ställen die Büffel, die das Feld pflügen sollten? Was haben Sie getan mit dem Bruder, den ich Ihnen zum Bewachen gab? Warum ist der Arme traurig und verflucht die Fruchtbarkeit seiner Frau?‹«

Hier hielt Havelaar wiederum inne und nach kurzem Schweigen fuhr er im leichtesten Ton der Welt fort, als hätte gar nichts stattgefunden, das Eindruck machen sollte:

»Ich wünsche sehr, in gutem Einvernehmen mit Euch zu leben, und deshalb bitte ich Euch, mich als einen Freund zu betrachten. Wer geirrt haben sollte, kann sich auf ein mildes Urteil meinerseits verlassen, denn weil ich selbst so manches Mal irre, werde ich nicht streng sein... zumindest nicht bei normalen Dienstvergehen oder Nachlässigkeiten. Nur wo Nachlässigkeit zur Gewohnheit wurde, werde ich diese unterbinden. Über Fehlschläge groberer Art... über Knechtschaft und Unterdrückung spreche ich nicht. So etwas wird nicht vorkommen, nicht wahr, Herr *Adhipatti*?«

»Oh nein, Herr Resident-Assistent, so etwas wird nicht vorkommen in *Lebak*.«

»Nun denn, meine Herren Häupter von *Bantan-*

Kidul, laßt uns froh sein, daß unsere Provinz so rückständig und so arm ist. Wir haben eine schöne Aufgabe vor uns. Wenn Allah uns im Leben gnädig ist, werden wir Sorge dafür tragen, daß Wohlstand komme. Der Boden ist fruchtbar genug und die Bevölkerung ist willig. Wenn jedem der Genuß der Früchte seiner Anstrengungen gelassen wird, besteht kein Zweifel, daß innerhalb kurzer Zeit die Bevölkerung zunehmen wird sowohl in der Zahl der Seelen als auch in Besitz und Kultur, denn dies geht oftmals Hand in Hand. Ich bitte Euch noch einmal, mich als einen Freund zu betrachten, der Euch helfen wird, wo er kann, vor allem dort, wo Unrecht bekämpft werden muß. Und hiermit empfehle ich mich sehr Eurer Mitarbeit.

Ich werde Euch die erhaltenen Berichte über Landwirtschaft, Viehhaltung, Polizei und Justiz mit meinen Verfügungen zukommen lassen.

Häupter von *Bantan-Kidul*! Ich habe gesprochen. Ihr könnt zurückkehren, ein jeder in sein Haus. Ich grüße Euch alle sehr herzlich!«

Er verbeugte sich, bot dem alten Regenten den Arm und geleitete ihn über den Hof zum Wohnhaus, wo Tine sie auf der Veranda erwartete.

»Komm, Verbrugge, geh noch nicht nach Hause! Komm... ein Glas Madeira? Und... ja, das muß ich wissen, *Radhen Djaksa*, hören einmal!«

Havelaar rief das, als alle Häupter sich nach vielen Verbeugungen anschickten, zu ihren Wohnungen zurückzukehren. Auch Verbrugge war im Begriff, den Hof zu verlassen, kam jedoch mit dem *Djaksa* zurück.

»Tine, ich möchte Madeira trinken, Verbrugge auch. *Djaksa*, lassen Sie hören, was haben Sie dem *Kliwon* denn über meinen kleinen Jungen gesagt?«

»*Mintah ampong*, Herr Resident-Assistent, ich betrachtete seinen Kopf, weil der gnädige Herr gesprochen hatte.«

»Was, um alles in der Welt, hat denn sein Kopf damit zu tun? Ich weiß selbst schon nicht mehr, was ich gesagt habe.«

»Mein Herr, ich sagte zum *Kliwon*...«

Tine setzte sich dazu; es wurde ja vom kleinen Max gesprochen.

»Mein Herr, ich sagte zum *Kliwon*, daß der *Sienjo* ein Königskind sei.«

Das tat Tine gut; das fand sie auch!

Der *Adhipatti* besah den Kopf des Kleinen, und tatsächlich, auch er sah den doppelten Haarwirbel, der nach dem Aberglauben auf Java dazu bestimmt ist, eine Krone zu tragen.

Da die Etikette es nicht erlaubte, dem *Djaksa* in Gegenwart des Regenten einen Platz anzubieten, verabschiedete er sich, und man saß eine Weile zusammen, ohne dienstliche Themen anzuschneiden. Aber plötzlich – und ganz im Widerspruch zu dem so außergewöhnlich höflichen Volkscharakter – fragte der Regent, ob gewisse Gelder, die dem Steuereinnehmer noch zustanden, nicht ausgezahlt werden könnten?

»Aber nein,« rief Verbrugge, »der Herr *Adhipatti* weiß, daß dies nicht geschehen darf, bevor er aus seiner Verantwortung entlassen worden ist.«

Havelaar spielte mit Max. Aber es stellte sich heraus, daß ihn dies nicht davon abhielt, im Gesicht des Regenten zu lesen, daß Verbrugges Antwort ihm nicht gefiel.

»Komm, Verbrugge, laß uns nicht umständlich sein«, sagte er. Und er ließ einen Schreiber aus dem Büro rufen. »Wir werden die Summe lieber auszahlen... diese Entscheidung wird schon gebilligt werden.«

Nachdem der *Adhipatti* gegangen war, sagte Verbrugge, der die Staatsblätter sehr schätzte: »Aber, Herr Havelaar, das ist nicht erlaubt! Die Verantwortung des Einnehmers wird immer noch in *Serang* untersucht... und wenn dann etwas fehlt?«

»Das lege ich dazu«, sagte Havelaar.

Verbrugge begriff nicht, worauf diese große Nachsicht für den Steuereinnehmer zurückzuführen war. Der Schreiber kam mit einigen Unterlagen zurück. Havelaar unterzeichnete und sagte, man solle sich mit der Auszahlung beeilen.

»Verbrugge, ich werde dir sagen, warum ich das tue! Der Regent hat keinen Pfennig im Haus: sein Schreiber hat es mir gesagt, und außerdem... dieses brüske Fragen! Die Sache ist klar. *Er selbst* braucht dieses Geld, und der Einnehmer will es ihm vorstrecken. Ich übertrete lieber in eigener Verantwortung eine Vorschrift, als daß ich einen Mann in seinem Alter in Verlegenheit ließe. Zudem, Verbrugge, in *Lebak* wird in schrecklicher Weise Mißbrauch von der Obrigkeit getrieben. Du solltest das wissen. Weißt du es?«

Verbrugge schwieg. Er wußte es.

»Ich weiß es«, fuhr Havelaar fort, »*ich weiß es!* Ist nicht Herr Slotering im November gestorben? Nun, *am Tag nach seinem Tode* hat der Regent das Volk aufgerufen, *seine Sawahs* zu bearbeiten... ohne Entgeld! Du hättest das wissen sollen, Verbrugge, *wußtest* du es?«

Das wußte Verbrugge nicht.

»Als Kontrolleur hättest du es wissen *müssen! Ich* weiß es«, fuhr Havelaar fort. »Dort liegen die Monatsberichte der Distrikte« – und er zeigte auf das Paket Unterlagen, das er in der Versammlung erhalten hatte –, »sieh, ich habe nichts geöffnet. Darin sind unter anderem die Angaben über die in die Hauptstadt geschickten Arbeiter für den Herrendienst enthalten. Nun, sind diese Angaben richtig?«

»Ich habe sie noch nicht gesehen...«

»Ich auch nicht! Aber dennoch frage ich, ob sie richtig sind? Waren die Angaben des vorigen Monats richtig?«

Verbrugge schwieg.

»Ich werde es dir sagen: sie waren *falsch!* Denn diesmal war mehr Volk aufgerufen worden, um für den Regenten zu arbeiten, als es die Bestimmungen hinsichtlich des Herrendienstes zulassen, und das wagte man natürlich nicht in den Berichten aufzuführen. Stimmt es, was ich sage?«

Verbrugge schwieg.

»Auch die Berichte, die ich heute bekam, sind falsch«, fuhr Havelaar fort. »Der Regent ist arm. Die Regenten von *Bandung* und *Tjiandjoor* sind

Mitglieder des Geschlechts, von dem er das Oberhaupt ist. Letzterer hat lediglich den Rang eines *Tommongong*, unser Regent ist *Adhipatti*, und dennoch lassen seine Einkünfte, weil *Lebak* nicht für Kaffee geeignet ist und ihm folglich keine Nebeneinnahmen bringt, es nicht zu, in Prunk und Pracht mit einem einfachen *Dhemang* im *Preanger* zu wetteifern, der den Steigbügel hält, wenn seine Neffen aufs Pferd steigen. Stimmt das?«

»Ja, das stimmt.«

»Er hat nichts als sein Gehalt, und das ist wegen der Tilgung eines Vorschusses gekürzt, den die Regierung ihm gegeben hat, als er... *weißt* du es?«

»Ja, ich weiß es.«

»Als er eine neue Moschee bauen lassen wollte, wofür viel Geld nötig war. Außerdem, viele Mitglieder seiner Familie... *weißt* du es?«

»Ja, das weiß ich.«

»Viele Mitglieder seiner Familie – die eigentlich nicht im *Lebakschen* heimisch ist – scharen sich wie eine Plünderbande um ihn, pressen ihm Geld ab und sind deshalb auch beim Volk nicht beliebt. Stimmt das?«

»Es ist die Wahrheit«, sagte Verbrugge.

»Und wenn seine Kasse leer ist, was oft vorkommt, nehmen sie *in seinem Namen* der Bevölkerung ab, was sie wollen. Ist das der Fall?«

»Ja, das ist der Fall.«

»Ich bin also gut unterrichtet, doch darüber später. Der Regent, der mit zunehmendem Alter den Tod fürchtet, wird beherrscht von einer Sucht, sich durch Gaben an Geistliche verdient zu machen. Er gibt viel Geld aus für die Reisekosten von Pilgern nach Mekka, die ihm allerlei Zeug wie Reliquien, Talismänner und *Djimats* mitbringen. Ist es nicht so?«

»Ja, das stimmt.«

»Nun, durch all dies ist er so arm. Der *Dhemang* von *Parang-Koojang* ist sein Schwiegersohn. Wo der Regent selbst aus Scham wegen seines Ranges nicht zu nehmen wagt, ist es dieser *Dhemang* – aber er ist es nicht allein – der dem *Adhipatti* den Hof macht, indem er der armen Bevölkerung Geld und Güter abringt, und indem er die Leute von ihren eigenen Reisfeldern wegholt, um sie auf die *Sawahs* des Regenten zu treiben. Und dieser... sieh, ich möchte glauben, daß er gerne anders wollte, aber die Not zwingt ihn, von solchen Mitteln Gebrauch zu machen. Ist das alles nicht wahr, Verbrugge?«

»Ja, es ist wahr«, sagte Verbrugge, der, je länger das Gespräch dauerte, umso mehr einsah, daß Havelaar einen scharfen Blick hatte.

»Ich wußte,« fuhr dieser fort, »daß er kein Geld im Haus hatte, als er soeben von der Abrechnung mit dem Untereinnehmer anfing. Du hast heute Vormittag gehört, daß es meine Absicht ist, meine Pflicht zu erfüllen. Unrecht dulde ich nicht, bei Gott, das dulde ich nicht!«

Und er sprang auf, und in seinem Ton lag etwas völlig anderes als am Tag zuvor bei seinem *offiziellen* Eid.

»Aber«, fuhr er fort, »ich will meine Pflicht mit Nachsicht erfüllen. Ich möchte nicht zu genau wissen, was passiert *ist*. Doch das, was *von heute an* geschieht, liegt in *meiner* Verantwortung, dafür werde *ich* Sorge tragen. Ich hoffe, hier lange zu bleiben. Weißt du denn, Verbrugge, daß unsere Berufung herrlich schön ist? Aber weißt du denn auch, daß ich alles, was ich dir soeben sagte, eigentlich von *dir* hätte hören müssen? Ich kenne dich ebenso gut wie ich weiß, wer *Garem Glap* macht an der Südküste. Du bist ein braver Mensch... auch das weiß ich. Aber warum hast du mir nicht gesagt, daß hier soviel Falsches geschieht? Zwei Monate lang bist du stellvertretender Resident-Assistent gewesen, und zudem schon seit langem hier als Kontrolleur... du hättest es also wissen müssen, nicht wahr?«

»Herr Havelaar, ich habe noch nie unter jemandem wie Ihnen gedient. Sie haben etwas ganz Besonderes, nehmen Sie es mir nicht übel.«

»Aber nein! Ich weiß wohl, daß ich nicht bin wie alle Menschen, aber was tut das zur Sache?«

»Das tut in sofern etwas dazu, als Sie einem Begriffe und Vorstellungen vermitteln, die es früher nicht gab.«

»Nein! Die vergessen waren durch den verfluchten offiziellen Schlendrian, der seinen Stil sucht in ›*Ich habe die Ehre*‹ und die Ruhe seines Gewissens in ›*der hohen Zufriedenheit der Regierung*‹. Nein, Verbrugge! Lästere dich nicht selbst! Du brauchst von mir nichts zu lernen. Habe ich dir zum Beispiel heute Morgen in der *Sebah* etwas Neues erzählt?«

»Nein, Neues nicht, aber Sie sprachen anders als andere.«

»Ja, das kommt daher, ... daß meine Erziehung etwas zu wünschen übrig läßt: ich rede, wie mir der Mund gewachsen ist. Aber du solltest mir sagen, warum du bisher alles auf sich beruhen ließest, was in *Lebak* falsch war.«

»Ich habe nie diesen Eindruck einer *Entschlußkraft* gehabt. Außerdem, das war schon immer so in diesen Regionen.«

»Ja, ja, das ist mir schon klar! Nicht jeder kann ein Prophet oder Apostel sein... hm, das Holz würde teuer vom vielen Kreuzigen! Aber du willst mir doch helfen, alles wieder ins Lot zu bringen? Du willst doch deine *Pflicht* tun?«

»Sicher! Vor allem bei Ihnen. Aber nicht jeder würde dies so streng fordern oder gar richtig auffassen, und dann gerät man so leicht in die Lage von jemandem, der gegen Windmühlen kämpft.«

»Nein! Dann sagen jene, die das Unrecht lieben, weil sie davon leben, daß es kein Unrecht *gab*, um den Spaß zu haben, dich und mich als Don Quijotes hinzustellen und zugleich *ihre* Windmühlen weiterdrehen zu lassen. Aber, Verbrugge, du hättest nicht auf *mich* warten sollen, um deine Pflicht zu erfüllen! Herr Slotering war ein fähiger und ehrlicher Mann; er wußte, was los war, er lehnte es ab und wehrte sich dagegen... sieh hier!«

Havelaar nahm zwei Bogen Papier aus seiner Brieftasche, zeigte sie Verbrugge und fragte: »Wessen Schrift ist das?«

»Das ist die Schrift von Herrn Slotering.«

»Genau! Nun, das hier sind Konzepte. Sie enthalten offenbar Entwürfe, über die er mit dem Residenten sprechen wollte. Da lese ich... siehe: *1. Über den Reisanbau. 2. Über die Wohnungen der Dorfhäupter. 3. Über das Einnehmen der Pacht, und so weiter.* Dahinter stehen zwei Ausrufezeichen. Was meinte Herr Slotering damit?«

»Wie soll *ich* das wissen?« rief Verbrugge.

»Ich weiß es! Das bedeutet, daß viel mehr Pacht aufgebracht wird als in die Landeskasse fließt. Aber ich werde dir jetzt etwas zeigen, das wir beide verstehen, weil es in Buchstaben und nicht in Zeichen geschrieben ist. Sieh hier:

›*12. Über den Mißbrauch, der von Regenten und geringeren Häuptern mit der Bevölkerung betrieben wird. (Über das Halten verschiedener Wohnungen auf Kosten der Bevölkerung, usw.)*‹

Ist das deutlich? Du siehst, daß Herr Slotering sehr wohl jemand war, der *Initiative* zu ergreifen wußte. Du hättest dich ihm also anschließen können. Höre weiter:

›*15. Daß viele Personen der Familien und Bediensteten der einheimischen Häupter auf den Gehaltslisten aufgeführt sind, die in Wirklichkeit nicht dazugehören, so daß ihnen die Vorteile zuteil werden, zum Nachteil der tatsächlich Berechtigten. Zudem werden sie unrechtmäßig in den Besitz der Sawahs gebracht, während diese nur denjenigen zukommen, die Anteil haben an der Kultur.*‹

Hier habe ich eine weitere Notiz, und zwar mit Bleistift. Sieh mal, auch darauf steht etwas sehr Deutliches:

›*Die Abnahme der Bevölkerung zu Parang-Koodjang ist nur dem weitgehenden Mißbrauch zuzuschreiben, der mit der Bevölkerung getrieben wird.*‹

Was sagst du dazu? Siehst du wohl, daß ich gar nicht so exzentrisch bin wie es scheint, wenn ich mich um das Recht kümmere? Siehst du nun, daß auch andere das taten?«

»Es stimmt«, sagte Verbrugge, »Herr Slotering hat oft mit dem Residenten darüber gesprochen.«

»Und was folgte darauf?«

»Dann wurde der Regent gerufen; es wurde eine Unterredung geführt...«

»Richtig! Und weiter?«

»Der Regent leugnete in der Regel alles. Dann mußten Zeugen kommen... niemand wagte, gegen den Regenten Zeugnis abzulegen... ach, Herr Havelaar, diese Angelegenheiten sind so schwierig!«

Der Leser wird, bevor er mein Buch zu Ende gelesen hat, genauso gut wie Verbrugge wissen, weshalb diese Angelegenheiten so besonders schwierig waren.

»Herr Slotering hatte viel Ärger dadurch«, fuhr der Kontrolleur fort. »Er schrieb scharfe Briefe an die Häupter...«

»Ich habe sie gelesen... heute Nacht«, sagte Havelaar.

»Und ich habe ihn oftmals sagen hören, daß, wenn keine Änderung einträte, und wenn der Resident nicht *durchgreifen* würde, er sich direkt an den Generalgouverneur wenden würde. Das hat er auch den Häuptern selbst gesagt auf der letzten *Sebah*, bei der er den Vorsitz geführt hat.«

»Damit hätte er viel falsch gemacht. Der Resident war sein Vorgesetzter, den er auf keinen Fall umgehen durfte. Und warum sollte er auch? Es ist doch wohl nicht davon auszugehen, daß der Resident von *Bantam* Unrecht und Willkür billigen würde?«

»Billigen... nein! Aber man klagt nicht gerne ein Haupt bei der Regierung an.«

»Ich klage auch nicht gerne jemanden an, wen auch immer, aber wenn es sein *muß*, ein Haupt so gut wie jeden anderen. Doch von Anklagen ist nun hier Gott sei Dank noch keine Rede! Morgen werde ich den Regenten aufsuchen. Ich werde ihm das Falsche ungesetzlicher Gewaltausübung vor Augen führen, vor allem da, wo es um den Besitz armer Leute geht. Aber in Erwartung, daß alles in Ordnung kommt, werde ich ihm in seiner verzwickten Lage helfen, wo ich nur kann. Du verstehst nun, weshalb ich dieses Geld dem Einnehmer direkt habe auszahlen lassen, nicht wahr? Zudem habe ich vor, die Regierung zu ersuchen, dem Regenten seinen Vorschuß zu erlassen. Und dir, Verbrugge, schlage ich vor, daß wir zusammen gewissenhaft unsere Pflicht tun. Solange es möglich ist mit Milde, aber da, wo es sein *muß*, ohne Furcht! Du bist ein ehrlicher Mann, das weiß ich, aber du bist furchtsam. Sag künftig geradeheraus, worum es geht, *advienne que pourra!* Wirf deine Feigheit von dir, mein Junge... und nun, bleib bei uns zum Essen, wir haben holländischen Blumenkohl aus der Dose... aber alles ist sehr einfach, denn ich muß sehr sparsam sein... ich bin in Geldsachen sehr im Rückstand: die Reise nach Europa, weißt du? Komm, Max... sapperlot, Junge, wie schwer du wirst!«

Und mit Max im Huckepack trat er, von Verbrugge gefolgt, in die Innengalerie, wo Tine sie mit dem Essen erwartete, das, wie Havelaar gesagt hatte, wirklich *sehr* einfach war! Duclari, der Verbrugge fragen wollte, ob er zum Mittagessen zu Hause sein würde oder nicht, wurde ebenfalls zu Tisch gebeten, und wenn dem Leser etwas Abwechslung in meiner Erzählung recht ist, wird er auf das nächste Kapitel verwiesen, in dem ich mitteilen werde, was bei Tisch so alles gesprochen wurde.

Neuntes Kapitel

Ich gäbe viel dafür, mit Sicherheit zu wissen, lieber Leser, wie lange ich bei der Beschreibung einer Burg eine Heldin in der Luft schweben lassen könnte, bevor Sie mein Buch entmutigt aus der Hand legen würden, ohne zu warten, bis die gute Frau auf den Boden aufschlägt? Wenn ich in meiner Geschichte einen solchen Luftsprung nötig hätte, würde ich vorsichtshalber immer noch den ersten Stock als Ausgangspunkt für ihren Sprung wählen und eine Burg, über die es nur wenig zu sagen gäbe. Seien Sie jedoch für den Augenblick beruhigt: Havelaars Haus hatte kein oberes Stockwerk, und die Heldin meines Buches – lieber Himmel, die liebe, treue, anspruchslose Tine, eine Heldin! – ist nie aus dem Fenster gesprungen.

Als das vorige Kapitel mit einem Hinweis auf etwas mehr Abwechslung im folgenden schloß, so war dies eigentlich eher ein rhetorischer Kunstgriff, um zu einem Schluß zu kommen, der sich gut in die Geschichte einfügte, oder weil ich tatsächlich meinte, daß das nächste Kapitel nur ›zur Abwechslung‹ einen Wert haben würde. Ein Schriftsteller ist eitel wie ... ein Mann. Reden Sie schlecht von seiner Mutter oder über die Farbe seiner Haare, sagen Sie, er hätte einen Amsterdamer Akzent – was ein Amsterdamer nie zugibt –, vielleicht verzeiht er Ihnen diese Dinge. Aber ... rühren Sie nie an der Äußerlichkeit des kleinsten Details einer Nebensache von etwas, das neben seinen Papieren lag ... denn das verzeiht er Ihnen nicht! Wenn Ihnen also mein Buch nicht gefällt, und sollten Sie mir jemals begegnen, so tun Sie so, als würden wir uns nicht kennen.

Nein, sogar so ein Kapitel ›zur Abwechslung‹ kommt mir durch das Brennglas meiner Schriftstellereitelkeit höchst wichtig vor, ja, sogar unentbehrlich, und wenn Sie es ausließen und danach nicht gebührend von meinem Buch eingenommen wären, würde ich nicht zögern, Ihnen dieses Auslassen als Ursache dafür vorzuwerfen, daß Sie mein Buch überhaupt nicht beurteilen können, da Sie gerade das *Essentielle* nicht gelesen hätten. So würde ich – denn ich bin Mann und Schriftsteller – jedes Kapitel für *essentiell* halten, das Sie mit unverzeihlicher Leichtfertigkeit ausgelassen hätten.

Ich stelle mir vor, ihre Frau fragt: »Gefällt dir denn das Buch?« Und Sie sagen zum Beispiel – für mich schrecklich zu hören – mit der Beredtheit, die verheirateten Männern eigen ist: »Hm... so... naja, ich weiß noch nicht.«

Nun, Sie Barbar, lesen Sie weiter! Das wichtigste steht gerade vor der Tür. Und mit bebender Lippe sehe ich Sie an, messe die Dicke der umgeschlagenen Seiten und suche auf Ihrem Antlitz nach dem Widerschein des Kapitels, ›das so schön ist‹...

Nein, sage ich, er ist noch nicht dort angelangt. Gleich wird er aufspringen, in Verzückung etwas umarmen, seine Frau vielleicht...

Aber Sie lesen weiter. Das ›schöne Kapitel‹ müßte schon zu Ende sein, meine ich. Sie sind nicht im Geringsten aufgesprungen, haben nichts umarmt...

Immer dünner wird der Stapel Blätter unter Ihrem rechten Daumen, immer mehr schwindet meine Hoffnung auf diese Umarmung... ja, tatsächlich, ich hatte sogar mit einer Träne gerechnet!

Und wenn Sie dann den Roman zu Ende gelesen haben, bis dahin, ›wo sie einander kriegen‹, und Sie sagen – eine andere Form der Beredtheit im Ehestand – gähnend: »So... so! Es ist ein Buch, das... hm! Ach, es wird so viel geschrieben heutzutage!«

Aber wissen Sie denn nicht, Untier, *Europäer*, Leser, wissen Sie denn nicht, daß Sie eine Stunde mit dem Beißen auf *meinem* Geist wie auf einem Zahnstocher zugebracht haben? Mit Nagen und Kauen auf Fleisch und Bein von Wesen eurer Art? Menschenfresser, darin steckte meine Seele, *meine* Seele, die Sie zerkaut haben wie einst gefressenes Gras! Es war *mein* Herz, das Sie hinunterschluckten wie eine Leckerei! Denn in dieses Buch habe ich Herz und Seele hineingelegt, es sind so viele Tränen auf der Schrift, mein Blut wich mir aus den Adern, je weiter ich schrieb, und ich gab Ihnen dies alles, das Sie für wenige Groschen kauften... und Sie sagen: *hm!*

Der Leser versteht, daß ich hier nicht von *meinem* Buch spreche.

Ich wollte also nur sagen, um mit Abraham Blankaart zu sprechen...

»Wer ist das, Abraham Blankaart?« fragte Louise Rosemeyer, und Fritz erzählte es ihr, was mir viel Freude machte, denn dies gab mir die Gelegenheit, einmal aufzustehen und, zumindest für diesen Abend, der Vorlesung ein Ende zu machen. Sie wissen, daß ich Makler in Kaffee bin – *Lauriergracht N°37* – und daß ich meinen Beruf sehr liebe. Jeder wird sich also denken können, wie wenig ich mit der Arbeit von Stern zufrieden war. Ich hatte auf Kaffee gehofft, und er gab uns... ja, der Himmel mag wissen, was!

Mit seinem Aufsatz hat er uns schon drei Kränzchen lang beschäftigt, und, was noch schlimmer ist, den Rosemeyers gefällt es. Das sagen sie zumindest. Wenn ich eine Bemerkung mache, beruft er sich auf Louise. Ihre Zustimmung, sagt er, wiegt für ihn schwerer als aller Kaffee der Welt, und außerdem: ›Wenn das Herz mir glüht‹... und so weiter – siehe diese Tirade auf Seite soundsoviel oder besser, siehe sie nicht. – Da stehe ich nun, und weiß nicht, was ich tun soll! Dieses Paket von Schalmann ist im wahrsten Sinne ein Trojanisches Pferd. Auch Fritz wird dadurch verdorben. Er hat, wie ich bemerke, Stern geholfen, denn dieser Abraham Blankaart ist viel zu holländisch für einen Deutschen. Beide sind so pedantisch, daß ich wahrhaftig nicht weiß, was ich mit dieser Sache anfangen soll. Das Schlimmste dabei ist, daß ich mit Gaafzuiger eine Übereinkunft geschlossen habe über die Herausgabe eines Buches, das von *Kaffeeauktionen* handeln soll – die gesamten Niederlande warten darauf –, und jetzt schlägt mir dieser Stern einen völlig anderen Weg ein! Gestern sagte er: »Seien Sie beruhigt, alle Wege führen nach Rom. Warten Sie nun zuerst den Schluß der Einleitung ab« – war das alles bisher nur *Einleitung*? – »ich verspreche Ihnen, daß die Angelegenheit letztendlich auf Kaffee hinausläuft, auf Kaffee, nichts als Kaffee! Denken Sie an Horaz«, fuhr er fort, »hat nicht er bereits gesagt: *omne tulit punctum, qui miscuit*... Kaffee mit etwas anderem? Handeln Sie selbst nicht ebenso, wenn Sie Zucker und Milch in ihre Tasse tun?«

Und dann muß ich schweigen. Nicht weil er recht hat, sondern weil ich der Firma *Last* & *C°* verpflichtet bin, dafür Sorge zu tragen, daß der alte Stern nicht zu Busselinck & Waterman geht, die ihn schlecht bedienen würden, weil sie Pfuscher sind.

Ihnen, lieber Leser, kann ich mein Herz ausschütten, und damit Sie nach der Lektüre von Sterns Geschreibsel – haben Sie es wirklich gelesen? –, Ihren Zorn nicht über ein unschuldiges Haupt ausgießen – denn ich frage Sie, wer wird einen Makler nehmen, der ihn Menschenfresser schimpft? – lege ich Wert darauf, daß Sie von meiner Unschuld überzeugt sind. Ich kann doch Stern nicht einfach aus dem Geschäft mit meinem Buch verdrängen, jetzt, da die Sache einmal so weit gediehen ist, daß Louise Rosemeyer, wenn sie aus der Kirche kommt – die Jungs scheinen auf sie zu warten – fragt, ob er etwas früher kommen wird am Abend, um auch recht viel von Max und Tine vorlesen zu können?

Aber weil Sie das Buch im Vertrauen auf den ernsthaften Titel, der etwas Gediegenes verspricht, gekauft oder sich ausgeliehen haben, erkenne ich Ihre Ansprüche auf etwas Gutes für Ihr Geld an, und deshalb schreibe ich nun selbst wieder einige Kapitel. Sie sind nicht beim Kränzchen der Rosemeyers, lieber Leser, und folglich glücklicher als ich, der ich mir alles anhören muß. Ihnen steht es frei, die Kapitel auszulassen, die nach deutscher Leidenschaft riechen, und können sich nur mit den Passagen beschäftigen, die von mir geschrieben sind, der ich ein vornehmer Mann bin, und Makler in Kaffee.

Mit Befremden habe ich Sterns Geschreibsel entnommen – und in einem Schriftstück aus Schalmans Paket hat er mir gezeigt, daß es stimmte – daß in der Provinz *Lebak* kein Kaffee angebaut wird. Das ist ein großer Fehler, und ich werde meine Mühen als reichlich belohnt betrachten, wenn die Regierung durch mein Buch auf diesen Fehler aufmerksam gemacht wird. Aus den Unterlagen von Schalman soll ersichtlich sein, daß der Boden in diesen Gebieten nicht für die Kaffeekultur geeignet ist. Das kann aber überhaupt keine Entschuldigung sein, und ich behaupte sogar, daß man sich eines unverzeihlichen Pflichtversäumnisses hinsichtlich der Niederlande im allgemeinen und der Kaffeemakler im besonderen schuldig macht, ja, hinsichtlich der Javaner selbst, falls nicht entweder dieser Boden verändert wird – der Javaner hat ja schließlich nichts anderes zu tun – oder, wenn man meint, dies nicht zu können, die Menschen, die dort wohnen, in andere Gebiete angesiedelt werden, wo der Boden für Kaffee geeignet ist.

Ich sage nie etwas, das ich mir nicht genau überlegt habe, und wage zu behaupten, daß ich hier mit Sachverstand spreche, da ich über dieses Stück eingehend nachgedacht habe, vor allem seitdem ich die Predigt von Pastor Wawelaar bei der Gebetstunde für die Bekehrung der Heiden gehört habe.

Das war am Mittwochabend. Sie müssen wissen, Leser, daß ich meinen Pflichten als Vater strikt nachkomme, und daß die sittliche Erziehung meiner Kinder mir sehr am Herzen liegt. Da nun Fritz seit einiger Zeit in Ton und Manieren etwas angenommen hat, das mir nicht gefällt – es kommt alles aus diesem verwunschenen Paket! –, habe ich ihn mir einmal richtig vorgeknöpft und gesagt: »Fritz, ich bin nicht mit dir zufrieden! Ich habe dir immer das Gute vor Augen gehalten, und dennoch weichst du vom rechten Weg ab. Du bist pedantisch und lästig, machst Verse und hast Betsy Rosemeyer einen Kuß gegeben. Die Gottesfurcht ist der Anfang aller Weisheit, du solltest also die Rosemeyer nicht küssen und nicht so pedantisch sein. Sittenlosigkeit führt ins Verderben, mein Junge. Lies die Schrift und sieh dir diesen Schalman einmal genau an. Er hat die Pfade des Herrn verlassen: jetzt ist er arm und wohnt in einem kleinen Zimmer... siehe da, das sind die Folgen der Unsittlichkeit und des schlechten Betragens! Er hat die falschen Artikel in der

Indépendance geschrieben und die *Aglaia* fallen lassen. So ergeht es einem, wenn man sich selbst für klug hält. Er weiß jetzt nicht einmal, wie spät es ist, und sein kleiner Junge trägt nur eine halbe Hose. Bedenke, daß dein Körper ein Tempel Gottes ist, daß dein Vater immer hart hat arbeiten müssen für den Lebensunterhalt – es ist die Wahrheit! –, richte also den Blick zum Himmel und versuche, heranzuwachsen zu einem anständigen Makler, wenn ich nach Driebergen gehe. Und achte doch auf all die Menschen, die nicht auf einen guten Rat hören wollen, die Religion und Sittlichkeit mit Füßen treten, spiegele dich in diesen Menschen. Und stelle dich nicht gleich mit Stern, dessen Vater so reich ist und der immer genug Geld haben wird, auch wenn er nicht Makler werden will, obwohl er ab und zu etwas Falsches tut. Bedenke doch, daß alles Böse bestraft wird: siehe doch einmal mehr diesen Schalman, der keinen Wintermantel hat und aussieht wie ein Schmierenkomödiant. Höre doch richtig zu in der Kirche, und rutsche nicht auf deiner Bank herum als würdest du dich langweilen, mein Junge, denn... was soll Gott davon halten? Die Kirche ist *Sein* Heiligtum, hörst du? Und warte nach der Kirche nicht auf junge Mädchen, denn das schmälert die Erbauung. Und bringe auch Marie nicht zum Lachen, wenn ich zum Frühstück aus der Bibel lese. Das gehört sich nicht für eine anständige Familie. Auch hast du auf dem Löschblatt von Bastians Männchen gezeichnet, als er wieder einmal nicht da war – weil er ständig Gicht hat –, das hält die

Leute im Büro von der Arbeit ab, und Gottes Wort sagt, daß solche Albernheiten ins Verderben führen. Dieser Schalman tat auch die verkehrten Dinge als er jung war: er hat als Kind auf dem Westermarkt einen Griechen geschlagen ... jetzt ist er faul, pedantisch und kränklich, siehst du! Albere also nicht immer mit Stern herum, mein Junge: *sein* Vater ist reich, das solltest du bedenken. Tu so, als sähest du es nicht, wenn er dem Buchhalter Grimassen schneidet. Und wenn er außerhalb des Büros mit Versen beschäftigt ist, sage ihm dann einmal, daß er es hier bei uns so gut hat, und daß Marie Pantoffeln für ihn bestickt hat mit echter Schappeseide. Frag ihn – so ganz spontan, hörst du? – ob er glaubt, daß sein Vater zu Busselinck & Waterman gehen wird, und sag ihm, daß das Pfuscher sind. Siehst du, das ist man seinem Nächsten schuldig – so bringt man ihn auf den rechten Weg, meine ich – und ... dieses ganze Versemachen ist Blödsinn. Sei doch brav und gehorsam, Fritz, und ziehe dem Mädchen nicht an den Röcken, wenn sie Tee ins Büro bringt, mach mir keine Schande, denn dann wird sie etwas fallen lassen, und Paulus sagt, daß ein Sohn seinem nie Vater Kummer machen soll. Ich besuche seit zwanzig Jahren die Börse und wage zu sagen, daß ich an meinem Platz an der Säule geachtet werde. Höre also meine Mahnungen, Fritz, sei brav, hole deinen Hut, ziehe deinen Mantel an und gehe mit zur Gebetstunde, das wird dir guttun!«

So habe ich gesprochen, und ich bin davon überzeugt, daß ich ihn beeindruckt habe, vor allem, da Pastor Wawelaar zu diesem Thema eine Predigt hielt: *die Liebe Gottes, ersichtlich aus Seinem Zorn gegen Ungläubige*, aus Anlaß von Samuels Tadel an Saul: *Sam. XV: 33b.*

Beim Hören dieser Predigt dachte ich fortwährend daran, wie himmelweit doch der Unterschied zwischen der menschlichen und der göttlichen Weisheit ist. Ich sagte bereits, daß in dem Paket von Schalman unter vielem Schund dennoch das eine oder andere war, das durch die Gediegenheit der Argumentation ins Auge fiel. Aber, ach, wie wenig hat doch so etwas zu bedeuten, wenn man es mit einer Sprache wie der von Pastor Wawelaar vergleicht! Und die hat er nicht aus eigener Kraft – denn ich kenne Wawelaar und halte ihn für jemanden, der wahrlich kein großes Licht ist –, nein, durch die Kraft, die von oben kommt. Dieser Unterschied wurde umso offensichtlicher, weil er manche Punkte erwähnte, die auch von Schalman behandelt worden waren, denn Sie haben gesehen, daß in seinem Paket viel über Javaner und andere Heiden zu finden ist, allerdings nenne ich jeden, der den falschen Glauben hat, einen Heiden. Denn ich halte mich an Jesus Christus, den Gekreuzigten, und das wird jeder anständige Leser ebenfalls tun.

Sowohl weil ich mir aus Wawelaars Predigt meine Meinung hinsichtlich der Unmöglichkeit der Einführung der Kaffeekultur in der Provinz *Lebak* entnommen habe, worauf ich später zurückkommen werde, als auch weil ich als ehrlicher Mann nicht möchte, daß der Leser absolut nichts bekommt für sein Geld, werde ich hier einige Auszüge aus der Predigt mitteilen, die ganz besonders treffend waren.

Er hatte kurz Gottes Liebe aus den zitierten Bibelworten abgeleitet und war schon sehr bald zu dem Punkt übergegangen, auf den es hier eigentlich ankam, nämlich die Bekehrung der Javaner, Malaien und wie diese Leute sonst noch heißen mögen. Hör, was er darüber sagte:

»So, meine liebe Gemeinde, war die herrliche Berufung von Israel« – er meinte die Ausmerzung der Bewohner Kanaans – »und so ist die Berufung der Niederlande! Nein, ich werde nicht sagen, daß das Licht, das uns bestrahlt, unter den Scheffel gestellt wird, und auch nicht, daß wir begierig sind auf das Austeilen des Brotes des ewigen Lebens! Richtet den Blick auf die Inseln des Indischen Ozeans, bewohnt von Millionen und Abermillionen von Kindern des verstoßenen Sohnes – und des zu recht verstoßenen Sohnes – des edlen, gottgefälligen Noah! Dort kriechen sie umher in den widerlichen Schlangenhöhlen der heidnischen Unwissenheit, dort beugen sie den schwarzen, kraushaarigen Kopf unter dem Joch von eigennützigen Priestern! Dort beten sie zu Gott unter Anrufung eines falschen Propheten, der für die Augen des Herrn ein Greuel ist! Und, liebe Gemeinde, es gibt sogar solche, die einen anderen Gott, was sage ich, die *Götter* verehren, Götter aus Holz oder Stein, die sie selbst gemacht haben nach ihrem Vorbild, schwarz, abscheulich, mit flachen Nasen, mit einem Wort teuflisch! Ja, liebe Gemeinde, fast hindern mich Tränen daran, hier fortzufahren, noch tiefer ist die Verderbtheit von Hams Geschlecht! Es gibt sogar solche unter ihnen, die *keinen* Gott kennen, unter welchem Namen auch immer! Diese meinen, es sei ausreichend, den Gesetzen der bürgerlichen Gesellschaft zu gehorchen! Die ein Erntelied, in dem sie ihre Freude über das Wohlgeraten ihrer Arbeit ausdrücken, als ausreichenden Dank an das Überwesen, das die Ernte heranreifen ließ, betrachten! Es leben dort Verirrte, meine liebe Gemeinde – wenn solch ein schreckliches Dasein den Namen *Leben* überhaupt tragen darf! – dort findet man Wesen, die behaupten, es reiche aus, Frau und Kind liebzuhaben und von ihren Nächsten nichts zu nehmen, was ihnen nicht gehört, um abends mit reinem Gewissen das Haupt zur Ruhe zu betten! Erschaudert ihr nicht bei dieser Vorstellung? Zieht sich euer Herz nicht zusammen, wenn ihr euch vorstellt, wie das Schicksal all dieser Irrenden sein wird, sobald die Posaune erschalle, die die Toten erwecken wird zur Trennung der Gerechten von den Ungerechten? Hört ihr nicht – ja, ihr hört es, denn aus den vorgelesenen Bibelworten habt ihr gesehen, daß euer Gott ein mächtiger Gott ist, und ein Gott der gerechten Rache – ja, ihr hört das Krachen der Gebeine und das Prasseln des Feuers in der ewigen Hölle, wo Heulen sein wird, und Zähneknirschen! Dort, ja dort brennen sie, und vergehen dennoch nicht, denn ewig ist die Strafe! Dort leckt die Flamme mit nie befriedigter Zunge an den schreienden Opfern des Unglaubens! Dort stirbt der Wurm nicht, der sich durch ihre Herzen nagt, ohne sie jemals zu vernichten, auf daß immer ein Herz zum Nagen übrig bleibe in der Brust des Gottesleugners! Seht, wie man die schwarze Haut abstreift von dem ungetauften Kind, das, kaum geboren, von der Brust der Mutter weggeschleudert wurde, in den Pfuhl der ewigen Verdammnis...«

Hier wurde ein Fräulein ohnmächtig.

»Aber, liebe Gemeinde«, fuhr Pastor Wawelaar fort, »Gott ist ein Gott der Liebe! Er will nicht, daß der Sünder verloren sei, sondern daß er selig werde *mit* der Gnade, *in* Jesus Christus, *durch* den Glauben! Und deshalb sind die Niederlande dazu auserkoren, von diesen Unseligen zu retten, was zu retten ist! Dazu hat Er in Seiner unergründlichen Weisheit einem Land, klein im Umfang, doch groß und stark durch die Kenntnis Gottes, die Macht gegeben über die Bewohner seiner Provinzen, auf daß sie durch das heilige nie genug gepriesene Evangelium vor den Strafen der Hölle errettet werden! Die Schiffe der Niederlande befahren große Gewässer und bringen dem verirrten Javaner Kultur, Religion, Christentum! Nein, unsere glücklichen Niederlande begehren nicht für sich allein die Seligkeit, wir wollen sie auch den unglücklichen Geschöpfen bringen, die da gefesselt liegen in den Ketten des Unglaubens, Aberglaubens und der Sittenlosigkeit! Die Betrachtung der Pflichten, die diesbezüglich auf uns ruhen, wird den siebenten Teil meiner Predigt ausmachen.«

Denn, was hier vorausging war der *sechste* Teil. Als Pflichten, die wir hinsichtlich dieser armen Heiden zu erfüllen haben, wurden genannt:

1. Die Gabe reichlicher Spenden an die Missionsgemeinschaften.

2. Die Unterstützung der Bibelgesellschaften, um diese in die Lage zu versetzen, Bibeln auf Java auszugeben.

3. Die Förderung von ›Exerzitien‹ in Harderwijk, zugunsten des kolonialen Rekrutierungsbüros.

4. Das Schreiben von Predigten und religiöser Gesänge, die geeignet sind, um von Soldaten und Matrosen den Javanern vorgelesen und vorgesungen zu werden.

5. Die Gründung einer Vereinigung einflußreicher Männer, deren Aufgabe es sein soll, unseren verehrten König zu bitten:

a. Nur solche Gouverneure, Offiziere und Beamte zu ernennen, von denen angenommen werden kann, daß sie fest im wahren Glauben stehen.

b. Dem Javaner zu genehmigen, die Kasernen, sowie die auf den Reedereien liegenden Kriegs- und Kauffahrteischiffe zu besuchen, um durch den Umgang mit niederländischen Soldaten und Matrosen zum Reich Gottes geführt zu werden.

c. Zu verbieten, biblische oder religiöse Traktate in Schänken in Zahlung zu nehmen.

d. Folgende Bestimmung in den Bedingungen der Opiumpacht auf Java aufzunehmen: daß in jeder Opiumkneipe ein Vorrat an Bibeln vorhanden sein muß, die im Verhältnis zur vermutlichen An-

zahl der Besucher steht, und daß der Pächter sich dazu verpflichtet, kein Opium zu verkaufen, ohne daß der Käufer ein religiöses Traktat dazu nehme.

e. Zu verfügen, daß der Javaner durch Arbeit zu Gott geführt werde.

6. Die Gabe reichlicher Spenden an die Missionsgemeinschaften.

Ich weiß, daß ich den letzten Punkt bereits unter Nummer eins aufgeführt habe, aber er wiederholte ihn, und dies kommt mir, im Feuer seiner Rede, sehr verständlich vor.

Doch, Leser, haben Sie auf Punkt 5e geachtet? Nun, gerade dieser Vorschlag erinnerte mich so stark an die Kaffeeauktionen und an die vorgeschobene Unfruchtbarkeit des Bodens zu *Lebak*, daß es Ihnen nun nicht mehr so merkwürdig vorkommen wird, wenn ich Ihnen versichere, daß dieser Punkt seit Mittwochabend keinen Augenblick aus meinen Gedanken gewichen ist. Pastor Wawelaar hat die Berichte der Missionare vorgelesen, niemand kann ihm also eine gründliche Kenntnis des Sachverhalts streitig machen. Nun, wenn er, mit den Berichten vor sich und den Augen auf Gott, behauptet, daß sich viel Arbeit günstig auf die Errettung der javanischen Seelen für das Gottesreich auswirkt, so darf ich wohl feststellen, nicht sehr weit von der Wahrheit entfernt zu sein, wenn ich sage, daß in *Lebak* sehr wohl Kaffee angebaut werden kann. Und, mehr noch, daß vielleicht der Allmächtige gerade deshalb den Boden dort für Kaffeeanbau ungeeignet gemacht hat, um durch die Arbeit, die erforderlich sein wird, um einen anderen

Boden dorthin zu schaffen, die Bevölkerung dieser Region für das Seelenheil empfänglich zu machen.

Ich hoffe doch, daß mein Buch unter die Augen des Königs gelangt, und daß sich bald durch größere Auktionen herausstellen wird, wie eng die Kenntnisse Gottes mit dem wohlverstandenen Interesse des gesamten Bürgertums zusammenhängen! Siehe, wie der einfache und bescheidene Wawelaar ohne die eigentliche Weisheit des Menschen – der Mann hat noch nie einen Fuß in die Börse gesetzt –, aber aufgeklärt durch das Evangelium, das ihm eine Leuchte auf seinem Weg ist, mir, Makler in Kaffee, da plötzlich einen Wink gibt, der nicht nur für die gesamten Niederlande wichtig ist, sondern der mich in die Lage versetzen wird, wenn Fritz gut aufpaßt – er hat ziemlich still gesessen in der Kirche –, vielleicht fünf Jahre früher nach Driebergen zu gehen. Ja, Arbeit, Arbeit, das ist meine Devise! Arbeit für den Javaner, das ist mein Prinzip! Und meine Prinzipien sind mir heilig.

Ist nicht das Evangelium das höchste Gut? Geht etwas über das Seelenheil? Ist es also nicht unsere Pflicht, diese Menschen selig zu machen? Und wenn als Hilfsmittel zu diesem Zweck Arbeit vonnöten ist – ich selbst habe zwanzig Jahre lang die Börse besucht –, dürfen wir dann dem Javaner die Arbeit verweigern, der seine Seele so dringend bedarf, um später nicht in der Hölle zu brennen? Selbstsüchtig wäre es, schändlich selbstsüchtig, wenn wir nicht jeden Versuch unternähmen, diese armen verirrten Geschöpfe vor dem schrecklichen Schicksal zu bewahren, das Pastor Wawelaar so eindringlich beschrieben hat. Ein

Fräulein fiel in Ohnmacht, als er von dem schwarzen Kind sprach... Vielleicht hatte sie einen kleinen Sohn, der ein wenig dunkel aussah. Frauen sind so!

Und würde ich nicht auf Arbeit drängen, *ich*, der ich selbst von morgens bis abends an Geschäfte denke? Ist nicht bereits dieses Buch – das Stern mir so verleidet – ein Beweis dafür, wie gut ich es mit dem Wohlstand unseres Vaterlandes meine und wie ich dafür alles tue? Und wenn ich so schwer arbeiten muß, *ich*, der ich getauft bin – in der Amstelkirche –, sollte man dann vom Javaner nicht fordern dürfen, daß er, der sich sein Seelenheil noch verdienen muß, die Hände arbeiten läßt?

Wenn diese Vereinigung – von Nummer 5e, meine ich – zustande kommt, schließe ich mich ihr an. Und ich werde versuchen, auch die Rosemeyers dazu zu überreden, weil Zuckerraffinadeure auch ein Interesse daran haben, obgleich ich nicht glaube, daß sie sehr rein sind in ihren Auffassungen – die Rosemeyers meine ich –, denn sie haben ein römisch-katholisches Hausmädchen.

Wie dem auch sei, *ich* werde meine Pflicht erfüllen. Das habe ich mir selbst gelobt, als ich mit Fritz von der Gebetstunde nach Hause ging. In meinem Haus wird dem Herrn gedient werden, dafür werde *ich* sorgen. Und dies mit umso mehr Eifer, da ich nun noch besser einsehe, wie weise alles geregelt ist, wie lieblich die Wege sind, über die wir an Gottes Hand geführt werden, und wie Er uns erhalten will im ewigen und im zeitlichen Leben, denn dieser Boden in *Lebak* kann sehr wohl für den Kaffeeanbau geeignet gemacht werden.

Zehntes Kapitel

Obwohl ich, wo es um Prinzipien geht, niemanden verschone, habe ich dennoch begriffen, daß ich bei Stern einen anderen Weg einschlagen sollte als bei Fritz. Und da es vorhersehbar ist, daß mein Name – die Firma heißt *Last & C°*, aber ich heiße *Droogstoppel, Batavus Droogstoppel* – mit dem Buch in Verbindung gebracht wird, in dem Dinge vorkommen, die nicht der Ehrfurcht entsprechen, die jeder anständige Mann und Makler sich selbst schuldig ist, erachte ich es als meine Pflicht, Ihnen mitzuteilen, wie ich versucht habe, auch diesen Stern auf den rechten Weg zurückzubringen.

Ich habe mit ihm nicht über den Herrn gesprochen – weil er lutherisch ist –, aber ich habe auf sein Gemüt und seine Ehre eingewirkt. Siehe hier, wie ich es angefangen habe, und bemerken Sie, wie weit man es mit Menschenkenntnis bringt. Ich hatte ihn sagen hören: *auf Ehrenwort* und fragte, was er damit meine?

»Nun«, sagte er, »daß ich meine Ehre verpfände für die Wahrheit von dem, was ich sage.«

»Das ist sehr viel«, antwortete ich. »Bist du so überzeugt davon, immer die Wahrheit zu sagen?«

»Ja,« erklärte er, »ich sage immer die Wahrheit. Wenn die Brust mir glüht...«

Der Leser kennt den Rest.

»Das ist wahrlich sehr schön«, sagte ich, und ich gab mich völlig unwissend, als würde ich ihm glauben.

Aber gerade darin lag die Feinheit dieser

Schlinge, die ich ihm legte mit dem Ziel, auch ohne das Risiko einzugehen, den alten Stern in die Hände von Busselinck & Waterman fallen zu sehen, diesem jungen Schnösel dennoch einmal richtig den Kopf zurechtzurücken und ihn einmal spüren zu lassen, wie groß der Abstand ist zwischen jemandem, der gerade anfängt – auch wenn sein Vater große Geschäfte tätigt –, und einem Makler, der seit zwanzig Jahren die Börse besucht hat. Mir war nämlich bekannt, daß er allerlei Verszeug auswendig kannte, und da Verse immer Lügen enthalten, war ich mir sicher, ihn sehr bald bei einer Unwahrheit ertappen zu können. Das dauerte tatsächlich auch nicht lange. Ich saß im Seitenzimmer, und er war in der *Suite*... denn wir haben eine *Suite*. Marie strickte, und er wollte ihr etwas erzählen. Ich hörte aufmerksam zu, und als es zu Ende war, fragte ich, ob er das Buch besitze, in dem dieses Ding stand, das er soeben hergesagt habe. Er bejahte und brachte es mir. Es war ein Band der Werke eines gewissen Heine. Am nächsten Morgen gab ich ihm – Stern meine ich – das Nachstehende:

Betrachtungen hinsichtlich der Wahrheitsliebe von jemandem, der den folgenden Schund von Heine einem jungen Mädchen vorträgt, das in der Suite strickt.

Auf Flügeln des Gesanges,
Herzliebchen, trag ich dich fort.

Herzliebchen? Marie, dein *Herzliebchen?* Wissen deine Eltern darüber Bescheid und Louise Rosemeyer? Ist es brav, dies einem Kind zu sagen, das durch so etwas schon sehr leicht ihrer Mutter ungehorsam würde, indem sie sich einbildet, sie sei mündig, weil man sie *Herzliebchen* nennt? Was bedeutet das: *forttragen auf den Flügeln?* Du hast keine Flügel, und dein Gesang ebenfalls nicht. Versuche es einmal über die Lauriergracht, die nicht einmal sehr breit ist. Aber auch wenn du Flügel hättest, darf man dann solche Dinge einem Mädchen vorschlagen, das noch keine Konfirmation gehabt hat? Und selbst wenn das Kind schon konfirmiert wäre, was bedeutet dieses Angebot, zusammen wegzufliegen? Pfui!

Fort nach den Fluren des Ganges,
Da weiß ich den schönsten Ort;

Dann gehe doch alleine hin, miete ein Zimmer, aber nimm nicht ein Mädchen mit, das ihrer Mutter im Haushalt helfen muß! Aber du meinst es auch nicht ernst! Zunächst hast du noch nie den Ganges gesehen und kannst folglich nicht wissen, ob man da gut leben kann. Soll *ich* dir einmal sagen, wie die Dinge liegen? Es sind alles Lügen, die du einzig deshalb erzählst, weil du dich bei all dem Dichten zum Sklaven des Reims machst. Wenn die erste Zeile auf *Strand, hin, kina* geendet hätte, hättest du Marie gefragt, dich nach *Mailand, Berlin, China* zu begleiten und so weiter. Du siehst also, daß deine vorgeschlagene Reiseroute nicht aufrichtig gemeint war und alles auf ein feiges Klingen der Wörter ohne Sinn oder Ziel hinausläuft. Wie wäre es, wenn Marie einmal wirklich Lust bekäme, diese alberne Reise zu unternehmen? Ich spreche jetzt noch nicht einmal von der unbequemen Art und Weise, die du ihr vorschlägst! Sie ist aber, dem Himmel sei Dank, zu vernünftig, um sich nach einem Land zu sehnen, von dem du sagst:

> Da liegt ein rotblühender Garten
> Im stillen Mondenschein;
> Die Lotusblumen erwarten
> Ihr trautes Schwesterlein;
> Die Veilchen kichern und kosen
> Und schau'n nach den Sternen empor;
> Heimlich erzählen die Rosen
> Sich duftende Märchen in's Ohr.

Was wolltest du in diesem Garten bei Mondenschein mit Marie machen, Stern? Ist das sittsam, ist das brav, ist das anständig? Möchtest du, daß ich mich schämen muß, ebenso wie Busselinck & Waterman, mit denen kein anständiges Handelshaus etwas zu schaffen haben will, weil ihre Tochter durchgebrannt ist und weil es Pfuscher sind? Was sollte ich antworten, wenn man mich auf der Börse fragen würde, warum meine Tochter so lange in diesem roten Garten geblieben ist? Denn das verstehst du doch, daß keiner mir glauben würde, wenn ich sagte, daß sie da sein mußte, um die Lotusblumen zu besuchen, die, wie du sagst, schon so lange auf sie gewartet haben? Ebenso würde jeder vernünftige Mensch mich auslachen, wenn ich verrückt genug wäre zu sagen: Marie ist dort im roten Garten – warum *rot* und nicht *gelb* oder *lila*? –, um dem Kichern und Kosen der Veilchen zu lauschen oder den Märchen, die die Rosen sich heimlich ins Ohr duften? Und wenn so etwas wahr sein *könnte*, was hätte Marie schon davon, wenn es doch so heimlich geschieht, daß sie nichts davon versteht? Aber es sind Lügen, alberne Lügen! Und häßlich sind sie auch, denn nimm einmal einen Bleistift und zeichne damit eine Rose mit einem Ohr, und schau dir nun an, wie das aussieht? Und was bedeutet es, daß diese Märchen so duftend sind? Soll *ich* dir das mal ganz unverblümt sagen? Das bedeutet, daß diese komischen Märchen zum Himmel stinken... so sieht das aus!

> Da hüpfen herbei und lauschen
> Die frommen, klugen Gazellen;
> Und in der Ferne rauschen
> Des heiligen Stromes Wellen...
> Da wollen wir niedersinken
> Unter den Palmenbaum,
> Und Ruhe und Liebe trinken,
> Und träumen seligen Traum.

Kannst du nicht besser in den *Artis* gehen – du hast ja deinem Vater schon geschrieben, daß ich dort Mitglied bin? – sag, kannst du nicht zum *Artis* gehen, wenn du unbedingt exotische Tiere sehen willst? Müssen es ausgerechnet die Gazellen am Ganges sein, die doch in freier Wildbahn nie so gut zu erkennen sind wie in einem schönen Gehege aus schwarz gestrichenem Eisen? Warum nennst du diese Tiere fromm und klug? Letzteres lasse ich gelten – sie machen zumindest nicht solche lächerlichen Verse –, aber *fromm*? Was soll das heißen? Ist das nicht ein Mißbrauch eines heiligen Ausdrucks, der nur für Menschen des wahren Glaubens verwendet werden darf? Und dann dieser heilige Strom? Darfst du Marie Dinge erzählen, die sie zu einer Heidin machen würden? Darfst du ihre Überzeugung untergraben, daß es kein anderes heiliges Wasser gibt als das der Taufe und keinen anderen heiligen Fluß als den Jordan? Ist es nicht eine Untergrabung von Sittlichkeit, Tugend, Religion, Christentum und Anstand?

Denke einmal über das alles nach, Stern! Dein Vater besitzt ein achtbares Haus, und ich bin mir sicher, daß er es billigen wird, wenn ich auf dein Gemüt einwirke, und daß er gerne Geschäfte mit jemandem macht, der für Tugend und Religion eintritt. Ja, Prinzipien sind mir heilig, und ich scheue mich nicht, rundheraus zu sagen, was ich meine. Mache also kein Geheimnis aus dem, was ich dir sage, schreibe deinem Vater ruhig, daß du hier in einer soliden Familie lebst, und daß ich dich vermehrt auf das Gute hinweise. Und frage dich selbst einmal, was aus dir geworden wäre, wenn du an Busselinck & Waterman geraten wärest? Dort hättest du auch solche Verse deklamiert, und dort hätte man nicht auf dein Gemüt eingewirkt, weil es Pfuscher sind. Schreibe dies deinem Vater ruhig, denn wenn Prinzipien im Spiel sind, verschone ich niemanden. Dort würden die Mädchen dich zum Ganges begleiten, und du lägest jetzt wahrscheinlich unter jenem Baum im nassen Gras, während du jetzt, weil *ich* dich so väterlich warnte, hier bei uns in einem anständigen Haus bleiben kannst. Schreibe dies alles deinem Vater, und sage ihm, daß du so dankbar bist, daß du zu uns gekommen bist, und daß ich so gut für dich sorge, und daß die Tochter von Busselinck & Waterman durchgebrannt ist, und grüße ihn herzlich von mir und schreibe, daß ich ihm noch 1/16 Prozent der Courtage mehr nachlassen kann als bei deren Angebot, weil ich keine Preisbrecher leiden kann, die einem Konkurrenten das Brot aus dem Mund stehlen durch günstigere Konditionen.

Und tue mir bitte den Gefallen, für deine Vorlesungen aus dem Paket vom Schalman etwas Gediegeneres auszuwählen. Ich habe darin Berichte gesehen über die Kaffeeproduktion der letzten zwanzig Jahre aus allen Residenzen auf Java: lies einmal so etwas vor! Siehst du, dann können die Rosemeyers, die in Zucker machen, einmal hören, was in der Welt wirklich los ist. Und du solltest auch die Mädchen und uns alle nicht als Kannibalen hinstellen, die etwas von dir verschluckt haben... das ist nicht anständig, mein lieber Junge. Glaube doch jemandem, der weiß, was es in der Welt alles gibt. Ich habe deinem Vater bereits vor seiner Geburt gedient – seiner Firma, meine ich, nein... unsere Firma, meine ich: *Last & C°* – früher war es *Last & Meyer*, aber die *Meyers* sind schon lange draußen – du verstehst also, daß ich es gut mit dir meine. Und sporne Fritz an, besser aufzupassen, und bringe ihm nicht das Versemachen bei, und tue einfach, als hättest du es nicht gesehen, wenn er dem Buchhalter Grimassen schneidet, und solche Dinge mehr. Geh ihm mit gutem Beispiel voran, weil du um so viel älter bist, und versuche ihm Besonnenheit und Vornehmheit einzuprägen, denn er soll Makler werden.

Ich bin dein väterlicher Freund
Batavus Droogstoppel

(Firma: Last & C°, Makler in Kaffee, Lauriergracht, N° 37)

Elftes Kapitel

Ich will eigentlich nur sagen, um mit Abraham Blankaart zu sprechen, daß ich dieses Kapitel als ›essentiell‹ betrachte, weil es, wie ich meine, hilft, Havelaar besser kennenzulernen, der nun einmal der Held der Geschichte zu sein scheint.

»Tine, was ist das für eine *Ketimon*? Liebes, mische keine Pflanzensäure unter Früchte! Gurken mit Salz, Ananas mit Salz, Pampelmuse mit Salz, alles, was aus der Erde kommt, mit Salz. Essig zu Fisch und Fleisch... es steht etwas darüber im Liebig...«

»Mein bester Max«, fragte Tine lachend, »wie lange meinst du eigentlich, daß wir hier sind? Die *Ketimon* ist von Frau Slotering.«

Havelaar hatte Mühe sich zu erinnern, daß er erst gestern eingetroffen war und Tine beim besten Willen noch nichts hätte regeln können in Küche oder Haushalt. Er selbst war schon lange in *Rangkas-Betong!* Hatte er nicht die ganze Nacht mit Lesen im Archiv zugebracht und war nicht schon zu vieles durch seinen Kopf gegangen, das mit *Lebak* in Zusammenhang stand, als daß er auf Anhieb wissen konnte, daß er erst seit gestern hier war? Tine verstand das gut, sie verstand ihn immer!

»Ach ja, stimmt«, sagte er. »Aber du solltest trotzdem etwas von Liebig lesen. Verbrugge, hast *du* viel von Liebig gelesen?«

»Wer ist das?« fragte Verbrugge.

»Das ist jemand, der viel über das Einlegen von

Gurken geschrieben hat. Zudem hat er entdeckt, wie man Gras in Wolle verwandelt... du verstehst schon?«

»Nein«, sagten Verbrugge und Duclari gleichzeitig.

»Nun, die Sache an sich war doch immer bekannt: schicke ein Schaf auf die Wiese... und du wirst sehen! Aber er hat die Art und Weise nachvollzogen, in der dies geschieht. Andere Gelehrte sagen wiederum, daß er wenig darüber weiß. Jetzt ist man dabei, nach Mitteln und Wegen zu suchen, um das gesamte Schaf in der Bearbeitung auszulassen... oh, diese Gelehrten! Molière wußte Bescheid... ich mag Molière sehr. Wenn du möchtest, werden wir zusammen eine Lesestunde einrichten, ein paarmal abends die Woche. Tine macht auch mit, sobald Max im Bett ist.«

Duclari und Verbrugge wollten das gerne. Havelaar sagte, daß er zwar nicht viele Bücher habe, aber darunter seien immerhin Schiller, Goethe, Heine, Vondel, Lamartine, Thiers, Say, Malthus, Scialoja, Smith, Shakespeare, Byron...

Verbrugge sagte, daß er kein Englisch lese.

»Um Himmels willen, du bist doch schon über dreißig! Was hast du denn die ganze Zeit gemacht? Das muß doch für dich ziemlich unbequem gewesen sein auf Padang, wo soviel Englisch gesprochen wird. Hast du Miss *Mata-api* gekannt?«

»Nein, ich kenne diesen Namen nicht.«

»Es war auch nicht ihr richtiger Name. Wir nannten sie nur so, 1843, weil ihre Augen so funkelten. Sie ist wohl mittlerweile verheiratet... es ist ja schon so lange her! Nie habe ich so etwas gesehen... ja, doch, in Arles... dahin solltest du einmal fahren! Das ist das Schönste, das ich je gefunden habe auf all meinen Reisen. Es existiert nichts, dünkt mich, was einem so klar die Schönheit an sich zeigt, wie das sichtbare Bild des *Wahren*, des *unfaßbar Reinen*, wie eine schöne Frau. Glaubt mir, fahrt einmal nach Arles und Nîmes...«

Duclari, Verbrugge und – ich muß es zugeben – auch Tine konnten ein lautes Lachen nicht unterdrücken bei dem Gedanken, einfach so aus dem westlichen Teil Javas nach Arles oder Nîmes im Süden Frankreichs überzuwechseln. Havelaar, der in seiner Einbildung wahrscheinlich auf jenem Turm stand, der von den Sarazenen auf dem Rundgang der *Arena* zu Arles gebaut worden war, hatte einige Mühe, bis er die Ursache für das Lachen verstand, und fuhr dann fort: »Nun ja, ich meine... wenn ihr einmal in die Nähe kommt. So etwas ist mir andernorts nie mehr begegnet. Ich war Enttäuschungen gewohnt beim Anblick von all dem, was so in den Himmel gehoben wird. Seht zum Beispiel mal die Wasserfälle, über die man so viel spricht und schreibt. Was mich betrifft, ich habe kaum etwas oder gar nichts gespürt in Tondano, in Maros, in Schaffhausen, bei den Niagarafällen. Man muß wohl in seinen Führer schauen, um dabei das erforderliche Maß an Bewunderung zur Hand zu haben über ›soviel Fuß Fallhöhe‹ und ›soviel Kubikfuß Wasser in der Minute‹, und wenn die Zahlen dann hoch sind, muß man *aha* sagen. Ich will nie wieder Wasserfälle sehen, zumindest nicht, wenn ich dafür einen Umweg machen muß. Die Dinger sagen mir nichts! Bauwerke sprechen mich etwas stärker an, vor allem, wenn sie Seiten aus der Geschichte widerspiegeln. Hierbei aber spricht ein Gefühl ganz anderer Art! Man ruft die Vergangenheit auf und läßt die Schemen des Vergangenen Revue passieren. Darunter gibt es ganz abscheuliche, und wie wichtig dies auch manchmal sein mag, findet man in seinen Wahrnehmungen nicht immer Befriedigung für sein Schönheitsempfinden... ungetrübt zumindest nie! Und *ohne* die Geschichte herbeizurufen, ist zwar viel Schönes an manchen Gebäuden, aber dieses Schöne wird gewöhnlich von Führern verdorben – von Führern aus Papier, aus Fleisch und Blut... es läuft auf dasselbe hinaus! – Führer, die einem den Eindruck verderben mit ihrem eintönigen: ›diese Kapelle wurde vom Bischof von Münster 1423... die Säulen sind 63 Fuß hoch und ruhen auf...‹ ich weiß nicht was, und es interessiert mich auch nicht. Dieses Gerede ist lästig, denn man spürt, daß man dann genau dreiundsechzig Fuß an Bewunderung bereit haben muß, um nicht in den Augen mancher Leute als Vandale oder Geschäftsreisender dazustehen... das ist vielleicht ein Volk!«

»Die Vandalen?«

»Nein, die anderen. Nun könnte man sagen, dann laß deinen Reiseführer einfach in der Tasche, wenn er gedruckt ist, und laß ihn draußen schweigen im anderen Fall. Aber abgesehen von der Tatsache, daß man für ein leidlich zutreffendes Urteil tatsächlich oft Informationen braucht, würde man, auch wenn man auf diese Informationen jederzeit verzichten könnte, dennoch vergebens in irgendeinem Bauwerk nach etwas suchen, das länger als nur einen Moment unser Verlangen nach dem Schönen stillt, weil es sich nicht *bewegt*. Das gilt, so glaube ich, auch für Skulpturen oder Gemälde. Natur ist Bewegung. Wachstum, Hunger, Denken, Fühlen ist Bewegung... Stillstand ist der Tod! Ohne Bewegung kein Schmerz, kein Genuß, keine Rührung! Versucht einmal dazusitzen, ohne euch zu rühren, und ihr werdet sehen, wie rasch man einen geisterhaften Eindruck auf andere macht, sogar auf die eigene Einbildung. Beim schönsten *Tableau vivant* sehnt man sich schon bald nach der nächsten Nummer, wie ehrlich der Eindruck am Anfang auch immer war. Da nun unsere Sehnsucht nach der Schönheit nicht mit einem Blick auf etwas Schönes befriedigt ist, sondern es einer Reihe nachfolgender Blicke bedarf, nach der *Bewegung des Schönen*, leiden wir an etwas Unbefriedigendem beim Anblick *dieser* Art von Kunstwerken, und deshalb behaupte ich, daß eine schöne Frau – unter der Voraussetzung, daß es keine Porträtschönheit ist, die stillhält – dem Ideal des Göttlichen am nächsten kommt. Wie groß das Bedürfnis ist nach der Bewegung, die ich meine, kann man vielleicht ersehen aus dem Widerwillen, den eine Tänzerin verursacht, selbst wenn sie Elssler oder Taglioni hieße, wenn sie nach einem Tanz auf dem linken Bein steht und in das Publikum grinst.«

»Das gilt hier nicht«, sagte Verbrugge, »denn das ist *absolut* häßlich.«

»Das finde ich auch. Aber *sie* stellt es dennoch als schön dar, als *Höhepunkt* zu all dem Vorhergehenden, in dem wirklich viel Schönes gewesen sein kann. Sie stellt es dar als die *Pointe* des Epigramms, als das *aux armes!* der *Marseillaise*, die sie mit ihren Beinen sang, als das Rauschen der Weiden auf dem Grab der soeben besprungenen Liebe. Oh, widerlich! Und daß auch die Zuschauer, die normalerweise – wie wir alle, mehr oder weniger – ihren Geschmack auf Gewohnheit und Nachahmung gründen, diesen Augenblick als den ergreifendsten betrachten, ergibt sich daraus, daß man gerade hier in Jubel ausbricht, als wollte man zu verstehen geben: ›All das Vorhergehende war zwar auch recht schön, aber *jetzt* kann ich mich wahrhaftig nicht länger zurückhalten vor Bewunderung!‹ Sie sagten, daß diese Schlußpose absolut häßlich sei – ich finde das auch! –, aber woher kommt das? Daher, daß die *Bewegung* endete und damit die *Geschichte*, die die Tänzerin erzählte. Glauben Sie mir, Stillstand ist der Tod!«

»Aber«, warf Duclari ein, »Sie haben eben auch Wasserfälle als Ausdruck des Schönen verworfen. Wasserfälle *bewegen* sich doch!«

»Schon, aber… ohne *Geschichte*! Sie bewegen sich, kommen jedoch nicht von der Stelle. Sie bewegen sich wie ein Schaukelpferd, nur noch ohne das *va et vient*. Sie machen ein Geräusch, sprechen

aber nicht. Sie rufen: hruuu... hruuu... hruuu...
und nie etwas anderes! Rufen Sie einmal sechstausend Jahre oder noch länger: hruuu, hruuu...
und sehen Sie, wie wenige Sie für einen unterhaltsamen Menschen halten werden.«

»Ich werde diesen Versuch nicht durchführen«,
sagte Duclari. »Aber ich bin trotzdem noch immer
nicht Ihrer Meinung, daß die von Ihnen geforderte
Bewegung so unbedingt nötig sein soll. Ich schenke
Ihnen jetzt die Wasserfälle, aber ein gutes *Gemälde* kann doch, wie ich meine, viel ausdrücken.«

»Sicher, sicher, aber nur für einen Augenblick.
Ich werde versuchen, meine Meinung durch ein
Beispiel zu erklären. Heute haben wir den 18. Februar...«

»Aber nein«, sagte Verbrugge, »wir haben noch
Januar...«

»Nein, nein, heute ist der 18. Februar 1587 und
Sie sind eingesperrt in Schloß Fotheringhay...«

»*Ich*«, fragte Duclari, der glaubte, nicht richtig
gehört zu haben.

»Ja, Sie. Sie langweilen sich und suchen Ablenkung. Dort in der Mauer ist eine Öffnung, sie
ist zu hoch, um durchschauen zu können, aber
Sie wollen es trotzdem. Sie stellen Ihren Tisch darunter, darauf einen Stuhl mit drei Beinen, von
denen eines recht wacklig ist. Sie sahen einmal auf
dem Jahrmarkt einen Akrobaten, der sieben
Stühle aufeinanderstellte und sich selbst auf dem
Kopf obendrauf. Eigenliebe und Langeweile drängen Sie, etwas Ähnliches zu tun. Sie besteigen

wackelnd den Stuhl... erreichen ihr Ziel... werfen einen Blick durch die Öffnung und rufen: ›Oh, Gott!‹ Und Sie fallen! Wissen Sie mir nun zu sagen, warum Sie ›Oh, Gott!‹ riefen und herunterfielen?«

»Ich denke, daß das dritte Stuhlbein zerbrach«, sagte Verbrugge prompt.

»Nun ja, das Bein brach vielleicht, aber nicht deshalb sind Sie gestürzt. Dieses Bein ist gebrochen, weil Sie gestürzt sind. Vor jeder anderen Öffnung hätten Sie es ein Jahr lang auf diesem Stuhl ausgehalten, aber jetzt *mußten* Sie stürzen, und wenn dreizehn Beine unter diesem Stuhl gewesen wären, ja, auch wenn Sie auf dem Boden gestanden hätten.«

»Also einverstanden«, sagte Duclari. »Ich sehe, daß Sie es sich in den Kopf gesetzt haben, mich *coûte que coûte* fallen zu lassen. Ich liege nun da in voller Länge... aber ich weiß beim besten Willen nicht, warum?«

»Nun, das ist doch ganz einfach! Sie sahen dort eine in Schwarz gekleidete Frau, die vor einem Block kniete. Und sie beugte den Kopf, weiß wie Silber war der Nacken, der sich vom schwarzen Samt abhob. Und da stand ein Mann mit einem großen Schwert, er hielt es hoch, sein Blick war auf den weißen Nacken gerichtet, er suchte den Bogen, den sein Schwert beschreiben sollte, um dort... dort, zwischen den Wirbeln hindurchgetrieben zu werden mit Genauigkeit und Kraft... und dann stürzten Sie, Duclari. Sie stürzten, weil Sie das alles sahen, und deshalb riefen Sie aus: Oh

Gott! Ganz und gar nicht, weil nur drei Beine am Stuhl waren. Und lange nachdem Sie aus Fotheringhay erlöst wurden – durch Fürsprache Ihres Cousins, glaube ich, oder weil es die Leute langweilte, Sie da noch länger ohne Grund zu verköstigen wie einen Kanarienvogel –, lange danach, bis heute, träumen Sie im Wachen von dieser Frau, ja, sogar aus dem Schlaf schrecken Sie hoch und fallen schwer zurück auf Ihre Bettstatt, weil Sie den Arm des Henkers greifen wollen. Stimmt es nicht?«

»Ich möchte das schon glauben, aber ganz sicher kann ich es wahrlich nicht sagen, weil ich nie zu Fotheringhay durch ein Loch in der Mauer gesehen habe.«

»Gut, gut! Ich auch nicht. Aber jetzt nehme ich ein Gemälde, das die Enthauptung von Maria Stuart darstellt. Laß uns annehmen, daß die Darstellung vollendet ist. Da hängt es, in einem vergoldeten Rahmen, an einer roten Kordel, wenn Sie wollen... ich weiß, was Sie sagen wollen, gut! Nein, nein, Sie sehen den Rahmen nicht, Sie vergessen sogar, daß Sie Ihren Rohrstock am Eingang des Gemäldesaals abgegeben haben... Sie vergessen Ihren Namen, Ihr Kind, das neueste Modell ihrer Polizeimütze, und alles andere, um nicht ein *Gemälde* anzusehen, sondern um darauf tatsächlich Maria Stuart zu betrachten: *ganz so* wie zu Fotheringhay. Der Henker steht genauso da, wie er tatsächlich gestanden haben muß, ja, ich möchte sogar so weit gehen, daß Sie den Arm ausstrecken, um den Schlag abzuwehren! So weit, daß Sie rufen: ›Laß diese Frau leben, vielleicht bessert sie sich!‹ Sie sehen, ich gewähre Ihnen alle Möglichkeiten, was die *Ausführung* des Gemäldes anbelangt...«

»Ja, aber was weiter? Ist dann der Eindruck nicht ebenso ergreifend, wie damals, als ich dasselbe zu Fotheringhay sah?«

»Nein, ganz und gar nicht, und zwar weil Sie nicht auf den Stuhl mit den drei Beinen geklettert sind. Sie nehmen einen Stuhl – diesmal mit vier Beinen, am liebsten einen Sessel – Sie setzen sich vor das Gemälde, um es richtig lange genießen zu können – wir *genießen* nun einmal beim Anblick von etwas Schrecklichem – und welchen Eindruck meinen Sie, macht es auf Sie?«

»Nun, Schrecken, Angst, Mitleid, Rührung... ebenso wie damals, als ich durch die Öffnung in der Mauer sah. Wir sind davon ausgegangen, daß das Gemälde *vollendet* ist, ich muß also davon den gänzlich selben Eindruck haben wie von der Realität.«

»Nein! Innerhalb von zwei Minuten verspüren Sie einen Schmerz im rechten Arm, aus Mitgefühl mit dem Henker, der so lange ein schweres Stück Stahl reglos hochhalten muß.«

»*Mitgefühl* mit dem *Henker?*«

»Ja! Das *Mitfühlen*, das *gleiche Empfinden*, verstehen Sie? Und auch für die Frau, die da so lange in einer unbequemen Haltung und wahrscheinlich auch in unangenehmer Stimmung vor diesem Block liegt. Sie haben immer noch Mitleid mit ihr, aber diesmal nicht, weil sie enthauptet werden soll, sondern weil man sie so lange warten läßt, bevor sie enthauptet wird, und wenn Sie noch etwas sagen oder rufen würden, am Ende – vorausgesetzt, Sie verspüren den Drang, sich in die Angelegenheit einzumischen – wäre es nichts anderes als: ›Schlag doch in Gottes Namen zu, Mann, die gute Frau wartet darauf!‹ Und wenn Sie später das Gemälde wiedersehen und *mehrere Male* wiedersehen, ist der *erste* Eindruck sogar: ›Ist die Geschichte noch immer nicht zu Ende? Steht er, liegt sie immer noch da?‹«

»Aber was ist denn für eine Bewegung in der Schönheit der Frauen von Arles?«, fragte Verbrugge.

»Oh, das ist etwas ganz anderes! Sie erzählen in ihren Zügen eine Geschichte *zu Ende*. Karthago blüht und baut Schiffe auf ihrer Stirn... hört den Schwur Hannibals gegen Rom... dort flechten sie Sehnen für die Bögen... dort brennt die Stadt...«

»Max, Max, ich glaube wirklich, daß du in Arles dein Herz verloren hast«, neckte ihn Tine.

»Ja, für einen Augenblick... aber ich fand es wieder: das werdet ihr noch erfahren. Stellt euch vor... ich sage nicht, dort habe ich eine Frau gesehen, die so oder so schön war, nein, alle waren sie schön, und es war deshalb unmöglich, sich dort ernsthaft zu verlieben, weil jede nächste wieder die vorige aus der Bewunderung verdrängte, und ich dachte dabei wahrlich an Caligula oder Tiberius – von welchem erzählt man sich die Fabel? – der dem gesamten menschlichen Geschlecht nur ein einziges Haupt wünschte. So nämlich stieg unwillkürlich der Wunsch in mir hoch, daß die Frauen von Arles...«

»Zusammen nur einen Kopf hätten?«

»Ja...«

»Um ihn abzuschlagen?«

»Aber nein! Um... auf die Stirn zu küssen, wollte ich sagen, aber das ist es nicht! Nein, um ihn zu betrachten, davon zu träumen, und um... *gut zu sein!*«

Duclari und Verbrugge fanden diesen Schluß wahrscheinlich wieder besonders merkwürdig. Max aber bemerkte ihre Überraschung nicht und fuhr fort: »Denn so edel waren ihre Züge, daß man so etwas wie Scham verspürte, nur ein Mensch zu sein, und nicht ein Funke... ein Strahl – nein, das wäre Staub! – ein Gedanke! Aber... dann saß da plötzlich ein Bruder oder ein Vater neben diesen Frauen, und... lieber Himmel, ich sah sogar eine, die ihre Nase schneuzte!«

»Wußte ich es doch, daß du wieder einen dicken Strich durch die Geschichte machen würdest«, sagte Tine traurig.

»Kann *ich* denn etwas dafür? *Ich* hätte sie lieber alle tot umfallen sehen! Darf sich solch ein Mädchen so profan benehmen?«

»Aber, Herr Havelaar,« fragte Verbrugge, »wenn sie nun verschnupft ist?«

»Nun, sie *sollte* nicht verschnupft sein mit einer solchen Nase!«

»Ja, aber...«

Als wäre der Teufel mit im Spiel, mußte Tine plötzlich niesen, und... bevor sie daran dachte, hatte sie ihre Nase geschneuzt!

»Lieber Max, du wirst mir doch nicht böse sein?« fragte sie mit unterdrücktem Lachen.

Er antwortete nicht. Und, so verrückt es klingt oder ist... ja, er *war* ihr böse! Und, was auch merkwürdig klingt, Tine war froh, daß er ihr böse war und von *ihr* verlangte, den phönizischen Frauen von Arles überlegen zu sein, auch wenn es nicht daran lag, daß sie Grund hatte, stolz auf ihre Nase zu sein.

Falls Duclari noch meinte, Havelaar sei verrückt, so hätte man es ihm nicht übelnehmen können, wenn er sich in dieser Meinung bestärkt fühlte, als er die kurze Verstimmung bemerkte, die während und nach dem Naseschneuzen auf Havelaars Gesicht zu lesen war. Dieser war jedoch wieder zurückgekehrt nach Karthago und las – mit der Geschwindigkeit, mit der er lesen *konnte*, wenn er mit seinem Geist nicht zu weit abgeschweift war – auf den Gesichtern seiner Gäste, daß diese die beiden folgenden Thesen aufstellten:

1. Wer nicht will, daß seine Frau ihre Nase schneuzt, ist verrückt.

2. Wer glaubt, daß eine in schönen Linien gezeichnete Nase nicht geschneuzt werden darf, tut falsch daran, diese Auffassung auf Frau Havelaar zu übertragen, deren Nase ein wenig en pomme de terre ist.

Die erste These ließ Havelaar ruhen, aber... die zweite!

»Oh«, rief er, als ob er zu antworten hätte, obgleich seine Gäste zu höflich gewesen waren, ihre Thesen auszusprechen, »das werde ich ihnen erklären. Tine ist...«

»Lieber Max!« sagte sie flehend.

Das bedeutete: ›Erzähle diesen Herren doch bitte nicht, warum ich in deiner Wertschätzung über eine Erkältung erhaben sein muß!‹

Havelaar schien zu verstehen, was Tine meinte, denn er antwortete: »Gut, mein Kind! Aber wissen Sie, meine Herren, daß man sich oftmals täuscht in der Beurteilung der Ansprüche mancher Menschen auf körperliche Unvollkommenheit?«

Ich bin sicher, daß die Gäste nie von solchen Ansprüchen gehört hatten.

»Ich kannte ein Mädchen auf Sumatra«, fuhr er fort, »die Tochter eines *Datu*, und ich bin der Meinung, daß *sie* auf eine solche Unvollkommenheit kein Recht hatte. Und dennoch habe ich sie bei einem Schiffbruch ins Wasser fallen sehen... ein anderer ebenfalls. Ich, ein Mensch, habe ihr helfen müssen, an Land zu kommen.«

»Aber... hätte sie denn fliegen sollen wie eine Möwe?«

»Natürlich, oder... nein, sie hätte keinen Körper haben sollen. Soll ich erzählen, wie ich sie kennenlernte? Es war 1842. Ich war Kontrolleur von Natal... warst du schon einmal dort, Verbrugge?«

»Ja.«

»Nun denn, dann weißt du, daß im Natalschen Pfeffer angebaut wird. Die Pfeffergärten liegen in *Taloh-Baleh*, nördlich von Natal, an der Küste. Ich sollte sie inspizieren, und da ich keine Ahnung von Pfeffer hatte, nahm ich im *Prahu* einen *Datu* mit, der mehr darüber wußte. Sein Töchterchen, damals ein Kind von dreizehn Jahren, fuhr mit. Wir segelten die Küste entlang und langweilten uns...«

»Und dann haben Sie Schiffbruch erlitten?«

»Aber nein, es war schönes Wetter, zu schön. Der Schiffbruch, den Sie meinen, geschah später. Sonst hätte ich mich nicht gelangweilt. So segelten wir die Küste entlang; es war schrecklich heiß. So ein Boot bietet wenig Gelegenheit zur Zerstreuung, und zudem war ich gerade in einer traurigen Stimmung, zu der viele Gründe das ihre beitrugen. Ich hatte erstens eine unglückliche Liebe, zweitens eine... unglückliche Liebe, drittens... nun ja, noch etwas dieser Art. Ach, das gehört eben dazu. Aber zudem befand ich mich in einem Zustand zwischen zwei Anwandlungen von Ehrgeiz. Ich hatte mich zum König gemacht und war wieder entthront worden. Ich war auf einen Turm geklettert und wieder zu Boden gestürzt... ich werde besser auslassen, wie es dazu kam! Genug, ich saß da in dem Boot mit saurer Miene und schlechter Laune, kurz ungenießbar. Ich fand unter anderem, daß es sich nicht gehörte, mich Pfeffergärten kontrollieren zu lassen, und daß ich schon längst zum Gouverneur eines Sonnensystems hätte befördert sein müssen. Dazu kam es mir vor wie ein moralischer Mord, einen Geist wie den meinen zusammen mit diesem dummen *Datu* und seinem Kind in ein Boot zu setzen.

Ich muß sagen, daß ich sonst die malaysischen Häupter durchaus leiden konnte und mich gut mit ihnen verstand. Sie besitzen sogar vieles, das mich sie gegenüber den javanischen Großen vorziehen läßt. Ja, ich weiß, Verbrugge, daß du nicht einer Meinung mit mir bist, es gibt nur wenige, die mir zustimmen... aber darauf möchte ich jetzt nicht eingehen.

Wenn ich diese Reise an einem anderen Tag unternommen hätte – mit etwas weniger Flausen im Kopf, meine ich – wäre ich wahrscheinlich sofort mit dem *Datu* ins Gespräch gekommen, und vielleicht hätte ich sogar gefunden, daß er meines Umgangs wert wäre. Vielleicht hätte ich dann auch das Mädchen zum Sprechen gebracht, und das hätte mich vielleicht unterhalten und amüsiert, denn ein Kind hat meistens etwas Ursprüngliches... obwohl ich gestehen muß, daß ich selbst damals noch zu sehr Kind war, um mich für Ursprünglichkeit zu interessieren. Jetzt ist das anders. Jetzt sehe ich in jedem dreizehnjährigen Mädchen ein Manuskript, in dem noch wenig oder gar nichts durchgestrichen wurde. Man überrascht den Autor *en négligé*, und das ist oft recht lustig.

Das Kind zog Perlen auf eine Schnur und schien seine ganze Aufmerksamkeit hierfür zu brauchen. Drei rote, eine schwarze... drei rote, eine schwarze; es war schön!

Sie hieß *Si Upi Keteh*. Das bedeutet auf Sumatra soviel wie: *kleines Edelfräulein*... ja, Verbrugge, du weißt das wohl, aber Duclari hat immer auf Java gedient. Sie hieß *Si Upi Keteh*, aber in Gedanken nannte ich sie ›Dummchen‹ oder so etwas, weil ich nach meiner Einschätzung so himmelhoch über sie erhaben war.

Es wurde Mittag... Abend fast, und die Perlen wurden weggelegt. Das Land glitt langsam neben uns weg, und kleiner und kleiner wurde der Berg *Ophir* rechts hinter uns. Links im Westen über dem weiten, weiten Meer, das keine Grenze hat bis dahin wo Madagaskar liegt, und weiter bis Afrika, sank die Sonne und ließ ihre Strahlen in einem immer stumpfer werdenden Winkel auf den Wellen spielen, und sie suchte Kühlung im Meer. Wie zum Kuckuck ging das Ding doch wieder?«

»Welches Ding... die Sonne?«

»Ach nein, ich machte Gedichte in diesen Tagen! Oh, herrlich! Hört mal:

Du fragst, warum der Ozean,
Der Natals Strand bespült,
Sonst lieblich spielt am Ufersand,
Doch alle Zeit an Natals Strand
Wild flutend schäumt und wühlt?

Du fragst, und da die Frage hört
Der Fischerknabe kaum,
Da richtet er das Auge fest
Dorthin, wo fern sich streckt im West
Der hohe Himmelssaum.

Vom dunklen Auge schweift der Blick
Allzeit nach Westen schwer,
Und zeigt dir so unendlich weit
Des Wassers dunkle Ewigkeit,
Das Meer, und nur das Meer!

Und darum schäumt der Ozean
So wild auf unserem Sand:

Weil Meer ringsum nur weit und breit
Und Wasser, Wasser nur, bis weit
An Madagaskars Strand!

Und manches Opfer reißt hinab
Der Ozean ergrimmt,
Und wie der Schlag der Wellen geht,
Wird mancher letzter Schrei verweht,
Den nur noch Gott vernimmt.

Und manche Hand ward ausgestreckt
Und ragte aus dem Meer,
Als griffe sie zum fernen Strand,
Und da sie keine Stütze fand,
Versank sie matt und schwer!

Und...

Und... und... *ich erinnere mich nicht mehr.*«
»Das ist wieder auffindbar, wenn Sie Krijgsman schreiben, Ihrem Schreiber in Natal. Er hat es aufgehoben«, sagte Verbrugge.
»Wie kommt *er* denn dazu?«, fragte Max.
»Vielleicht aus Ihrem Papierkorb. Aber fest steht, daß er es hat! Folgt dann nicht die Legende des Sündenfalls, die die Insel versinken ließ, welche früher die Reede von Natal beschützte? Die Geschichte von *Djiwa* und den beiden Brüdern?«
»Ja, das stimmt. Die Legende... war keine Legende. Es war eine Parabel, die ich erfand, und die vielleicht in einigen Jahrhunderten zur Legende werden wird, wenn Krijgsman das Ding recht oft

aufsagt. So begannen alle Mythen. *Djiwa* heißt: *Seele*, wie man weiß, *Seele, Geist*, oder etwas ähnliches. Ich machte eine Frau daraus, die unentbehrliche, ungezogene Eva...«

»Nun, Max, wo bleibt unser kleines Edelfräulein mit ihren Perlen?« fragte Tine.

»Die Perlen waren beiseite gelegt worden. Es war sechs Uhr, und dort unter dem Äquator – *Natal* liegt wenige Minuten nördlich. Wenn ich mich über Land nach *Ayer-Bangie* begab, ritt ich über die Linie, oder fast... man konnte geradezu darüber stolpern, wahrhaftig! –, dort war sechs Uhr das Zeichen zum Abendgedanken. Nun finde ich, daß der Mensch am Abend immer etwas besser ist oder eher weniger schelmisch als am Morgen, und das ist natürlich. Morgens nimmt man sich zusammen, man ist... Gerichtsvollzieher oder Kontrolleur oder... nein, das reicht! Ein Gerichtsvollzieher nimmt sich zusammen, um an diesem Tag einmal richtig seiner Pflicht nachzukommen... Gott, und was für einer Pflicht! Wie muß wohl dieses zur Ordnung gerufene Herz aussehen? Ein Kontrolleur – und das sage ich nicht deinetwegen, Verbrugge! –, ein Kontrolleur reibt sich die Augen und scheut sich, dem neuen Resident-Assistenten zu begegnen, der eine lächerliche Überlegenheit nur aufgrund von einigen Dienstjahren mehr beanspruchen will, und von dem er soviel Sonderbares gehört hat... auf Sumatra. Oder er muß an diesem Tag Felder vermessen und fühlt sich hin und her gerissen zwischen seiner Ehrlichkeit – Sie können das nicht in dem Maße wissen, Duclari, weil Sie Soldat sind, aber es gibt tatsächlich ehrliche Kontrolleure! –, dann schwankt er also zwischen Ehrlichkeit und Furcht, daß *Radhen Dhemang* so oder so den Schimmel zurückfordern wird, der so schön im Paß geht. Mit anderen Worten, er muß an diesem Tag entschlossen *ja* oder *nein* sagen als Antwort auf Nachricht Nummer soundsoviel. Kurzum, morgens beim Frühstück drückt einem die Welt aufs Herz, und das ist schwer für ein Herz, auch wenn es stark ist. Aber abends hat man eine Pause. Es liegen zehn volle Stunden zwischen dem Jetzt und dem Augenblick, da man seinen Rock am Morgen wieder sieht. Zehn Stunden: sechsunddreißigtausend Sekunden, um Mensch zu sein! Das lacht jeden an. Dies ist der Augenblick, in dem ich zu sterben hoffe, um mit einem inoffiziellen Gesicht ins Jenseits zu gehen. Dies ist der Augenblick, in dem die Frau in deinem Gesicht etwas von dem wiederfindet, das sie *einfing*, als sie dich das Taschentuch mit einem gekrönten E in der Ecke behalten ließ...«

»Und als sie noch nicht das Recht hatte, verschnupft zu sein«, sagte Tine.

»Ach, necke mich nicht! Ich will nur sagen, daß man abends gemütlicher ist.

Als also die Sonne allmählich verschwand«, fuhr Havelaar fort, »wurde ich ein besserer Mensch. Und als erstes Anzeichen dieser Besserung möge gelten, daß ich zum kleinen Fräulein sagte: ›Es wird nun bald etwas kühler werden.‹

›Ja, *Tuwan*!‹ antwortete sie.

Aber ich ließ mich aus meiner Erhabenheit noch tiefer zu diesem ›Dummchen‹ herab und begann eine Unterhaltung mit ihr. Mein Verdienst war umso größer, da sie nur sehr wenig antwortete. Ich hatte recht in allem, was ich sagte... was auch langweilig wird, selbst wenn man noch so eingebildet ist.

›Würdest du ein nächstes Mal gerne wieder mitfahren nach *Taloh-Baleh*?‹ fragte ich.

›Wie *Tuwan Kommandeur* befiehlt.‹

›Nein, ich frage *dich*, ob *du* so eine Reise angenehm findest?‹

›Wenn mein Vater es gerne hat‹, antwortete sie.

Sagen Sie, meine Herren, war das nicht zum Verrücktwerden? Nun, ich wurde nicht verrückt. Die Sonne war untergegangen und ich fühlte mich gemütlich genug, um von soviel Dummheit noch immer nicht abgeschreckt worden zu sein. Oder besser, ich glaube, daß ich Vergnügen empfand beim Hören meiner eigenen Stimme – es gibt nur wenige unter uns, die sich nicht gerne selbst reden hören –, aber nach meinem anhaltenden Schweigen den ganzen Tag über meinte ich, da ich nun endlich den Mund aufgemacht hatte, etwas Besseres zu verdienen, als diese allzu einfältigen Antworten von *Si Upi Keteh*.

Ich werde ihr ein Märchen erzählen, dachte ich, dann höre ich selbst es gleich, und es ist nicht nötig, daß sie antwortet. Nun weiß man, daß ebenso wie beim Löschen eines Schiffs der zuletzt eingeladene *Krandjang* Zucker als erstes wieder zum Vorschein kommt, auch wir normalerweise den Gedanken oder die Erzählung zuerst löschen, der oder die zuletzt aufgenommen wurde. In der *Tijdschrift van Nederlands Indië* hatte ich kurz zuvor eine Geschichte von Jeronimus gelesen: *Der japanische Steinmetz*...

Hört mal, dieser Jeronimus hat schöne Sachen geschrieben! Habt ihr seine *Versteigerung in einem Sterbehaus* gelesen? Und seine *Gräber*? Und vor allem den *Pedatti*? Ich werde es euch einmal geben.

Ich hatte also unlängst *den japanischen Steinmetz* gelesen. Ach, jetzt erinnere ich mich plötzlich, wie ich mich soeben in dieses Lied verirrt habe, in dem ich das ›dunkle Auge‹ dieses Fischerknaben bis zum Schielen ›umherirren lasse‹ in eine Richtung... ganz komisch! Das war eine Aneinanderreihung von Vorstellungen. Meine Verstörung dieses Tages hing zusammen mit der Gefahr, die von der Natalschen Reede ausging... du weißt, Verbrugge, daß kein Kriegsschiff diese Reede anfahren darf, und vor allem nicht im Juli... ja, Duclari, der Westmonsun ist dort im Juli am heftigsten, gerade umgekehrt wie hier. Nun, die Gefahr dieser Reede verband sich mit meinem gekränkten Ehrgeiz, und dieser Ehrgeiz hängt wiederum zusammen mit diesem Lied über *Djiwa*. Ich hatte dem Residenten wiederholt vorgeschlagen, in *Natal* eine Küstenbefestigung oder zumindest einen künstlichen Hafen in der Flußmündung anzulegen, mit dem Ziel, die Provinz *Natal* für den Handel zu erschließen, da sie die so wichtigen Battahländer mit dem Meer verbindet. Anderthalb Millionen Menschen im Inland wußten nicht wohin mit ihren Produkten, weil die Natalsche Reede – und das zurecht! – so einen schlechten Ruf hatte. Nun denn, die Vorschläge waren vom Residenten nicht genehmigt worden, zumindest behauptete er, daß die Regierung sie nicht genehmigen würde, und es ist bekannt, daß vernünftige Residenten nie etwas vorschlagen, von dem sie sich nicht im voraus ausgerechnet haben, daß es die Zustimmung des Gouvernements finden wird. Der Bau eines Hafens in *Natal* stand im Grunde genommen im Widerspruch zu dem System der Abschottung, das weit davon entfernt war, Schiffe anzulocken; es war sogar verboten – außer im Falle höherer Gewalt – Rahsegelschiffe auf der Reede *zuzulassen*. Wenn nun doch ein Schiff kam – es waren zumeist amerikanische Walfischfänger oder Franzosen, die Pfeffer in den kleinen, unabhängigen Reichen im Norden geladen hatten –, ließ ich mir vom Kapitän immer einen Brief schreiben, in dem er um die Erlaubnis bat, Trinkwasser aufnehmen zu dürfen. Die Verstimmung über das Scheitern meiner Versuche, etwas zum Vorteil *Natals* zu bewirken, oder besser die gekränkte Eitelkeit... war es nicht bitter für mich, noch so wenig zu bedeuten, daß ich nicht einmal einen Hafen bauen lassen konnte, wo ich das wollte? Nun, dies alles im Zusammenhang mit meiner Anwartschaft für die Verwaltung eines Sonnensystems, hatte mich an diesem Tag so unleidlich gemacht. Als ich durch das Untergehen der Sonne etwas kuriert wurde – denn Unzufriedenheit ist eine Krankheit – fiel mir gerade durch diese Krankheit *der japanische Steinmetz* ein, und vielleicht dachte ich nur deshalb diese Geschichte laut, um, während ich mir selbst weismachte, daß ich es nur aus Wohlwollen gegenüber diesem Kind tat, verstohlen den letzten Tropfen des Trankes zu trinken, den ich zu brauchen vermeinte. Aber es, das Kind, kurierte mich – zumindest für einige Tage – besser als meine Erzählung, die in etwa so gewesen sein muß:

›*Upi*, es war einmal ein Mann, der Steine aus dem Felsen schlug. Seine Arbeit war sehr hart, und er arbeitete viel, doch sein Lohn war gering, und er war nicht zufrieden.

Er seufzte, weil seine Arbeit hart war. Und er rief: ach, wenn ich doch reich wäre, um zu ruhen auf einem *Baleh-Baleh* mit *Klambu* aus roter Seide.

Und es kam ein Engel vom Himmel herab und sagte: Es sei, wie du gesagt hast.

Und er war reich. Er ruhte auf einem *Baleh-Baleh*, und die *Klambu* war aus roter Seide.

Und der König des Landes zog vorbei, mit Reitern vor seinem Wagen. Und auch hinter dem Wagen waren Reiter, und man hielt den goldenen *Pajong* über den Kopf des Königs.

Und als der reiche Mann das sah, machte es ihm Kummer, daß ihm kein goldener *Pajong* über den Kopf gehalten wurde. Und zufrieden war er nicht.

Er seufzte und rief: Ich wünschte, König zu sein.

Und es kam ein Engel vom Himmel herab und sagte: Es sei, wie du gesagt hast.

Und er war König. Und vor seinem Wagen ritten viele Reiter, und es waren auch Reiter hinter seinem Wagen, und über den Kopf hielt man ihm den goldenen *Pajong*.

Und die Sonne schien mit heißen Strahlen und versengte das Erdreich, so daß der Grashalm verdorrte.

Und der König klagte, daß die Sonne das Gesicht versenge, und daß sie Macht über ihn habe. Und zufrieden war er nicht.

Er seufzte und rief: Ich wünschte, die Sonne zu sein.

Und es kam ein Engel vom Himmel herab und sagte: Es sei, wie du gesagt hast.

Und er war die Sonne. Und er sandte seine Strahlen nach oben und nach unten, nach links und nach rechts und nach überall.

Und er versengte den Grashalm auf dem Erdreich und das Antlitz der Fürsten, die auf der Erde waren.

Und eine Wolke stellte sich zwischen ihn und die Erde, und die Strahlen der Sonne wurden von ihr zurückgeworfen.

Und er wurde zornig, daß seiner Macht widerstanden wurde, und er klagte, daß diese Wolke mächtiger war als er. Und zufrieden war er nicht.

Er wollte die Wolke sein, die so mächtig war.

Und es kam ein Engel vom Himmel herab und sagte: Es sei, wie du gesagt hast.

Und er wurde eine Wolke und stellte sich zwischen Sonne und Erde und fing die Strahlen ab, so daß das Gras grün wurde.

Und die Wolke regnete in großen Tropfen auf das Erdreich und ließ die Flüsse schwellen, und die *Banjirs* führten ihre Herden fort.

Und er verwüstete durch soviel Wasser das Feld.

Und er fiel herab auf einen Felsen, der nicht weichen wollte, und die Kraft seiner Ströme war eitel. Und zufrieden war er nicht.

Er rief: Diesem Felsen ist mehr Macht gegeben als mir. Ich wünschte, dieser Felsen zu sein.

Und es kam ein Engel vom Himmel herab und sagte: Es sei, wie du gesagt hast.

Und er wurde ein Felsen und regte sich nicht, wenn die Sonne schien, und auch nicht, wenn es regnete.

Und dann kam ein Mann mit Spitzhacke, mit scharfem Meißel und mit schwerem Hammer, der die Steine aus dem Felsen hieb.

Und der Fels sagte: was ist das, daß dieser Mann Macht über mich hat und Steine haut aus meinem Schoß? Und zufrieden war er nicht.

Er rief: Ich bin schwächer als dieser... ich wünschte, dieser Mann zu sein.

Und es kam ein Engel vom Himmel herab und sagte: Es sei, wie du gesagt hast.

Und er war ein Steinmetz. Und er schlug Steine aus dem Fels, in harter Arbeit, und er arbeitete sehr hart für wenig Lohn, und er war zufrieden.‹«

»Sehr nett«, rief Duclari, »aber jetzt sind Sie uns noch den Beweis schuldig, daß die kleine *Upi* schwerelos hätte sein müssen.«

»Nein, ich habe Ihnen diesen Beweis nicht versprochen! Ich wollte nur erzählen, wie ich sie kennenlernte. Als meine Geschichte zu Ende war, fragte ich: ›Und du, *Upi*, was würdest du wählen, wenn ein Engel vom Himmel herunterkäme und dich fragte, was du begehrst?‹

»Gewiß, mein Herr, würde ich ihn bitten, mich mitzunehmen in den Himmel.«

»Ist das nicht entzückend?« fragte Tine ihre Gäste, die es vielleicht sehr komisch fanden...

Havelaar stand auf und verscheuchte etwas von seiner Stirn.

Zwölftes Kapitel

»Lieber Max«, sagte Tine, »unser Dessert ist so dürftig. Würdest du nicht... du weißt schon... Madame Geoffrin?«

»Noch etwas erzählen, anstelle von Gebäck? Lieber Himmel, ich bin schon ganz heiser. Verbrugge ist dran.«

»Ja, Herr Verbrugge! Lösen Sie Max ein wenig ab«, bat Frau Havelaar.

Verbrugge überlegte kurz und begann: »Es war einmal ein Mann, der einen Truthahn stahl...«

»Oh, du Schelm«, rief Havelaar, »das hast du aus *Padang*! Und wie geht es weiter?«

»Es ist zu Ende. Wer kennt den Schluß dieser Geschichte?«

»Nun, *ich!* Ich habe ihn aufgegessen, zusammen mit... jemandem. Weißt du, weshalb ich in *Padang* vom Dienst suspendiert war?«

»Man sagte, es hätte ein Defizit in Ihrer Kasse in *Natal* gegeben«, antwortete Verbrugge.

»Das ist zwar nicht ganz unwahr, doch *wahr* ist es auch nicht. Ich bin in *Natal* aus verschiedenen Gründen sehr nachlässig gewesen in meiner finanziellen Verantwortung, hierüber wäre tatsächlich vieles anzumerken. Aber so etwas passierte in diesen Tagen so oft! Die Zustände im Norden Sumatras waren kurz nach der Eroberung von *Barus*, *Tapus* und *Singkel* so verworren, alles war so unruhig, daß man einem jungen Menschen, der lieber zu Pferd saß, als Geld zu zählen oder Kassenbücher zu führen, nicht übel nehmen konnte, wenn nicht alles so ordentlich und geregelt verlief, wie man es von einem Amsterdamer Buchhalter erwartet, der nichts anderes zu tun hat. Die Battahländer waren in Aufruhr, und du weißt, Verbrugge, daß immer alles, was in den Battahs geschieht, auf das Natalsche zurückfällt. Ich schlief nachts vollständig angekleidet, um rasch an Ort und Stelle zu sein, was auch tatsächlich oft erforderlich war. Zudem hat die Gefahr – einige Zeit vor meiner Ankunft war ein Komplott aufgedeckt worden, meinen Vorgänger zu ermorden und einen Aufstand zu wagen – die Gefahr hat etwas Anziehendes, vor allem, wenn man erst zweiundzwanzig Jahre alt ist. Dieses Anziehende macht einen dann zuweilen ungeeignet für Büroarbeit oder für die exakte Genauigkeit, die für eine gute Verwaltung von Geldangelegenheiten erforderlich ist. Außerdem hatte ich allerlei Flausen im Kopf...«

»Es ist nicht nötig«, rief Frau Havelaar einem Bediensteten zu.

»Was ist nicht nötig?«

»Ich hatte gesagt, man solle in der Küche noch etwas zubereiten... ein Omelett oder so etwas.«

»Ah! Und das ist nicht mehr nötig, da ich jetzt von meinen Flausen rede? Du bist frech, Tine! Mir ist es recht, aber die Herren haben auch eine Stimme. Verbrugge, was wählst du, deinen Anteil am Omelett oder die Geschichte?«

»Das ist eine schwierige Entscheidung für einen höflichen Menschen«, sagte Verbrugge.

»Auch ich würde lieber nicht wählen«, fügte Duclari hinzu, »denn es geht hier um eine Aussprache zwischen der gnädigen Frau und dem gnädigen Herrn, und: *entre l'écorce et le bois, il ne faut pas mettre le doigt.*«

»Ich werde Ihnen helfen, meine Herren, das Omelett ist...«

»Gnädige Frau«, sagte der sehr höfliche Duclari, »das Omelett wird doch bestimmt soviel wert sein wie...«

»Wie die Geschichte? Sicher, *wenn* es etwas wert wäre! Doch es gibt da einen Haken...«

»Ich wette, daß noch kein Zucker im Haus ist«, rief Verbrugge. »Ach, lassen Sie doch bei mir holen, was Sie brauchen!«

»Zucker ist da... von Frau Slotering. Nein, daran fehlt es nicht. Wenn das Omelett übrigens gut wäre, wäre das nicht das Problem, aber...«

»Was denn, gnädige Frau, ist es ins Feuer gefallen?«

»Ich wollte, es wäre so! Nein, es kann nicht ins Feuer fallen. Es ist...«

»Aber Tine«, rief Havelaar, »was ist es denn dann?«

»Es ist gewichtslos, Max, wie die Frauen in Arles... sein sollten! Ich habe kein Omelett... ich habe nichts mehr!«

»Dann in Gottes Namen die Geschichte!« seufzte Duclari mit gespielter Verzweiflung.

»Aber wir haben Kaffee«, rief Tine.

»Gut! Laßt uns auf der Veranda Kaffee trinken und Frau Slotering und die Mädchen dazu einladen«, sagte Havelaar, woraufhin sich die kleine Gesellschaft nach draußen begab.

»Ich vermute, daß sie ablehnen wird, Max! Du weißt, daß sie lieber auch nicht mit uns ißt, und ich kann sie durchaus verstehen.«

»Sie hat bestimmt gehört, daß ich Geschichten erzähle,« sagte Havelaar, »und das hat sie abgeschreckt.«

»Aber nein, Max, das würde ihr nichts ausmachen, sie versteht kein Niederländisch. Nein, sie hat mir gesagt, daß sie weiterhin ihren eigenen Haushalt führen will, und das verstehe ich sehr gut. Weißt du noch, wie du meinen Namen übersetzt hast?«

»*E.H.V.W.: Eigener Herd viel wert.*«

»Eben darum! Und sie hat recht. Außerdem kommt sie mir etwas menschenscheu vor. Denke nur, daß sie alle Fremden, die den Hof betreten, von den Wächtern verjagen läßt...«

»Ich ersuche um die Geschichte oder das Omelett«, sagte Duclari.

»Ich auch!« rief Verbrugge. »Ausflüchte werden nicht angenommen. Wir haben Anspruch auf ein vollständiges Mahl, und darum fordere ich die Geschichte vom Truthahn.«

»Die habe ich Ihnen bereits erzählt«, sagte Havelaar. »Ich hatte das Vieh von General Vandamme gestohlen und es aufgegessen... mit jemand anderem zusammen.«

»Bevor dieser ›Jemand‹ zum Himmel fuhr«, rief Tine schalkhaft.

»Nein, das ist falsches Spiel«, rief Duclari. »Wir müssen wissen, warum Sie diesen Truthahn... weggenommen haben.«

»Nun, weil ich Not litt, und daran war General Vandamme schuld, der mich suspendiert hatte.«

»Wenn ich nicht mehr darüber in Erfahrung bringe, werde ich nächstes Mal selbst ein Omelett mitbringen«, klagte Verbrugge.

»Glauben Sie mir, es steckte wirklich nichts weiter dahinter. Er hatte sehr viele Truthähne, und ich hatte nichts. Man trieb die Tiere an meiner Haustür vorbei... ich nahm eines, und sagte zu dem Mann, der sich einbildete, darauf aufzupassen: ›Sag dem General, daß ich, Max Havelaar, diesen Truthahn nehme, weil ich etwas essen will.‹«

»Und dieses Epigramm?«

»Hat Verbrugge mit Ihnen darüber gesprochen?«

»Ja.«

»Das hatte nichts mit dem Truthahn zu tun. Ich schrieb dieses Gedicht, weil er so viele Beamte suspendierte. Es gab auf *Padang* mindestens sieben oder acht, die er mehr oder weniger zu Recht vorübergehend ihres Amtes enthoben hatte, und viele von ihnen verdienten das weit weniger als ich. Selbst der Resident-Assistent von *Padang* war suspendiert, und zwar aus einem Grund, der, wie ich glaube, ein gänzlich anderer war als im Beschluß angegeben. Ich will Ihnen wohl davon erzählen, auch wenn ich nicht versichern kann, daß ich alles richtig weiß, und nur das nachspreche, was man in der Gerüchteküche in *Padang* für wahr hielt, und was auch – vor allem im Hinblick auf die bekannten Eigenschaften des Generals – wahr gewesen sein *kann*.

Er hatte, müssen Sie wissen, seine Frau geheiratet, um eine Wette zu gewinnen und damit einen Krug Wein. Er ging also abends oft aus, um... überall umherzulaufen. Assessor Valkenaar soll einmal in einer Gasse in der Nähe des Waisenhauses für Mädchen sein Inkognito so peinlichst gewahrt haben, daß er ihm wie ein normaler *Straßenschläger* eine Tracht Prügel gegeben hat. Nicht weit von dort entfernt wohnte *Miss X*. Es kursierte ein Gerücht, daß diese *Miss* einem Kind das Leben geschenkt haben sollte, das... verschwunden war. Der Resident-Assistent war als Oberhaupt der Polizei verpflichtet, und er hatte auch tatsächlich vor, sich um die Angelegenheit zu kümmern, allerdings hat er bei einer Partie Whist beim General von diesem Vorhaben scheinbar etwas verlauten lassen. Und siehe, am nächsten Tag erhält er den Befehl, sich in eine gewisse Provinz zu begeben, deren amtierender Kontrolleur aufgrund erwiesener oder mutmaßlicher Unehrlichkeit suspendiert worden war, um stellvertretend gewisse Dinge zu untersuchen und hierüber ›Bericht zu erstatten‹. Zwar war der Resident-Assistent verwundert darüber, daß ihm eine Angelegenheit aufgetragen wurde, die mit seiner Provinz nicht im geringsten etwas zu tun hatte, aber da er diesen Auftrag genaugenommen als eine ehrenvolle Auszeichnung betrachten konnte und da er zudem mit dem General auf sehr freundschaftlichem Fuße stand, so daß er keinen Anlaß hatte, an eine Falle zu denken, fügte er sich in den Auftrag und begab sich nach... es will mir nicht einfallen, wohin, um zu tun, was ihm befohlen worden war. Nach einiger Zeit kehrt er zurück und legt ein Protokoll vor, das für den Kontrolleur nicht ungünstig war. Doch seht, während dieser Zeit war auf *Padang* von der Öffentlichkeit – das heißt, von niemandem und jedem – entdeckt worden, daß jener Beamte lediglich deshalb suspendiert worden war, um die Gelegenheit zu schaffen, den Resident-Assistenten vom Ort zu entfernen, um seine geplante Untersuchung über das Verschwinden des Kindes zu verhindern oder zumindest auf einen Zeitpunkt zu verschieben, an dem diese Angelegenheit schwieriger zu klären sein würde. Ich wiederhole jetzt, daß ich nicht weiß, ob das stimmte, doch nach der Erfahrung, die ich später mit General Vandamme machte, kommt diese Lesart des Falles mir durchaus glaubwürdig vor. Auf *Padang* gab es niemanden, der ihn – was das Niveau anbelangt, auf das seine Sittlichkeit gesunken war – nicht zu so etwas in der Lage erachtete. Die meisten gestanden ihm lediglich eine gute Eigenschaft zu, die der Unerschrockenheit in der Gefahr, und wenn ich, der ich ihn in Gefahr gesehen habe, der Meinung wäre, er sei *après tout* ein tapferer Mann, würde mich schon allein dies dazu bewegen, diese Geschichte nicht zu erzählen. Es stimmt, er hatte auf Sumatra viele niedersäbeln lassen, doch wer manche Geschehnisse von Nahem gesehen hatte, verspürte die Neigung, seine Tapferkeit etwas weniger hoch einzuschätzen, und, so merkwürdig das auch scheinen mag, ich glaube, daß er seinen Ruhm als Kriegsheld zu einem großen Teil dem Drang zum Gegenteil zu verdanken hatte, das uns alle mehr oder weniger beseelt. Man sagt gerne: es stimmt, daß Peter oder Paul *dies* oder *das* oder *jenes* ist, aber... *das* ist er, *das* muß man ihm lassen! Und nie kann man so sicher sein, gepriesen zu werden, wie wenn man eine sehr ins Auge fallende Schwäche hat. Du, Verbrugge, du bist alle Tage betrunken...«

»Ich?« fragte Verbrugge, der ein Beispiel an Mäßigkeit war.

»Ja, *ich* mache dich jetzt betrunken, alle Tage! Du vergißt dich so sehr, daß Duclari am Abend in der Galerie über dich stolpert. Das wird er unangenehm finden, aber sofort wird er sich erinnern, etwas Gutes in dir gesehen zu haben, das ihm früher nicht aufgefallen war. Und wenn ich dann komme und ich finde dich allzu... *horizontal,* dann wird er mir die Hand auf den Arm legen und ausrufen: ›Ach, glauben Sie mir, er ist ansonsten so ein guter, braver, gescheiter Junge!‹«

»Das sage ich sowieso von Verbrugge«, rief Duclari, »auch wenn er *vertikal* ist.«

»Nicht mit diesem Eifer und nicht mit dieser Überzeugung! Erinnern Sie sich, wie oft man sagen hört: ›oh, wenn *dieser* Mann seine Angelegenheiten beherzigen wollte, das wäre jemand! Aber...‹ Und dann folgt die Erörterung, wie er seine Angelegenheiten eben *nicht* beherzigt und folglich auch *niemand* ist. Ich meine den Grund hierfür zu kennen. Auch von den Toten vernimmt man immer gute Eigenschaften, von denen wir früher nichts bemerkten. Die Ursache wird wohl darin liegen, daß sie niemandem *im Wege sind.* Alle Menschen sind mehr oder weniger Rivalen. Wir würden am liebsten jeden anderen *ganz* und in *allem* unter uns stellen. Dies jedoch zu äußern, verbietet der gute Ton und sogar das Eigeninteresse, denn sehr bald schon würde keiner uns mehr glauben, auch wenn wir etwas Wahres behaupteten. Es muß also ein Umweg gefunden werden, und seht her, wie wir das machen. Wenn Sie, Duclari, sagen: Leutnant Gamasche ist ein guter Soldat, wahrlich, er ist ein guter Soldat, ich kann es nicht oft genug sagen, was für ein guter Soldat dieser Leutnant Gamasche ist... aber ein *Theoretiker* ist er nicht... Haben Sie nicht so gesagt, Duclari?«

»Ich habe nie einen Leutnant Gamasche gekannt oder gesehen?«

»Gut, erschaffen Sie sich einen, und sagen Sie es über ihn.«

»Nun, ich erschaffe ihn und behaupte es.«

»Wissen Sie, was Sie jetzt gesagt haben? Sie haben gesagt, daß Sie, Duclari, sich erschöpfend in der *Theorie* auskennen. Ich bin um kein Haar besser. Glauben Sie mir, wir tun Unrecht, wenn wir so böse werden auf jemanden, der ein sehr schlechter Mensch ist, denn die Guten unter uns sind dem Schlechten so nahe! Wenn wir für die Vollkommenheit Null annehmen, und hundert Grad für das als schlecht geltende, wie falsch handeln wir dann – wir, die wir zwischen acht- und neunundneunzig Grad schwanken! –, indem wir *pfui* rufen über jemanden, der auf hundertundeins steht! Und zudem glaube ich, daß viele diesen hundertsten Grad nur aus einem Mangel an guten Eigenschaften nicht erreichen, an Mut zum Beispiel, um gänzlich das zu sein, was sie sind.«

»Auf wieviel Grad stehe ich, Max?«

»Ich brauche eine Lupe für die Bruchteile, Tine.«

»Ich erhebe Einspruch«, rief Verbrugge – »nein, gnädige Frau, nicht wegen ihrer Nähe zur Null! – nein, aber es wurden Beamte suspendiert, ein Kind ist verschwunden, ein General steht unter Anklage... ich verlange: *la pièce!*«

»Tine, sorge doch bitte dafür, daß wir beim nächsten Mal etwas im Hause haben! Nein, Verbrugge, du bekommst den Beweis nicht, bevor ich nicht noch ein wenig auf meinem Steckenpferd über die Gegensätze geritten habe. Ich sagte, daß jeder Mensch in seinem Mitmenschen einen Konkurrenten sieht. Man darf nicht immer mißbilligen – was ins Auge fallen würde! –, deshalb heben wir gerne eine gute Eigenschaft über die Maßen hervor, um die schlechte Eigenschaft, an deren Offenbarung uns eigentlich gelegen ist, ins Auge fallen zu lassen, ohne den Schein der Voreingenommenheit auf uns zu laden. Wenn jemand sich bei mir beklagt, weil ich gesagt habe: ›seine Tochter ist sehr schön, er aber ist ein Dieb‹ so antworte ich: ›Wie kann man darüber böse sein! Ich habe doch gesagt, daß deine Tochter ein liebes Mädchen ist!‹ Siehst du, dann gewinnt man doppelt! Wir sind beide Kolonialwarenhändler, ich jage ihm die

Kunden ab, die keine Rosinen bei einem Dieb kaufen wollen, und zugleich hält man mich für einen guten Menschen, weil ich die Tochter eines Konkurrenten preise.«

»Nein, so schlimm ist es nicht«, sagte Duclari, »das ist doch etwas kraß!«

»Das kommt Ihnen jetzt so vor, weil ich den Vergleich recht kurz und brüsk gezogen habe. Wir sollten uns dieses ›er ist ein Dieb‹ in abgeschwächter Form vorstellen. Die Aussage des Gleichnisses bleibt wahr. Wenn wir genötigt sind, jemandem gewisse Eigenschaften zuzuerkennen, die einen Anspruch auf Achtung, Ehrfurcht oder Respekt erheben, so ist es uns ein Vergnügen, neben diesen Eigenschaften etwas zu entdecken, das uns vom erforderlichen Zoll zu einem Teil oder sogar ganz entbindet. ›Vor *solch* einem Dichter müßte man sich verneigen, aber... er schlägt seine Frau!‹ Sehen Sie, dann verwenden wir gerne die blauen Flecke dieser Frau als Vorwand, um unseren Kopf erhoben zu halten, und am Ende macht es uns selbst sogar Freude, daß er sie schlägt, was doch sonst sehr häßlich ist. Sobald wir erkennen müssen, daß jemand Eigenschaften besitzt, die ihm der Ehre eines Sockels würdig machen, sobald wir seine Ansprüche darauf nicht länger leugnen können, ohne als unkundig, gefühllos oder eifersüchtig zu gelten... dann sagen wir zuletzt: ›gut, stellt ihn hinauf!‹ Aber bereits beim Aufstellen, und wenn er selbst noch glaubt, daß wir entzückt sind über seine überragenden Qualitäten, haben wir aus dem Strick bereits ein Lasso gemacht, das dazu dienen soll, ihn bei der ersten günstigen Gelegenheit wieder herunterzuholen. Je häufiger ein Wechsel unter den Inhabern der Sockel erfolgt, um so größer ist die Chance für andere, auch einmal hinaufzukommen, und dies ist so zutreffend, daß wir aus Gewohnheit und zur Übung – so wie ein Jäger auf Krähen schießt, die er aber doch liegen läßt – auch *jene* Standbilder gerne stürzen, deren Sockel von uns nie bestiegen werden können. Kappelman, der sich von Sauerkraut und Dünnbier ernährt, sucht Erhebung in der Klage: ›Alexander war nicht groß... er war unmäßig‹, ohne daß für Kappelman die geringste Chance besteht, jemals mit Alexander als Welteroberer konkurrieren zu können.

Wie dem auch sei, ich bin sicher, daß viele nie auf die Idee gekommen wären, Vandamme für so tapfer zu halten, wenn seine Tapferkeit nicht hätte dienen können als Vehikel für das immer hinzugefügte: ›aber... seine Sittlichkeit!‹ Und auch, daß diese Unsittlichkeit nicht so hoch gewertet worden wäre von den vielen, die selbst in dieser Hinsicht nicht so unantastbar waren, wenn man sie nicht zum Aufwiegen seiner berühmten Tapferkeit gebraucht hätte, die so manchem den Schlaf raubte.

Eine Eigenschaft besaß er tatsächlich in hohem Maße: Willenskraft. Was er sich vornahm, mußte geschehen und geschah in der Regel auch. Doch – seht ihr, daß ich sofort wieder einen Gegensatz zur Hand habe? – doch in der Wahl der Mittel war er auch recht... frei und, wie Van der Palm – zu Unrecht, wie ich meine – von Napoleon sagte:

›Hindernisse der Sittlichkeit standen ihm nie im Weg!‹ Nun, dann ist es sicher leichter, sein Ziel zu erreichen, als wenn man sich durch so etwas gebunden fühlt.

Der Resident-Assistent von *Padang* also hatte ein Protokoll erstellt, daß für den suspendierten Kontrolleur günstig war, dessen Suspendierung hierdurch den Anstrich von Ungerechtigkeit bekam. Die Gerüchte in *Padang* dauerten an: man sprach noch immer von dem verschwundenen Kind. Der Resident-Assistent fühlte sich erneut dazu berufen, die Angelegenheit wieder aufzunehmen, aber bevor er etwas hätte aufklären können, erhielt er einen Bescheid, in dem er vom Gouverneur von Sumatras Westküste ›wegen Unehrlichkeit im Amt‹ suspendiert wurde. Es hieß, er habe aus Freundschaft oder Mitleid die Angelegenheit dieses Kontrolleurs wider besseres Wissen in ein falsches Licht gesetzt.

Ich habe die Akten, die diese Sache betreffen, nicht gelesen, aber ich weiß, daß der Resident-Assistent nicht die geringste Beziehung zu dem Kontrolleur hatte, was bereits daraus ersichtlich ist, daß man ausgerechnet *ihn* mit der Untersuchung der Angelegenheit betraut hatte. Ich weiß ferner, daß er eine achtbare Person war, und daß auch die Regierung ihn dafür hielt, was aus der Aufhebung der Suspendierung spricht, nachdem die Angelegenheit außerhalb Sumatras untersucht worden war. Auch dieser Kontrolleur ist später in seiner Ehre vollends rehabilitiert worden. Es war diese Suspendierung, die mir dieses Kurzgedicht ein-

gab, das ich von jemandem, der damals bei ihm
und früher bei mir im Dienst war, auf den Frühstückstisch des Generals legen ließ.

Der wandelnde Suspensbeschluß, der suspendierend uns regiert,
Jan Suspelmann, Gouverneur, der Werwolf unserer Zeit,
Hatte sein Gewissen selbst mit Freude suspendiert...
Wäre es nicht lange Zeit schon vorher längst befreit.«

»Nehmen Sie es mir nicht übel, Herr Havelaar, ich finde, daß sich so etwas nicht schickt«, sagte Duclari.

»Ich auch... aber ich mußte doch wenigstens *etwas* tun! Stellen Sie sich vor, daß ich kein Geld hatte, nichts empfing, und von Tag zu Tag befürchtete, vor Hunger zu sterben, was auch fast passiert wäre. Ich hatte kaum oder keine Beziehungen auf *Padang*, und außerdem hatte ich dem General geschrieben, daß *er* verantwortlich wäre, wenn ich umkommen würde vor Elend, und daß ich von niemandem Hilfe annehmen würde. Im Landesinneren waren Leute, die, als sie erfuhren, wie es um mich bestellt war, mich einluden, zu ihnen zu kommen, aber der General verbot, mir einen Paß dorthin auszustellen. Ich durfte auch nicht nach Java abreisen. Überall sonst hätte ich mich durchschlagen können, vielleicht auch dort, wenn man sich nicht so sehr vor dem mächtigen

General gefürchtet hätte. Es schien sein Plan zu sein, mich verhungern zu lassen. Das hat neun Monate gedauert!«

»Und wie haben Sie sich so lange über Wasser gehalten? Oder hatte der General viele Truthähne!«

»Oh ja! Aber das half mir nicht weiter... so etwas tut man nur einmal, nicht wahr? Was ich in dieser Zeit machte? Ach... ich machte Verse, schrieb Komödien... und anderes mehr.«

»Und konnten Sie dafür auf *Padang* Reis kaufen?«

»Nein, aber den habe ich dafür auch nicht verlangt. Ich erzähle lieber nicht, wie ich gelebt habe.«

Tine drückte ihm die Hand. *Sie* wußte es.

»Ich habe einige Zeilen gelesen, die Sie in jenen Tagen auf die Rückseite einer Rechnung geschrieben haben sollen«, sagte Verbrugge.

»Ich weiß, was du meinst. Diese Zeilen skizzieren meine Lage. Es gab in diesen Tagen eine Zeitschrift, *de Kopiist*, die ich abonniert hatte. Sie stand unter dem Schutz der Regierung – der Redakteur war Beamter im allgemeinen Sekretariat – und deshalb wurden die Gelder für die Abonnements in die Landeskasse eingezahlt. Man offerierte mir eine Bezahlung über zwanzig Gulden. Da dieses Geld im Büro des Gouverneurs ausgehandelt werden mußte, und die Rechnung, wenn sie unbezahlt bliebe, diese Büros durchlaufen mußte, um nach Batavia zurückgeschickt zu werden, nutzte ich die Gelegenheit, um auf der Rückseite dieser Rechnung gegen meine Armut zu protestieren:

Vingt florins... quel trésor! Adieu, littérature,
Adieu, Copiste, adieu! Trop malheureux destin:
Je meurs de faim, de froid, d'ennui et de chagrin,
Vingt florins font pour moi deux mois de nourriture!
Si j'avais vingt florins je serais mieux chaussé,
Mieux nourri, mieux logé, j'en ferais bonne chère...
Il faut vivre avant tout, soit vie de misère:
Le crime fait la honte, et non la pauvreté!

Als ich aber später in Batavia der Redaktion des *Kopiist* meine zwanzig Gulden brachte, war ich nichts schuldig. Es scheint, daß der General selbst dieses Geld für mich bezahlt hat, um nicht gezwungen zu sein, die illustrierte Rechnung nach Batavia zurückzuschicken.«

»Aber was tat er nach dem, nach dem... Wegnehmen dieses Truthahns? Es war doch... Diebstahl! Und nach diesem Epigramm?«

»Er strafte mich schrecklich! Hätte er mich für diese Sachen vor Gericht gestellt als schuldig des Ungehorsams gegenüber dem Gouverneur von Sumatras Westküste, was in diesen Tagen mit etwas gutem Willen als ›*Versuch der Untergrabung der niederländischen Herrschaft und Anstiftung zum Aufstand*‹ hätte ausgelegt werden können oder schuldig des ›*Diebstahls auf öffentlicher Straße*‹, so hätte er bewiesen, ein Mensch mit gutem Herzen zu sein. Aber nein, er strafte mich härter... schrecklich. Dem Mann, der auf die Truthähne aufpassen sollte, befahl er, künftig einen anderen Weg zu nehmen. Und mein Kurzgedicht... ach, das ist noch schlimmer! Er sagte *nichts* und tat *nichts*! Sehen Sie, das war grausam! Er gönnte mir nicht den geringsten Anflug von Märtyrertum, ich wurde nicht wichtig durch Verfolgung und durfte nicht unglücklich sein durch meinen großen Scharfsinn! Oh, Duclari... oh, Verbrugge... es war, um ein für allemal die Nase voll zu haben von Kurzgedichten und von Truthähnen! So wenig Ermutigung löscht die Flamme des Genies bis auf den letzten Funken... und; ich habe es nie wieder getan!«

Dreizehntes Kapitel

»Und darf man jetzt erfahren, warum Sie eigentlich suspendiert wurden?« fragte Duclari.

»Oh ja, gerne! Denn da alles, was ich Ihnen hierüber zu sagen habe, wahr ist und ich es teilweise sogar beweisen kann, werden Sie daraus schließen, daß ich nicht leichtfertig handelte, als ich meine Geschichte über das verschwundene Kind, den Klatsch in *Padang* nicht als völlig abwegig verworfen habe. Man wird sie sehr glaubhaft finden, sobald man unseren tapferen General in Angelegenheiten, die *mich* betreffen kennenlernt.

Es waren also bei meiner Kassenrechnung in *Natal* Ungenauigkeiten und Versäumnisse aufgetreten. Sie wissen, wie Ungenauigkeit einem zum Nachteil gereicht: nie hat man durch Nachlässigkeit Geld übrig. Der Chef der Finanzbehörde in *Padang* – der nun nicht gerade mein besonderer Freund war – behauptete, daß Tausende fehlten. Man beachte aber, daß man mich, solange ich in *Natal* war, nicht darauf aufmerksam gemacht hatte. Völlig unerwartet erhielt ich eine Versetzung in das Padangsche Hochland. Du weißt, Verbrugge, daß auf Sumatra eine Versetzung in das Hochland von *Padang* als vorteilhafter und angenehmer betrachtet wird als in die nördliche Residenz. Da ich erst wenige Monate zuvor den Gouverneur bei mir gesehen hatte – sogleich werden Sie erfahren, weshalb und wie! – und weil während seines Aufenthaltes in *Natal* und sogar in meinem Haus Dinge vorgefallen waren, bei denen ich meinte, mich schon sehr tapfer gehalten zu haben, faßte ich diese Versetzung als eine Auszeichnung auf und machte mich auf den Weg von *Natal* nach *Padang*. Ich machte diese Reise mit einem französischen Schiff, der *Baobab* aus Marseille, das in Atjeh Pfeffer geladen und... in *Natal* natürlich ›Mangel an Trinkwasser‹ hatte. Sobald ich in *Padang* ankam, mit dem Ziel, mich von da aus sofort ins Landesinnere zu begeben, wollte ich, wie es Brauch und Pflicht war, den Gouverneur besuchen, aber er ließ mir ausrichten, daß er mich nicht empfangen könne und daß ich meine Abreise zu meinem neuen Standort bis auf weitere Befehle verschieben solle. Sie verstehen, daß ich darüber sehr verwundert war, vor allem, da er mich in *Natal* in einer Stimmung verlassen hatte, die mich glauben ließ, daß ich recht gut bei ihm gelitten war. Ich hatte nur wenige Bekannte in *Padang*, aber von diesen wenigen vernahm ich – oder besser, ich merkte es ihnen an –, daß der General sehr verstimmt über mich war. Ich sage, daß ich es *bemerkte*, weil man auf einem Außenposten, wie *Padang* damals einer war, das Wohlwollen vieler als Gradmesser der Gunst nehmen konnte, die man in den Augen des Gouverneurs gefunden hatte. Ich spürte, daß ein Sturm heraufzog, ohne zu wissen, aus welcher Richtung der Wind wehen würde. Da ich Geld brauchte, bat ich diesen und jenen, mir auszuhelfen, und ich war wirklich erstaunt, daß man mir überall eine ablehnende Antwort gab. Auf *Padang*, nicht weniger als anderenorts in Niederländisch-Ostindien, wo im allgemeinen der Kredit sogar eine *zu* große Rolle spielt, war die Stimmung diesbezüglich sonst recht großzügig. Man hätte auf jeden Fall mit Vergnügen einem Kontrolleur auf Reisen, der wider Erwarten aufgehalten wurde, einige hundert Gulden vorgestreckt. Doch mir versagte man jede Hilfe. Ich drängte bei manchen darauf, die Gründe für dieses Mißtrauen zu nennen, und *de fil en aiguille* erfuhr ich, daß man in meiner finanziellen Führung in *Natal* Fehler und Versäumnisse entdeckt hatte, die mich der Veruntreuung verdächtig machten. Daß Fehler in meiner Administration vorgekommen waren, wunderte mich nicht im geringsten. Gerade das Gegenteil hätte mich gewundert, allerdings fand ich es sonderbar, daß der Gouverneur, der persönlich Zeuge gewesen war, wie ich ständig weit von meinem Büro entfernt mit der Unzufriedenheit der Bevölkerung und den anhaltenden Versuchen zum Aufstand zu kämpfen gehabt hatte... daß er, der mich selbst für das gelobt hatte, was er als ›Tatkraft‹ bezeichnete, den entdeckten Fehlern als Untreue oder Unehrlichkeit bezeichnete. Niemand konnte doch besser wissen als er, daß in diesen Angelegenheiten nie die Rede von etwas anderem als von höherer Gewalt sein konnte.

Und, auch wenn man diese höhere Gewalt leugnete, und wenn man mich für Fehler verantwortlich machen wollte, die in Augenblicken gemacht wurden, in denen ich – oft in Lebensgefahr! – weit entfernt von der Kasse und allem was damit zusammenhing, und die Verwaltung darüber anderen anvertrauen mußte, und wenn man fordern würde, daß ich, während ich das eine tat, das andere nicht hätte lassen dürfen, auch dann wäre ich nur einer Nachlässigkeit schuldig gewesen, die nichts mit ›Veruntreuung‹ zu tun hatte. Zudem gab es vor allem in jenen Tagen zahlreiche Beispiele dafür, daß die Regierung die schwierige Lage der Beamten auf Sumatra einsah, und es schien auch im Prinzip üblich geworden zu sein bei solchen Gelegenheiten milder zu urteilen. Man begnügte sich damit, von den betreffenden Beamten die Rückzahlung des fehlenden Betrags zu fordern, und es mußten schon sehr deutliche Beweise vorliegen, bevor man das Wort ›Veruntreuung‹ aussprach oder gar nur daran dachte. Dies war bereits so sehr zur Regel geworden, daß ich in *Natal* dem Gouverneur selbst gesagt hatte, daß ich befürchtete, nach der Untersuchung meiner Verantwortung in dem Büro in *Padang* viel bezahlen zu müssen, woraufhin dieser achselzuckend antwortete: ›Ach... diese Geldangelegenheiten!‹ als empfinde er selbst, daß das Unwichtige dem Wichtigen weichen müsse.

Nun gebe ich zu, daß Geldangelegenheiten wichtig sind. Aber wie wichtig auch immer, sie waren in diesem Fall anderen Bereichen der Sorge und Arbeit untergeordnet. Wenn durch Nachlässigkeit oder Versäumnis einige Tausende in meiner Kasse fehlten, nenne ich das *an sich* keine Kleinigkeit. Aber wenn diese Tausende fehlten als

Folge meiner gelungenen Versuche, den Aufstand zu verhindern, der den Landstrich *Mandhéling* in Schutt und Asche zu legen und die Atjinesen zurück in die Gebiete zu treiben drohte, aus denen wir sie erst mit hohem finanziellen Aufwand und unter großen Opfern vertrieben hatten, dann zerfällt das Gewicht eines solchen Mangels, und es würde sogar schon nicht mehr redlich sein, jemandem die Rückzahlung davon aufzuerlegen, der unendlich größere Interessen gerettet hatte.

Und dennoch war ich für eine solche Rückzahlung. Denn wenn sie nicht gefordert würde, würde man der Unehrlichkeit Tür und Tor öffnen.

Nach Tagen des Aufenthalts – es ist wohl klar, in welcher Stimmung! – erhielt ich vom Sekretariat des Gouverneurs einen Brief, in dem man mir zu verstehen gab, daß ich der Veruntreuung verdächtigt würde, und den Auftrag, mich für viele Vorwürfe, die meine Zuständigkeit betrafen, zu verantworten. Einige von ihnen konnte ich sofort klären. Für andere brauchte ich gleichwohl Einsicht in bestimmte Unterlagen, und vor allem war es für mich wichtig, diesen Angelegenheiten in *Natal* selbst nachzugehen, um bei meinen Untergebenen nach den Ursachen für die gefundenen Unstimmigkeiten zu forschen und wahrscheinlich hätte ich dort Erfolg gehabt mit meinen Versuchen, alles aufzuklären. Das Versäumnis einer Abbuchung beispielsweise von nach *Mandhéling* geschickten Geldern – du weißt, Verbrugge, daß die Truppen im Landesinneren aus der Natalschen Kasse bezahlt werden – oder etwas ähnliches, das mir höchstwahrscheinlich sogleich klar gewesen wäre, wenn ich die Nachforschungen an Ort und Stelle hätte anstellen können, hatte vielleicht zu diesen ärgerlichen Fehlern Anlaß gegeben. Aber der General wollte mich nicht nach *Natal* abreisen lassen. Diese Weigerung bewirkte, daß mir die merkwürdige Art und Weise, in der die Beschuldigung der Veruntreuung gegen mich erhoben worden war, umso bewußter wurde. Warum war ich denn so unerwartet aus *Natal* weg versetzt worden, und zwar unter dem Verdacht der Veruntreuung? Warum teilte man mir diese schändliche Vermutung erst mit, als ich weit von dem Ort entfernt war, an dem ich die Möglichkeit gehabt hätte, mich zu rechtfertigen? Und vor allem, warum war bei mir diese Angelegenheit sofort ins ungünstigste Licht gerückt worden, was der allgemeinen Gewohnheit und der Redlichkeit zuwiderlief?

Bevor ich noch all diese Vorwürfe, so gut mir das ohne Archiv oder mündliche Informationen möglich war, beantwortet hatte, vernahm ich über Dritte, daß der General deshalb so schlecht auf mich zu sprechen sei: ›*weil ich ihm in Natal so entgegengewirkt hätte, womit ich auch,*‹ fügte man hinzu, ›*sehr falsch gehandelt hätte.*‹

Und dann ging mir ein Licht auf. Ja, ich hatte ihm entgegengewirkt, aber nur in der naiven Vorstellung, daß er mich dafür achten würde! Ich hatte ihm entgegengewirkt, aber bei seiner Abreise hatte mich nichts vermuten lassen, daß er darüber verstimmt wäre! Dummerweise hatte ich die vorteilhafte Versetzung nach *Padang* als Beweis genommen, daß ihm mein ›Entgegenwirken‹ gefallen hatte. Sie werden sehen, wie wenig ich ihn damals kannte.

Sobald ich jedoch erfuhr, daß dies die Ursache für die Schärfe war, mit der man meine finanzielle Verwaltung beurteilt hatte, hatte ich Frieden mit mir selbst. Ich beantwortete Punkt für Punkt so gut ich konnte und beendete meinen Brief – ich besitze davon noch die Urschrift – mit den Worten:

›Ich habe die meinen Amtsbereich betreffenden Vorwürfe so gut es mir ohne Archiv oder Nachforschungen vor Ort möglich war beantwortet. Ich ersuche Sie, Hochwohlgeboren, mich mit jeder wohlwollenden Konsideration verschonen zu wollen. Ich bin jung und unbedeutend im Vergleich zur Macht der herrschenden Auffassungen, gegen die meine Grundsätze mich nötigen, mich zu erheben, bleibe aber nichtsdestotrotz stolz auf meine sittliche Unabhängigkeit, stolz auf meine Ehre.‹

Am nächsten Tag wurde ich wegen ›untreuer Amtsführung‹ suspendiert. Dem Staatsanwalt – wir sagten seinerzeit noch Fiskal – wurde aufgetragen, hinsichtlich meiner Person seines Amtes zu walten.

Und so stand ich also da in *Padang*, kaum dreiundzwanzig Jahre alt, und sah einer Zukunft entgegen, die mir Ehrlosigkeit bringen würde! Man riet mir, mich auf meine Jugend zu berufen – ich war noch nicht volljährig, als die mir angelasteten Vergehen stattgefunden hatten – aber das wollte ich nicht. Ich hatte schon zuviel nachgedacht und gelitten, und... ich wage zu sagen: zuviel bereits gearbeitet, als daß ich mich hinter meiner Jugend verbergen würde. Sie sehen aus dem eben zitierten Schluß dieses Briefes, daß ich nicht wie ein Kind behandelt werden wollte, ich, der ich in *Natal* gegenüber dem General meine Pflicht erfüllt hatte wie ein Mann. Und außerdem können Sie aus dem Brief ersehen, wie unbegründet die Beschuldigungen waren, die man gegen mich erhob. Wahrlich, wer niederer Vergehen schuldig ist, der schreibt anders!

Man nahm mich nicht fest, und dies hätte doch geschehen müssen, wenn es mit diesem kriminellen Verdacht ernst gewesen wäre. Vielleicht jedoch war dieses scheinbare Versäumnis nicht unbegründet. Dem Gefangenen ist man schließlich Unterhalt und Nahrung schuldig. Da ich *Padang* nicht verlassen konnte, war ich in Wirklichkeit dennoch ein Gefangener, aber ein Gefangener ohne Obdach und ohne Brot. Ich hatte dem General zwar wiederholt, jedoch immer ohne Erfolg geschrieben, daß er mich nicht an meiner Abreise aus *Padang* hindern dürfe, da nämlich, auch wenn ich des Allerschlimmsten schuldig wäre, kein Verbrechen mit *Hungern* bestraft werden dürfe.

Nachdem der Justizrat, der offenbar um die Angelegenheit verlegen war, den Ausweg gefunden hatte, sich für nicht zuständig zu erklären, da die Verfolgung eines Vergehens im Amt nicht stattfinden durfte, außer durch Bevollmächtigung durch die Regierung in *Batavia*, hielt mich der General, wie ich schon sagte, neun Monate in *Padang* fest. Und endlich erhielt er von höherer Stelle den Befehl, mich nach *Batavia* abreisen zu lassen.

Als ich einige Jahre später etwas Geld hatte – liebe Tine, *du* hattest es mir gegeben! –, bezahlte ich einige Tausend Gulden, um die Natalschen Kassenrechnungen von 1842 und 1843 zu begleichen, dann sagte mir jemand, der als Vertreter der Regierung von Niederländisch-Ostindien angesehen werden darf: ›An Ihrer Stelle hätte ich das nicht getan... ich hätte einen Wechsel auf die Ewigkeit gegeben.‹ *Ainsi va le monde!*«

Gerade wollte Havelaar mit der Geschichte anfangen, die seine Gäste von ihm erwarteten und die erklären würde, inwiefern er General Vandamme in *Natal* so ›entgegengewirkt‹ hatte, als Frau Slotering sich auf der Veranda ihres Hauses zeigte und den Wachmann zu sich winkte, der neben Havelaars Haus auf einer Bank saß. Dieser begab sich zu ihr und rief daraufhin einem Mann etwas zu, der soeben das Grundstück betreten hatte, wahrscheinlich in der Absicht, sich in die Küche zu begeben, die hinter dem Haus gelegen war. Unsere Gesellschaft hätte dem vielleicht keine Beachtung geschenkt, wenn nicht Tine an diesem Nachmittag bei Tisch gesagt hätte, daß Frau Slotering so scheu sei und eine Art Aufsicht über jeden, der den Grund betrat, zu führen scheine. Man sah den Mann, der vom Wachmann gerufen worden war, zu ihr gehen, und es schien, als unterzöge sie ihn einem Verhör, das nicht zu seinem Vorteil ausging. Zumindest machte er kehrt und ging hinaus.

»Es tut mir schon leid«, sagte Tine. »Das war vielleicht jemand, der Hühner verkaufen wollte, oder Gemüse. Ich habe noch nichts im Haus.«

»Nun, laß doch dafür jemanden schicken«, antwortete Havelaar. »Du weißt, daß die einheimischen Damen gerne kommandieren. Ihr Mann war früher die erste Person hier, und so wenig ein Resident-Assistent eigentlich bedeutet, in seiner Provinz ist er ein kleiner König; sie hat sich noch nicht an diese Entthronung gewöhnt. Laß uns der armen Frau dieses kleine Vergnügen nicht nehmen. Tue einfach so, als würdest du es nicht bemerken.«

Dies nun fiel Tine nicht schwer: *sie* liebte das Kommandieren nicht.

Es ist nötig, hier etwas abzuschweifen, und ich möchte sogar einmal über Abschweifungen abschweifen. Es fällt einem Schriftsteller manchmal nicht leicht, genau zwischen den zwei Klippen des Zuviel oder Zuwenig hindurchzusegeln, und diese Schwierigkeit wird umso größer, wenn man Zustände beschreibt, die den Leser in unbekannte Gefilde versetzen müssen. Es besteht ein zu enger Zusammenhang zwischen Orten und Geschehnissen, als daß man gänzlich auf die Beschreibung dieser Orte verzichten könnte, und das Umsegeln der beiden Klippen, welche ich vorhin meinte, wird doppelt schwierig für jemanden, der Niederländisch-Ostindien zum Schauplatz seiner Erzählung gewählt hat. Denn wo ein Schriftsteller die europäischen Verhältnisse behandelt, kann er viele Dinge als bekannt voraussetzen. Dagegen muß er, der sein Stück in Niederländisch-Ostindien spielen läßt, sich fortwährend fragen, ob der nicht ortskundige Leser diesen oder jenen Umstand richtig auffassen wird? Wenn der europäische Leser sich von Frau Slotering vorstellt, daß sie vorübergehend bei den Havelaars wohnt, wie dies in Europa der Fall wäre, muß es ihm unverständlich vorkommen, daß sie bei der Gesellschaft, welche den Kaffee auf der Veranda trank, nicht anwesend war. Ich habe bereits gesagt, daß sie ein gesondertes Haus bewohnte, doch zum besseren Verständnis hiervon und auch zum Verständnis der späteren Geschehnisse, ist es in der Tat notwendig, daß ich Havelaars Haus und Hof einigermaßen genau schildere.

Die Beschuldigung, die so oft gegen den großen Meister, der die *Waverley* schrieb, vorgebracht wird, er treibe so oft Mißbrauch mit der Geduld seiner Leser, indem er den Ortsbeschreibungen zuviel Raum widme, kommt mir begründet vor, und ich glaube, daß man sich zur Beurteilung der Richtigkeit eines solchen Vorwurfs einfach die Frage vorlegen sollte: war diese Beschreibung notwendig für das richtige Erfassen des Eindrucks, den der Autor Ihnen mitteilen wollte? Wenn ja, so nehme man es ihm nicht übel, daß er von Ihnen die Mühe erwartet zu *lesen*, was er sich die Mühe machte zu *schreiben*. Wenn nicht, so werfe man das Buch fort. Denn der Autor, der unbedarft genug ist, auch *ohne Grund* die Topografie zu beschreiben für genauere Vorstellungen, wird selten die Mühe des Lesens lohnen, auch da nicht, wo schließlich seine Ortsbeschreibung endet. Man vergesse aber nicht, daß das Urteil des Lesers über die vorhandene oder nicht vorhandene Notwendigkeit einer Abweichung oftmals falsch ist, weil er vor der Katastrophe noch nicht wissen kann, was erforderlich oder nicht erforderlich wird bei der allmählichen Entwicklung des Geschehens. Und wenn er nach der Katastrophe das Buch wieder aufnimmt – von Büchern, die man nur einmal liest, rede ich nicht – und sogar dann noch meint, daß auf diese oder jene Abschweifung ohne Schaden für den Eindruck des Ganzen durchaus hätte verzichtet werden können, so bleibt immer noch die Frage, ob er vom Ganzen denselben Eindruck bekommen hätte, wenn nicht der Autor ihn in mehr oder weniger kunstvoller Weise gerade durch die Abschweifungen, die dem oberflächlich urteilenden Leser überflüssig vorkommen, dazu gebracht hätte.

Meinen Sie, daß Amy Robsarts Tod Sie so treffen würde, wenn Sie ein Fremder wären in den Hallen von Kenilworth? Und glauben Sie, daß es keinen Zusammenhang gibt – Zusammenhang durch Gegensätze – zwischen der reichen Kleidung, in der sich der unwürdige Leicester ihr zeigte, und der Schwärze seiner Seele? Spüren Sie nicht, daß Leicester – jeder weiß das, der den Mann aus anderen Quellen als aus dem Roman allein kennt –, daß er unendlich viel niedriger stand als er im *Kenilworth* beschrieben wird? Aber der große Romanautor, der lieber fesselte durch kunstvolle Abstufung der Farben als durch breites

Auftragen der Farbe, erachtete es unter seiner Würde, den Pinsel in all den Schlamm und all das Blut zu tauchen, das an dem unwürdigen Günstling Elisabeths klebte. Er wollte nur einen Punkt in diesem Pfuhl voller Schmutz zeigen, verstand es aber, solche Punkte ins Blickfeld zu rücken durch die Farbtöne, die er in seinen unsterblichen Schriften neben diesen anbrachte. Wer nun meint, all dieses daneben gelegte als überflüssig verwerfen zu können, verliert gänzlich aus den Augen, daß man dann, um Wirkung zu erzielen, zu der Schule übergehen müßte, die seit 1830 solange in Frankreich ihre Blüte gehabt hat, obgleich ich zu Ehren dieses Landes sagen muß, daß die Schriftsteller, welche in dieser Hinsicht am meisten gegen den guten Geschmack verstießen, gerade im Ausland und nicht in Frankreich selbst den größten Anklang fanden. Diese Schule – ich hoffe und glaube, daß sie verblüht ist – pflegte einfach mit voller Hand in Pfützen von Blut zu greifen und damit große Flecke auf das Gemälde zu werfen, auf daß man sie aus der Ferne sehen könne! Sie sind natürlich auch mit weniger Kraftanstrengung zu malen, diese groben Streifen in Rot und Schwarz, als die feinen Züge zu pinseln, die im Kelch einer Lilie zu sehen sind. Deshalb auch wählte diese Schule meistens Könige als Helden ihrer Geschichten, am besten aus der Zeit, als die Völker noch unmündig waren. Siehe, die Trauer des Königs übersetzt man auf dem Papier in Volksgeheule... *sein* Zorn bietet dem Schriftsteller die Gelegenheit zum Töten Tausender auf dem

Schlachtfeld... *seine* Fehler geben Raum für das Malen von Hungersnot und Pest... das alles gibt den groben Pinseln Arbeit! Wenn Sie nicht betroffen sind vom stummen Elend der Leiche, die daliegt, so ist in meiner Geschichte Platz für ein Opfer, das noch zuckt und schreit! Haben Sie nicht geweint bei der Mutter, die vergebens ihr Kind sucht... nun, ich zeige Ihnen eine andere Mutter, die sieht, wie ihr Kind gevierteilt wird! Bleiben Sie unempfindlich beim Foltertod dieses Mannes... ich vervielfache ihr Gefühl hundertmal, indem ich neunundneunzig andere Männer neben ihm foltern lasse! Sind Sie verstockt genug, daß Ihnen nicht graut beim Anblick des Soldaten, der in einer belagerten Festung vor Hunger seinen linken Arm verschlingt...

Epikureer! Ich schlage Ihnen vor, folgendes zu kommandieren: Rechts und links, im Kreis, schwenkt! Jeder esse den linken Arm seines rechten Nebenmannes... marsch!

Ja, so geht das Elend der Kunst über in Unfug... was ich im Vorübergehen beweisen wollte.

Und dem würde man doch verfallen, wenn man einen Schriftsteller zu schnell verurteilen würde, der Sie behutsam auf seine Katastrophe vorbereiten wollte, ohne seine Zuflucht in schreienden Farben zu suchen.

Die Gefahr auf der anderen Seite ist gleichwohl noch größer. Sie verachten die Versuche der groben Dichtung, die meint, mit solch brutalen Waffen auf Ihr Gemüt einstürmen zu müssen, aber... wenn der Schriftsteller ins andere Extrem verfällt, wenn er sündigt durch *zuviele* Abschweifungen von der Hauptsache, durch *zuviel* Pinsel-Manieriertheit, dann ist Ihr Zorn noch stärker, und das mit Recht. Denn dann hat er Sie gelangweilt, und das ist unverzeihlich.

Wenn wir zusammen einen Spaziergang machen, und Sie weichen immer wieder vom Weg ab und rufen mich ins Unterholz allein mit dem Ziel, den Spaziergang in die Länge zu ziehen, so finde ich das unangenehm, und ich nehme mir vor, in Zukunft alleine zu gehen. Aber wenn Sie mir da eine Pflanze zeigen wollen, die ich nicht kannte, oder an der es etwas zu sehen gibt, das früher meiner Aufmerksamkeit entgangen war... wenn Sie mir von Zeit zu Zeit eine Blume zeigen, die ich gerne pflücke und im Knopfloch mit mir nehme, dann vergebe ich Ihnen dieses Abweichen vom Weg, ja, dafür bin ich dankbar.

Und, sogar ohne Blume oder Pflanze, sobald Sie mich an Ihre Seite rufen, um mir durch die Bäume den Pfad zu zeigen, den wir nachher betreten werden, der aber jetzt noch weit vor uns in der Tiefe liegt und sich wie ein kaum erkennbarer Strich durch das Feld dort unten schlängelt... auch dann nehme ich Ihnen die Abweichung nicht übel. Denn wenn wir endlich so weit gekommen sein werden, werde ich wissen, wie sich unser Weg durch das Gebirge geschlängelt hat, was die Ursache dafür ist, daß wir die Sonne, die soeben noch dort stand, jetzt links von uns haben, weshalb der Hügel nun hinter uns liegt, dessen Spitze wir vorher vor uns sahen... siehe Sie, dann haben Sie mir durch diese Abweichung das *Verstehen* meines Spaziergangs erleichtert, und Verstehen ist Genuß.

Ich, lieber Leser, habe Sie in meiner Geschichte oft auf der großen Straße gelassen, obwohl es mich Mühe kostete, Sie nicht ins Gestrüpp zu führen. Ich fürchtete, daß der Spaziergang Sie traurig machen würde, weil ich nicht wußte, ob Sie Sinn haben würden für die Blumen und Pflanzen, die ich Ihnen zeigen wollte. Aber da ich glaube, daß es Ihnen später gefallen wird, den Pfad gesehen zu haben, den wir nachher betreten werden, fühle ich mich nun veranlaßt, Ihnen etwas über Havelaars Haus zu sagen.

Es wäre falsch, sich von einem Haus in Niederländisch-Ostindien eine Vorstellung nach europäischen Begriffen zu machen und dabei an eine Steinmasse von aufeinandergestapelten Zimmern und Zimmerchen mit einer Straße davor zu denken, rechts und links Nachbarn, deren Hausgötter sich an unsere lehnen, und einem kleinen Garten mit drei Johannisbeersträuchern dahinter. Bis auf wenige Ausnahmen haben die Häuser in Niederländisch-Ostindien keine Stockwerke. Dies kommt dem europäischen Leser merkwürdig vor, denn es ist eine Eigenheit der Zivilisation – oder was man als solche bezeichnet – alles merkwürdig zu finden, was natürlich ist. Die Häuser dort sind ganz anders als die unsrigen, aber dennoch sind nicht *sie* merkwürdig, *unsere* Häuser sind merkwürdig. Wer sich als erster den Luxus erlauben konnte, nicht mit seinen Kühen in einem Raum zu schlafen, der baute das zweite Zimmer nicht *auf,* sondern *neben* das erste, denn das Bauen ist zu ebener Erde einfacher und macht auch das Bewohnen bequemer. Unsere hohen Häuser sind aus einem Mangel an Platz entstanden: wir suchen in der Höhe, was am Boden fehlt, und so ist jedes Dienstmädchen, das am Abend das Fenster des Dachzimmers, in dem sie schläft, schließt, ein lebendiger Protest gegen die Überbevölkerung... obwohl sie selbst an etwas anderes denkt, was ich wohl glauben will.

In Ländern also, in denen Zivilisation und Überbevölkerung noch nicht durch Verdichtung von unten die Menschheit nach oben getrieben haben, sind die Häuser ebenerdig, und das der Havelaars gehörte nicht zu den wenigen Ausnahmen von dieser Regel. Beim Eintreten... doch nein, ich möchte einen Beweis dafür liefern, daß ich auf jeden Anspruch des Malerischen verzichte. *Gegeben ist*: ein längliches Viereck, das in zweiundzwanzig Quadrate aufgeteilt wird, drei nebeneinander, sieben hintereinander. Wir nummerieren die Quadrate und fangen von der linken oberen Ecke an nach rechts zu zählen, so daß 4 unter 1 kommt, 5 unter 2 undsoweiter.

Die ersten drei Nummern zusammen bilden die Veranda, die nach drei Seiten hin offen ist und deren Dach an der Vorderseite auf Säulen ruht. Von dort aus betritt man durch zwei Doppeltüren die Innenveranda, welche von den drei nächsten Quadraten dargestellt wird. Die Quadrate 7, 9, 10, 12, 13 15, 16 und 18 sind Zimmer, von denen die meisten durch Türen mit den angrenzenden verbunden sind. Die drei höchsten Zahlen bilden die offene rückwärtige Veranda, und was ich ausließ, ist eine Art nicht geschlossene Innengalerie, ein Gang oder Flur. Ich bin recht stolz auf diese Beschreibung.

Es ist schwer zu sagen, welcher Ausdruck die Vorstellung widergibt, die in Niederländisch-Ostindien mit dem Wort ›Hof‹ verbunden ist. Ein ›Hof‹ ist dort weder Garten, noch Park, noch Feld, noch Wald, aber doch ein wenig davon oder alles zusammen oder nichts von alledem. Es ist der Grund, der zum Haus gehört, soweit dieser nicht vom selbst Haus bedeckt ist, so daß in Niederländisch-Ostindien der Ausdruck: ›Haus *und* Hof‹ als Pleonasmus gelten würde. Es gibt dort keine oder nur wenige Häuser ohne einen solchen Hof. Manche Höfe umfassen Wald und Garten und Wiese und muten parkähnlich an. Andere sind Blumengärten. Woanders wiederum ist der ganze Hof ein einziger großer Rasen. Und schließlich gibt es solche, die einfach zu einem geteerten Platz gemacht wurden, was vielleicht weniger dem Auge schmeichelt, der Sauberkeit in den Häusern jedoch zuträglich ist, da viele Insektenarten durch Rasen oder Bäume angezogen werden.

Havelaars Hof nun war sehr groß, ja, so merkwürdig das auch klingen mag, an einer Seite konnte man ihn unendlich nennen, da er an eine Schlucht angrenzte, die sich bis zu den Ufern des *Tjiudjung* erstreckte, des Flusses, der *Rangkas-Betong* in einer seiner vielen Windungen umschließt. Es war schwer zu bestimmen, wo der Hof des Resident-Assistenten-Hauses endete und wo der Gemeindegrund begann, da das große Gefälle im *Tjiudjung*, der einmal seine Ufer dem Blick entzog und dann wieder die Schlucht bis sehr nahe an Havelaars Haus füllte, ständig die Grenzen veränderte.

Diese Schlucht war daher auch ständig ein Dorn im Auge von Frau Slotering gewesen, was sehr verständlich ist. Der Pflanzenwuchs, der in diesen Regionen überhaupt schon sehr stark ist, war an dieser Stelle durch den immer wieder zurückgelassenen Schlamm besonders üppig, sogar so üppig, daß wenn das Steigen und Fallen des Wassers mit einer Kraft stattgefunden hatte, die das Unterholz entwurzelte, nur sehr wenig Zeit nötig war, um den Boden wieder mit der ganzen Wildheit zu bedecken, die die Reinhaltung des Hofes so beschwerlich machte. Und das verursachte keinen geringen Kummer, selbst dem, der keine Hausfrau war. Denn ohne von all den Insekten zu sprechen, die gewöhnlich abends in so großer Menge um die Lampe schwirrten, daß Lesen und Schreiben unmöglich wurde – etwas, das an vielen Orten in Niederländisch-Ostindien lästig ist –, hielten sich in diesem Unterholz zahlreiche Schlangen und sonstiges Getier auf, das sich nicht auf die Schlucht beschränkte, sondern auch ständig im Garten neben und hinter dem Haus gefunden wurde oder im Rasen auf dem Vorplatz.

Diesen Platz hatte man genau vor sich, wenn

man auf der Veranda mit dem Rücken zum Haus stand. Links davon stand das Gebäude mit den Büroräumen, der Kasse und dem Versammlungsraum, wo Havelaar an diesem Vormittag zu den Häuptern gesprochen hatte, und dahinter erstreckte sich die Schlucht, die man bis hin zum *Tjiudjung* überblicken konnte. Genau gegenüber von den Büroräumen stand das ehemalige Haus des Resident-Assistenten, das nun vorübergehend von Frau Slotering bewohnt wurde, und da der Zugang von der Hauptstraße zum Hof über zwei Wege möglich war, die auf beiden Seiten des Rasens entlang führten, folgt hieraus von selbst, daß jeder, der den Grund betrat, um sich zur hinter dem Hauptgebäude gelegenen Küche oder zu den Stallungen zu begeben, entweder an den Büroräumen oder am Haus von Frau Slotering vorbeigehen mußte. Seitlich vom Hauptgebäude und dahinter lag der recht große Garten, der die Freude von Tine erweckt hatte wegen der vielen Blumen, die sie darin fand, und vor allem, weil der kleine Max dort so oft spielen würde.

Havelaar hatte sich bei Frau Slotering entschuldigen lassen, weil er ihr noch keinen Besuch abgestattet hatte. Er nahm sich vor, am nächsten Tag hinzugehen, aber Tine war bereits dort gewesen und hatte Bekanntschaft mit ihr gemacht. Wir haben bereits vernommen, daß diese Dame ein sogenanntes ›einheimisches Kind‹ war, das keine andere Sprache als Malaiisch sprach. Sie hatte ihren Wunsch zu verstehen gegeben, ihren eigenen Haushalt weiterführen zu wollen, dem Tine gerne zustimmte. Und nicht aus einem Mangel an Gastfreundschaft rührte diese Zustimmung, sondern hauptsächlich aus der Sorge daß sie, die erst vor kurzem in *Lebak* eingetroffen war und sich folglich noch nicht ganz eingelebt hatte, Frau Slotering nicht angemessen empfangen könnte, falls dies aufgrund der besonderen Umstände, in denen sich diese Dame befand, wünschenswert wurde. Zwar würde sie, die kein Niederländisch verstand, nicht durch die Erzählungen von Max ›behelligt‹ werden, wie Tine dies genannt hatte, aber sie sah ein, daß mehr nötig war, als die Familie Slotering nicht zu *behelligen*, und die karge Küche im Zusammenhang mit der beabsichtigten Sparsamkeit bewirkte, daß sie den Wunsch von Frau Slotering sehr vernünftig fand. Ob nun übrigens unter anderen Umständen der Umgang mit jemandem, der nur eine Sprache kennt, in der nichts gedruckt worden ist, das den Geist anregt, zu gegenseitiger Zufriedenheit geführt hätte, bleibt zweifelhaft. Tine hätte ihr so gut wie möglich Gesellschaft geleistet und sich mit ihr über Küchenangelegenheiten unterhalten, über *sambal-sambal*, über das Einmachen von *Ketimon* ohne Liebig, ihr Götter! –, aber so etwas bleibt doch immer eine Aufopferung, und man fand es als sehr gut, daß die Angelegenheit durch Frau Sloterings freiwillige Absonderung in einer Weise geregelt worden war, die beiden Parteien vollkommene Freiheit ließ. Sonderbar war es jedoch schon, daß sich diese Dame nicht nur geweigert hatte, an den gemeinsamen Mahlzeiten teilzunehmen, sondern daß sie nicht einmal von dem Angebot Gebrauch machte, ihre Speisen in der Küche von Havelaars Haus zu richten. »Diese Bescheidenheit«, sagte Tine, »sei etwas weit getrieben, denn die Küche sei groß genug.«

Vierzehntes Kapitel

»Sie wissen«, begann Havelaar, »daß die niederländischen Besitztümer an der Westküste Sumatras an die unabhängigen Reiche im Norden grenzen, von denen *Atjeh* das ansehnlichste ist. Man sagt, daß ein geheimer Artikel im Vertrag von 1824 uns gegenüber den Engländern die Verpflichtung auferlegt, den Fluß *Singkel* nicht zu überschreiten. General Vandamme, der mit einem *faux-air Napoléon* gerne sein Gouvernement so weit als möglich ausdehnen wollte, stieß also in dieser Richtung auf ein unüberwindbares Hindernis. Ich muß schon an die Existenz dieses Artikels glauben, weil es mich sonst befremden würde, daß die Radjahs von *Trumon* und *Analabu*, deren Provinzen durch den Pfefferhandel, der dort getrieben wird, nicht ohne Bedeutung sind, nicht seit langem unter niederländische Souveränität gebracht worden sind. Sie wissen, wie leicht man einen Vorwand findet, solch kleine Länder mit Krieg zu überziehen und sich ihrer zu bemächtigen. Das Stehlen eines Landstrichs wird immer einfacher bleiben als das einer Mühle. Ich glaube von General Vandamme, daß er sogar eine Mühle gestohlen hätte, wenn er dazu Lust verspürt hätte, und verstehe daher nicht, daß er diese Landstriche im Norden verschont hätte, wenn es hierzu nicht triftigere Gründe gegeben hätte als nur die Existenz von Recht und Redlichkeit.

Wie dem auch sei, er richtete seine Eroberblicke nicht nach Norden, sondern nach Osten.

Die Landstriche *Mandhéling* und *Ankola* – das war der Name einer Teilresidenz, die aus den unlängst befriedeten Battahländern gebildet worden war – waren zwar noch nicht vom atjinesischen Einfluß befreit – denn wo Fanatismus einmal Wurzeln treibt, ist das Ausmerzen schwierig –, aber die Atjinesen selbst waren nicht mehr präsent. Das reichte dem Gouverneur aber noch nicht. Er dehnte seine Macht aus bis zur Ostküste, und es wurden niederländische Beamte und niederländische Garnisonen nach *Bila* und *Pertibie* entsandt, aber – wie du weißt, Verbrugge – diese Stützpunkte wurden später wieder geräumt.

Als auf Sumatra ein Regierungskommissar eintraf, der diese Ausdehnung zwecklos fand und sie deshalb ablehnte, vor allem auch deshalb, weil sie im Gegensatz stand zu der verzweifelten Sparsamkeit, auf die seitens des Mutterlandes so gedrängt worden war, behauptete General Vandamme, daß die Ausdehnung keinen negativen Einfluß auf den Staatshaushalt zu haben brauche, da nämlich die neuen Garnisonen aus Truppen gebildet worden waren, für die ohnehin schon Gelder bewilligt worden seien, so daß er einen sehr großen Landstrich unter niederländische Führung gebracht hatte, ohne daß hieraus finanzielle Ausgaben erwachsen wären. Und was ferner den teilweisen Truppenabzug von anderen Orten betraf, hauptsächlich aus dem Mandhélingschen, so meinte er sich ausreichend auf die Treue und die Ergebenheit des *Jang di Pertuan*, des wichtigsten Hauptes in den Battahländern, verlassen zu können, um hierin kein Problem zu haben.

Widerwillig gab der Regierungskommissar nach, und zwar auf die wiederholten Beteuerungen seitens des Generals hin, daß er sich *persönlich* für die Treue des *Jang di Pertuan* verbürge.

Nun war der Kontrolleur, der vor mir die Provinz *Natal* führte, der Schwiegersohn des Resident-Assistenten in den Battahländern, und dieser Beamte lebte mit *Jang di Pertuan* in Zwist. Später habe ich häufig Berichte über Klagen gehört, die gegen den Resident-Assistenten eingereicht worden waren, doch man sollte sich hüten, diese Beschuldigungen einfach zu glauben, da sie größtenteils aus dem Munde *Jang di Pertuans* kamen, und dies in einem Augenblick, da er selbst wegen viel schwerwiegenderer Vergehen angeklagt war, was ihn vielleicht nötigte, seine Verteidigung in den Fehlern seines Anklägers zu suchen... was öfter geschieht. Wie dem auch sei, der Machthaber *Natals* ergriff Partei für seinen Schwiegervater gegen *Jang di Pertuan*, und dies umso leidenschaftlicher vielleicht, weil der Kontrolleur eng mit einem gewissen *Sutan Salim* befreundet war, einem Natalschen Haupt, der den Battakschen Chef ebenfalls haßte. Seit langem herrschte eine Fehde zwischen den Familien dieser beiden Häupter. Es waren Heiratsvorschläge abgelehnt worden, es gab Eifersucht über Einfluß und Stolz auf der Seite *Jang di Pertuans*, der von höherer Geburt war, und noch mehr Ursachen fügten sich zusammen, um *Natal* und *Mandhéling* gegeneinander aufzuwiegeln.

Auf einmal verbreitete sich das Gerücht, daß in *Mandhéling* ein Komplott aufgedeckt worden sei, in dem *Jang di Pertuan* verwickelt sei, und die zum Ziel hatte, das heilige Banner des Aufstandes zu erheben und alle Europäer zu ermorden. Die erste Entdeckung des Komplotts hatte in *Natal* stattgefunden, was einleuchtend ist, da man in naheliegenden Provinzen immer besser über den Stand der Dinge unterrichtet ist als an Ort und Stelle, weil viele, die sich zu Hause aus Furcht vor einem betroffenen Haupt von der Offenbarung eines ihnen bekannten Umstands zurückhalten lassen, diese Furcht aber einigermaßen überwinden, sobald sie sich in einem Gebiet befinden, in dem dieses Haupt keinen Einfluß hat.

Das ist auch der Grund, Verbrugge, weshalb mir die Angelegenheiten von *Lebak* nicht fremd sind und ich ziemlich viel über das, was hier los ist, wußte, noch bevor ich daran dachte, je hierher versetzt zu werden. Ich war 1846 im *Krawangschen* und bin viel im *Preanger* herumgekommen, wo ich bereits 1840 *Lebakschen* Flüchtlingen begegnete. Zudem kenne ich einige Besitzer privater Ländereien im *Buitenzorgschen* und in der Gegend von *Batavia*, und ich weiß, wie die Landesherren sich von alters her über den schlechten Zustand dieser Provinz freuen, weil das ihre eigenen Ländereien bevölkert.

Und so soll auch in *Natal* die Verschwörung entdeckt worden sein, die – *wenn* es sie gegeben hat, was ich nicht weiß – *Jang di Pertuan* als Verräter entlarvte. Nach den vom Kontrolleur von

Natal aufgenommenen Zeugenaussagen soll er zusammen mit seinem Bruder *Sutan Adam* die Battakschen Häupter in einem heiligen Wald zusammengerufen haben, und dort sollen sie geschworen haben, nicht eher zu ruhen, bis die Macht der ›Christenhunde‹ in *Mandhéling* vernichtet sei. Es spricht für sich, daß er hierzu eine Eingebung des Himmels erhalten hatte. Sie wissen, daß dies bei solchen Gelegenheiten nie ausbleibt.

Ob nun tatsächlich dieses Vorhaben bei *Jang di Pertuan* bestanden hat, kann ich nicht sicher sagen. Ich habe die Zeugenaussagen gelesen, doch Sie werden bald einsehen, warum ihnen nicht uneingeschränkt Glauben geschenkt werden darf. Fest steht, daß der Mann, was seine islamische Fanatismus anbelangt, durchaus zu etwas Ähnlichem in der Lage gewesen sein kann. Er war zusammen mit der gesamten Battakschen Bevölkerung erst kurz zuvor von den *Padries* zum wahren Glauben bekehrt worden, und frisch Bekehrte sind gewöhnlich fanatisch.

Die Folge dieser wahren oder vermeintlichen Entdeckung war, daß *Jang di Pertuan* vom Resident-Assistenten von *Mandhéling* festgenommen und nach *Natal* gebracht wurde. Hier setzte ihn der Kontrolleur vorläufig hinter Schloß und Riegel und ließ ihn mit der ersten geeigneten Schiffspassage als Gefangenen nach *Padang* überführen. Es spricht für sich, daß man dem Gouverneur die gesamten Akten anbot, in denen die so belastenden Zeugenaussagen aufgenommen worden waren und welche die Strenge der getroffenen Maßnahmen rechtfertigen sollten. Unser *Jang di Pertuan* war also aus Mandhéling als *Gefangener* weggegangen. In Natal war er *gefangen*. An Bord des Kriegsschiffes, das ihn überführte, war er natürlich auch ein *Gefangener*. Er erwartete also – schuldig oder nicht, das tut nichts zur Sache, da er in gesetzlicher Form und von befugter Autorität des Hochverrats beschuldigt worden war – auch in *Padang* als Gefangener anzukommen. Er muß sich also sehr gewundert haben, als er beim Ausschiffen erfuhr, daß er nicht nur *frei* war, sondern daß es dem General, dessen Fahrzeug ihn an Land erwartete, eine Ehre sei, ihn bei sich zu Hause empfangen und beherbergen zu dürfen. Gewiß ist nie zuvor ein des Hochverrats Beschuldigter angenehmer überrascht worden. Kurz darauf wurde der Resident-Assistent von *Mandhéling* von seinem Amt wegen verschiedenster Vergehen suspendiert, die ich hier nicht beurteilen will. *Jang di Pertuan* aber kehrte, nachdem er in *Padang* einige Zeit im Hause des Generals verweilt hatte, und nachdem er von diesem mit der größten Achtung behandelt worden war, über *Natal* nach *Mandhéling* nicht mit dem Selbstbewußtsein eines für unschuldig Erklärten zurück, sondern mit dem Stolz eines Mannes, der eine derart erhabene Position einnimmt, daß er keine Unschuldserklärung nötig hat. Wohlgemerkt, *untersucht* worden war die Angelegenheit nicht! Angenommen, man hielt die gegen ihn vorgebrachte Anschuldigung für falsch, so hätte bereits diese Vermutung eine Untersuchung erfordert, um die falschen Zeugen zu bestrafen und vor allem diejenigen, die überführt würden, solche falschen Unterstellungen herausgefordert zu haben. Es scheint, daß der General seine Gründe hatte, diese Untersuchung nicht stattfinden zu lassen. Die gegen *Jang di Pertuan* erhobene Anklage wurde als *non avenu* betrachtet, und ich halte es für sicher, daß die betreffenden Unterlagen der Regierung in *Batavia* nie vorgelegt worden sind.

Kurz nach *Jang di Pertuans* Rückkehr kam ich in Natal an, um die Verwaltung der Provinz zu übernehmen. Mein Vorgänger erzählte mir natürlich, was kurz zuvor im *Mandhélingschen* vorgefallen war, und gab mir die nötigen Informationen über das staatsrechtliche Verhältnis zwischen diesem Landstrich und meiner Provinz. Es war ihm nicht übel zu nehmen, daß er sich sehr über die seines Erachtens ungerechte Behandlung beschwerte, die seinem Schwiegervater widerfuhr und über den unverständlichen Schutz, den *Jang di Pertuan* offenbar durch den General genoß. Weder er noch ich wußten in diesem Augenblick, daß die Entsendung von *Jang di Pertuan* nach *Batavia* ein Faustschlag ins Gesicht des Generals gewesen war, und daß dieser – der sich persönlich für die Treue dieses Hauptes verbürgt hatte – triftige Gründe hatte, ihn um jeden Preis vor einer Beschuldigung des Hochverrats zu schützen. Das war für den General umso wichtiger, da inzwischen der soeben erwähnte Regierungskommissar selbst Generalgouverneur geworden war und ihn also höchstwahrscheinlich aus Verstimmung über das unbegründete Vertrauen in *Jang di Pertuan* aus seinem Gouvernement abberufen hätte, und aus Verärgerung über die hierauf begründete Halsstarrigkeit, mit der sich der General gegen den Truppenabzug an der Ostküste gewehrt hatte.

›Aber‹, sagte mein Vorgänger, ›was den General auch bewegen mochte, all diese Anschuldigungen gegen meinen Schwiegervater ohne weiteres anzunehmen und die viel schwerer wiegenden Beschwerden gegenüber *Jang di Pertuan* nicht einmal einer Untersuchung für würdig zu erachten – die Angelegenheit ist noch nicht beendet! Und wenn man in *Padang*, wie ich vermute, die Zeugenaussagen vernichtet hat, sehen Sie hier etwas anderes, das nicht vernichtet werden *kann*.‹

Und er zeigte mir einen Rechtsspruch des *Rappat*-Rates in *Natal*, dem er vorsaß, der lautete: *Verurteilung eines gewissen Pamaga zu Geißelung und Brandmarkung, und – ich glaube – zwanzigjähriger Zwangsarbeit wegen des Mordversuches an dem Tuanku von Natal.*

›Lesen Sie einmal das Protokoll der Gerichtsverhandlung‹, sagte mein Vorgänger, ›und urteilen Sie dann, ob meinem Schwiegervater in *Batavia* nicht geglaubt wird, wenn er *Jang di Pertuan* dort des Hochverrates anklagt!‹

Ich las die Unterlagen durch. Den Erklärungen der Zeugen und *dem Geständnis des Angeklagten* zufolge war *Si Pamaga* bestochen worden, um in *Natal* den *Tuanku*, dessen Ziehvater *Sutan Salim* und den amtierenden Kontrolleur zu ermorden.

Er hatte sich, um dieses Vorhaben auszuführen, zum Haus des *Tuanku* begeben und dort mit den Bediensteten, die auf der Verandatreppe saßen, ein Gespräch über einen Dolch angeknüpft mit dem Ziel, seine Gegenwart so lange in die Länge zu ziehen, bis er des *Tuankus* gewahr werden würde, der sich auch schon bald, umgeben von einigen Verwandten und Bediensteten, zeigte. *Pamaga* war mit seinem Dolch auf den *Tuanku* losgegangen, doch er hatte aus unbekannten Gründen sein mordtätiges Vorhaben nicht ausführen können. Der *Tuanku* war vor Schreck aus dem Fenster gesprungen, und *Pamaga* ergriff die Flucht. Er versteckte sich im Wald und wurde einige Tage später von der Natalschen Polizei gefaßt.

›Auf die Frage an den Beschuldigten: *was ihn zu diesem Attentat und zu dem beabsichtigten Mordanschlag auf* Sutan Salim *und den Kontrolleur von Natal bewegt habe?*‹ antwortet er: ›*hierzu von Sutan Adam, im Namen dessen Bruders Jang di Pertuan von Mandhéling bestochen worden zu sein.*‹

›Ist das klar oder nicht?‹ fragte mein Vorgänger. ›Das Urteil ist nach der Zustimmung des Assistent-Residenten hinsichtlich der Verhängung von Geißelung und Brandmarkung vollstreckt worden, und *Si Pamaga* ist auf dem Weg nach *Padang*, um von dort aus als Kettensträfling nach Java geschickt zu werden. Gleichzeitig mit ihm kommen die Prozeßakten des Verfahrens in *Batavia* an, und dann kann man dort sehen, wer der

Mann ist, durch dessen Anklage mein Schwiegervater suspendiert wurde! Dieses Urteil kann der General nicht vernichten, auch wenn er wollte.‹

Ich übernahm die Verwaltung der *Natalschen* Provinz, und mein Vorgänger reiste ab. Nach einiger Zeit erhielt ich Nachricht, daß der General mit einem Kriegsschiff in den Norden fahren und auch *Natal* besuchen würde. Er stieg mit viel Gefolge in meinem Hause ab und verlangte augenblicklich die Prozeßakten zu sehen von: ›dem armen Mann, den man so schrecklich mißhandelt hatte‹.

›Sie selbst hätten eine Geißelung und eine Brandmarkung verdient!‹ fügte er hinzu.

Ich verstand gar nichts. Denn die Ursachen des Streits über *Jang di Pertuan* waren mir zu diesem Zeitpunkt noch unbekannt, und es konnte mir folglich weder in den Sinn kommen, daß mein Vorgänger wissentlich einen Unschuldigen zu einer derart schweren Strafe verurteilt haben sollte, noch daß der General einen Verbrecher vor einem gerechten Urteil in Schutz nehmen würde. Ich erhielt den Befehl, *Sutan Salim* und den *Tuanku* festnehmen zu lassen. Da der junge *Tuanku* bei der Bevölkerung sehr beliebt war und wir nur eine schwache Garnison im Fort hatten, ersuchte ich den General, ihn auf freiem Fuß lassen zu dürfen, was mir auch genehmigt wurde. Doch für *Sutan Salim*, den besonderen Feind von *Jang di Pertuan* gab es keine Gnade. Die Bevölkerung war in großer Aufregung. Die Nataler vermuteten, daß sich der General zu einem Werkzeug des Mandhélingschen Hasses erniedrigte, und *diese* Umstände bewirkten, daß ich von Zeit zu Zeit etwas tun konnte, das der General ›beherzt‹ fand, zumal er die wenigen Truppen, die im Fort entbehrt werden konnten, und die Einheit Marinesoldaten, die er von Bord mitgebracht hatte, nicht *mir* als Eskorte überließ, wenn ich an Orte ritt, wo man sich zusammenrottete. Ich habe bei dieser Gelegenheit bemerkt, daß General Vandamme sich sehr gut um seine eigene Sicherheit kümmerte, eben darin liegt der Grund, weshalb ich seinen Tapferkeitsruhm nicht unterschreiben darf, bevor ich mehr davon gesehen habe oder etwas anderes.

Er bildete in großer Eile einen Rat, den ich *ad hoc* nennen könnte. Darin waren folgende Mitglieder: einige Adjutanten, andere Offiziere, der Staatsanwalt oder Fiskal, den er aus *Padang* mitgebracht hatte, und ich. Dieser Rat sollte eine Untersuchung über die Art und Weise vornehmen, in der mein Vorgänger den Prozeß gegen *Si Pamaga* geführt hatte. Ich mußte zahlreiche Zeugen aufrufen lassen, deren Aussagen hierfür erforderlich waren. Der General, der natürlich den Vorsitz hatte, befragte sie, und der Fiskal schrieb die Sitzungsprotokolle. Da aber dieser Beamte nur wenig Malaiisch verstand – und schon gar nicht das Malaiische, das im Norden Sumatras gesprochen wird – war es oft nötig, ihm die Antworten der Zeugen zu dolmetschen, was der General meistens selbst tat. In den Sitzungen dieses Rates sind Akten entstanden, die überdeutlich zu beweisen scheinen: daß *Si Pamaga* nie das Vorhaben gehabt hat, jemanden, wen auch immer, zu ermorden.

Daß er weder *Sutan Adam* noch *Jang di Pertuan* je gesehen oder gekannt hatte. Daß er *nicht* auf den *Tuanku* von *Natal* losgegangen war. Daß dieser *nicht* aus dem Fenster gesprungen war... und so weiter! Ferner, daß das Urteil gegen den unglückseligen *Si Pamaga* unter dem Druck des Vorsitzenden – meines Vorgängers – verhängt worden war und auf Betreiben des Ratsmitglieds *Sutan Salim*, der Personen also, die das vorgegebene Verbrechen von *Si Pamaga* erfunden hatten, um dem suspendierten Resident-Assistenten von *Mandhéling* eine Waffe zu seiner Verteidigung in die Hand zu geben und um ihrem Haß gegenüber *Jang di Pertuan* Luft zu verschaffen.

Die Art und Weise nun, mit der der General bei dieser Gelegenheit seine Fragen stellte, erinnerte an die Whistpartie eines gewissen Kaisers von Marokko, der seinem Partner riet: ›Spiel Herz, oder ich schneide dir die Kehle durch.‹ Auch die Übersetzungen, so wie er sie dem Fiskal diktierte, ließen viel zu wünschen übrig.

Ob nun *Sutan Salim* und mein Vorgänger Druck auf den Natalschen Rechtsrat ausgeübt haben, um *Si Pamaga* für schuldig erklären zu lassen, entzieht sich meiner Kenntnis. Allerdings weiß ich, daß General Vandamme Druck ausgeübt hat auf die Aussagen, die die *Unschuld* des Mannes beweisen sollten. Ohne zu diesem Zeitpunkt die Tragweite davon schon zu begreifen, habe ich mich gegen diese... Ungenauigkeit gewehrt, was so weit gegangen ist, daß ich mich habe weigern müssen, einige Protokolle mitzuzeichnen, und siehe da, das ist nun die Angelegenheit, in der ich dem General so ›entgegengewirkt‹ hatte. Sie werden nun auch verstehen, worauf die Worte abzielen, mit denen ich die Antwort auf den Vorwurf hinsichtlich meiner finanziellen Verwaltung schloß, die Worte, in denen ich darum bat, von jeglicher wohlwollender Rücksichtnahme verschont zu bleiben.«

»Das war tatsächlich sehr stark für jemanden Ihres Alters«, sagte Duclari.

»Ich fand es selbstverständlich. Sicher ist jedoch, daß General Vandamme so etwas nicht gewöhnt war. Ich habe daher auch unter den Folgen dieser Angelegenheit sehr gelitten. Oh, nein, Verbrugge, ich weiß, was du sagen möchtest, *gereut* hat es mich nie. Ich muß sogar hinzufügen, daß ich mich nicht auf einen einfachen Protest gegen die Art und Weise beschränkt hätte, mit der der General die Zeugen befragte, noch auf die Verweigerung meiner Unterschrift unter die Protokolle, wenn ich damals hätte ahnen können, was ich erst später erfuhr, daß nämlich alles aus einer vorab festgelegten Absicht, meinen Vorgänger zu belasten, hervorgegangen war. Ich glaubte, daß sich der General, überzeugt von *Si Pamagas* Unschuld, mitreißen ließ von dem achtbaren Bestreben, ein unschuldiges Opfer von den Folgen eines Justizirrtums zu retten, soweit das nach der Geißelung und der Brandmarkung noch möglich war. Diese Meinung bewirkte zwar, daß ich mich gegen die Falschheit wehrte, aber ich war darüber nicht so empört wie ich es gewesen wäre, wenn ich gewußt hätte, daß es hier bei weitem nicht darum ging, einen Unschuldigen zu retten, sondern darum, auf Kosten der Ehre und des Wohlergehens meines Vorgängers die Beweise zu vernichten, die dem General im Weg standen.«

»Und wie ging es weiter mit Ihrem Vorgänger?« fragte Verbrugge.

»Er hatte das Glück, daß er bereits nach *Java* abgereist war, bevor der General nach *Padang* zurückkehrte. Es scheint, daß er sich bei der Regierung in *Batavia* hat rechtfertigen können, zumindest ist er im Dienst geblieben. Der Resident von *Ayer-Bangie*, der dem Urteil zugestimmt hatte, wurde...«

»Suspendiert?«

»Natürlich! Sie sehen, daß ich nicht ganz unrecht hatte, in meinem Kurzgedicht zu sagen, daß der Gouverneur uns suspendierend regiere.«

»Und was ist aus all diesen suspendierten Beamten geworden?«

»Oh, es gab noch viel mehr! Alle, die einen früher, die anderen später, sind wieder in ihr Amt eingesetzt worden. Einige von ihnen haben später sehr ansehnliche Positionen bekleidet.«

»Und *Sutan Salim*?«

»Der General führte ihn als Gefangenen mit nach *Padang*, und von dort wurde er als Verbannter nach *Java* geschickt. Er ist heute noch in *Tjianjoor* in den Preanger Regentschaften. Als ich 1846 dort war, habe ich ihm einen Besuch abgestattet. Weißt du noch, was ich in *Tjianjoor* vor hatte, Tine?«

»Nein, Max, das ist mir entfallen.«

»Wer kann sich schon alles merken? Ich habe dort geheiratet, meine Herren!«

»Aber«, fragte Duclari, »da Sie nun schon beim Erzählen sind, darf ich fragen, ob es stimmt, daß Sie sich in *Padang* so oft duelliert haben?«

»Ja, sehr oft, und dazu gab es gute Gründe. Ich habe bereits gesagt, daß die Gunst des Gouverneurs an so einem Außenposten der Maßstab ist, nach dem viele ihr Wohlwollen bemessen. Die meisten also waren mir sehr *übel* gesonnen, und oft ging das in Grobheiten über. Ich meinerseits war reizbar. Ein nicht erwiderter Gruß, ein Seitenhieb auf die ›Torheit von jemandem, der sich mit dem General messen will‹, eine Anspielung auf meine Armut, auf mein Hungern, auf ›schlechte Nahrung, die in der sittlichen Unabhängigkeit zu liegen schien‹... das alles, verstehen Sie, erbitterte mich. Viele, vor allem unter den Offizieren, wußten, daß es der General nicht ungern sah, daß duelliert wurde, und vor allem mit jemandem, der so in Ungnade gefallen war wie ich. Vielleicht reizte man mich also mit Absicht. Zudem duellierte ich mich manchmal für einen anderen, den ich für ungerecht behandelt hielt. Wie dem auch sei, das Duell war dort zu jener Zeit an der Tagesordnung, und es ist mehr als einmal passiert, daß ich zwei Zusammenkünfte an einem Vormittag hatte. Oh, es liegt etwas sehr Anziehendes in einem Duell, vor allem mit dem Säbel... Sie verstehen aber, daß ich so etwas jetzt nicht mehr tun würde, selbst wenn es dazu so viele Anlässe gäbe wie in jenen Tagen...

komm mal her, Max – nein, du sollst das Tierchen nicht fangen – komm mal her. Hör mal, du sollst Schmetterlinge nicht fangen. Das arme Tier ist doch so lange Zeit als Raupe auf einem Baum herumgekrochen, das war kein fröhliches Leben! Jetzt hat es gerade erst Flügel bekommen, möchte in der Luft umherfliegen und sich vergnügen, sich Nahrung suchen in den Blumen, und es fügt niemandem ein Leid zu... schau, ist es nicht viel schöner, es so umherflattern zu sehen?«

So kam das Gespräch vom Duellieren auf Schmetterlinge, auf die Barmherzigkeit des Gerechten, der über sein Vieh wacht, auf das Quälen von Tieren, auf die *loi Grammont*, auf die Nationalversammlung, in der dieses Gesetz verabschiedet wurde, auf die Republik und noch viele andere Themen!

Schließlich erhob sich Havelaar. Er entschuldigte sich bei seinen Gästen, weil er noch zu tun hätte. Als ihn der Kontrolleur am nächsten Morgen in seinem Büro besuchte, wußte er nicht, daß der neue Resident-Assistent am vorigen Tag nach den Gesprächen auf der Veranda ausgeritten war nach *Parang-Koodjang* – in den Distrikt der ›*weitgehenden* Mißbräuche‹ – und erst an diesem Morgen früh von dort zurückgekehrt war.

Ich ersuche den Leser zu glauben, daß Havelaar zu höflich war, um an seiner eigenen Tafel soviel zu reden, wie ich in den letzten Kapiteln angegeben habe, wodurch ich den Anschein auf ihn lade, er hätte das Gespräch unter Vernachlässigung der

Pflichten eines Gastgebers an sich gerissen, welche verlangen, seinen Gästen die Gelegenheit zu lassen oder zu verschaffen ›sich einzubringen‹. Ich habe aus den vielen Bausteinen, die mir vorliegen, zufällig einige herausgegriffen und ich hätte die Tischgespräche noch lange fortsetzen können, und das mit weniger Mühe, als es mich gekostet hat, sie abzubrechen. Ich hoffe jedoch, daß das Mitgeteilte ausreichen wird, um die Beschreibung einigermaßen zu rechtfertigen, die ich von Havelaars Leidenschaft und seinen Eigenschaften gegeben habe, und daß der Leser nicht gänzlich ohne Interesse die Schicksalsschläge verfolgen wird, welche ihn und die Seinen in *Rangkas-Betong* erwarteten.

Die kleine Familie führte ein ruhiges Leben. Havelaar war tagsüber oft aus und verbrachte halbe Nächte in seinem Büro. Das Verhältnis zwischen ihm und dem Kommandanten der kleinen Garnison war überaus angenehm, und auch im häuslichen Umgang mit dem Kontrolleur war keine Spur von Rangunterschied zu finden, der sonst in Niederländisch-Ostindien den Umgang so oft steif und unangenehm macht. Havelaars Bestreben, Hilfe zu leisten, wo er nur eben konnte, was auch dem Regenten zugute kam, der daher von seinem ›älteren Bruder‹ sehr eingenommen war. Und schließlich trug die Liebenswürdigkeit von Frau Havelaar viel zu einem angenehmen Umgang mit den wenigen am Ort befindlichen Europäern und den einheimischen Häuptern bei. Die Dienstkorrespondenz mit dem

Residenten in *Serang* trug Zeichen gegenseitigen Wohlwollens, wobei die Befehle des Residenten, welche höflich erteilt wurden, genau befolgt wurden.

Tines Haushalt war schon bald geregelt. Nach langem Warten waren die Möbel aus *Batavia* eingetroffen, *Ketimons* in Salz eingelegt, und wenn Max bei Tisch etwas erzählte, so geschah dies fortan nicht mehr aus Mangel an Eiern für das Omelett, obwohl die Lebensweise der kleinen Familie doch immer deutliche Zeichen dafür trug, daß die vorgenommene Sparsamkeit sehr genau befolgt wurde.

Frau Slotering verließ nur selten ihr Haus und trank nur wenige Male Tee bei der Familie Havelaar auf der Veranda. Sie sprach wenig und hielt unablässig ein wachsames Auge auf alle, die sich ihrem oder Havelaars Haus näherten. Man hatte sich jedoch bereits an das gewöhnt, was man ihre *Monomanie* zu nennen begann, und achtete schon bald nicht mehr darauf.

Alles schien Ruhe auszustrahlen, denn für Max und Tine war es vergleichsweise eine Kleinigkeit, sich mit den Entbehrungen abzufinden, die auf einem Außenposten, der nicht an der großen Straße gelegen war, unvermeidlich sind. Da im Ort kein Brot gebacken wurde, aß man kein Brot. Man hätte es von *Serang* kommen lassen können, aber die Transportkosten dafür waren zu hoch. Max wußte so gut wie jeder andere, daß es viele Mittel und Wege gab, auch ohne Bezahlung Brot nach *Rangkas-Betong* bringen zu lassen, aber *un-*

bezahlte Arbeit, das Krebsgeschwür der Kolonie, war ihm ein Greuel. So gab es vieles in *Lebak*, das zwar durch Einfluß umsonst zu bekommen aber nicht zu einem vernünftigen Preis zu kaufen war, und unter diesen Umständen fügten sich Havelaar und seine Tine gerne in den Verzicht. Sie hatten schon andere Entbehrungen erlebt! Hatte nicht die arme Frau Monate an Bord eines arabischen Schiffes zugebracht, ohne andere Lagerstatt als das Schiffsdeck, ohne einen Schutz gegen Sonnenglut und Westmonsunschauer außer einem kleinen Tisch, zwischen dessen Beinen sie sich kauern mußte? Hatte sie sich nicht auf diesem Schiff begnügen müssen mit einer kleinen Ration trockenem Reis und schmutzigem Wasser? Und war sie nicht unter diesen und vielen anderen Umständen immer zufrieden gewesen, wenn sie nur mit ihrem Max zusammen sein durfte?

Einen Umstand gab es jedoch in *Lebak*, der ihr viel Kummer bereitete: der kleine Max konnte nicht im Garten spielen, da es dort so viele Schlangen gab. Als sie das bemerkte und sich darüber bei Havelaar beklagte, setzte dieser für die Bediensteten eine Belohnung aus für jede Schlange, die sie fangen würden, doch bereits in den ersten Tagen bezahlte er so viel an Prämien, daß er sein Versprechen zurücknehmen mußte, denn auch unter normalen Umständen, also ohne die für ihn so notwendige Sparsamkeit, hätte diese Bezahlung schon bald seine Mittel überstiegen. Es wurde also entschieden, daß der kleine Max fortan das Haus nicht mehr verlassen sollte und daß er sich, um frische Luft zu schöpfen, damit begnügen mußte, auf der Veranda zu spielen. Trotz dieser Vorsichtsmaßnahme war Tine noch immer ängstlich, vor allem abends, da man weiß, wie oft Schlangen in die Häuser schlüpfen und sich, um Wärme zu suchen, in den Schlafzimmern verkriechen.

Schlangen und ähnliches Getier findet man zwar in Niederländisch-Ostindien überall, aber in den größeren Hauptstädten, wo die Bevölkerung dichter zusammen wohnt, kommen sie natürlich seltener vor als in den eher wilden Gebieten wie in *Rangkas-Betong*. Wenn Havelaar sich hätte entschließen können, seinen Hof bis zur Schlucht von Unkraut reinigen zu lassen, hätten sich zwar von Zeit zu Zeit trotzdem Schlangen im Garten gezeigt, aber doch nicht in so großer Zahl, wie dies jetzt der Fall war. Die Natur dieser Tiere läßt sie Dunkelheit und Schutz dem Licht offener Plätze vorziehen, so daß, wenn Havelaars Hof rein gehalten worden wäre, die Schlangen nur sozusagen ihrer Natur zum Trotz und verirrt die Schlucht verlassen hätten. Aber der Hof von Havelaar war nicht sauber, und ich möchte den Grund hierfür darlegen, da er den Blick einmal mehr auf die Mißbräuche richtet, die fast überall in den niederländisch-ostindischen Besitztümern üblich sind.

Die Häuser der Führungskräfte im Inneren der Länder stehen auf Grund und Boden, welcher der Gemeinde gehört, sofern man von Gemeindeeigentum sprechen kann, in einem Land, in dem die Regierung sich alles aneignet. Genug, daß diese Höfe nicht dem amtlichen Bewohner selbst gehörten. Dieser würde sich allerdings hüten, wenn dies der Fall wäre, einen Grund zu kaufen oder zu pachten, dessen Unterhalt seine Kräfte übersteigen würde. Wenn nun das Grundstück der ihm zugewiesenen Wohnung zu groß ist, um vernünftig unterhalten zu werden, so würde das bei dem üppigen tropischen Pflanzenwuchs innerhalb kurzer Zeit in eine Wildnis ausarten. Und dennoch sieht man selten oder nie einen solchen Grund in schlechtem Zustand. Ja, oft sogar staunt der Reisende über den schönen Park, der eine Residentenwohnung umgibt. Kein Beamter im Landesinneren verfügt über genug Einkommen, um die hierzu erforderliche Arbeit gegen eine vernünftige Bezahlung verrichten zu lassen, und da nun trotzdem ein vornehmes Aussehen des Amtssitzes des Machthabers vonnöten ist, damit nicht die Bevölkerung, die den Äußerlichkeiten so viel Bedeutung beimißt, in Nachlässigkeit einen Anlaß zur Geringschätzung findet, drängt sich die Frage auf, wie sonst dieses Ziel erreicht werden kann? An den meisten Orten stehen den Machthabern einige Sträflinge zur Verfügung, das heißt, anderenorts verurteilte Verbrecher. Diese Art von Arbeitern war jedoch in *Bantam* aufgrund mehr oder weniger gültiger Regeln politischer Art nicht vorhanden. Aber auch anderenorts, wo sehr wohl solche Verurteilten zu finden sind, steht ihre Zahl vor allem im Hinblick auf die Notwendigkeit anderer Arbeiten selten im Verhältnis zu der Arbeit, die erforderlich wäre, um ein großes Grundstück gut unterhalten zu können. Also müssen andere Mittel gefunden werden, und die Abberufung von Arbeitern zur Verrichtung von *Herrendienst* liegt nahe. Der Regent oder der *Dhemang*, der einen solchen Aufruf erhält, beeilt sich, diesem nachzukommen, denn er weiß nur zu gut, daß es dem machthabenden Beamten, der mit seiner Macht Mißbrauch betreibt, später schwer fallen würde, ein einheimisches Haupt für einen ähnlichen Fehler zu strafen. Und so wird das Vergehen des einen zum Freibrief des anderen.

Ich bin jedoch der Ansicht, daß ein solcher Fehler des Machthabenden *in manchen Fällen* nicht allzu streng und vor allem nicht nach europäischen Maßstäben beurteilt werden sollte. Die Bevölkerung selbst würde es doch – vielleicht aus Ungewohnheit – sehr merkwürdig finden, wenn er sich *immer* und *in allen Fällen* strikt an die Bestimmungen hielte, die die Zahl der für seinen Grund Herrendienstpflichtigen vorschreiben, da Umstände auftreten können, die bei diesen Bestimmungen nicht vorgesehen waren. Sobald aber die Grenze des strikt gesetzlichen überschritten ist, wird es schwierig, den Punkt zu bestimmen, an dem eine solche Übertretung in Willkür übergeht und vor allem wird große Umsicht nötig, sobald man weiß, daß die Häupter nur auf ein schlechtes Beispiel warten, um diesem in verstärkter Form zu folgen. Die Erzählung von einem gewissen König, der nicht wollte, daß man die Bezahlung von einem einzigen Salzkörnchen versäumte, welches er zu seinem einfachen Mahl gebraucht hatte, als er am Kopf seiner Armee durch das Land zog – weil, wie er sagte, dies der Anfang eines Unrechts sei, das zuletzt sein ganzes Reich vernichten würde –, er mag *Timur-Leng*, *Nureddien* oder *Dschingis Khan* geheißen haben, ist sicher entweder eine Sage, oder, wenn es keine Sage ist, ist der Vorfall selbst asiatischen Ursprungs. Ebenso wie der Anblick von Deichen an die Möglichkeit von Hochwasser glauben macht, darf man annehmen, daß die Neigung zu *solchen* Mißbräuchen in einem Land entsteht, in dem *solche* Lektionen erteilt werden.

Die geringe Zahl von Leuten nun, über die Havelaar laut Gesetz verfügen durfte, konnte nicht mehr als nur einen sehr kleinen Teil seines Hofes in unmittelbarer Nähe seines Hauses von Unkraut und Unterholz freihalten. Das übrige war innerhalb weniger Wochen eine vollkommene Wildnis. Havelaar bat in einem Schreiben an den Residenten um Mittel, um dies beheben zu können, sei es durch eine finanzielle Zulage, sei es durch einen Vorschlag an die Regierung, ebenso wie anderenorts Sträflinge in der Residenz *Bantam* arbeiten zu lassen. Er erhielt hierauf eine ablehnende Antwort mit der Bemerkung, daß er doch das Recht habe, die Personen, die durch ihn Kraft eines polizeilichen Urteils zur ›Arbeit an der öffentlichen Straße‹ verurteilt waren, auf seinem Grund arbeiten zu lassen. Das wußte Havelaar zwar, oder zumindest war es ihm hinlänglich bekannt, daß eine solche Verfügung über Verurteilte überall die normalste Sache der Welt war, aber nie hatte er, weder in *Rangkas-Betong*, noch in *Amboina*, noch in *Menado*, noch in *Natal*, von diesem vermeintlichen Recht Gebrauch machen wollen. Es war ihm zuwider, seinen Garten als Strafe für kleine Vergehen pflegen zu lassen, und wiederholt hatte er sich gefragt, wie die Regierung Bestimmungen bestehen lassen konnte, die den Beamten in Versuchung führen können, kleine und verzeihbare Fehler nicht im Verhältnis zum Vergehen zu bestrafen, sondern entsprechend dem Zustand oder der Größe seines Hofes? Schon allein die Vorstellung, daß der Bestrafte, und sogar der, welcher gerecht bestraft wurde, meinen könnte, es verberge sich Eigennutz hinter dem gefällten Urteil, war für ihn da, wo er strafen mußte, der Grund, die ansonsten sehr verwerfliche Strafe der Inhaftierung zu bevorzugen.

Und so kam es, daß der kleine Max nicht im Garten spielen durfte und auch Tine an den Blumen nicht soviel Freude hatte, wie sie es sich am Tag ihrer Ankunft in *Rangkas-Betong* vorgestellt hatte.

Es spricht für sich, daß diese und ähnliche Kümmernisse keinen Einfluß auf die Stimmung der Familie ausübten, die soviele Möglichkeiten hatte, sich ein glückliches häusliches Leben zu schaffen. Es war auch nicht solchen Kleinigkeiten zuzuschreiben, wenn Havelaar zuweilen mit bekümmerter Miene eintrat, wenn er von einem Ausritt zurückkehrte oder nachdem er diesen oder jenen angehört hatte, der ihn gebeten hatte, mit ihm sprechen zu dürfen. Wir haben aus seiner Ansprache an die Häupter gehört, daß er seine

Pflicht erfüllen, daß er Unrecht bekämpfen wollte, und ich hoffe, daß der Leser aus den Gesprächen, die ich wiedergab, ihn als jemand kennengelernt hat, der durchaus in der Lage ist, etwas herauszufinden und zu klären, das manch anderem verborgen war oder im Dunkeln lag. Es war also anzunehmen, daß nicht vieles von dem, was in *Lebak* geschah, seiner Aufmerksamkeit entgehen würde. Auch haben wir gesehen, daß er schon viele Jahre zuvor diese Provinz im Auge behalten hatte, so daß er bereits am ersten Tag, als Verbrugge ihm im *Pendoppo* begegnete, da wo meine Geschichte anfängt, zeigte, in seinem neuen Arbeitsgebiet kein Fremder zu sein. Er hatte durch Nachforschungen an Ort und Stelle vieles von dem bestätigt gefunden, was er früher vermutete, und vor allem aus dem Archiv war ihm ersichtlich geworden, daß sich der Landstrich, dessen Führung ihm anvertraut worden war, tatsächlich in einem höchst traurigen Zustand befand.

Aus Briefen und Notizen seines Vorgängers ersah er, daß dieser dieselben Feststellungen gemacht hatte. Die Korrespondenz mit den Häuptern enthielt Vorwurf auf Vorwurf, Drohung auf Drohung und machte sehr verständlich, warum dieser Beamte schließlich gesagt haben sollte, sich direkt an die Regierung zu wenden, falls diesen Zuständen kein Ende gesetzt würde.

Als Verbrugge Havelaar dies mitteilte, hatte dieser geantwortet, daß sein Vorgänger hierin falsch gehandelt hätte, da der Resident-Assistent von *Lebak* in keinem Falle den Residenten von *Bantam* übergehen dürfe, und er hatte hinzugefügt, daß dies auch durch nichts zu rechtfertigen gewesen wäre, da wohl nicht davon auszugehen war, daß dieser hohe Beamte für Ausbeutung und Unterdrückung Partei ergreifen würde.

Eine solche Parteinahme war daher auch bei weitem nicht in dem Sinne, wie Havelaar sie meinte zu vermuten, nämlich so, als würde dem Residenten irgendein Vorteil oder Gewinn aus diesen Vergehen erwachsen. Es gab allerdings einen Grund, der ihn dazu bewog, wenn auch nur ungern, auf die Beschwerden von Havelaars Vorgänger einzugehen. Wir haben bereits gesehen, wie dieser Vorgänger mehrmals mit dem Residenten über die herrschenden Mißstände gesprochen hatte – *abouchiert*, sagte Verbrugge – und wie wenig ihm das genützt hatte. Es ist also nicht ganz unwichtig zu untersuchen, weshalb so ein hochgestellter Beamter, der als Oberhaupt der gesamten Residenz ebenso wie der Resident-Assistent, ja, mehr noch als dieser, gehalten war, dafür zu sorgen, daß Recht geschehe, fast immer glaubte Gründe zu haben, den Lauf dieses Rechts aufzuhalten.

Bereits in *Serang*, als Havelaar im Hause des Residenten verweilte, hatte er mit diesem über die Mißstände gesprochen und darauf zur Antwort bekommen: ›daß dies alles in mehr oder weniger starkem Maße überall der Fall sei‹. Dies nun konnte Havelaar nicht leugnen. Wer könnte wohl behaupten, ein Land gesehen zu haben, in dem kein Unrecht geschieht? Aber er war der Meinung, daß dies kein Grund war, die Mißstände dort, wo man sie antraf, weiter bestehen zu lassen, vor allem dann nicht, wenn man ausdrücklich dazu berufen war, diesen entgegenzutreten. Daß außerdem, nach allem, was er über *Lebak* wußte, hier nicht die Rede sein konnte von *mehr oder weniger stark*, sondern von einem *sehr starken* Ausmaß, woraufhin der Resident ihm unter anderem antwortete: ›daß es um die Provinz *Tjiringien* – die auch zu *Bantam* gehöre – noch schlimmer bestellt sei‹.

Wenn man nun annimmt, wie es zulässig ist, daß ein Resident keine direkten Vorteile aus Ausbeutung und willkürlichem Verfügen über die Bevölkerung zieht, so drängt sich die Frage auf, was sonst so viele dazu bewegt, in Widerspruch zu Eid und Pflicht solche Mißbräuche zu dulden, ohne die Regierung hiervon in Kenntnis zu setzen? Und wer darüber nachdenkt, dem muß es schon sehr merkwürdig vorkommen, daß man so kaltblütig die Existenz dieser Mißbräuche zugibt, als sei die Rede von etwas, das außerhalb von Reichweite oder Zuständigkeit liegt. Ich werde versuchen, die Ursachen hierfür darzulegen.

In der Regel ist schon das Überbringen schlechter Nachrichten etwas Unangenehmes, und es scheint sogar, als würde von dem ungünstigen Eindruck, den sie verursachen, etwas an dem haften bleiben, dem die traurige Aufgabe zuteil wurde, solche Nachrichten zu überbringen. Wenn nun dies allein für manche schon ein Grund wäre, wider besseres Wissen die Existenz von etwas Ungünstigem zu leugnen, um wieviel mehr wird dies dann der Fall sein, wenn man Gefahr läuft, nicht nur sich selbst die Ungnade zuzuziehen, die nun einmal das Schicksal des Überbringers schlechter Nachrichten zu sein scheint, sondern auch noch als *Ursache* des ungünstigen Zustandes, den man pflichtgetreu offenbart, angesehen zu werden.

Die Regierung von Niederländisch-Ostindien schreibt ihrer Herrin im Mutterland bevorzugt, daß alles nach Wunsch verläuft. Die Residenten melden dies gerne der Regierung. Die Resident-Assistenten, die selbst von ihren Kontrolleuren kaum etwas anderes als gute Berichte erhalten, vermeiden es ihrerseits am liebsten, unangenehme Nachrichten an den Residenten zu senden. Hieraus wird in der offiziellen und schriftlichen Behandlung der Angelegenheiten ein gekünstelter Optimismus geboren, der nicht nur im Widerspruch zur Wahrheit, sondern auch zur eigenen Meinung der Optimisten selbst steht, sobald sie diese Angelegenheiten mündlich behandeln, und – noch merkwürdiger! – oft sogar im Widerspruch zu ihren eigenen schriftlichen Berichten. Ich könnte viele Beispiele für Protokolle nennen, die den günstigen Zustand einer Residenz aufs höchste preisen, die sich selbst jedoch, vor allem da, wo *Zahlen* sprechen, Lügen strafen. Diese Beispiele würden, wenn die Sache nicht wegen der häßlichen Folgen zu ernst wäre, Anlaß zu Gelächter und Spott geben, und man staunt über die Naivität, mit der in einem solchen Fall oft die gröbsten Unwahrheiten aufrechterhalten und angenommen werden, obwohl der Verfasser selbst wenige Sätze später die Waffen anbietet, mit denen diese Unwahrheiten zu bekämpfen sind. Ich werde mich auf ein einziges Beispiel beschränken, das ich um viele weitere ergänzen könnte. Zwischen den Unterlagen, die mir vorliegen, finde ich den Jahresbericht von einer Residenz. Der Resident lobt den Handel, der dort blüht, und behauptet, daß im gesamten Landstrich großer Wohlstand und rege Betriebsamkeit herrschen. Ein wenig später jedoch, wo die Rede ist von den geringen Mitteln, die ihm zur Verfügung stehen, um den Schmuggel zu unterbinden, möchte er sofort den unangenehmen Eindruck verwischen, der bei der Regierung durch die Meinung entstanden sein könnte, daß folglich in dieser Residenz viele Einfuhrzölle hinterzogen werden. ›Nein‹, sagt er, ›darüber braucht man sich keine Sorgen zu machen! In meiner Residenz wird wenig oder gar nichts illegal eingeführt, denn… in diesen Gegenden ist so wenig los, daß niemand sein Vermögen im Handel riskieren würde.‹

Ich habe einen ähnlichen Bericht gelesen, der mit den Worten begann: ›*Im vorigen Jahr ist die Ruhe ruhig geblieben.*‹ Solche Sätze zeugen allerdings von einer sehr ruhigen Beruhigung hinsichtlich der Nachgiebigkeit der Regierung gegenüber jedem, der ihr unangenehme Nachrichten erspart, oder der, wie es heißt: ›sie nicht belastet‹ mit unangenehmen Berichten!

Wo die Bevölkerung nicht zunimmt, ist dies der Unrichtigkeit der Zählungen aus früheren Jahren zuzuschreiben. Wo die Steuern nicht steigen, macht man sich daraus einen Verdienst: die Absicht liegt darin, durch geringe Erhebungen die Landwirtschaft zu fördern, die gerade *jetzt* anfängt, sich zu entwickeln und bald – am liebsten, wenn der Berichterstatter zurückgetreten sein wird – unfaßbare Früchte abwerfen soll. Wo Unordnung aufgetreten ist, die nicht vertuscht werden *konnte*, war dies das Werk einiger weniger Schlechtgesinnter, die in Zukunft nicht mehr zu fürchten sind, da jetzt eine *allgemeine* Zufriedenheit herrscht. Wo Entbehrungen und Hungersnot die Bevölkerung dezimiert hatte, war dies die Folge einer Mißernte, der Dürre, des Regens oder etwas ähnlichem, nie aber von schlechter Verwaltung.

Die Note von Havelaars Vorgänger, in der er ›die Abwanderung aus dem Distrikt *Parang-Koodjang* einem *weitreichenden* Mißbrauch‹ zuschrieb, liegt vor mir. Diese Note war *in*offiziell und enthielt Punkte, über die dieser Beamte mit dem Residenten von *Bantam* sprechen wollte. Vergeblich jedoch suchte Havelaar im Archiv nach einem Hinweis, daß sein Vorgänger diese Sache in einem *offiziellen Dienstschreiben* ritterlich beim wahren Namen genannt hatte.

Kurzum, die offiziellen Berichte der Beamten an das Gouvernement und folglich auch die darauf basierenden Protokolle an die Regierung im Mutterland sind zum größten und wichtigsten Teil *unwahr*.

Ich weiß, daß diese Anschuldigung schwerwiegend ist, doch ich bleibe dabei und fühle mich vollkommen in der Lage, sie mit Beweisen zu untermauern. Wer verstimmt darüber sein sollte, daß ich diese Meinung ohne Umschweife äußere, der bedenke, wie viele Millionen an Staatsgeldern und wie viele Menschenleben England hätten erhalten werden können, wenn man dort rechtzeitig die Augen der Nation für die wahren Zustände in Britisch-Indien geöffnet hätte, und welch große Dankbarkeit man dem Mann geschuldet hätte, der den Mut besessen hätte der Hiobsbote zu sein, bevor es zu spät gewesen wäre, um den falschen Weg zu auf eine weniger blutige Art und Weise zu verlassen, als jetzt nötig geworden ist.

Ich behauptete, meine Anschuldigung erhärten zu können. Wenn es nötig ist, werde ich beweisen, daß oft Hungersnot herrschte in den Landstrichen, die als Muster an Wohlstand gelobt wurden, und daß wiederholt eine Bevölkerung, die als ruhig und zufrieden bezeichnet wird, kurz davor stand, in Wut auszubrechen. Es ist nicht meine Absicht, diese Beweise in *diesem* Buch zu liefern, doch ich verlasse mich darauf, daß man es nicht aus der Hand legen wird, ohne zu glauben, daß sie existieren.

Jetzt beschränke ich mich auf ein einziges weiteres Beispiel für den lächerlichen Optimismus, von dem ich sprach, ein Beispiel, das von jedem verstanden werden kann, ob er sich nun in den Angelegenheiten Niederländisch-Ostindiens auskennt oder nicht.

Jeder Resident reicht monatlich eine Aufstellung über den Reis ein, der in seinem Landstrich eingeführt oder von dort aus anderweitig verschickt wurde. In dieser Aufstellung wird der Transport je nachdem, ob er sich auf Java beschränkt oder sich weiter erstreckt, gesondert aufgeführt. Wenn man nun auf die Reismenge achtet, die den Angaben zufolge *aus* Residenzen auf Java *in* Residenzen auf Java überführt wurde, wird man feststellen, daß diese Menge um viele Tausende Kilo *größer* ist als die Menge, die denselben Angaben zufolge, *nach* Residenzen auf Java *aus* Residenzen auf Java eingeführt wurde.

Ich erwähne nun nicht eigens, was man von der Einsicht der Regierung zu halten hat, die solche Aufstellungen annimmt und veröffentlicht, sondern möchte den Leser lediglich auf die *Tragweite* solcher Falschheiten aufmerksam machen.

Die prozentweise Belohnung für europäische und einheimische Beamte für ihre Produkte, die in Europa verkauft werden sollen, hatte den Reisanbau derartig in den Hintergrund gedrängt, daß in manchen Landstrichen eine Hungersnot geherrscht hat, die vor den Augen der Nation einfach nicht vertuscht werden konnte. Ich sagte bereits, daß damals Vorschriften erlassen worden sind, um diese Dinge nicht wieder soweit kommen zu lassen. Zu den vielen Auswirkungen dieser Vorschriften gehörten unter anderem auch die von mir genannten Aufstellungen über ein- und ausgeführten Reis, so daß die Regierung fortwährend ein Auge auf Ebbe und Flut dieses Nahrungsmittels haben konnte. *Ausfuhr* aus einer Residenz bedeutete Wohlstand, *Einfuhr* dagegen eher Mangel.

Wenn man nun diese Angaben untersucht und vergleicht, wird ersichtlich, *daß es überall Reis in solchem Überfluß gibt, daß alle Residenzen zusammen mehr Reis ausführen, als in allen Residenzen zusammen eingeführt wird.* Ich wiederhole, daß hier nicht die Rede von einer Ausfuhr über das Meer ist, über die es eine gesonderte Aufstellung gibt. Die Schlußfolgerung davon ist also die unsinnige Feststellung: *daß es auf Java mehr Reis gibt, als es Reis gibt.* Das ist doch Wohlstand!

Ich sagte bereits, daß das Bestreben, der Regierung nie andere als gute Berichte zu übermitteln, ins Lächerliche übergehen würde, wenn die Folgen von alledem nicht so traurig wären. Auf welche Verbesserung der vielen Mißstände ist denn zu hoffen, wenn von vornherein die Absicht besteht, in den Berichten an die Führung alles zurechtbiegen und zu verdrehen? Was ist denn zum Beispiel von einer Bevölkerung zu erwarten, die, vom Wesen her sanftmütig und fügsam ist, die Jahr um Jahr über Unterdrückung klagt, während sie einen Residenten nach dem anderen auf Urlaub oder in Pension gehen oder zu einem anderen Amt abberufen sieht, ohne daß auch nur *etwas* zur Behebung der Mißstände, unter denen sie zu leiden hat, geschehen ist! Muß nicht die gekrümmte Feder endlich zurückschlagen? Muß nicht die solange unterdrückte Unzufriedenheit – unterdrückt, damit man sie weiterhin verleugnen kann! – endlich in Wut übergehen, in Verzweiflung, in Raserei? Liegt nicht eine *Jacquerie* am Ende dieses Weges?

Und wo werden dann die Beamten sein, die seit Jahren hintereinander ihre Nachfolge antraten, ohne je auf die Idee gekommen zu sein, daß es etwas Höheres gibt als die ›Gunst der Regierung‹? Etwas Höheres als die ›Zufriedenheit des Generalgouverneurs‹? Wo werden sie dann sein, die faden Berichteschreiber, die die Augen der Führung durch ihre Unwahrheiten blendeten? Werden sie, die früher den Mut entbehrten, ein beherztes Wort auf Papier zu setzen, dann zu den Waffen eilen und die niederländischen Besitztümer für die Niederlande erhalten? Werden sie den Niederlanden die Schätze wiedergeben, die nötig sein werden, um den Aufruhr zu dämpfen und einen Umsturz zu vermeiden? Werden sie denen das Leben zurückgeben, welche fielen durch ihre Schuld?

Und die Beamten, die Kontrolleure und Residenten, sie tragen nicht die *meiste* Schuld. Es ist die Regierung selbst, die, wie mit unbegreiflicher Blindheit geschlagen, das Einreichen von günstigen Berichten ermutigt, herausfordert und belohnt. Dies ist vor allem da der Fall, wo von der Unterdrückung der Bevölkerung durch einheimische Häupter ist die Rede.

Von vielen wird dieser Schutz für die Häupter der unedlen Berechnung zugeschrieben, daß sie, die Pracht und Prunk zur Schau stellen müssen, um auf die Bevölkerung den Einfluß auszuüben, welchen die Regierung braucht, um ihre Macht zu behaupten, dazu eine viel höhere Besoldung genießen müßten als dies gegenwärtig der Fall ist, wenn man ihnen nicht die Freiheit gewährte, das Fehlende durch die ungesetzliche Verfügung über die Besitztümer und die Arbeitskraft des Volkes zu ergänzen. Wie dem auch sei, die Regierung geht nur widerwillig zur Anwendung der Bestimmungen über, die den Javaner vor Ausbeutung und Raub angeblich schützen sollen. Meistens weiß man mit nicht nachvollziehbaren und oft aus der Luft gegriffenen, staatsrechtlichen Argumenten einen Grund zu finden, um *diesen* Regenten oder *jenes* Haupt zu verschonen, und es ist daher in Niederländisch-Ostindien auch eine fast sprichwörtliche Meinung, daß das Gouvernement lieber zehn Residenten entlassen würde als auch nur einen Regenten. Auch diese vorgeschobenen politischen Gründe – wenn sie sich überhaupt auf *etwas* stützen – beziehen sich in der Regel auf falsche Angaben, da jeder Resident ein Interesse daran hat, den Einfluß seiner Regenten auf die Bevölkerung zu mehren, um sich dahinter verstecken zu können, falls später einmal seine große Nachsicht gegenüber diesen Häuptern getadelt werden sollte.

Ich werde hier nicht auf die abscheuliche Heuchelei der menschenliebend klingenden Bestimmungen eingehen – und der Eide! –, die den Javaner vor Willkür schützen... sie stehen auf dem Papier. Ich bitte den Leser, sich ins Gedächtnis zu rufen, wie Havelaar beim Nachsprechen dieser Eide etwas durchblicken ließ, das an Geringschätzung erinnerte. Für den Augenblick möchte ich nur auf die Schwierigkeit der Lage des Mannes hinweisen, der sich völlig anders als kraft einer gesprochenen Formel an seine Pflicht gebunden fühlte.

Und für ihn war diese Schwierigkeit noch größer, als sie es für manche andere gewesen wäre, da sein Gemüt sanft war, ganz im Widerspruch zu seinem Verstand, den der Leser nun wohl als recht scharf kennengelernt haben wird. Er hatte also nicht nur mit der Furcht vor Menschen oder mit der Sorge für Laufbahn und Beförderung zu kämpfen, sondern zudem noch mit den Pflichten, die er als Ehegatte und Familienvater zu erfüllen hatte: er mußte einen Feind in seinem eigenen Herzen besiegen. Er konnte kein Leid sehen, ohne selbst zu leiden, und es würde zu weit führen, wenn ich die Beispiele anführen wollte, wie er immer, auch da, wo er gekränkt und beleidigt worden war, die Partei eines Gegners ergriff gegen sich selbst. Er erzählte Duclari und Verbrugge, daß er in seiner Jugend etwas Anziehendes am Duell mit dem Säbel gefunden hatte, was auch der Wahrheit entsprach... doch er sagte nicht dazu, wie er wegen der Verletzung der gegnerischen Partei gewöhnlich weinte und seinen ehemaligen Feind wie eine barmherzige Schwester bis zur Genesung pflegte. Ich könnte erzählen, wie er in *Natal* den Sträfling, der auf ihn geschossen hatte zu sich nahm, dem Mann freundlich zuredete, ihn speisen ließ und ihm vor allen anderen die Freiheit gab, weil er entdeckt zu haben glaubte, daß die Verbitterung dieses Verurteilten die Folge eines anderenorts verhängten, zu strengen Urteils war. Normalerweise wurde seine Sanftmut entweder geleugnet oder lächerlich gefunden. Verkannt von dem, der sein Herz mit seinem Verstand verwechselte. Lächerlich gefunden von dem, der nicht begreifen konnte, daß ein vernünftiger Mensch sich die Mühe machte, eine Fliege zu retten, die sich im Netz einer Spinne verfangen hatte. Geleugnet wiederum von jedem – außer von Tine – der ihn anschließend auf die ›dummen Tiere‹ schimpfen hörte und auf die ›dumme Natur‹, die solche Tiere erschuf.

Es gab aber noch eine andere Art und Weise, ihn von dem Sockel herunterzuholen, auf den ihn seine Umgebung – man mochte ihn lieben oder auch nicht – gezwungenermaßen gestellt hatte. ›Ja, er *ist* geistreich, aber… es ist Flüchtigkeit in seinem Geist.‹ Oder: ›er *ist* vernünftig, aber… er benutzt seine Vernunft nicht richtig.‹ Oder: ›ja, er *ist* gutherzig, aber… er kokettiert damit!‹

Für seinen Geist, für seine Vernunft, ergreife ich keine Partei. Aber sein Herz? Arme, zappelnde Fliegen, die er rettete, wenn er ganz allein war, wollt *Ihr* dieses Herz verteidigen gegen die Anschuldigung der Koketterie?

Aber ihr seid davongeflogen und habt euch nicht um Havelaar gekümmert, ihr, die ihr nicht wissen konntet, daß er einmal eures Zeugnisses bedürfen würde!

War es Koketterie von Havelaar, als er in *Natal* einem Hund – *Sappho* hieß das Tier – in die Flußmündung nachsprang, weil er befürchtete, daß das noch junge Tier nicht gut genug schwimmen konnte, um den Haien zu entkommen, die dort so zahlreich sind? Ich kann solche Koketterie mit der Gutherzigkeit schwerer glauben als die Gutherzigkeit an sich.

Ich rufe euch auf, die vielen, die Havelaar gekannt haben – wenn ihr nicht erstarrt seid durch Winterkälte oder Tod... wie die geretteten Fliegen, oder vertrocknet durch die Hitze, dort, weit weg unter dem Äquator! –, ich rufe euch auf, um über sein Herz Zeugnis zu geben, ihr alle, die ihn gekannt habt! Nun vor allem rufe ich euch auf voller Zuversicht, weil ihr nicht mehr zu suchen braucht, wo das Seil eingehakt werden muß, um ihn damit von welcher geringen Höhe auch immer herunterzuholen.

Inzwischen, so bunt es auch scheinen mag, werde ich einigen Zeilen aus seiner Hand Platz einräumen, die solche Zeugnisse vielleicht überflüssig machen. Max war einmal weit, weit weg von Frau und Kind. Er hatte sie in Niederländisch-Ostindien zurücklassen müssen und befand sich in Deutschland. Mit einer Geschwindigkeit, die ich ihm zutraue, jedoch nicht in Schutz nehme, sollte man sie angreifen wollen, machte er sich die Sprache des Landes zu eigen, in dem er nur einige Monate verkehrt hatte. Siehe hier die Zeilen, die zugleich die Innigkeit des Bandes widerspiegeln, das zwischen ihm und den Seinen bestand.

»Mein Kind, da schlägt die neunte Stunde, hör!
Der Nachtwind säuselt, und die Luft wird kühl,
Zu kühl für dich vielleicht: dein Stirnchen glüht!

Du hast den ganzen Tag so wild gespielt,
Und bist wohl müde, komm, dein *Tikar* harret.«
»Ach, Mutter, Laß mich noch 'nen Augenblick!
Es ist so sanft zu ruhen hier... und dort,
Da drin auf meiner Matte, schlaf ich gleich,
Und weiß nicht einmal was ich träume! Hier
Kann ich doch gleich dir sagen was ich träume,
Und fragen was mein Traum bedeutet... hör,
Was war das?«
»'s War ein *Klapper* der da fiel.«
»Tut das dem Klapper weh?« »Ich glaube nicht,
Man sagt, die Frucht, der Stein, hat kein Gefühl.«
»Doch eine Blume, fühlt die auch nicht?« »Nein,
Man sagt, sie fühle nicht.« »Warum denn, Mutter,
Als gestern ich die *Pukul ampat* brach
Hast du gesagt: es tut der Blume weh?«
»Mein Kind, die *Pukul ampat* war so schön
Du zogst die zarten Blättchen roh entzwei,
Das tat mir für die arme Blume leid.
Wenn gleich die Blume selbst es nicht gefühlt,
Ich fühlt' es für die Blume, weil sie schön war.«
»Doch, Mutter, bist du auch schön?« »Nein, Kind,
Ich glaube nicht.« »Allein *du* hast Gefühl?«
»Ja, Menschen haben's... doch nicht allen gleich.«
»Und kann *dir* etwas weh tun? Tut dir's weh,
Wenn dir im Schoß so schwer mein Köpfchen ruht?«
»Nein, *das* tut mir nicht weh!« »Und, Mutter, ich...
»Hab' *ich* Gefühl?« »Gewiß! Erinn're dich
Wie du, gestrauchelt einst, an einem Stein
Dein Händchen hast verwundet, und geweint.
Auch weintest du, als *Saudien* dir erzählte

Daß auf den Hügeln dort, ein Schäflein tief
In eine Schlucht hinunter fiel, und starb.
Du hast lang geweint... das war Gefühl.«
»Doch, Mutter, ist Gefühl denn Schmerz?« »Ja, oft!
Doch... immer nicht, bisweilen nicht! Du weißt,
Wenn's Schwesterlein dir in die Haare greift,
Und krähend dir‹s Gesichtchen nahe drückt,
Dann lachst du freudig, das ist auch Gefühl.«
»Und dann mein Schwesterlein... es weint so oft,
Ist das vor Schmerz? Hat sie denn auch Gefühl?«
»Vielleicht, mein Kind, wir wissen's aber nicht,
Weil sie, so klein, es noch nicht sagen kann.«
»Doch, Mutter... höre, was war das?« »Ein Hirsch
Der sich verspätet im Gebüsch, und jetzt
Mit Eile heimwärts kehrt, und Ruhe sucht
Bei andren Hirschen die ihm lieb sind.« »Mutter,
Hat solch ein Hirsch ein Schwesterlein wie ich?
Und eine Mutter auch?« »Ich weiß nicht, Kind.«
»Das würde traurig sein, wenn's nicht so wäre!
Doch Mutter, seh'... was schimmert dort im Strauch?
Seh' wie es hüpft und tanzt... ist das ein Funk?«
»'s Ist eine Feuerfliege.« »Darf ich's fangen?«
»Du darfst es, doch das Flieglein ist so zart,
Du wirst gewiß es weh tun, und sobald
Du's mit den Fingern all zu roh berührst,
Ist 's Tierchen krank, und stirbt und glänzt nicht mehr.«
»Das wäre schade! Nein, ich fang' es nicht!
Seh', da verschwand es... nein, es kommt hierher...

Ich fang' es doch nicht! Wieder fliegt es fort,
Und freut sich daß ich's nicht gefangen habe!
Da fliegt es... hoch! Hoch, oben... was ist *das*,
Sind das auch Feuerflieglein dort?« »Das sind
Die Sterne.« »Ein, und zehn, und tausend!
Wieviel sind denn wohl da?« »Ich weiß es nicht,
Der Sterne Zahl hat Niemand noch gezählt.«
»Sag', Mutter, zählt auch *Er* die Sterne nicht?«
»Nein, liebes Kind, auch *Er* nicht.« »Ist das weit,
Dort oben wo die Sterne sind?« »Sehr weit!«
»Doch haben diese Sterne auch Gefühl?
Und würden sie, wenn ich sie mit der Hand
Berührte, gleich erkranken, und den Glanz
Verlieren, wie das Flieglein? – Seh', noch schwebt
 es! –
Sag', würd' es auch den Sternen weh tun?« »Nein,
Weh tut's den Sternen nicht! Doch 's ist zu weit
Für deine kleine Hand: du reichst so hoch nicht.«
»Kann *Er* die Sterne fangen mit der Hand?«
»Auch *Er* nicht: das kann Niemand!« »Das ist
 schade!
Ich gäb so gern dir einen! Wenn ich groß bin,
Dann will *ich so dich lieben daß ich's kann.*«
Das Kind schlief ein. Ihm träumte von Gefühl,
Von Sternen die es faßte mit der Hand...
Die Mutter schlief noch lange nicht! Doch träumte
Auch sie, und dacht' an den der fern war...

Ja, auf die Gefahr hin, bunt zu erscheinen, habe ich diesen Zeilen hier Platz eingeräumt. Ich möchte keine Gelegenheit versäumen, um die Kenntnis über den Mann zu mehren, der die

Hauptrolle in meiner Geschichte ausfüllt, damit er im Leser einiges Interesse erwecke, wenn sich später dunkle Wolken über seinem Kopf zusammenziehen.

Fünfzehntes Kapitel

Havelaars Vorgänger, der zwar das Gute anstrebte, doch zugleich die tiefe Ungnade der Regierung einigermaßen gefürchtet zu haben schien – der Mann hatte viele Kinder und kein Vermögen –, hätte also lieber mit dem Residenten *gesprochen* über das, was er selbst *weitgehende* Mißbräuche nannte, als diese in einem offiziellen Bericht unumwunden zu nennen. Er wußte, daß ein Resident nicht gerne ein schriftliches Protokoll erhält, das in seinem Archiv verbleibt und später als Beweis dafür gelten kann, daß er frühzeitig auf diesen oder jenen Mißstand aufmerksam gemacht worden war, während eine mündliche Mitteilung ihm ohne Gefahr die Wahl läßt, einer Klage nachzugehen oder nicht. Solche mündlichen Mitteilungen hatten für gewöhnlich eine Unterredung mit dem Regenten zur Folge, der natürlich alles leugnete und auf Beweise drängte. Dann wurden die Leute aufgerufen, die die Dreistigkeit besessen hatten sich zu beklagen, und kriechend vor den Füßen des *Adhipatti* baten sie um Verschonung. ›Nein, der Büffel sei ihnen nicht umsonst abgenommen worden, sie glaubten wohl, daß dafür der doppelte Preis bezahlt werden würde.‹ ›Nein, sie seien nicht von ihren Feldern weggerufen worden, um unentgeltlich in den *Sawahs* des Regenten zu arbeiten, sie wüßten sehr wohl, daß der *Adhipatti* sie später reich belohnt hätte.‹ ›Sie hätten ihre Klage eingereicht in einem Augenblick unbegründeten Unmuts... sie seien wahnsinnig gewesen und flehten, daß man sie strafen möge für solch eine unerhörte Respektlosigkeit!‹

Dann wußte der Resident schon, was er von der Rücknahme der Anklage zu halten hatte, aber diese Rücknahme bot ihm dennoch eine schöne Gelegenheit, den Regenten in Amt und Würden zu belassen, und ihm selbst war die unangenehme Aufgabe, die Regierung mit einem ungünstigen Bericht zu ›belasten‹, erspart worden. Die rücksichtslosen Kläger wurden mit Rohrschlägen bestraft, der Regent hatte triumphiert, und der Resident kehrte in die Hauptstadt zurück im angenehmen Bewußtsein, diese Sache wieder einmal ganz gut ›geschaukelt‹ zu haben.

Was aber sollte nun der Resident-Assistent tun, wenn sich am nächsten Tag wieder neue Kläger bei ihm anmeldeten? Oder – und das geschah oft – wenn dieselben Kläger zurückkamen und ihren Widerruf zurücknahmen? Sollte er die Sache *wieder* in seinen Bericht aufnehmen, um *wieder* mit dem Residenten darüber zu sprechen, um sich *wieder* dieselbe Komödie anzusehen, und das alles auf die Gefahr hin, am Ende als jemand zu gelten, der – dumm und boshaft dann – ständig Beschuldigungen hervorbrachte, die ständig wieder als unbegründet abgewiesen werden mußten? Was sollte aus dem so notwendigen freundschaftlichen Verhältnis zwischen dem wichtigsten einheimischen Haupt und dem ersten europäischen Beamten werden, wenn dieser ständig falschen Anklagen gegen dieses Haupt Gehör schenkte? Und vor allem, was wurde aus den armen Klägern, nachdem sie in ihr Dorf zurückgekehrt waren, zurück in den Machtbereich des Distrikts- oder Dorfhauptes, das sie als Vollstrecker der Willkür des Regenten angeklagt hatten?

Was aus diesen Klägern wurde? Wer fliehen konnte, floh. Deshalb gab es so viele Bewohner von *Lebak* unter den Aufständischen in den *Lampongschen* Distrikten! Deshalb hatte Havelaar in seiner Rede die Häupter gefragt: ›Warum stehen denn so viele Häuser in den Dörfern leer, und warum ziehen viele den Schatten der Bäume anderenorts der Kühle der Wälder von *Bantan-Kidul* vor?‹

Doch nicht jeder *konnte* fliehen. Der Mann, dessen Leichnam morgens den Fluß hinunter trieb, nachdem er am vorigen Abend heimlich, zögernd, ängstlich, um Anhörung beim Resident-Assistenten gebeten hatte... er brauchte nicht mehr zu fliehen. Vielleicht wäre es sogar als Zeichen der Menschenliebe zu erachten, ihm durch den augenblicklichen Tod eine gewisse Lebenszeit zu entziehen. Ihm blieb die Mißhandlung erspart, die ihn bei der Rückkehr in sein Dorf erwartete, und die Rohrschläge, die die Strafe sind für all jene, welche für einen Augenblick glauben konnten, kein Tier zu sein, kein seelenloses Stück Holz oder Stein. Die Strafe für den, der in einem Anflug von Torheit geglaubt hatte, daß *Recht* im Land herrsche, und daß der Resident-Assistent den Willen habe und die Macht, dieses Recht walten zu lassen...

War es nicht wirklich besser, den Mann daran

zu hindern, am nächsten Tag zum Resident-Assistenten zurückzukehren – wie dieser ihn abends geheißen – und seine Klage zu ersticken im gelben Wasser des *Tji-Udjung*, der ihn sanft zu seiner Mündung tragen würde, daran gewohnt, Überbringer dieser brüderlichen Grußgeschenke der Haie im Inland an die Haie im Meer zu sein?

Und Havelaar wußte das alles! Spürt der Leser, was sein Gemüt bewegte beim Gedanken, daß er dazu berufen war, Recht zu sprechen, und daß er dadurch einer höheren Macht als der Macht der Regierung Rechenschaft schuldig war, die zwar dieses Recht in ihren Gesetzen vorschrieb, jedoch nicht immer gleich gerne die Anwendung davon sah? Spürt man, wie er von Zweifeln geschüttelt wurde, nicht an dem, was er zu tun hatte, sondern an *der Art und Weise wie* er zu handeln hatte?

Er hatte angefangen mit Sanftmut. Er hatte zum *Adhipatti* gesprochen als: ›älterer Bruder‹, und wer meinen sollte, daß ich, der ich voreingenommen bin von dem Helden meiner Geschichte, die Art, in der er sprach, über die Maßen zu erheben versuche, der höre, wie einmal nach einer solchen Unterredung der Regent seinen *Patteh* zu ihm sandte, um für das Wohlwollen in seinen Worten zu danken, und wie noch lange danach der *Patteh*, als er mit Kontrolleur Verbrugge sprach – nachdem Havelaar aufgehört hatte, Resident-Assistent von *Lebak* zu sein, nachdem also nichts mehr von ihm zu befürchten war – wie dieser *Patteh* bei der Erinnerung an seine Worte betroffen ausrief: ›noch nie hat ein anderer Herr gesprochen wie er!‹

Ja, er wollte helfen, aufspüren, retten, nicht verderben! Er hatte Mitleid mit dem Regenten. Er, der wußte, wie Geldmangel belasten kann, vor allem da, wo er zu Erniedrigung und Schmach führt, suchte nach Gründen, ihn zu verschonen. Der Regent war alt, und er war Oberhaupt eines Geschlechts, das in benachbarten Provinzen auf großem Fuß lebte, da dort viel Kaffee geerntet wurde und somit viele Nebeneinnahmen erzielt wurden. War es nicht schmerzlich für ihn, in seiner Lebensweise seinen jüngeren Verwandten um so vieles nachstehen zu müssen? Zudem vermeinte der Mann, von Fanatismus beherrscht, mit steigendem Alter das Heil seiner Seele gegen bezahlte Pilgerfahrten nach Mekka und gegen Almosen an gebetsingende Nichtsnutze kaufen zu können. Die Beamten, die Havelaar in *Lebak* vorangegangen waren, hatten nicht immer ein gutes Beispiel gegeben. Und schließlich erschwerte der große Umfang der *Lebakschen* Verwandtschaft des Regenten, die ganz auf seine Kosten lebte, ihm die Rückkehr zum rechten Weg.

So suchte Havelaar nach Gründen, jegliche Strenge aufzuschieben, und wieder und wieder zu prüfen, was mit Sanftmut erreicht werden konnte.

Und er ging noch weit über Sanftmut hinaus. Mit einem Edelmut, der an die Fehler erinnerte, durch die er so arm geworden war, streckte er dem Regenten immer wieder auf eigene Verantwortung Geld vor, damit ihn nicht sein Bedarf allzu sehr zu Fehlgriffen nötigen würde, und er vergaß wie gewöhnlich sich selbst so weit, daß er anbot, sich und die Seinen auf das strikt Notwendige zu beschränken, um den Regenten mit dem Wenigen zu unterstützen, das er noch von seinem Einkommen einsparen konnte.

Falls es noch nötig erscheinen sollte, die Sanftmut zu beweisen, mit der Havelaar seine schwierige Pflicht erfüllte, könnte dieser Beweis in einer mündlichen Nachricht gefunden werden, die er dem Kontrolleur auftrug, als dieser einmal nach *Serang* reisen sollte: ›Richte dem Residenten aus, daß er, wenn er von den Mißbräuchen hört, die hier stattfinden, nicht glauben soll, daß ich in diesem Punkt gleichgültig bin. Ich mache hiervon nicht sofort offiziell Meldung, weil ich den Regenten, mit dem ich Mitleid habe, vor zu großer Strenge bewahren möchte, da ich zuerst versuchen will, ihn durch Sanftmut zu seinen Pflichten zurückzuführen.‹

Havelaar blieb oft Tage lang aus. Wenn er zu Hause war, fand man ihn meistens in dem Zimmer, das wir in unserem Grundriß im siebenten Quadrat finden. Dort saß er für gewöhnlich und schrieb und empfing die Personen, die ihn um eine Anhörung baten. Er hatte diesen Platz gewählt, weil er dort in der Nähe seiner Tine war, die sich normalerweise im angrenzenden Zimmer aufhielt. Denn sie waren so innig verbunden, daß Max, auch wenn er mit einer Arbeit beschäftigt war, die Aufmerksamkeit und Anstrengung erforderte, ständig das Bedürfnis hatte, sie zu sehen oder zu hören. Es war oftmals erstaunlich, wie er plötzlich ein Wort an sie richtete, das ihm bei seinen

Gedanken über die Themen, die ihn beschäftigten, einfiel, und wie rasch sie, ohne zu wissen, was er bearbeitete, den Sinn seiner Worte zu erfassen wußte, den er ihr auch normalerweise nicht erläuterte, als sei es selbstverständlich, daß sie wußte, was er meinte. Oft sprang er auch auf, wenn er unzufrieden war mit seiner eigenen Arbeit oder einem soeben erhaltenen unangenehmen Bericht, und sagte etwas unfreundliches zu ihr, die doch keine Schuld an seiner Unzufriedenheit trug! Sie aber hörte das gerne, weil es ein Beweis mehr war, wie Max sie mit sich verwechselte. Und auch war nie die Rede von Reue über solch eine scheinbare Härte oder von Vergebung auf der anderen Seite. Dies wäre ihnen vorgekommen, als hätte jemand sich selbst um Verzeihung gebeten, weil er sich im Unmut selbst vor den Kopf gestoßen hatte.

Sie kannte ihn aber so gut, daß sie genau wußte, wann sie da sein mußte, um ihm einen Augenblick der Ruhe zu verschaffen... ebenso, wann er ihren Rat brauchte, und nicht weniger genau, wann sie ihn allein lassen sollte.

In diesem Zimmer saß Havelaar eines vormittags, als der Kontrolleur mit einem soeben eingetroffenen Brief eintrat.

»Dies hier ist eine schwierige Angelegenheit, Herr Havelaar«, sagte er beim Eintreten. »Sehr schwirig!«

Wenn ich nun sage, daß dieser Brief einfach Havelaars Anweisung enthielt zu klären, weshalb sich die Preise für Holzarbeiten und Arbeitslohn geändert hatten, so wird der Leser meinen, daß

Kontrolleur Verbrugge sehr schnell etwas für schwierig hielt. Ich beeile mich also hinzuzufügen, daß viele andere ebenso Schwierigkeiten mit der Beantwortung dieser einfachen Frage gehabt hätten.

Vor einigen Jahren war in *Rangkas-Betong* ein Gefängnis gebaut worden. Nun ist es allgemein bekannt, daß die Beamten im Landesinneren von Java die Kunst verstehen, Gebäude zu errichten, die Tausende wert sind ohne mehr als ebenso viele Hunderte dafür auszugeben. Man bekommt dadurch den Ruf von Fähigkeit und Eifer im Dienst für das Land. Der Unterschied zwischen den ausgegebenen Geldern und dem Wert des dafür Erhaltenen wird ausgeglichen durch unbezahlte Lieferungen oder unbezahlte Arbeit. Seit einigen Jahren gibt es Vorschriften, die dies untersagen. Ob sie eingehalten werden, ist hier nicht die Frage. Ebensowenig, ob die Regierung selbst *will*, daß sie eingehalten werden mit einer Genauigkeit, die sich ungünstig auf den Haushalt der Bauabteilung auswirken würde? Es wird sich hiermit wohl so verhalten wie mit vielen anderen Vorschriften, die auf dem Papier so menschenfreundlich aussehen.

Nun sollten in *Rangkas-Betong* noch viele weitere Gebäude errichtet werden, und die Ingenieure, die mit dem Entwurf der Pläne hierfür betraut waren, hatten Angaben über die örtlichen Preise für Arbeitslohn und Materialien angefordert. Havelaar hatte den Kontrolleur mit einer eingehenden Untersuchung diesbezüglich beauftragt und ihm empfohlen, die Preise entsprechend der Wahrheit anzugeben ohne das zu berücksichtigen, was früher getan worden war. Für diesen Unterschied nun wurde um eine Begründung gebeten, und das fand Verbrugge so schwierig. Havelaar, der sehr wohl wußte, was sich hinter dieser scheinbar einfachen Sache verbarg, antwortete, er würde seine Vorstellungen über diese Schwierigkeit schriftlich mitteilen, und ich finde bei den vor mir liegenden Unterlagen eine Abschrift des Briefes, der die Folge dieser Zusage zu sein scheint.

Wenn der Leser klagen sollte, daß ich ihn aufhalte mit einer Korrespondenz über die Preise für Holzarbeiten, womit er scheinbar nichts zu tun hat, so muß ich ihn ersuchen, nicht unbemerkt zu lassen, daß hier eigentlich von etwas ganz anderem die Rede ist, vom Zustand *nämlich des amtlichen niederländisch-ostindischen Haushalts*, und daß der Brief, den ich hier aufgenommen habe, nicht nur einen weiteren Lichtstrahl auf den künstlichen Optimismus wirft, über den ich gesprochen habe, sondern zudem die Schwierigkeiten umreißt, mit denen ein Mann zu kämpfen hatte, der wie Havelaar geradeaus und ohne sich umzusehen seinen Weg gehen wollte.

»N°114   *Rangkas-Betong*, den 15. März 1856.
An den Kontrolleur von Lebak.

Als ich Ihnen den Brief vom Direktor für öffentliche Arbeiten vom 16. Februar d.J. n° 271/354 weitergeleitet habe, bat ich Sie, das darin Erfragte nach Rücksprache mit dem Regenten zu beantworten unter Berücksichtigung dessen, was ich in meiner Mitteilung vom 5. dieses Monats n°97 schrieb.

Diese Mitteilung enthielt einige allgemeine Hinweise bezüglich dessen, was als billig und gerecht zu betrachten ist bei der Bestimmung der Preise für Materialien, die von der Bevölkerung an die Regierung zu deren Lasten zu liefern sind.

Mit Ihrer Mitteilung vom 8. dieses Monats, n°6, haben Sie dieser Bitte – und wie ich glaube, nach bestem Wissen – entsprochen, so daß ich vertrauend auf ihre Ortskenntnis und die des Regenten, die Angaben, welche von Ihnen gemacht wurden, dem Residenten vorgelegt habe.

Hierauf folgte eine Mitteilung dieses Beamten vom 11. dieses Monats, n°326, in der um Erläuterungen gebeten wird hinsichtlich der Ursache des Unterschieds zwischen den von mir angegebenen Preisen und jenen, die 1853 und 1854 beim Bau eines Gefängnisses aufgewendet wurden.

Ich leitete diesen Brief natürlich an Sie weiter, und ordnete mündlich an, Ihre Angaben zu berichtigen, was Ihnen umso weniger schwerfallen sollte, da Sie sich auf die Vorschriften, Ihnen in meinem Schreiben vom 5. dieses Monats angegeben, berufen konnten, und die wir mündlich mehrere Male ausführlich besprochen haben.

Bis dahin ist alles einfach und nachvollziehbar.

Gestern jedoch kamen Sie in mein Büro mit dem an Sie weitergeleiteten Brief des Residenten in der Hand und redeten von der Schwierigkeit bei der Erledigung des darin Geforderten. Ich bemerkte bei Ihnen wiederum eine gewisse Scheu, manche Dinge beim Namen zu nennen, etwas, auf das ich Sie bereits wiederholt aufmerksam machte, unter anderem unlängst im Beisein des Residenten, etwas, das ich um der Kürze willen *Halbheit* nenne, und vor der ich Sie schon oft freundschaftlich warnte.

Halbheit führt zu nichts. *Halb*-gut ist *nicht* gut. *Halb*-wahr ist *un*wahr.

Für volles Gehalt, für den vollen Rang, nach einem eindeutigen *vollständigen* Eid, erfülle man seine *volle* Pflicht.

Sollte manchmal Mut nötig sein, diese zu erfüllen, so besitze man ihn.

Ich für meinen Teil hätte den Mut nicht, diesen Mut zu entbehren. Denn abgesehen von der Unzufriedenheit mit sich selbst, die eine Folge ist von Pflichtversäumnis oder Laschheit, bereitet die Suche nach einfacheren Wegen, das Streben, immer und überall Zusammenstößen zu entgehen, Kompromisse einzugehen, mehr Sorge, und tatsächlich mehr Gefahr, als einem auf dem geraden Weg begegnen wird.

Im Laufe einer sehr wichtigen Angelegenheit, die im Augenblick beim Gouvernement zur Prüfung vorliegt und in die Sie eigentlich von Amts wegen einbezogen sein sollten, habe ich Sie stillschweigend sozusagen neutral handeln lassen und nur von Zeit zu Zeit darauf angespielt.

Als zum Beispiel unlängst ihr Protokoll über die Ursachen von Entbehrung und Hungersnot bei der Bevölkerung bei mir eingetroffen war, und ich darauf schrieb: ›*dies alles möge die Wahrheit sein, es ist nicht die volle Wahrheit, noch die* wichtigste *Wahrheit. Die Hauptursache liegt tiefer*‹ stimmten Sie mir darin rundheraus zu, und ich machte keinen Gebrauch von meinem *Recht* zu fordern, daß Sie dann auch diese wirkliche Wahrheit *nennen* sollten.

Ich hatte viele Gründe für meine Nachgiebigkeit, unter anderem diesen, daß ich es nicht für angebracht hielt, plötzlich etwas von *Ihnen* zu fordern, was viele andere an Ihrer Stelle auch nicht leisten würden. Sie zu zwingen, so plötzlich der Routine von Zurückhaltung und Menschenfurcht Lebewohl zu sagen, die nicht so sehr *Ihre* Schuld ist als eher die der Unterweisung, die Ihnen zuteil wurde. Ich wollte Ihnen eigentlich erst ein Beispiel geben, um wievieles einfacher und leichter es ist, seine Pflicht *ganz* zu erfüllen als nur *halb*.

Nun jedoch, da ich die Ehre habe, Sie wieder so viele Tage länger unter meiner Führung zu sehen, und nachdem ich Ihnen wiederholt die Gelegenheit gegeben habe, Prinzipien zu lernen, die – es sei denn, ich irre mich – schließlich triumphieren werden, wünschte ich, daß Sie sie annehmen würden, daß Sie sich die zwar nicht fehlende, sondern nur in Vergessenheit geratene Kraft zu eigen machen würden, die nötig zu sein scheint, um immer nach bestem Wissen rundheraus zu sagen, was gesagt werden muß, und daß Sie also diese unmännliche Scheu, sich mutig zu einer Sache zu bekennen, ablegen würden.

Ich erwarte also jetzt eine einfache, aber *vollständige* Aufstellung von dem, was Ihnen die Ursache für den Preisunterschied zwischen *jetzt* und 1853 oder 1854 zu sein scheint.

Ich hoffe aufrichtig, daß Sie nicht einen Satz dieses Briefes so auffassen, als sei er geschrieben, Sie zu kränken. Ich verlasse mich darauf, daß Sie mich gut genug kennengelernt haben, um zu wissen, daß ich nicht mehr oder weniger sage als ich meine, und zudem gebe ich Ihnen zum Überfluß noch die Versicherung, daß meine Bemerkungen eigentlich weniger *Sie* betreffen als die Schule, in der Sie zu einem niederländisch-ostindischen Beamten geformt worden sind.

Diese mildernden Umstände werden jedoch ungültig, wenn Sie, während Sie mit mir umgehen und dem Gouvernement unter meiner Führung dienen, fortfahren würden mit dem Schlendrian, gegen den ich mich wehre.

Sie haben bemerkt, daß ich mich vom ›*Hochwohlgeborenen*‹ getrennt habe: es langweilte mich. Tun Sie es auch, und lassen Sie unsere ›Wohlgeborenheit‹ anderweitig und vor allem anders zum Ausdruck kommen als in dieser lästigen und sinnentstellenden Titulatur.

Der Resident-Assistent von Lebak
Max Havelaar

Die Antwort auf diesen Brief belastete einige von Havelaars Vorgängern und bewies, daß er nicht so unrecht hatte, als er die ›*schlechten Beispiele früherer Zeit*‹ in die Begründungen aufnahm, welche für eine Verschonung des Regenten sprechen konnten.

Ich bin bei der Wiedergabe dieses Briefes der Zeit vorausgeeilt, um bereits jetzt das Augenmerk darauf zu richten, wie wenig Hilfe Havelaar vom Kontrolleur zu erwarten hatte, sobald ganz andere, wichtigere, Angelegenheiten beim rechten Namen genannt werden mußten, wenn schon diesem Beamten, der zweifellos ein braver Mensch war, auf diese Weise zugesprochen werden mußte, um die Wahrheit zu sagen, wo es nur um eine Aufstellung von Preisen für Holz, Steine und Arbeitslohn ging. Man begreift also, daß er nicht nur zu kämpfen hatte mit der Macht der Personen, die aus Straftaten ihren Vorteil zogen, sondern auch mit der Zaghaftigkeit derjenigen, die – wie sehr sie diese Vergehen auch ablehnten – sich nicht dazu berufen oder geeignet erachteten, diesen mit dem erforderlichen Mut entgegenzutreten.

Man wird vielleicht nach dem Lesen dieses Briefes auch die Geringschätzung für die sklavische Unterwürfigkeit des Javaners noch einmal überdenken, der in Gegenwart seines Hauptes die erhobene Beschuldigung, wie begründet sie auch immer war, feige zurücknimmt. Denn wenn man berücksichtigt, daß es so viele Gründe zur Furcht gab, sogar für den europäischen Beamten, von dem eigentlich angenommen werden konnte, daß dieser der Rache in weniger starkem Maße ausgesetzt war, was erwartete dann den armen Landbewohner, der in einem Dorf weitab von der Hauptstadt gänzlich in die Gewalt seiner von ihm angeklagten Unterdrücker geriet? Ist es ein Wunder, daß die armen Menschen, entsetzt über die

Folgen ihrer Dreistigkeit versuchten den Auswirkungen zu entkommen oder sie zu mildern durch demütige Unterwerfung?

Und es war nicht nur Kontrolleur Verbrugge, der seine Pflicht mit einer Zurückhaltung erfüllte, die an Pflichtversäumnis grenzte. Auch der *Djaksa*, das einheimische Haupt, das beim Landrat das Amt des öffentlichen Klägers erfüllt, trat am liebsten abends ungesehen und ohne Gefolge in Havelaars Haus. Er, der den Diebstahl bekämpfen sollte, dem aufgetragen worden war, den schleichenden Dieb zu fassen, er schlich, als sei er selbst der Dieb, der fürchtete gefaßt zu werden, auf leisen Sohlen von der Rückseite in das Haus, nachdem er sich vorher davon überzeugt hatte, daß keine Gesellschaft da war, die ihn später als der Pflichterfüllung schuldig verraten könnte.

War es ein Wunder, daß Havelaars Seele betrübt war und Tine öfter denn je in sein Zimmer treten mußte, um ihn aufzumuntern, wenn sie sah, wie er da saß, den Kopf in die Hand gestützt?

Und dennoch lag für ihn die größte Schwierigkeit nicht in der Scheu von denen, welche ihm zur Seite standen, noch in der mitschuldigen Feigheit derer, die seine Hilfe angerufen hatten. Nein, ganz allein würde er wenn nötig Recht walten lassen, mit oder ohne die Hilfe anderer, ja, sogar *gegen* alle, und selbst gegen diejenigen, die dieses Recht brauchten! Denn er wußte, welchen Einfluß er auf das Volk hatte und ob – wenn einmal die armen Unterdrückten, aufgerufen, um laut und vor Gericht zu wiederholen, was sie ihm abends und nachts in Abgeschiedenheit zugeflüstert hatten – er wußte, daß er die Macht hatte, auf ihre Gemüter zu wirken, und wie die Kraft seiner Worte stärker sein würde als die Angst vor der Rache des Distrikthauptes oder des Regenten. Die Furcht, daß seine Schützlinge ihrer eigenen Sache abtrünnig würden, hielt ihn also nicht zurück. Aber es kostete ihn solche Mühe, diesen alten *Adhipatti* anzuklagen: das war der Grund für seinen inneren Zwiespalt! Denn andererseits durfte er dieser auch Regung nicht nachgeben, weil die gesamte Bevölkerung, ganz abgesehen von ihrem guten Recht, in gleichem Maße Anspruch auf Mitleid hatte.

Furcht vor eigenem Leid spielte bei seinen Zweifeln keine Rolle. Denn obwohl er wußte, wie ungern die Regierung es sieht, daß ein Regent angeklagt wird, und um wievieles leichter es manchen fällt, einen europäischen Beamten brotlos zu machen als ein einheimisches Haupt zu strafen, hatte er einen besonderen Grund zu glauben, daß gerade in diesem Augenblick bei der Beurteilung einer solchen Angelegenheit andere Grundsätze als die normalen herrschen würden. Es stimmt, daß er, auch ohne diese Einschätzung ebenso seine Pflicht erfüllt hätte, umso lieber sogar, wenn er die Gefahr für sich und die Seinen als größer erachtet hätte denn je. Wir sagten bereits, daß Schwierigkeiten ihn anzogen und wie ihn nach Aufopferung dürstete. Doch er meinte, daß die Verlockung einer Selbstaufopferung hier nicht bestünde, und fürchtete – wenn er schließlich zu einem ernsthaften Kampf gegen das Unrecht übergehen müßte – sich der ritterlichen Genugtuung enthalten zu müssen, den Streit als der Schwächste begonnen zu haben.

Ja, dies *fürchtete* er. Er meinte, daß an der Spitze der Regierung ein Generalgouverneur stand, der sein Verbündeter sein würde, und es war eine weitere Eigentümlichkeit seines Charakters, daß ihn diese Meinung von den strengen Maßnahmen zurückhielt, länger sogar, als etwas anderes ihn zurückgehalten hätte, weil es ihm widerstrebte, das Unrecht in einem Augenblick anzugreifen, da er das Recht für stärker hielt als gewöhnlich. Ich sagte bereits beim Versuch der Beschreibung seiner Inbrunst, daß er naiv war in all seinem Scharfsinn.

Lassen Sie uns versuchen zu klären, wie Havelaar zu dieser Meinung gelangt war.

Sehr wenige europäische Leser können sich eine zutreffende Vorstellung bilden von der Erhabenheit, die ein Generalgouverneur als Mensch haben muß, um nicht unter der Erhabenheit des Amtes zu bleiben, und es soll daher auch nicht als zu strenges Urteil gelten, wenn ich die Meinung vertrete, daß nur sehr wenige, vielleicht keiner, einer solch besonderen Anforderung haben entsprechen können. Um nun nicht alle Eigenschaften von Kopf und Herz zu nennen, die hierzu erforderlich sind, richte man das Augenmerk nur auf die schwindelerregende Höhe, in der sich solch ein Mann plötzlich befindet, der – gestern noch einfacher Bürger – heute die Macht über Millionen von Untertanen hat. Er, der vor kurzer Zeit noch in seiner Umgebung verborgen war, ohne herauszuragen durch Rang oder Macht, fühlt sich plötzlich, meistens unerwartet über eine Menge erhaben, die unendlich größer ist als der kleine Kreis, der ihn früher doch völlig vor den Blicken verbarg, und ich glaube, daß ich diese Höhe nicht zu Unrecht schwindelerregend nannte, da sie tatsächlich an das Schwindelgefühl von jemandem erinnert, der unerwartet einen Abgrund vor sich sieht, oder an die Blindheit, die uns trifft, wenn wir mit großer Geschwindigkeit von tiefer Finsternis in gleißendes Licht geraten. Gegen solche Übergänge sind die Nerven von Sehvermögen oder Gehirn nicht gefeit, selbst wenn sie sonst von außergewöhnlicher Stärke wären.

Wenn also die Ernennung zum Generalgouverneur an sich oftmals die Ursache von Verderb in sich trägt, auch von dem, der herausragte in Verstand und Gemüt, was ist dann von Personen zu erwarten, die bereits vor dieser Ernennung an vielen Schwächen litten? Und auch wenn wir für einen Augenblick davon ausgehen, daß der König immer gut informiert ist, wenn er seinen hohen Namen unter die Urkunde setzt, in der er sagt, überzeugt zu sein von der ›*Treue, dem Eifer und den Fähigkeiten*‹ des ernannten Statthalters, auch wenn wir annehmen, daß der neue Unterkönig eifrig, treu und fähig *ist*, selbst dann bleibt es noch immer fraglich, ob dieser Eifer und vor allem ob diese *Fähigkeit* bei ihm in einem *Maße* vorhanden ist, das hoch genug erhaben ist über die *Mittelmäßigkeit*, um den Anforderungen seiner Berufung zu entsprechen.

Denn die Frage kann nicht sein, ob der Mann, der in 's Gravenhage zum ersten Mal als Generalgouverneur das Kabinett des Königs verläßt, in diesem Augenblick die Fähigkeiten besitzt, die für sein neues Amt erforderlich sein werden... dies ist *unmöglich*! Mit der Bezeugung des Vertrauens in seine Befähigung kann lediglich die Meinung verbunden sein, daß er in einer ganz neuen Stelle, in einem bestimmten Augenblick, aus Eingebung sozusagen, wissen wird, was er in 's Gravenhage nicht gelernt haben kann. Mit anderen Worten: daß er ein Genie ist, ein Genie, das auf einmal kennen und können muß, was es vorher weder kannte noch konnte. Solche Genies sind sogar unter den Personen, die in der Gunst von Königen stehen, sehr selten.

Da ich gerade von Genies spreche, bemerkt man, daß ich unerwähnt lassen will, was über so manchen Landvogt zu sagen wäre. Auch würde es mir widerstreben, in mein Buch Seiten aufzunehmen, die den ernsthaften Stil dieses Werkes dem Verdacht der Skandalsucht aussetzen würden. Ich lasse also die Besonderheiten, die bestimmte Personen treffen würden, aber als *allgemeine* Krankengeschichte der Generalgouverneure meine ich angeben zu dürfen: *Erstes Stadium.* Schwindelzustände. Weihrauch-Trunkenheit. Eigenwahn. Unmäßiges Selbstvertrauen. Geringschätzung anderer, vor allem derer, die schon sehr lange in

Niederländisch-Ostindien sind. *Zweites Stadium.* Ermattung. Furcht. Mutlosigkeit. Neigung zu Schlaf und Ruhe. Übermäßiges Vertrauen in den Rat von Niederländisch-Ostindien. Abhängigkeit vom Allgemeinen Sekretariat. Heimweh nach einem holländischen Landsitz.

Zwischen diesen beiden Stadien und als Übergang – vielleicht sogar als Ursache für diesen Übergang – liegen ruhrähnliche Bauchkrankheiten.

Ich gehe davon aus, daß viele in Niederländisch-Ostindien mir für diese Diagnose dankbar sein werden. Sie ist nützlich anzuwenden, denn man kann es als sicher betrachten, daß der Kranke, der vor Überarbeitung in der ersten Zeit an einer Mücke ersticken würde, später – nach der Bauchkrankheit! – ohne Schwierigkeiten Kamele verträgt wird. Oder, um deutlicher zu sprechen, daß der Beamte, der ›Geschenke‹ annimmt, *nicht mit dem Ziel, sich zu bereichern* – zum Beispiel einen Strang *Pisang* im Wert von einigen Hellern – mit Schmach und Schande fortgejagt wird in der *ersten* Periode der Krankheit, daß aber jemand, der die Geduld besitzt, das *letzte* Zeitalter abzuwarten, sehr beruhigt und ohne jegliche Furcht vor Strafe sich den Garten, in dem der *Pisang* wuchs, aneignen wird, und dazu die Gärten, die angrenzen... die Häuser, die in der Umgebung stehen... das, was in den Häusern ist... und noch das eine oder andere mehr *ad libitum*.

Ein jeder ziehe aus dieser pathologisch-philosophischen Bemerkung seinen Vorteil und halte meinen Rat geheim, um zu große Konkurrenz zu vermeiden...

Verflucht, daß Empörung und Kummer sich so oft im Lumpenkleid der Satire kleiden müssen! Verflucht, daß eine Träne, um verstanden zu werden, mit Grinsen einhergehen muß! Oder ist es die Schuld meiner Unwissenheit, daß ich keine Worte finde, um die Tiefe der Wunde zu messen, die in unserer Staatsführung eitert, ohne meinen Stil zu suchen bei *Figaro* oder *Polichinel?*

Stil... ja! Da liegen Unterlagen vor mir, in denen sich Stil befindet. Stil, der zeigte, daß ein *Mensch* in der Nähe war, ein *Mensch*, dem es die Mühe wert gewesen wäre, die Hand zu reichen! Und was hat dieser Stil dem armen Havelaar genützt? *Er* überspielte seine Tränen nicht mit Grinsen, *er* spottete nicht, *er* suchte nicht durch Buntheit der Farbe zu treffen oder durch Witze des Ausrufers vor der Jahrmarktsbude... was hat es ihm genützt?

Könnte ich schreiben wie er, ich würde anders schreiben als er.

Stil? Haben Sie gehört, wie er zu den Häuptern sprach? Was hat es ihm genützt?

Könnte ich sprechen wie er, ich würde anders sprechen als er.

Weg mit der gemütlichen Sprache, weg mit Sanftmut, Freimut, Deutlichkeit, Einfachheit, Gefühl! Weg mit all dem, das erinnert an Horaz‹ *justum ac tenacem!* Trompeten her und scharfes Klirren des Beckenschlags und das Zischen von Feuerwerkskörpern, Gekratze falscher Saiten und hier und da ein wahres Wort, auf daß es sich einschleiche wie verbotene Ware unter dem Schutz von soviel Trommeln und Pfeifen?

Stil? *Er* hatte Stil. Er hatte zuviel gesehen, um seine Gedanken zu ertränken in den ›ich habe die Ehre‹ und den ›Hochwohlgeborenen‹ und den ›ehrfürchtig-in-Überlegung-Gebungen‹, die die Wollust der kleinen Welt ausmachen, in der er sich bewegte. Wenn er schrieb, erfüllte einen etwas beim Lesen, daß man begreifen mußte, wie die Wolken trieben bei diesem Unwetter, und das man nicht als Scheppern eines blechernen Bühnendonners hörte. Wenn er Feuer schlug aus seinen Vorstellungen, fühlte man die Hitze dieses Feuers, es sei denn, man war ein geborener Kommis oder Generalgouverneur oder der Verfasser des widerlichen Berichts über ›ruhige Ruhe‹. Und was hat es ihm genützt?

Wenn ich also gehört werden will – und verstanden vor allem! – muß ich anders schreiben als er. Aber *wie* bloß?

Siehe, Leser, ich suche nach einer Antwort auf dieses Wie und deshalb hat mein Buch ein so buntes Aussehen. Es ist eine Mustermappe: treffen Sie ihre Wahl! Später werde ich Ihnen gelb oder blau oder rot geben, je nach Wunsch.

Havelaar hatte die Gouverneurskrankheit schon so oft wahrgenommen bei so vielen Leidenden – und oft *in animâ vili*, denn es gibt analoge Residents-, Kontrolleurs- und Assessorkrankheiten, welche zur ersten im Verhältnis wie Masern zu Pocken stehen, und schließlich: er selbst hatte diese Krankheit gehabt! – schon so oft hatte er dies alles wahrgenommen, daß er die Symptome davon nahezu kannte. Er hatte den jetzigen Generalgouverneur am Anfang seiner Unpäßlichkeit weniger schwindlig gefunden als die meisten anderen, und er schloß daraus, daß auch der weitere Verlauf dieser Krankheit eine andere Richtung nehmen würde.

Das war der Grund, weshalb er fürchtete, der Stärkere zu sein, wenn er am Ende als Verteidiger des guten Rechts für die Einwohner von *Lebak* würde auftreten müssen.

Sechzehntes Kapitel

Havelaar erhielt einen Brief vom Regenten von *Tjiandjoor*, in dem dieser ihm mitteilte, daß er seinem Onkel, dem *Adhipatti* von *Lebak*, einen Besuch abzustatten wünsche. Diese Nachricht war ihm sehr unangenehm. Er wußte, daß die Häupter in den *Preanger Regentschaften* gewöhnt waren, großen Reichtum zur Schau zu stellen, und daß der *Tjiandjoorsche Tommongong* so eine Reise nicht ohne ein Gefolge von vielen Hunderten unternehmen würde, die alle mitsamt ihren Pferden untergebracht und verpflegt werden mußten. Gerne hätte er also diesen Besuch verhindert, doch er dachte erfolglos über Wege nach, die ihn verhindern konnten, ohne den Regenten von *Rangkas-Betong* zu kränken, da dieser sehr stolz war und tief beleidigt worden wäre, wenn man seine verhältnismäßige Armut als Grund angegeben hätte, ihn nicht zu besuchen. Und wenn dieser Besuch *nicht* zu umgehen wäre, würde er unfehlbar Anlaß für eine Verstärkung des Drucks geben, unter dem die Bevölkerung gebeugt ging.

Es ist zweifelhaft, ob Havelaars Ansprache einen bleibenden Eindruck auf die Häupter gemacht hatte. Bei vielen war dies sicher nicht der Fall, allerdings hatte er damit auch selbst nicht gerechnet. Ebenso sicher ist jedoch, daß eine Kunde die Dörfer erreicht hatte, wonach der *Tuwan*, der die Macht hatte in *Rangkas-Betong*, Recht walten lassen wollte, und wenn seine Worte auch die Kraft entbehrt hatten, von Vergehen abzuhalten, so hatten sie dennoch deren Opfern den Mut gegeben sich zu beklagen, wenn auch nur zögernd und heimlich.

Sie krochen abends durch die Schlucht, und wenn Tine in ihrem Zimmer saß, wurde sie wiederholt aufgeschreckt durch unerwartete Geräusche und sie sah durch das offene Fenster dunkle Gestalten, die mit scheuem Schritt vorbeischlichen. Bald erschreckte sie sich nicht mehr, denn sie wußte, was es bedeutete, wenn diese Gestalten so unheimlich um das Haus schlichen und Schutz suchten bei ihrem Max! Dann winkte sie ihm, und er stand auf, um die Kläger zu sich zu rufen. Die meisten kamen aus dem Distrikt *Parang-Koodjang*, wo der Schwiegersohn des Regenten das Haupt war, und obwohl es dieses Haupt gewiß nicht versäumte, seinen Anteil des Abgepreßten zu nehmen, so war es doch für niemanden ein Geheimnis, daß er meistens im Namen und zum Behufe des Regenten raubte. Es war rührend, wie sich die armen Leute auf Havelaars Ritterlichkeit verließen und davon überzeugt waren, daß er sie nicht rufen würde, um am nächsten Tag öffentlich zu wiederholen, was sie nachts oder am vorigen Abend in seinem Zimmer gesagt hatten. Hätte dies doch Mißhandlung bedeutet für alle und für viele den Tod! Havelaar notierte das, was sie sagten und danach befahl er den Klägern, in ihr Dorf zurückzukehren. Er versprach, daß Recht geschehen würde, unter der Voraussetzung, daß sie sich nicht zur Wehr setzten und nicht abwanderten, wie die meisten vorhatten. Meistens war er kurz darauf an dem Ort, an dem das Unrecht geschah, ja, oft war er bereits dort gewesen und hatte – gewöhnlich nachts – die Angelegenheit untersucht, bevor noch der Kläger selbst in seine Wohnstatt zurückgekehrt war. So besuchte er in der ausgedehnten Provinz Dörfer, die zwanzig Stunden von *Rangkas-Betong* entfernt waren, ohne daß der Regent oder gar der Kontrolleur Verbrugge wußte, daß er sich von der Hauptstadt entfernt hatte. Seine Absicht, die er hiermit verfolgte, lag darin, die Gefahr der Rache von den Klägern abzuwenden und gleichzeitig dem Regenten die Schande einer öffentlichen Untersuchung zu ersparen, die unter seiner Führung gewiß nicht wie früher mit einer Rücknahme der Klage beendet wäre. So hoffte er noch immer, daß die Häupter von dem gefährlichen Weg abrücken würden, den sie schon so lange gingen, und er hätte sich in diesem Fall mit einer Entschädigung an die Beraubten begnügt... so weit die Vergütung der erlittenen Schäden überhaupt möglich war.

Aber immer wieder, nachdem er erneut mit dem Regenten gesprochen hatte, gelangte er zu der Überzeugung, daß die Versprechen zur Besserung nichtig waren, und er war bitter betrübt über das Scheitern seiner Bemühungen.

Wir werden ihn nun einige Zeit seinem Kummer und seiner schwierigen Arbeit überlassen, um dem Leser die Geschichte des Javaners *Saïdja* in der Dessah *Badur* zu erzählen. Ich wähle die Namen dieses Dorfes und des Javaners aus den Aufzeichnungen von Havelaar. Darin wird die Rede sein von Erpressung und Raub, und wenn man – was die eigentliche Aussage anbelangt – einer Dichtung die Beweiskraft absprechen wollte, so versichere ich, daß ich in der Lage bin, die Namen von *zweiunddreißig* Personen allein im Distrikt *Parang-Koodjang* anzugeben, denen innerhalb eines Monats *sechsunddreißig Büffel* für den Regenten weggenommen worden sind. Oder, richtiger noch, daß ich die Namen von zweiunddreißig Personen aus diesem Distrikt nennen kann, die es innerhalb eines Monats *gewagt haben, sich zu beklagen* und deren Klage von Havelaar *untersucht und für begründet befunden wurde.*

Es gibt *fünf* solcher Distrikte in der Provinz *Lebak*...

Wenn man es nun vorzieht anzunehmen, daß die Zahl der geraubten Büffel weniger hoch sei in den Landstrichen, die nicht die Ehre hatten, von einem Schwiegersohn des *Adhipatti* regiert zu werden, so will ich dem wohl zustimmen, so sehr es fraglich bleibt, ob nicht die Unverschämtheit anderer Häupter auf ebenso festen Säulen ruhte wie die der hohen Verwandtschaft? Das Distriktshaupt von *Tjilankahan* an der Südküste konnte sich zum Beispiel, mangels eines gefürchteten Schwiegervaters, auf die Schwierigkeit für arme Leute verlassen, ihre Klage überhaupt vorzubringen, da sie *sechzig* bis *neunzig* Kilometer zurückzulegen hatten, bevor sie sich abends in der Schlucht neben Havelaars Haus verbergen konnten. Und wenn man hierbei auf die vielen achtet, die sich auf den Weg machten, und dieses Haus nie erreichten... auf die vielen, die sich nicht einmal aus ihrem Dorf aufmachten, abgeschreckt wie sie waren durch eigene Erfahrung oder durch den Anblick des Schicksals, das andere Kläger ereilte, dann glaube ich, daß man Unrecht hätte mit der Meinung, daß die Vervielfachung der Zahl der gestohlenen Büffel aus einem einzigen Distrikt um *fünf* einen zu hohen Maßstab für den liefert, der nach einer Statistik fragt über die Zahl der Rinder, die monatlich in *fünf* Distrikten geraubt wurden, um die Bedürfnisse der Hofhaltung des Regenten von *Lebak* zu befriedigen.

Und es waren nicht nur Büffel, die gestohlen wurden, und der Büffelraub war nicht das Wichtigste. Es ist – in Niederländisch-Ostindien vor allem, wo der *Herrendienst* noch immer gesetzlich besteht – ein geringeres Maß an Unverschämtheit nötig, um die Bevölkerung gesetzeswidrig zu unentgeltlicher Arbeit abzuberufen, als für das Entwenden von Eigentum erforderlich ist. Es ist einfacher der Bevölkerung weiszumachen, daß die Regierung ihre Arbeit benötige, ohne sie bezahlen zu wollen, als daß sie ihre Büffel umsonst fordern würde. Und auch wenn der furchtsame Javaner *es wagte* nachzuspüren, ob dieser sogenannte Herrendienst, den man von ihm forderte, mit den diesbezüglichen Bestimmungen übereinstimmt, auch dann noch wäre es ihm unmöglich dies festzustellen, weil der eine nichts vom anderen weiß und er folglich nicht berechnen kann, ob die festgelegte Personenzahl um das zehn-, ja, fünfzigfache überschritten ist. Wo also die weniger gefährliche, die leichter aufzudeckende Maßnahme mit solcher Unverfrorenheit ausgeführt wird, was ist dann von den Mißbräuchen zu halten, die leichter zu begehen sind und ein geringeres Risiko in sich bergen, aufgedeckt zu werden?

Ich versprach, zur Geschichte des Javaners *Saïdjah* überzugehen. Vorab bin ich jedoch zu einer jener Abschweifungen genötigt, die so schwer vermieden werden können bei der Beschreibung der Zustände, welche dem Leser gänzlich fremd sind. Ich werde dies gleichzeitig zum Anlaß nehmen, auf eines der Hindernisse hinzuweisen, die eine richtige Beurteilung der Angelegenheiten in Niederländisch-Ostindien für jene, die sich hier nicht auskennen, so sehr erschweren.

Wiederholt habe ich von dem Javaner gesprochen, und so normal das dem europäischen Leser erscheinen möge, diese Bezeichnung wird dem, der sich auf Java auskennt wie ein Fehler geklungen haben. Die westlichen Residenzen *Bantam*, *Batavia*, *Preanger*, *Krawang* und ein Teil von *Cheribon* – zusammen genommen: *Sudahländer* genannt – gehören nicht zum eigentlichen Java, und um nun nicht von den Fremden in diesen Regionen zu sprechen, die über das Meer kamen, ist die Urbevölkerung tatsächlich eine völlig andere als die in der Mitte und im Osten Javas. Kleidung, Volkstum und Sprache unterscheiden sich so stark von jenen weiter ostwärts, daß der *Sundanese* oder *Orang Gunung* sich vom eigentlichen Javaner mehr unterscheidet als ein Engländer von einem Holländer. Solche Unterschiede geben oftmals Anlaß zur Uneinigkeit in der Beurteilung von Angelegenheiten Niederländisch-Ostindiens. Wenn man sich nämlich überlegt, daß Java allein schon so scharf in zwei verschiedenartige Teile getrennt ist, ohne noch die vielen Unterteilungen dieser Trennung zu berücksichtigen, kann man ermessen, wie groß der Unterschied zwischen Volksstämmen sein muß, die noch weiter voneinander entfernt sind oder sogar durch das Meer getrennt werden. Wer Niederländisch-Ostindien nur von Java her kennt, kann sich ebensowenig eine richtige Vorstellung von dem *Malaien*, den *Amboinesen*, dem *Battah*, dem *Alfuren*, dem *Timoresen*, dem *Dajak*, dem *Bugie* oder dem *Makassaar* machen, wie wenn er Europa nie verlassen hätte. Und es ist für jemanden, der die Gelegenheit hatte, den Unterschied zwischen diesen Völkern festzustellen, oftmals amüsant, die Gespräche von Personen mit anzuhören – lustig und betrüblich, die Reden zu lesen! – die ihr Wissen über die niederländisch-ostindischen Angelegenheiten in *Batavia* oder in *Buitenzorg* gesammelt haben. Mehrmals habe ich mich über den Mut gewundert, mit dem zum Beispiel ein ehemaliger Generalgouverneur in der Volksvertretung seinen Worten Gewicht zu verleihen suchte durch den vermeintlichen Anspruch auf Ortskenntnisse und Erfahrung. Ich lege großen Wert auf Wissen, das durch ernsthafte Studien in der Bibliothek erworben wurde, und oft war ich erstaunt über die weitreichende Kenntnis der niederländisch-ostindischen Angelegenheiten, die manche zeigten, ohne jemals diese Region betreten zu haben. Sobald nun ein ehemaliger Generalgouverneur zu erkennen gibt, sich die Kenntnisse auf *diese* Weise angeeignet zu haben, sollte man für ihn Ehrfurcht hegen, als gerechten Lohn für jahrelange, genaue, fruchtbare Arbeit. Größer noch sei die Ehrfurcht vor ihm als vor dem Gelehrten, der weniger Schwierigkeiten zu überwinden hatte, da er, in großer Entfernung und *ohne* Anschauung, weniger Gefahr lief, sich in jenen Irrungen zu verlieren, welche die Folge einer *mangelhaften* Anschauung sind, wie sie dem ehemaligen Generalgouverneur zweifellos teilhaftig wurde.

Ich sagte, ich wäre verwundert über den Mut, den manche bei der Behandlung niederländisch-ostindischer Angelegenheiten an den Tag legten. Sie wissen schließlich, daß ihre Worte auch von anderen gehört werden als von jenen, die meinen mochten, daß es ausreicht, einige Jahre in *Buitenzorg* zugebracht zu haben, um Niederländisch-Ostindien zu kennen. Es sollte ihnen doch bekannt sein, daß diese Worte auch von Personen gehört werden, die an Ort und Stelle selbst Zeugen ihrer mangelnden Erfahrung waren und die im gleichen Maße wie ich über die Dreistigkeit staunen, mit der jemand, der noch vor ganz kurzer Zeit vergeblich versuchte, seine Unfähigkeit hinter dem hohen Rang zu vertuschen, den ihm der König verliehen hatte, plötzlich spricht, als verfüge er jetzt tatsächlich über die Kenntnis der Angelegenheiten, die er bearbeitet.

Man hört daher auch immer wieder Klagen

über unbefugte Einmischung. Immer wieder wird diese oder jene Richtung in der kolonialen Politik bekämpft durch das Leugnen der Zuständigkeit dessen, der eine solche Richtung vertritt, und vielleicht wäre es nicht unwichtig, eine eingehende Untersuchung anzustellen über die Eigenschaften, welche jemandem die Zuständigkeit verleihen, um... Zuständigkeit zu beurteilen. Meistens wird eine wichtige Frage nicht geprüft hinsichtlich der Sache, von der sie handelt, sondern hinsichtlich des Wertes, den man der Meinung des Mannes, der darüber das Wort führt, zuerkennt, und da dies meistens eine Person ist, die als *Spezialist* gilt, vorzugsweise jemand, ›der in Niederländisch-Ostindien ein wichtiges Amt bekleidet hat‹, folgt daraus, daß das Ergebnis einer Abstimmung meistens die Farbe der Irrungen trägt, die nun einmal an diesen ›wichtigen Ämtern‹ zu kleben scheint. Wenn dies bereits da gilt, wo der Einfluß eines solchen Spezialisten lediglich von einem Mitglied der Volksvertretung ausgeübt wurde, wie groß wird dann wohl die Unentrinnbarkeit des falschen Beurteilens, wenn solch ein Einfluß zudem mit dem Vertrauen des Königs einhergeht, der sich bewegen ließ, einen derartigen Spezialisten an die Spitze seines Kolonialministeriums zu setzen.

Es ist ein eigenartiges Phänomen – das vielleicht aus einer Art Trägheit hervorgeht, welche die Mühe eines eigenen Urteils scheut –, daß man Personen, die sich den Anschein überlegener Kenntnisse zu geben wissen, Vertrauen schenkt, sobald dieses Wissen nur aus Quellen rühren kann, welche nicht für jeden zugänglich sind. Die Ursache liegt vielleicht darin, daß die Eitelkeit durch die Anerkennung einer solchen Überlegenheit weniger gekränkt wird, als es der Fall wäre, wenn man von denselben Hilfsmitteln Gebrauch hätte machen können, wodurch so etwas wie Konkurrenz entstehen würde. Es fällt dem Volksvertreter leicht, seine Meinung aufzugeben, sobald sie von jemandem bekämpft wird, von dem angenommen werden kann, daß er ein schärferes Urteil fällt, als man selbst, wenn eine angenommene überlegene Schärfe nicht nur einer persönlichen Überlegenheit zugeschrieben werden muß – deren Anerkennung schwerer fallen würde –, sondern auch den besonderen Umständen, in denen ein solcher Gegner verkehrt hat.

Und auch ohne von jenen zu sprechen, die ›solch *hohe Ämter* in Niederländisch-Ostindien bekleideten‹, ist es tatsächlich merkwürdig, daß man wiederholt der Meinung von Personen Wert beimißt, die absolut nichts von dem besitzen, was eine solche Anerkennung rechtfertigen würde außer der ›Erinnerung an einen soundsovieljährigen Aufenthalt in diesen Provinzen‹. Dies ist umso sonderbarer, weil diejenigen, die einem solchen Argument diese Bedeutung beimessen, doch auch nicht jedem Beliebigen bereitwillig alles abnehmen würden über den niederländischen Staatshaushalt, der nachweisen konnte, vierzig oder fünfzig Jahre in den Niederlanden gelebt zu haben. Es gibt Personen, die fast ebensoviel Zeit in Niederländisch-Ostindien verbrachten, ohne jemals mit der Bevölkerung oder mit den einheimischen Häuptern in Berührung gekommen zu sein, und man ist versucht anzunehmen, daß der Rat von Niederländisch-Ostindien sehr oft ganz oder größtenteils aus solchen Personen zusammengestellt ist, ja, daß man sogar ein Mittel gefunden hat, den König Ernennungen zum Generalgouverneur unterzeichnen zu lassen von Personen, die zu *dieser* Art von Spezialisten gehören.

Als ich sagte, daß die angenommene Fähigkeit eines neuernannten Generalgouverneurs die Meinung einschließen sollte, daß man ihn für ein Genie halte, lag es keineswegs in meiner Absicht, die Ernennung von Genies anzupreisen. Abgesehen von der Schwierigkeit, die entstehen würde, wenn man ein solch wichtiges Amt ständig unbesetzt lassen würde, spricht noch ein weiterer Grund dagegen. Ein Genie könnte nicht unter dem Kolonialministerium arbeiten und wäre folglich als Generalgouverneur unbrauchbar... was Genies öfter sind.

Es wäre vielleicht wünschenswert, daß die von mir in Form einer Krankheitsgeschichte aufgezeigten Hauptmängel die Aufmerksamkeit derjenigen auf sich ziehen würde, die zur Wahl eines neuen Landvogts aufgerufen sind. Wenn man davon ausgeht, daß all die Personen, die hierfür vorgeschlagen werden, rechtschaffen sind und im Besitz einer Auffassungsgabe, die sie einigermaßen in die Lage versetzen wird zu lernen, was sie wissen müssen, halte ich es für die Hauptsache, daß man mit einigem begründeten Vertrauen von ihnen erwarten kann, daß sie die anmaßende Besserwisserei zu Beginn vermeiden und vor allem die apathische Schläfrigkeit der letzten Jahre ihrer Führung. Ich habe bereits darauf hingewiesen, daß Havelaar vermeinte, sich bei seiner schwierigen Pflicht auf die Hilfe des Generalgouverneurs stützen zu können, und fügte hinzu, ›daß diese Meinung naiv sei‹. Der Generalgouverneur erwartete seinen Nachfolger: der Ruhestand in den Niederlanden war nahe!

Wir werden sehen, was durch diese Schlafneigung der *Lebakschen* Provinz, Havelaar und dem Javaner *Saïdjah* angetan wurde, zu dessen eintöniger Geschichte – es ist eine unter sehr vielen! – ich nun übergehe.

Ja, eintönig wird sie sein! Eintönig wie die Geschichte der Arbeitsamkeit der Ameise, die ihren Beitrag zum Wintervorrat über einen Erdklumpen schleppen muß – für sie ein Berg – der auf dem Weg zur Vorratsscheune liegt. Immer wieder fällt sie zurück mit ihrer Last, um immer wieder zu versuchen, ob sie endlich festen Halt finden kann auf diesem kleinen Stein dort oben... auf dem Felsen, der den Berg bekrönt. Aber zwischen ihr und diesem Gipfel befindet sich ein Abgrund, der umgangen werden muß... eine Tiefe, die tausend Ameisen nicht ausfüllen würden. Dafür muß sie, die kaum die Kraft hat, ihre Last ebenerdig fortzuschleppen – eine Last um viele Male schwerer als ihr eigenes Körpergewicht –, diese hochheben und sich an einem beweglichen Platz auf den Beinen halten. Sie muß das Gleichgewicht bewahren, wenn sie sich aufrichtet mit ihrer Last zwischen den Vorderbeinen. Sie muß sie in eine schräge Richtung nach oben schwenken, um sie an den Punkt zu bekommen, der an der Felswand hervorragt. Sie wankt, wackelt, erschrickt, bricht zusammen... versucht sich an dem halb entwurzelten Baumstamm zu halten, der mit dem Wipfel in die Tiefe zeigt – ein Grashalm! – verfehlt den Halt, den sie sucht. Der Baum schwingt zurück – der Grashalm gibt nach unter ihrem Tritt – ach, die Ärmste fällt in die Tiefe mit ihrer Last. Dann ist sie einen Augenblick lang still, bestimmt eine Sekunde... was lang ist im Leben einer Ameise. Ob sie betäubt ist vom Schmerz ihres Sturzes? Oder ergibt sie sich dem Kummer darüber, daß ihre Anstrengungen vergeblich waren? Aber sie verliert nicht den Mut. Wieder nimmt sie ihre Last, und wieder schleppt sie sie nach oben, um gleich noch einmal, und noch einmal in die Tiefe hinabzustürzen.

So eintönig ist meine Geschichte. Aber ich werde nicht von Ameisen sprechen, deren Freude oder Leid durch die Grobheit unserer Sinne unserer Aufmerksamkeit entgehen. Ich werde von Menschen erzählen, von Wesen, die dieselben Empfindungen haben wie wir. Es stimmt, wer Rührung scheut und ermüdendem Mitleid entgehen will, wird sagen, daß diese Menschen gelb oder braun sind – viele nennen sie schwarz –, und für diese ist der Farbunterschied Beweggrund genug, um den Blick abzuwenden von dem Elend oder zumindest, wenn sie darauf herabsehen ohne Rührung.

Meine Erzählung richtet sich also nur an die, welche in der Lage sind zum schwierigen Glauben, daß Herzen schlagen unter dieser dunklen Haut und daß, wer gesegnet ist mit weißer Haut und der damit einhergehenden Kultur, dem Edelmut, den Handels- und Gotteskenntnissen, der Tugend, ... seine Weißhäutigkeit in anderer Weise anwenden könnte, als es bisher von denen erfahren wurde, die in Hautfarbe und Vortrefflichkeit der Seele weniger gesegnet sind.

Mein Vertrauen auf Mitgefühl mit den Javanern reicht jedoch nicht so weit, daß ich bei der Beschreibung, wie man den letzten Büffel bei Tage raubt aus dem *Kedang*, ohne Scheu, unter dem Schutz der niederländischen Obrigkeit... wenn ich den Besitzer und seine weinenden Kinder dem weggeführten Rind folgen lasse... wenn ich ihn sich setzen lasse auf die Treppe des Hauses des Räubers, sprachlos und entgeistert und versunken im Schmerz... wenn ich ihn von dort wegjagen lasse unter Hohn und Schmach, unter der Androhung von Rohrschlägen und Block... siehe, ich fordere nicht – noch erwarte ich es, ihr Niederländer! –, daß Sie dadurch in gleichem Maße ergriffen sind, wie wenn ich Ihnen das Schicksal eines Bauern beschriebe, dem man seine Kuh nahm. Ich verlange keine Träne zu den Tränen, welche fließen auf so dunklen Gesichtern, noch edlen Zorn, wenn ich sprechen werde über die Verzweiflung der Beraubten. Auch erwarte ich nicht, daß Sie sich erheben werden und mit meinem Buch in der Hand zum König gehen und sagen:

›Siehe, oh König, dies geschieht in *Eurem* Reich, in Eurem schönen Reich der Insulinde!‹

Nein, nein, das alles erwarte ich nicht! Zuviel Leid in der Nähe bemächtigt sich Ihrer Gefühle, um Ihnen so viel Gefühl für das zu lassen, was so weit weg ist! Werden nicht all Ihre Nerven in Anspruch genommen durch das Elend der Wahl eines neuen Mitglieds der Volksvertretung? Treibt nicht Ihre zerrissene Seele zwischen den weltberühmten Verdiensten von Nichtigkeit A und Unbedeutsamkeit B? Und brauchen Sie nicht Ihre teuren Tränen für ernsthaftere Dinge, als... aber was soll ich sonst noch sagen! War es nicht gestern lau an der Börse, und drohte nicht dem Kaffeemarkt durch ein wenig Warenüberschuß eine Preissenkung?

»Schreibe doch deinem Vater nicht solche sinnlosen Dinge, Stern!« habe ich gesagt, und vielleicht sagte ich es ein wenig böse, denn ich kann keine Unwahrheiten leiden, das ist immer ein fester Grundsatz für mich gewesen. Ich habe an jenem Abend dem alten Stern umgehend geschrieben, er solle sich beeilen mit seinen Orders und sich vor allem in acht nehmen vor falschen Berichten, denn der Kaffee steht sehr gut.

Der Leser bemerkt, was ich beim Hören der letzten Kapitel wieder durchgestanden habe. Ich habe im Kinderzimmer ein Solitärspiel gefunden, und das werde ich künftig zum Kränzchen mitnehmen. Hatte ich nicht recht, als ich sagte, dieser Schalmann mache alle verrückt mit seinem

Paket? Würde man hinter diesem ganzen Geschreibsel von Stern – und Fritz macht auch mit, das ist sicher! – junge Menschen vermuten, die in einem vornehmen Haus erzogen werden? Was sind denn das für komische Ausfälle gegen eine Krankheit, die sich im Verlangen nach einem Landsitz offenbart? Darf ich nicht nach Driebergen gehen, wenn Fritz Makler ist? Und wer spricht schon von einem Bauchleiden in Gesellschaft von Frauen und Mädchen? Es ist ein fester Grundsatz von mir, immer beherrscht zu bleiben – denn ich halte das für nützlich bei Geschäften – aber ich muß eingestehen, daß es mich oftmals viel Mühe kostete beim Anhören von dem ganzen Blödsinn, den Stern vorliest. Was will er denn eigentlich? Wo soll das enden? Wann kommt jetzt endlich etwas Gediegenes? Was geht es mich an, ob dieser Havelaar seinen Garten sauberhält und ob die Leute von vorne oder von hinten in sein Haus kommen? Bei Busselinck & Waterman muß man durch einen engen Gang, an einem Öllager vorbei, wo es immer sehr schmutzig ist. Und was soll dieses Gerede über diese Büffel! Was brauchen sie Büffel, diese Schwarzen? Ich habe noch nie einen Büffel gehabt und bin dennoch zufrieden. Es gibt Menschen, die sich immer beklagen. Und was dieses Schimpfen auf erzwungene Arbeit anbelangt, man sieht schon, daß er die Predigt von Pastor Wawelaar nicht gehört hat, sonst wüßte er, wie nützlich diese Arbeit für die Erweiterung des Gottesreiches ist. Aber der ist lutherisch.

Oh, gewiß, wenn ich hätte ahnen können, *wie*

er das Buch schreiben würde, das so wichtig werden soll für alle Makler in Kaffee – und andere – hätte ich es lieber selbst gemacht. Aber er hat die Unterstützung von den Rosemeyers, die in Zucker machen, und das macht ihn so kühn. Ich habe geradeheraus gesagt – denn ich bin aufrichtig in diesen Dingen –, daß wir auf die Geschichte von Saïdjah wohl verzichten könnten, aber da erhob sich plötzlich Louise Rosemeyer gegen mich. Es scheint, daß Stern ihr gesagt hat, das etwas von Liebe darin vorkommen würde, und das mögen diese Mädchen besonders. Ich hätte mich jedoch davon nicht abschrecken lassen, wenn mir die Rosemeyers nicht gesagt hätten, daß sie gerne Sterns Vater kennenlernen würden. Das natürlich, um durch den Vater zum Onkel zu kommen, der in Zucker macht. Wenn ich nun zu sehr Partei für den gesunden Menschenverstand und gegen Stern ergreife, erwecke ich den Anschein, als würde ich sie von ihm fernhalten wollen, und das ist keineswegs der Fall, denn sie machen ja in Zucker.

Ich verstehe absolut nicht den Zweck von Sterns Schreiberei. Es gibt immer unzufriedene Menschen, und steht es gerade ihm gut zu Gesicht, ihm, der in Holland soviel Gutes genießt – diese Woche noch hat meine Frau ihm Kamillentee gekocht – auf die Regierung zu schimpfen? Möchte er damit die allgemeine Unzufriedenheit schüren? Will *er* etwa Generalgouverneur werden? Er ist eingebildet genug dazu... es zu *wollen*, meine ich. Ich fragte ihn das vorgestern und sagte rundheraus dazu, sein Holländisch sei noch so mangelhaft. ›Oh, das ist kein Problem‹, antwortete er.‹ Es scheint nur selten ein Generalgouverneur dahin geschickt zu werden, der die Landessprache versteht.‹ Was soll ich denn anfangen mit so einem Schlauberger? Er hat nicht den geringsten Respekt vor meiner Erfahrung. Als ich ihm dieser Tage sagte, ich sei bereits seit siebzehn Jahren Makler und besuche schon seit zwanzig Jahren die Börse, berief er sich auf Busselinck & Waterman, die schon seit achtzehn Jahren Makler seien, und, so sagte er ›die haben also ein Jahr mehr Erfahrung‹. So fing er mich, denn ich muß zugeben, weil ich die Wahrheit liebe, daß Busselinck & Waterman wenig Geschäftssinn haben und daß es Pfuscher sind.

Marie ist auch ganz durcheinander. Denken Sie nur, daß sie diese Woche – sie war zum Vorlesen beim Frühstück dran, und wir waren bei der Geschichte von Loth – plötzlich innehielt und nicht weiterlesen wollte. Meine Frau, die ebenso wie ich viel von der Religion hält, versuchte sie sanft zur Gehorsamkeit zu bewegen, weil es sich für ein sittsames Mädchen nicht schickt, so störrisch zu sein. Alles vergebens! Dann mußte ich sie als Vater mit großer Strenge tadeln, da sie durch ihre Hartnäckigkeit die Erbauung des Frühstücks zunichte machte, was sich immer schlecht auf den ganzen Tag auswirkt. Aber es war nichts zu machen, und sie ging sogar so weit, daß sie sagte, lieber totgeschlagen zu werden als weiterzulesen. Ich habe sie mit drei Tagen Zimmerarrest bei Kaffee und Brot gestraft und hoffe, daß er ihr guttun wird. Um diese Strafe auch zu einer sittlichen Läuterung gereichen zu lassen, habe ich ihr befohlen, das Kapitel, das sie nicht lesen wollte, zehnmal abzuschreiben, und ich bin vor allem deshalb zu dieser Strenge übergegangen, weil ich bemerkt habe, daß sie in letzter Zeit – ob das durch Stern kommt, weiß ich nicht – Auffassungen angenommen hat, die mir gefährlich vorkommen für die Sittlichkeit, von der meine Frau und ich so viel halten. Ich habe sie unter anderem ein französisches Lied singen hören – von *Béranger*, glaube ich – in dem eine alte Bettlerin beklagt wird, die in ihrer Jugend am Theater sang, und gestern erschien sie ohne Korsett zum Frühstück – Marie, meine ich –, was ja nicht anständig ist.

Auch muß ich zugeben, daß Fritz wenig Gutes aus der Gebetsstunde nach Hause gebracht hat. Ich war ziemlich zufrieden über sein Stillsitzen in der Kirche. Er rührte sich nicht und wandte den Blick nicht von der Kanzel, aber später erfuhr ich, daß Betsy Rosemeyer beim Taufbecken gesessen hatte. Ich habe nichts darüber gesagt, denn man sollte mit den jungen Leuten nicht allzu streng sein, und die Rosemeyers sind ein anständiges Haus. Sie haben ihrer Tochter, die mit dem Drogisten Bruggeman verheiratet ist, etwas sehr nettes mitgegeben, und deshalb glaube ich, daß so etwas Fritz vom Westermarkt fernhält, was mir sehr angenehm ist, weil ich so viel von der Sittlichkeit halte.

Aber dies heißt nicht, daß es mich nicht ärgert

das Herz von Fritz verstocken zu sehen, wie Pharao, der weniger schuldig war als er, weil er keinen Vater hatte, der ihm ständig den rechten Weg zeigte, denn über den alten Pharao sagt die Heilige Schrift nichts. Pastor Wawelaar beschwert sich über seine Vermessenheit – von Fritz, meine ich – im Konfirmandenunterricht, und der Junge scheint – aus diesem Paket von Schalman schon wieder! – eine Naseweisheit geholt zu haben, die den gemütlichen Wawelaar verrückt macht. Es ist rührend, wie der würdige Mann, der oft bei uns Kaffee trinkt, versucht auf das Gemüt von Fritz zu wirken, und wie dieser Schelm immer wieder neue Fragen parat hat, welche die Widerspenstigkeit seines Gemüts zeigen... das kommt alles aus diesem verfluchten Paket von Schalmann! Mit Tränen der Rührung auf den Wangen versucht dieser eifrige Diener des Evangeliums ihn zu bewegen, sich von der Weisheit des Menschen abzuwenden, um in die Geheimnisse der Weisheit Gottes eingeführt zu werden. Mit Sanftmut und Zärtlichkeit fleht er ihn an, doch nicht das Brot des ewigen Lebens zu verschmähen und so in die Klauen des Satans zu fallen, der mit seinen Engeln das Feuer bewohnt, das ihm bis in alle Ewigkeit bereitet ist. ›Oh,‹ sagte er gestern – Wawelaar, meine ich – ›oh, junger Freund, öffne doch Augen und Ohren, und höre und sehe, was der Herr dir zu sehen und zu hören gibt durch meinen Mund. Achte auf die Zeugnisse der Heiligen, die gestorben sind für den wahren Glauben! Sieh Stephanus, wenn er niedersinkt unter den Steinen, die ihn zerschmettern!

Sieh, wie noch sein Blick gen Himmel gerichtet ist und seine Zunge Psalmen singt...‹

›Ich hätte lieber zurückgeworfen!‹ sagte Fritz daraufhin. Leser, was soll ich denn nur mit diesem Jungen anfangen?

Einen Augenblick später begann Wawelaar erneut, denn er ist ein eifriger Diener und läßt nicht ab von der Arbeit. ›Oh,‹ sagte er, ›junger Freund, öffne doch...‹ der Anfang war derselbe wie vorher. ›Aber,‹ fuhr er fort, ›kannst du gleichgültig bleiben beim Gedanken, was aus dir werden soll, wenn du einmal zu den Böcken zur Linken gerechnet wirst...‹

Da brach der Nichtsnutz in Lachen aus – Fritz, meine ich –, und auch Marie mußte lachen. Ich vermeinte sogar den Anflug eines Lachens auf dem Antlitz meiner Frau ausmachen zu können. Dann aber bin ich Wawelaar zu Hilfe gekommen, und habe Fritz mit einem Bußgeld an die Missionsgesellschaft aus seinem Sparschwein bestraft.

Ach, lieber Leser, das alles trifft mich tief. Und da soll man sich, bei solch einem Leiden, amüsieren können mit dem Anhören von Erzählungen über Büffel und Javaner? Was ist ein Büffel im Vergleich zum Seelenheil von Fritz? Was gehen mich die Angelegenheiten dieser Menschen in der Ferne an, wenn ich befürchten muß, daß Fritz durch seinen Unglauben meine Geschäfte verderben wird, und daß aus ihm nie ein tüchtiger Makler wird? Denn Wawelaar selbst hat gesagt, daß Gott alles so lenkt, daß Rechtschaffenheit zu Reichtum führt. ›Sieh nur,‹ sagte er, ›ist nicht viel

Reichtum in den Niederlanden? Das kommt vom Glauben. Gibt es nicht in Frankreich ständig Mord und Totschlag? Das kommt daher, daß sie katholisch sind. Sind nicht die Javaner arm? Es sind Heiden. Je länger die Holländer mit den Javanern umgehen, umso mehr Reichtum wird sich hier entwickeln, und umso mehr Armut dort in der Ferne. So ist es Gottes Wille!‹

Ich staune über Wawelaars Durchblick in Geschäften. Denn es ist die Wahrheit, daß ich, der ich mich strikt an die Religion halte, sehe, wie meine Geschäfte von Jahr zu Jahr Fortschritte machen, und Busselinck & Waterman, die sich weder um Gott noch um Gebote scheren, werden ihr Leben lang Pfuscher bleiben. Auch die Rosemeyers, die in Zucker machen und ein römisch-katholisches Hausmädchen haben, haben unlängst wieder 27% aus der Konkursmasse eines Juden annehmen müssen, der auf der falschen Seite stand. Je mehr ich nachdenke, um so weiter komme ich im Ergründen Gottes unerforschlicher Wege. Unlängst stellte sich heraus, daß wieder dreißig Millionen Reingewinn erzielt wurde beim Verkauf von Produkten, die von Heiden geliefert wurden, und da ist nicht einmal eingerechnet, wieviel ich daran verdient habe und die vielen anderen, die von diesen Geschäften leben. Ist das nun nicht, als würde der Herr sagen: ›Siehe da, dreißig Millionen zur Belohnung deines Glaubens?‹ Ist dies nicht ein deutlicher Fingerzeig Gottes, der den Bösen arbeiten läßt, um den Rechtschaffenen zu erhalten? Ist dies nicht ein Wink, um den rechten Weg weiterzugehen? Um dort viel hervorbringen zu lassen und hier dem wahren Glauben nachzugehen? Heißt es nicht deshalb: ›Betet und arbeitet‹, damit *wir* beten sollen und die Arbeit von diesem schwarzen Pack machen lassen, das kein ›Vater unser‹ kennt?

Oh, wie recht Wawelaar hat, wenn er Gottes Joch sanft nennt! Wie leicht wird die Last jedem gemacht, der glaubt! Ich bin erst Anfang vierzig und ich könnte ausscheiden, wenn ich wollte und nach Driebergen gehen und mir ansehen wie es mit den anderen weitergeht, die den Herrn verließen? Gestern habe ich Schalmann mit seiner Frau und seinem kleinen Jungen gesehen: sie sahen aus wie Geister. Er ist blaß wie der Tod, seine Augen stehen vor und seine Wangen sind eingefallen. Seine Haltung ist gebeugt, obwohl er noch jünger ist als ich. Auch sie war sehr ärmlich gekleidet und schien wieder geweint zu haben. Nun, ich hatte schon sofort bemerkt, daß sie von Natur aus unzufrieden ist, denn ich brauche jemanden nur anzusehen, um ihn zu beurteilen. Das macht die Erfahrung. Sie trug einen Umhang aus Seide, obwohl es doch ziemlich kalt war. Von Krinoline keine Spur. Ihr leichtes Kleid hing schlaff um die Knie und am Rand war es ausgefranst. Er hatte nicht einmal mehr seinen Schal um und sah aus, als wenn es Sommer wäre. Dennoch scheint er noch immer so etwas wie Stolz zu besitzen, denn er gab einer armen Frau etwas, die auf der Schleuse saß, und wer selbst so wenig hat, begeht eine Sünde, wenn er dann anderen noch etwas abgibt. Außerdem gebe ich nie etwas auf der Straße – das ist ein Grundsatz von mir – denn ich sage mir immer, wenn ich solche armen Menschen sehe: wer weiß, ob es nicht ihre eigene Schuld ist, und ich darf sie nicht in ihrer Falschheit bestärken. Sonntags gebe ich zweimal: einmal für die Armen und einmal für die Kirche. So gehört sich das! Ich weiß nicht, ob Schalmann mich gesehen hat, aber ich ging rasch vorbei und blickte nach oben und dachte an die Gerechtigkeit Gottes, der ihn doch nicht ohne Wintermantel umherlaufen lassen würde, wenn er besser achtgegeben hätte und nicht faul, pedantisch und kränklich wäre.

Was nun mein Buch anbelangt, so muß ich wahrlich den Leser um Nachsicht bitten für diese unverzeihliche Art und Weise, in der Stern von unserem Vertrag Mißbrauch macht. Ich muß gestehen, daß ich dem nächsten Kränzchen und der Liebesgeschichte von diesem *Saïdjah* mit Schrekken entgegensehe. Der Leser weiß bereits, welch gesunde Auffassungen ich über die Liebe habe... man denke nur an meine Beurteilung über diesen Ausflug an den Ganges. Daß junge Mädchen so etwas mögen, kann ich wohl verstehen, aber es ist mir unerklärlich, daß Männer von Reife solche Torheiten ohne Widerwillen anhören. Ich bin sicher, daß ich beim nächsten Kränzchen das Triolett meines Solitärspiels finde.

Ich werde versuchen, nichts von diesem *Saïdjah* zu hören, und hoffe, daß der Mann bald heiratet, zumindest wenn *er* der Held der Liebesgeschichte ist. Es ist ja nett von Stern, daß er vorab davor gewarnt hat, daß es eine langweilige Geschichte sein wird. Sobald er dann später mit etwas anderem beginnt, werde ich wieder zuhören. Aber diese Mißbilligung der politischen Führung ärgert mich fast genauso wie Liebesgeschichten. Man sieht aus allem, daß Stern jung ist und wenig Erfahrung hat. Um die Dinge richtig zu beurteilen, muß man alles aus der Nähe sehen. Als ich heiratete, bin ich selbst nach Den Haag gefahren und habe zusammen mit meiner Frau das Mauritshuis besucht. Ich bin dort mit allen Ständen der Gesellschaft in Berührung gekommen, denn ich habe den Finanzminister vorbeifahren sehen, und wir haben Flanell gekauft in der Veenestraat – ich und meine Frau, meine ich –, und nirgends habe ich den geringsten Hinweis auf Unzufriedenheit mit der Regierung gefunden. Das Fräulein im Laden sah wohlhabend und zufrieden aus, und als um 1848 manche uns weiszumachen versuchten, daß in Den Haag nicht alles so sei, wie es sein sollte, habe ich beim Kränzchen einmal meine Meinung über diese Unzufriedenheit geäußert. Ich fand Zustimmung, denn jeder wußte, daß ich aus Erfahrung sprach. Auch auf der Rückreise mit der Postkutsche hat der Kutscher ›Freut euch des Lebens‹ geblasen, und das hätte er bestimmt nicht getan, wenn es soviel Falsches gäbe. So habe ich auf alles geachtet und wußte also sofort, was ich von den Unruhen von 1848 zu halten hatte.

Uns gegenüber wohnt ein Fräulein, deren Cousin in Niederländisch-Ostindien ein *Toko* hat, wie man dort einen Laden nennt. Wenn also alles so schlecht laufen würde, wie Stern behauptet, würde sie darüber auch Bescheid wissen, und es scheint dennoch, daß die gute Frau sehr zufrieden ist mit den Dingen, denn ich höre sie nie klagen. Im Gegenteil, sie sagt, daß ihr Cousin auf einem Landsitz wohnt, Mitglied des Kirchenrats ist und daß er ihr eine Zigarrenhülle mit Pfauenfedern geschenkt hat, die er selbst aus Bambus gemacht hat. Das alles zeigt doch ganz deutlich, wie unbegründet diese Klagen über eine schlechte Führung sind. Zudem sieht es so aus, daß es für jemanden, der sich in acht nehmen kann, in jenem Land noch einiges zu verdienen gibt, daß also dieser Schalmann auch dort bereits faul, pedantisch und kränklich gewesen ist, weil er sonst nicht so ärmlich hierher zurückgekommen wäre und ohne Wintermantel herumlaufen würde. Und der Cousin von diesem Fräulein von gegenüber ist nicht der einzige, der im Fernen Osten sein Vermögen gemacht hat. Im ›Cafe Polen‹ treffe ich viele, die dort waren und wirklich ganz gut gekleidet sind. Aber eines versteht sich, auf seine Geschäfte muß man achtgeben, dort so gut wie hier. Auf Java werden die gebratenen Tauben niemandem in den Mund fliegen: es muß gearbeitet werden! Und wer das nicht will, ist arm und bleibt arm, das spricht für sich.

Siebzehntes Kapitel

Saïdjahs Vater hatte einen Büffel, mit dem er sein Feld bestellte. Als dieser Büffel ihm vom Distriktshaupt von *Parang-Koodjang* weggenommen worden war, war er sehr betrübt und sprach kein Wort, viele Tage lang. Denn die Zeit zum Pflügen nahte, und es war zu befürchten, wenn man die *Sawah* nicht zeitig bearbeitete, daß auch die Zeit zum Säen verstreichen würde, und schließlich, daß es keine *Padie* zu schneiden geben würde, um sie im *Lombong* des Hauses zu bergen.

Ich muß hierzu für die Leser, die zwar Java kennen, nicht aber *Bantam*, die Bemerkung machen, daß es in dieser Residenz *persönlichen Grundbesitz* gibt, was anderenorts nicht der Fall ist.

Saïdjahs Vater nun war sehr bekümmert. Er fürchtete, daß seine Frau den Reis brauchen würde, und auch *Saïdjah*, der noch ein Kind war, und die Geschwister von *Saïdjah*.

Zudem würde das Distriktshaupt ihn beim Resident-Assistenten anklagen, wenn er mit der Bezahlung seiner Pacht im Verzug war. Denn darauf steht vor dem Gesetz Strafe.

Da nahm *Saïdjahs* Vater einen *Kris* aus der *Pusaka seines* Vaters. Der Kris war nicht sehr schön, aber es waren silberne Bänder um die Scheide, und auch an der Spitze der Scheide war eine kleine Silberplatte. Er verkaufte diesen Kris an einen Chinesen, der in der Hauptstadt wohnte, und kam nach Hause mit vierundzwanzig Gulden, von denen er einen neuen Büffel kaufte.

Saïdjah, der damals etwa sieben Jahre alt war, hatte schon bald Freundschaft mit dem neuen Büffel geschlossen. Ich sage nicht ohne Grund: Freundschaft, denn es ist tatsächlich anrührig zu sehen, wie sich der javanische *Kerbo* an den kleinen Jungen bindet, der ihn bewacht und pflegt. Das kräftige Tier beugt willig den schweren Kopf nach rechts oder links oder nach unten, je nach dem Fingerdruck des Kindes, das er kennt, das er versteht, mit dem er aufgewachsen ist.

Solche Freundschaft hatte nun auch der kleine *Saïdjah* bald in dem neuen Gast geweckt, und *Saïdjahs* ermutigende Kinderstimme schien der kraftvollen Brust des starken Tieres noch mehr Kraft zu geben, wenn es den schweren Lehmboden aufriß und seinen Weg in tiefen, scharfen Furchen ging. Der Büffel wendete willig, wenn er am Ende des Ackers angekommen war und verlor keine Handbreit Boden beim Pflügen der neuen Furche, die immer neben der alten lag, als wäre die *Sawah* Gartenboden, geharkt von einem Riesen.

Daneben lagen die *Sawahs* von *Adindas* Vater, dem Vater des Kindes, das *Saïdjah* heiraten sollte. Und wenn *Adindas* Brüder die zwischen beiden Feldern liegende Grenze erreichten, wenn gerade auch *Saïdjah* da war mit seinem Pflug, dann riefen sie einander fröhlich zu und lobten die Kraft und die Gehorsamkeit ihrer Büffel um die Wette. Aber ich glaube, daß der von *Saïdjah* der beste war, vielleicht sogar, weil dieser ihm besser zuzusprechen wußte als die anderen. Denn Büffel sind sehr empfänglich für gutes Zureden.

Saïdjah war neun Jahre alt geworden und *Adinda* schon sechs, als dieser Büffel *Saïdjahs* Vater vom Distriktshaupt von *Parang-Koodjang* weggenommen wurde.

Saïdjahs Vater, der sehr arm war, verkaufte daraufhin einem Chinesen zwei silberne *Klambu*-Haken, *Pusaka* von den Eltern seiner Frau, für achtzehn Gulden. Und für dieses Geld kaufte er sich einen neuen Büffel.

Aber *Saïdjah* war betrübt. Denn er wußte von *Adindas* Brüdern, daß der vorige Büffel zur Hauptstadt getrieben worden war, und er hatte seinen Vater gefragt, ob er nicht das Tier gesehen hätte, als er dort war, um die *Klambu*-Haken zu verkaufen? Auf diese Frage hatte *Saïdjahs* Vater nicht antworten wollen. Daher befürchtete er, daß sein Büffel geschlachtet worden war, wie all die anderen Büffel, die das Distriktshaupt der Bevölkerung wegnahm.

Und *Saïdjah* weinte viel, wenn er an den armen Büffel dachte, mit dem er zwei Jahre lang so innig umgegangen war. Und er konnte nicht essen, lange Zeit, denn sein Hals war zu eng zum schlucken.

Man bedenke, daß *Saïdjah* ein Kind war.

Der neue Büffel lernte *Saïdjah* kennen und nahm alsbald in der Zuneigung des Kindes den Platz seines Vorgängers ein... allzu bald, eigentlich. Denn leider werden die Wachseindrücke in unserem Herzen so leicht geglättet, um einer anderen Schrift Platz zu machen. Wie dem auch sei, der neue Büffel war zwar nicht so stark wie der vorige... und das alte Joch war etwas zu weit für seinen Nacken... aber das arme Tier war so willig wie sein Vorgänger, der geschlachtet worden war, und obwohl *Saïdjah* sich nicht mehr der Kraft seines Büffels rühmen konnte, wenn er *Adindas* Brüdern an der Grenze begegnete, behauptete er dennoch, daß kein anderer den seinen an gutem Willen überträfe. Und wenn die Furche nicht so gerade verlief wie zuvor oder wenn Erdschollen undurchschnitten umgelegt worden waren, so arbeitete er das gerne mit seinem *Patjol* nach, so gut er konnte. Außerdem, kein Büffel hatte einen *User-Useran* wie seiner. Der *Penghulu* selbst hatte gesagt, daß *Ontong* sei im Verlauf der Haarwirbel auf seinem Widerrist.

Einmal, tief im Feld, rief *Saïdjah* vergeblich seinem Büffel zu, etwas schneller zu machen. Das Tier stand still und rührte sich nicht. *Saïdjah*, verstört über so große und vor allem so ungewohnte Widerspenstigkeit, konnte nicht an sich halten, eine Beleidigung auszustoßen. Er rief: *a.s.*. Jeder, der in Niederländisch-Ostindien gewesen ist, wird mich verstehen. Und wer mich nicht versteht, hat den Vorzug, daß ich ihm die Erklärung eines unflätigen Ausdrucks erspare.

Saïdjah meinte gleichwohl nichts Böses damit. Er sagte es nur, weil er es schon so oft von anderen hatte sagen hören, wenn sie unzufrieden waren mit ihrem Büffel. Aber er hätte es nicht zu sagen brauchen, denn es nützte nichts: sein Büffel ging keinen Schritt weiter. Er schüttelte den Kopf, wie um das Joch abzuwerfen... man sah den Atem aus seinen Nüstern... er blies, zitterte, schauderte... es lag Angst in seinem blauen Auge, und die Oberlippe war hochgezogen, so daß das Zahnfleisch bloß lag...

»Flieh, flieh«, riefen plötzlich *Adindas* Brüder. »*Saïdjah*, flieh! Da ist ein Tiger!«

Und alle rissen die Pflugjoche von ihren Büffeln, schwangen sich auf die breiten Rücken und galoppierten davon durch die *Sawahs*, über die *Galangans*, durch Schlamm, durch Unterholz und Wald und *Allang-Allang*, vorbei an Feldern und über Wege hinweg. Und als sie schwer atmend und schwitzend in das Dorf *Badur* kamen, war *Saïdjah* nicht bei ihnen.

Denn als dieser seinen Büffel, befreit von seinem Joch, bestiegen hatte wie die anderen, um zu fliehen wie sie, hatte ein unvermittelter Sprung des Tieres ihm das Gleichgewicht genommen und ihn zu Boden geworfen. Der Tiger war sehr nahe...

Saïdjahs Büffel, fortgetrieben durch seine eigene Wucht, rannte nur einige Sprünge an der Stelle vorbei, an der auf seinen kleinen Herrn der Tod wartete. Aber nur durch die eigene Wucht, und nicht durch den eigenen Willen, war das Tier von *Saïdjah* weggelaufen. Denn kaum hatte es die Trägheit überwunden, die alle Materie beherrscht, auch nachdem es die Ursache erkannte, die es forttrieb, kehrte es zurück, stellte seinen massigen Leib auf seinen plumpen Beinen wie ein Dach über das Kind und wandte seinen gehörnten Kopf dem Tiger zu. Dieser sprang... aber er sprang zum letzten Mal. Der Büffel nahm ihn auf die Hörner und verlor nur etwas Fleisch, das der Tiger ihm am Hals ausschlug. Der Angreifer lag da mit aufgerissenem Bauch, und *Saïdjah* war gerettet. Und ob *Ontong* im *User-Useran* dieses Büffels gewesen war!

Als dieser Büffel *Saïdjhas* Vater abgenommen und geschlachtet worden war...

Ich sagte bereits, Leser, daß meine Geschichte eintönig ist.

...als dieser Büffel geschlachtet worden war, zählte *Saïdjah* zwölf Jahre, und *Adinda* webte *Sarongs* und *batikte* diese mit spitzer *Kapala*. Sie hatte bereits Gedanken in den Lauf ihres Farbschiffchens einzubringen, und sie zeichnete Trübsinn auf ihr Gewebe, denn sie hatte *Saïdjah* sehr traurig gesehen.

Auch *Saïdjahs* Vater war betrübt, seine Mutter aber am meisten. Hatte sie doch die Wunde am Hals des treuen Tieres geheilt, das ihr Kind unversehrt nach Hause getragen hatte, von dem sie nach der Nachricht von *Adindas* Brüdern geglaubt hatte, daß es von dem Tiger verschleppt worden sei. Sie hatte die Wunde so oft angesehen mit dem Gedanken, wie tief die Pranke, die so weit in die rauhen Fasern des Büffels drang, in den weichen Leib ihres Kindes getrieben worden wäre, und immer, wenn sie frische Heilkräuter auf die Wunde gelegt hatte, streichelte sie den Büffel und sprach ihm einige freundliche Worte zu, damit das gute Tier doch wissen solle, wie dankbar eine Mutter ist! Sie hoffte später, daß der Büffel sie verstanden haben möge, denn dann hätte er auch ihr Wehklagen verstanden, als er weggeführt wurde, um geschlachtet zu werden, und er hätte gewußt, daß es nicht *Saïdjahs* Mutter war, die ihn schlachten ließ.

Einige Zeit später floh *Saïdjahs* Vater aus dem Land. Denn er fürchtete sich sehr vor der Strafe, wenn er seine Pacht nicht bezahlen würde, und er hatte keine *Pusaka* mehr, um sich einen neuen Büffel zu kaufen, weil seine Eltern immer in *Parang-Koodjang* gelebt und ihm daher wenig hinterlassen hatten. Auch die Eltern seiner Frau hatten immer in diesem Distrikt gewohnt. Nach dem Verlust des letzten Büffels hielt er sich noch einige Jahre über Wasser, indem er mit gemieteten Pflugtieren arbeitete. Aber das ist eine sehr undankbare Arbeit und überaus traurig für einen Mann, der im Besitz eigener Büffel gewesen ist. *Saïdjahs* Mutter starb vor Kummer, und sein Vater machte sich in einem mutlosen Augenblick aus *Lebak* und aus *Bantam* davon, um Arbeit im *Buitenzorgschen* zu suchen. Er wurde mit Rohrschlägen bestraft, weil er *Lebak* ohne Paß verlassen hatte, und von der Polizei nach *Badur* zurückgebracht. Er wurde ins Gefängnis geworfen, weil man ihn für wahnsinnig hielt, was so unverständlich nicht gewesen wäre, und man zudem befürchtete, daß er in einem Augenblick von *Matah-Glap* vielleicht *Amokh* laufen oder andere Dummheiten machen würde. Aber er war nicht lange in Gefangenschaft, weil er schon kurz darauf starb.

Was aus den Geschwistern von *Saïdjah* geworden ist, weiß ich nicht. Das kleine Haus, das sie in *Badur* bewohnten, stand einige Zeit leer und bald fiel es ein, da es nur aus Bambus gebaut war, und mit *Atap* gedeckt. Nur ein wenig Staub und Schmutz bedeckte die Stelle, an der so viel gelitten worden war. Es gibt viele solcher Stellen in *Lebak*.

Saïdjah war schon fünfzehn, als sein Vater nach *Buitenzorg* ging. Er hatte ihn nicht dorthin begleitet, weil er größere Pläne in seinem Gemüt trug. Man hatte ihm gesagt, daß es in *Batavia* viele Herren gäbe, die in *Bendies* fuhren, und daß also für ihn eine Stelle als *Bendie*-Junge zu finden wäre, für die man gewöhnlich jemanden wählt, der jung ist und noch nicht ausgewachsen, um nicht durch zu großes Gewicht hinten auf dem zweirädrigen Fahrzeug das Gleichgewicht zu stören. Es gab, so hatte man ihm erzählt, bei gutem Betragen viel zu gewinnen bei einer solchen Stelle. Vielleicht könnte er sogar innerhalb von drei Jahren Geld auf die Seite legen, genug, um zwei Büffel zu kaufen. Diese Aussicht lockte ihn. Mit stolzen Schritten, wie jemand, der Großes im Sinn hat, trat er nach der Abreise seines Vaters bei *Adinda* ein und teilte ihr seinen Plan mit.

»Denke nur,« sagte er, »wenn ich wiederkomme, werden wir alt genug sein, um zu heiraten, und wir werden zwei Büffel haben!«

»Sehr gut, *Saïdjah*! Ich will dich gerne heiraten, wenn du zurückkehrst. Ich werde spinnen und *Sarongs* und *Slendangs* weben, und *batiken* und die ganze Zeit sehr fleißig sein.«

»Oh, ich glaube dir, *Adinda*! Aber... wenn ich dich verheiratet finde?«

»*Saïdjah*, du weißt doch, daß ich niemand anderen heiraten werde. Mein Vater hat mich deinem Vater versprochen.«

»Und du?«

»Ich werde dich heiraten, sei ganz sicher!«

»Wenn ich wiederkomme, werde ich von der Ferne rufen...«

»Wer wird das hören, wenn wir im Dorf Reis stampfen?«

»Das stimmt. Aber *Adinda*... oh, ja, das ist besser: warte auf mich am *Djati*-Wald, unter dem *Ketapan*, wo du mir die *Melatti* gegeben hast.«

»Aber *Saïdjah*, wie soll ich wissen, wann ich gehen muß, dich beim *Ketapan* zu erwarten?«

Saïdjah überlegte einen Augenblick und sagte: »Zähle die Monde. Ich werde dreimal zwölf Monde ausbleiben... dieser Mond zählt nicht mit. Siehe, *Adinda*, kerbe bei jedem Neumond einen Strich auf deinen Reisblock. Wenn du dreimal zwölf Striche eingekerbt hast, werde ich am Tag, der darauf folgt, unter dem *Ketapan* ankommen. Versprichst du mir, da zu sein?«

»Ja, *Saïdjah*! Ich werde unter dem *Ketapan* am *Djati*-Wald sein, wenn du wiederkommst.«

Nun riß *Saïdjah* einen Streifen aus seiner blauen Kopfbedeckung, die sehr verschlissen war, und gab den Stoff *Adinda*, auf daß sie ihn aufheben würde als Pfand. Und dann verließ er sie und *Badur*.

Er ging viele Tage. Er ging vorbei an *Rangkas-*

Betong, das noch nicht die Hauptstadt war von *Lebak*, und an *Warung-Gunung*, wo damals der Resistent-Assistent wohnte, und am nächsten Tag sah er *Pandaglang*, das da lag wie ein Garten. Wieder einen Tag später kam er nach *Serang* und staunte über die Pracht eines so großen Ortes mit vielen Häusern, Gebäuden aus Stein, gedeckt mit roten Ziegeln. *Saïdjah* hatte so etwas noch nie gesehen. Er blieb einen Tag dort, weil er müde war, und in der Kühle der Nacht ging er weiter und erreichte am nächsten Tag *Tangerang*, noch bevor der Schatten bis zu seinen Lippen gesunken war, obwohl er den großen *Tudung* trug, den sein Vater ihm hinterlassen hatte.

In *Tangerang* badete er im Fluß nahe der Fähre und ruhte sich im Haus eines Bekannten seines Vaters aus, der ihm zeigte, wie man Strohhüte flocht, wie jene, die aus *Manilla* kommen. Er blieb einen Tag dort, um dies zu lernen, da er sich überlegte, daß er damit später etwas verdienen könnte, falls er in *Batavia* keinen Erfolg haben würde. Am nächsten Tag gegen Abend, als es kühler wurde, dankte er seinem Gastgeber sehr und ging weiter. Sobald es völlig dunkel war, und es niemand mehr sehen würde, holte er das Blatt hervor, in dem er die *Melatti* verwahrte, die *Adinda* ihm unter dem *Ketapan*-Baum gegeben hatte. Denn er war traurig geworden, weil er sie so lange nicht sehen würde. Am ersten Tag und auch am zweiten, hatte er nicht so stark gefühlt, wie allein er war, weil seine Seele ganz mit der Vorstellung beschäftigt war, Geld zu verdienen für den Kauf zweier

Büffel, weil sein Vater selbst nie mehr besessen hatte als einen. Seine Gedanken richteten sich zu sehr auf das Wiedersehen mit *Adinda*, um dem Abschiedsschmerz viel Platz zu lassen. Er hatte diesen Abschied in übertriebener Hoffnung genommen, und ihn in seinen Gedanken mit dem endlichen Wiedersehen unter dem *Ketapan* verknüpft. Denn die Aussicht auf dieses Wiedersehen spielte eine so große Rolle in seinem Herzen, daß er, als er beim Verlassen von *Badur* an diesem Baum vorbeiging, etwas Fröhliches empfand, als seien sie bereits vergangen, die sechsunddreißig Monde, die ihn von diesem Augenblick trennten. Ihm war zumute gewesen, als brauche er nur umzukehren, als ob er bereits zurückkehre von der Reise, um *Adinda* zu sehen, die ihn unter dem Baum erwartete.

Aber je weiter er sich von *Badur* entfernte, und je mehr er auf die schreckliche Dauer eines einzigen Tages achtete, umso mehr begann er, die sechsunddreißig Monde, die vor ihm lagen, lang zu finden. Es war etwas in seiner Seele, das ihn weniger rasch ausschreiten ließ. Er spürte Trauer in seiner Brust, und wenn es noch keine Mutlosigkeit war, die ihn befiel, so war es doch Wehmut, die nicht weit von Mutlosigkeit entfernt ist. Er überlegte, ob er zurückkehren sollte, aber was würde *Adinda* sagen zu so wenig Beherztheit?

Darum ging er weiter, wenn auch weniger schnell als am ersten Tag. Er hatte die *Melatti* in der Hand und drückte sie oft an seine Brust. Er war in den letzten drei Tagen viel älter geworden und begriff nicht mehr, wie er früher so ruhig gelebt hatte, da doch *Adinda* ihm so nahe war und er sie sehen konnte, immer wieder und so oft er nur wollte. Denn jetzt würde er nicht ruhig sein, wenn er erwarten könnte, daß sie sogleich vor ihm stehen würde. Und er begriff auch nicht, daß er nach dem Abschied nicht noch einmal zurückgekehrt war, um sie noch ein einziges Mal anzuschauen. Auch fiel ihm ein, wie sie sich noch vor kurzem wegen einer Kordel gezankt hatten, die sie für den *Lalayang* ihrer Brüder spann und die zerrissen war, weil, wie er meinte, ein Fehler in ihrer Spinnerei sei, wodurch eine Wette gegen die Kinder aus *Tjipurut* verloren worden war. »Wie war das möglich«, dachte er, »darüber zornig zu werden auf *Adinda*? Denn selbst wenn sie einen Fehler in die Kordel gesponnen hatte, und selbst wenn die Wette von *Badur* gegen *Tjipurut* dadurch verloren worden war und nicht durch die Glasscherbe – so keck und behende geworfen von dem kleinen Djamien, der sich hinter dem *Pagger* versteckte –, hätte ich selbst dann so hart zu ihr sein dürfen, sie mit ungehörigen Namen beschimpfen dürfen? Was wird sein, wenn ich in *Batavia* sterbe, ohne sie um Vergebung für eine solche Grobheit gebeten zu haben? Wird es nicht so sein, als ob ich ein schlechter Mensch wäre, der Mädchen mit Schimpfwörtern bewirft? Und wird nicht jeder in Badur sagen, wenn man vernimmt, daß ich in einem fremden Land gestorben bin: ›es ist gut, daß *Saïdjah* starb, denn er hat *Adinda* beschimpft?‹«

So nahmen seine Gedanken einen Lauf, der sich sehr von der vorigen Anspannung unterschied, und unwillkürlich äußerten sie sich, zunächst in halben Wörtern gemurmelt, bald schon in einem Monolog, und schließlich in dem wehmütigen Lied, von dem ich die Übersetzung folgen lasse. Zuerst lag es in meiner Absicht, die Übertragung in Maß und Reim vorzunehmen, aber wie Havelaar halte ich es für besser, das Korsett wegzulassen.

»Ich weiß nicht, wo ich sterben werde.
Ich habe das große Meer gesehen an der Südküste, als ich dort war, um mit meinem Vater Salz zu machen.
Wenn ich auf dem Meer sterbe und man meinen Körper ins tiefe Wasser wirft, werden Haie kommen.
Sie werden um meine Leiche herumschwimmen und fragen: ›wer von uns soll den Körper verschlingen, der dort im Wasser herabsinkt?‹

Ich werde es nicht hören.

Ich weiß nicht, wo ich sterben werde.
Ich habe das Haus von *Pa-Ansu* brennen sehen, das er selbst angezündet hatte, weil er *matah-glap* war.
Wenn ich in einem brennenden Haus sterbe, werden glühende Trümmer herabfallen auf meine Leiche.
Und um das Haus herum wird es viel Rufen geben

von Menschen, die Wasser bringen, um das Feuer zu löschen.

Ich werde es nicht hören.

Ich weiß nicht, wo ich sterben werde.
Ich habe den kleinen *Si-Unah* aus dem *Klappa*-Baum fallen sehen, als er eine *Klappa* für seine Mutter pflückte.
Wenn ich aus einem *Klappa*-Baum falle, werde ich tot an seinem Fuße liegen, in den Sträuchern, wie *Si-Unah*.
Dann wird meine Mutter nicht weinen, denn sie ist tot. Aber andere werden rufen: ›seht, da liegt *Saïdjah*!‹ mit lauter Stimme.

Ich werde es nicht hören.

Ich weiß nicht, wo ich sterben werde.
Ich habe den Leichnam von *Pa-Lisu* gesehen, der an hohem Alter gestorben ist, denn seine Haare waren weiß.
Wenn ich vor Alter sterben werde, mit weißen Haaren, werden die Klagefrauen um meinen Leichnam stehen.
Und sie werden Aufhebens machen wie die Klagefrauen bei *Pa-Lisus* Leichnam.
Und auch die Enkel werden weinen, sehr laut.

Ich werde es nicht hören.

Ich weiß nicht, wo ich sterben werde.

Ich habe in *Badur* viele gesehen, die gestorben
waren. Man kleidete sie in ein weißes Gewand
und begrub sie in der Erde.
Wenn ich in *Badur* sterbe, und man begräbt mich
außerhalb der *Dessah*, ostwärts an einem
Hügel, wo das Gras hoch ist,
dann wird *Adinda* dort vorübergehen, und der
Rand ihres *Sarong* wird sanft am Gras vorbei-
streichen ...

Ich werde es hören.«

Saïdjah erreichte *Batavia*. Er bat einen Herrn, ihn
in Dienst zu nehmen, was dieser Herr sofort tat,
weil er *Saïdjah* nicht verstand. Denn in *Batavia*
hat man gerne Bedienstete, die noch kein Malaiisch sprechen und somit noch nicht so verdorben
sind wie die anderen, die länger mit der europäischen Kultur in Berührung gewesen sind. *Saïdjah*
lernte bald Malaiisch, gab aber brav acht, denn er
dachte immer an die beiden Büffel, die er kaufen
wollte, und an *Adinda*. Er wurde groß und kräftig, weil er alle Tage aß, was in *Badur* nicht immer möglich gewesen war. Er war im Stall beliebt,
und er wäre sicher nicht abgewiesen worden,
wenn er die Tochter des Kutschers gebeten hätte,
ihn zu heiraten. Sein Herr selbst mochte *Saïdjah*
so sehr, daß dieser ihn bald zum Hausbediensteten
erhob. Man erhöhte seinen Lohn und machte ihm
zudem ständig Geschenke, weil man mit seinen
Diensten so besonders zufrieden war. Die gnädige
Frau hatte den Roman von *Sue* gelesen, der soviel

von sich reden machte, und dachte immer an Prinz *Djalma*, wenn sie *Saïdjah* sah. Auch die jungen Mädchen verstanden besser als früher, warum der javanische Maler *Radhen Saleh* in Paris soviel Anklang gefunden hatte.

Aber man hielt *Saïdjah* für undankbar als er, nach fast drei Jahren Dienst, um seine Entlassung bat und um einen Beweis, daß er sich gut geführt hatte. Man konnte ihm dies jedoch nicht verweigern, und *Saïdjah* machte sich frohen Herzens auf den Weg.

Er kam an *Posing* vorbei, wo einst Havelaar wohnte, vor langer Zeit. Aber das wußte *Saïdjah* nicht. Und selbst wenn er es gewußt hätte, trug er etwas ganz anderes in seiner Seele, das ihn beschäftigte. Er zählte die Schätze, die er heimbrachte. In einer Bambusrolle hatte er seinen Paß und das Zeugnis guten Betragens. In einer Hülle, die an einem Lederriemen befestigt war, schien etwas schweres beständig an seine Schulter zu schlagen, aber er spürte es mit Freude... Ich glaube das gerne! Darin befanden sich die dreißig Silbermünzen, genug, um drei Büffel zu kaufen. Was würde *Adinda* dazu sagen! Und das war noch nicht alles. Am Rücken sah man die mit Silber beschlagene Scheide eines *Kris*, den er im Gürtel trug. Das Heft war bestimmt aus fein ausgeschnittenem *Kamuning*, denn er hatte es sorgfältig in eine seidene Hülle gewickelt. Und er besaß noch mehr Schätze. In der Wulst des *Kahin* um seine Lenden verwahrte er eine Bauchkette aus breiten, silbernen Gliedern, mit goldenem *Ikat-*

Pendieng. Es stimmte, daß das Band kurz war: aber sie war so schlank... *Adinda!*

Und an einem Band um den Hals, unter seinem *Baadju* trug er einen kleinen, seidenen Beutel, in dem sich eine vertrocknete *Melatti* befand.

War es ein Wunder, daß er sich in *Tangerang* nicht länger aufhielt als nötig für den Besuch bei dem Bekannten seines Vaters, der so feine Strohhüte flocht? War es ein Wunder, daß er so wenig sagte zu den Mädchen auf seinem Weg, die ihn fragten: ›Wohin, woher?‹ wie der Gruß in diesen Gegenden üblich ist? War es ein Wunder, daß er *Serang* nicht mehr so vornehm fand, er, der *Batavia* kennengelernt hatte? Daß er sich nicht mehr im *Pagger* verkroch, wie er es noch vor drei Jahren getan, als der Resident vorüberfuhr, er, der einen viel höheren Herrn gesehen hatte, der in *Buitenzorg* wohnte und der der Großvater des *Susuhunan* von *Solo* ist? War es ein Wunder, daß er die Geschichten von denen, die ihn ein Stück des Weges begleiteten und von all den Neuigkeiten in *Bantan-Kidul* sprachen, wenig beachtete? Daß er kaum zuhörte, als man ihm erzählte, daß der Kaffeeanbau nach vielen vergeblichen Mühen nun ganz eingestellt worden war? Daß das Distriktshaupt von *Parang-Koodjang* wegen Raubes auf öffentlicher Straße zu vierzehn Tagen Arrest im Hause seines Schwiegervaters verurteilt worden war? Daß die Hauptstadt nach *Rangkas-Betong* verlegt wurde? Daß ein neuer Resident-Assistent gekommen war, weil der vorige vor einigen Monaten gestorben war? Wie der neue Beamte gesprochen hatte auf der ersten *Sebah*-Sitzung? Daß seit geraumer Zeit niemand mehr bestraft worden war wegen Klagen, und wie man in der Bevölkerung hoffte, daß alles Gestohlene zurückgegeben oder vergütet werden würde?

Nein, schönere Bilder zeigten sich vor seinem geistigen Auge. Er suchte den *Ketapan*-Baum in den Wolken, da er noch zu weit entfernt war, um ihn bei *Badur* zu suchen. Er griff in die Luft, die ihn umgab, so, als wolle er die Gestalt umfassen, die unter diesem Baum auf ihn warten würde. Er zeichnete sich *Adindas* Gesicht, ihren Kopf, ihre Schulter... er sah die schwere *Kondeh*, so glänzend schwarz, in der eigenen Schleife gefangen, die in den Nacken fiel... er sah ihre großen Augen, glänzend im dunklem Widerschein... ihre Nasenflügel, die sie als Kind so kühn schürzte, wenn er – wie war es möglich! – sie neckte, und den Winkel ihrer Lippen, in dem sie ihr Lächeln bewahrte. Er sah ihre Brust, die nun schwellen würde unter der *Kabaai*... er sah, wie der *Sarong*, den sie selbst gewebt hatte, ihre Hüften eng umschloß, und, der gebogenen Linie ihres Schenkels folgend, am Knie in herrlichen Wellen hinunterfiel auf den kleinen Fuß...

Nein, er hörte wenig von dem, was man ihm sagte. Er hörte ganz andere Töne. Er hörte, wie *Adinda* sagen würde: ›Sei willkommen, *Saïdjah*! Ich habe an dich gedacht beim Spinnen und beim Weben und beim Stampfen des Reises auf dem Block, der dreimal zwölf Kerben meiner Hand trägt. Hier bin ich, unter dem *Ketapan*, am ersten

Tag des neuen Mondes. Sei willkommen, *Saïdjah*: ich will deine Frau sein!‹

Das war die Musik, die in seinen Ohren erklang und ihn daran hinderte, den Neuigkeiten, die man ihm auf seinem Weg erzählte, zu lauschen.

Endlich sah er den *Ketapan*. Oder besser, er sah einen dunklen Platz, der viele Sterne vor seinem Auge verhüllte. Das mußte der *Djati*-Wald sein, bei dem Baum, an dem er *Adinda* wiedersehen würde, am nächsten Tag nach Sonnenaufgang. Er suchte in der Dunkelheit und betastete viele Stämme. Bald fand er eine bekannte Einkerbung an der Südseite des Baumes, und er legte den Finger in den Spalt, den *Si-Panteh* mit seinem *Parang* dort hineingeschlagen hatte, um den *Pontianak* zu beschwören, der die Schuld trug für die Zahnschmerzen von *Pantehs* Mutter, kurz vor der Geburt seines Bruders. Das war der *Ketapan* den er suchte.

Ja, das war die Stelle, an der er *Adinda* zum erstenmal anders angesehen hatte als seine Spielkameraden, weil sie sich dort zum ersten Mal geweigert hatte bei einem Spiel mitzumachen, das sie noch kurz zuvor mit allen Kindern, Jungen und Mädchen, gespielt hatte. Dort hatte sie ihm die *Melatti* gegeben.

Er setzte sich am Fuß des Baumes nieder und sah auf zu den Sternen. Und wenn er eine Sternschnuppe sah, so nahm er sie als Gruß zu seiner Rückkehr nach *Badur*. Und er dachte daran, ob *Adinda* jetzt schliefe? Ob sie die Monde auch richtig in ihren Reisblock eingekerbt hätte? Es würde ihn schmerzen, wenn sie einen Mond ausgelassen hätte, als ob es nicht genug wären... sechsunddreißig! Und ob sie schöne *Sarongs* und *Slendangs gebatikt* hätte? Und auch fragte er sich, wer wohl in seines Vaters Haus wohnen würde? Und seine Jugend fiel ihm ein, seine Mutter, wie der Büffel ihn vor dem Tiger gerettet hatte, und er überlegte, was wohl aus *Adinda* geworden wäre, wenn dieser Büffel weniger treu gewesen wäre?

Er achtete sehr auf das Sinken der Sterne im Westen, und bei jedem Stern, der am Horizont versank, berechnete er, daß die Sonne ihrem Aufgang im Osten wieder etwas näher war und wieviel näher er selbst dem Wiedersehen mit *Adinda*.

Denn gewiß würde sie kommen beim ersten Strahl, ja, in der Dämmerung würde sie bereits da sein... ach, warum war sie nicht schon am vorherigen Tag gekommen?

Es betrübte ihn, daß sie ihm nicht vorausgelaufen war, dem schönen Augenblick, der drei Jahre lang seiner Seele mit unbeschreiblichem Glanz vorausgeleuchtet hatte. Und, ungerecht wie er war in der Selbstsucht seiner Liebe, schien es ihm, als hätte *Adinda* schon dort sein müssen, wartend auf ihn, der sich nun beklagte – bereits vor der Zeit! – daß er warten mußte auf sie.

Aber er beklagte sich zu unrecht. Denn noch war die Sonne nicht aufgegangen, noch hatte das Auge des Tages keinen Blick auf die Ebene geworfen. Zwar verblaßten die Sterne dort droben, beschämt, daß ihre Herrschaft bald beendet sein würde... zwar zogen merkwürdige Farben über die Berggipfel, die dunkler erschienen, je schärfer sie sich vom helleren Hintergrund abhoben... zwar flog hier und da durch die Wolken etwas Glühendes – Pfeile aus Gold und aus Feuer, die hin und her geschossen wurden, parallel zum Horizont –, aber sie verschwanden wieder, schienen hinter dem undurchdringlichen Vorhang niederzustürzen, der noch immer den Tag vor den Augen von *Saïdjah* verbarg.

Dennoch wurde es allmählich heller und heller um ihn herum. Er sah bereits die Landschaft und konnte schon die Wipfel des *Klappa*-Wäldchens unterscheiden, in dem *Badur* verborgen liegt... da schlief *Adinda*!

Nein, sie schlief nicht mehr! Wie könnte sie schlafen? Wußte sie nicht, daß *Saïdjah* warten würde? Gewiß hatte sie die ganze Nacht nicht geschlafen! Sicher hatte die Dorfwache an ihre Tür geklopft und mit einem lieben Lächeln hatte sie gesagt, daß ein Gelübde sie wach hielt, um den *Slendang* zu Ende zu weben, mit dem sie beschäftigt war und der fertig sein sollte für den ersten Tag bei Neumond...

Oder sie hatte die Nacht im Dunkeln verbracht, sitzend auf ihrem Reisblock und mit begierigen Fingern zählend, daß auch tatsächlich sechsunddreißig tiefe Streifen eingekerbt waren. Und sie hatte sich amüsiert mit dem künstlichen Schrecken, daß sie sich vielleicht verrechnete, ob vielleicht noch einer fehlte, um wieder und wieder und immer wieder von der herrlichen Sicherheit zu genießen, daß wirklich dreimal zwölf Monde verstrichen waren, seit sie *Saïdjah* zuletzt gesehen hatte.

Auch sie würde jetzt, da es schon so hell wurde, ihre Augen mit vergeblicher Mühe anstrengen, um die Blicke über den Horizont hinweg zu beugen, auf daß sie der Sonne begegnen würden, dieser trägen Sonne, die ausblieb... ausblieb...

Da kam ein Streifen aus bläulichem Rot, der sich an die Wolken haftete, und die Ränder wurden hell glühend, es blitzte, und wieder schossen feurige Pfeile durch den Raum, aber sie fielen nicht nieder dieses Mal, sie hafteten sich an den dunklen Boden und teilten ihre Glut in größer und größer werdenden Kreisen, trafen einander, kreuzend, schleudernd, wendend, irrend, verengten sich zu Feuerbündeln und leuchteten in goldenem Glanz auf einem Boden aus Perlmutt, und da war rot und blau und gelb und Silber und Purpur und Azur in alldem... oh, Gott, das war die Morgenröte: das war das Wiedersehen mit *Adinda*!

Saïdjah hatte nicht gelernt zu beten, und es wäre auch schade gewesen ihm das beizubringen, denn ein heiligeres Gebet und ein feurigerer Dank als er in der frohen Erwartung seiner Seele lag, war nicht in menschliche Worte zu fassen.

Er wollte nicht nach *Badur* gehen. Das Wiedersehen selbst mit *Adinda* kam ihm weniger schön vor, als die Aussicht, sie gleich wiederzusehen. Er setzte sich am Fuße des *Ketapan* nieder und ließ seinen Blick über die Gegend schweifen. Die Natur lachte ihm zu und schien ihn willkommen zu heißen wie eine Mutter ihr zurückgekehrtes Kind.

Und ebenso wie diese ihre Freude zeigt durch eigenwillige Erinnerung an den vergangenen Schmerz, indem sie ihm zeigt, was sie als Andenken bewahrte während seiner Abwesenheit, ließ auch *Saïdjah* sich amüsieren durch das Wiedersehen von so vielen Stellen, die Zeugen seines kurzen Lebens waren. Aber wie seine Augen oder Gedanken auch immer umherschweiften, immer wieder fiel sein Blick und sein Verlangen zurück auf den Pfad, der von *Badur* zum *Ketapan* führt. Alles, was seine Sinne wahrnahmen, hieß *Adinda*. Er sah den Abgrund links, wo die Erde so gelb ist, wo einst ein junger Büffel in der Tiefe versank: dort hatten sich die Dorfbewohner versammelt, um das Tier zu retten – denn es ist keine geringe Sache, einen jungen Büffel zu verlieren – und sie hatten sich an starken *Rottan*-Seilen hinabgelassen. *Adindas* Vater war der Mutigste gewesen... oh, wie sie in die Hände klatschte, *Adinda*!

Und dort, auf der anderen Seite, wo das Kokoswäldchen über die Hütten im Dorf winkt, irgendwo dort war *Si-Unah* von einem Baum gefallen und gestorben. Wie weinte seine Mutter: ›weil *Si-Unah* noch so klein war‹, jammerte sie... als wäre sie weniger betrübt gewesen, wenn *Si-Unah* größer gewesen wäre. Aber klein war er, das ist wahr, denn er war noch kleiner und schwächer als *Adinda*...

Niemand betrat den Pfad, der von *Badur* zum Baum führte. Gleich würde sie kommen: oh, gewiß... es war noch sehr früh!

Saïdjah sah einen *Badjing*, der verspielt und

behende hin und her sprang an dem Stamm eines *Klappa*-Baumes. Das Tierchen – ein Ärgernis für den Besitzer des Baumes, aber dennoch süß in Aussehen und Bewegung – kletterte unermüdlich auf und ab. *Saïdjah* sah es und zwang sich, ihm weiterhin zuzusehen, weil dies seinen Gedanken Ruhe gab von der schweren Arbeit, die sie seit dem Aufgehen der Sonne geleistet hatten... Ruhe nach dem ermattenden Warten. Alsbald äußerten sich seine Eindrücke in Worten, und er sang, was in seiner Seele vorging. Es wäre mir lieber, Ihnen sein Lied auf Malaiisch *vorzulesen*, diesem Italienisch des Fernen Ostens, doch siehe hier die Übersetzung:

»Siehe, wie der *Badjing* seine Nahrung sucht
Auf dem *Klappa*-Baum. Er steigt hoch, kommt herunter, springt nach links und nach rechts,
Er dreht sich um den Baum, springt, fällt, klettert und fällt wieder,
Er hat keine Flügel und ist dennoch flink wie ein Vogel.

Viel Glück, mein *Badjing*, ich wünsch dir Heil!
Du wirst gewiß die Nahrung finden, die du suchst...
Aber ich sitze hier allein beim *Djati*-Wald,
Und warte auf die Frucht meines Herzens.

Schon lange ist das Bäuchlein meines *Badjing* satt...
Schon lange ist er zurückgekehrt in sein Nest...

Aber noch immer ist meine Seele
Und mein Herz bitter betrübt... *Adinda*!«

Noch immer war niemand auf dem Pfad, der von *Badur* zum *Ketapan* führte.

Saïdjahs Blick fiel auf einen Schmetterling, der sich zu freuen schien, weil es warm zu werden begann.

»Sieh, wie der Schmetterling da flattert.
Seine Flügel glitzern wie eine bunte Blume.
Sein Herz ist verliebt in die Blüten der *Kenari*:
Sicher sucht er seine duftende Geliebte.

Viel Glück, mein Schmetterling, ich wünsche dir
    Heil!
Du wirst gewiß das finden, was du suchst...
Aber ich sitze hier allein im *Djati*-Wald,
Wartend auf das, was mein Herz lieb hat.

Schon lange hat der Schmetterling geküßt
Die *Kenari*-Blüten, die er so liebt...
Aber noch immer ist meine Seele
Und mein Herz bitter betrübt... *Adinda*!«

Und es war niemand auf dem Pfad, der von *Badur* zum Baum führte.

Die Sonne stand schon hoch... und es war schon Hitze in der Luft.

»Sieh, wie die Sonne glitzert dort oben,
Hoch über dem *Waringi*-Hügel!

Sie fühlt sich zu warm, und wünscht zu sinken,
Um zu schlafen im Meer, wie in den Armen des
   Gatten.

Viel Glück, oh, Sonne, ich wünsche dir Heil!
Was du suchst, wirst du gewiß finden...
Aber ich sitze hier allein beim *Djati*-Wald,
Wartend auf die Ruhe für mein Herz.

Schon lange wird die Sonne unten sein,
Und schlafen im Meer, wenn es dunkel ist...
Und immer noch wird meine Seele
Und mein Herz bitter betrübt sein... *Adinda!*«

Noch war niemand auf dem Pfad, der von Badur zum *Ketapan* führt.

»Wenn nicht länger Schmetterlinge umherflattern,
Wenn die Sterne nicht mehr glitzern werden,
Wenn die *Melatti* nicht mehr duftet,
Wenn es nicht länger betrübte Herzen gibt,
Noch wildes Getier im Wald...
Wenn die Sonne die falsche Bahn beschreibt,
Und der Mond vergessen hat, was Ost und West
   ist...
Wenn dann *Adinda* noch nicht gekommen ist,
Dann wird ein Engel mit blinkenden Flügeln
Auf die Erde herabfliegen, um das zu suchen, was
   zurückblieb.
Dann wird mein Leichnam hier liegen, unter dem
   Ketapan...
Meine Seele ist bitter betrübt... *Adinda!*«

Noch war niemand auf dem Pfad, der von *Badur* zum *Ketapan* führte.

»Dann wird mein Leichnam von einem Engel gesehen.
Er wird sie seinen Brüdern mit dem Finger zeigen:

›Seht, da ist ein gestorbener Mensch vergessen worden,
Sein erstarrter Mund küßt eine *Melatti*-Blüte.
Kommt, daß wir ihn aufnehmen und gen Himmel tragen,
Ihn, der auf *Adinda* gewartet hat, bis er starb.
Gewiß, *er* darf dort nicht zurückbleiben,
Dessen Herz die Kraft hatte, so zu lieben!‹

Dann wird noch einmal mein erstarrter Mund sich öffnen,
Um *Adinda* zu rufen, die mein Herz liebt...
Noch einmal werde ich die *Melatti* küssen,
Die *sie* mir gab... *Adinda*... *Adinda*!«

Und noch immer war niemand auf dem Pfad, der von *Badur* zum Baum führte.

Oh, sie war gewiß gegen Morgengrauen eingeschlafen, erschöpft vom Wachen in der Nacht, vom Wachen durch viele lange Nächte! Sicher hatte sie seit Wochen nicht geschlafen: so war es!

Sollte er aufstehen und nach *Badur* gehen? Nein! Durfte es scheinen, er würde zweifeln an ihr Kommen?

Wenn er den Mann riefe, der dort hinten seinen

Büffel zum Feld trieb? Der Mann war zu weit weg. Und außerdem, *Saïdjah* wollte nicht sprechen *von Adinda*, nicht fragen *nach Adinda*... er wollte sie *wiedersehen*, sie zuerst! Oh sicher, ganz sicher würde sie nun bald kommen!

Er würde warten, warten...

Aber wenn sie krank war oder... tot?

Wie ein angeschossener Hirsch rannte *Saïdjah* den Pfad entlang, der vom *Ketapan* zum Dorf führt, wo *Adinda* wohnte. Er sah nichts und hörte nichts, und dennoch hätte er etwas hören können, denn es standen Menschen am Weg am Eingang des Dorfes, die riefen: »*Saïdjah, Saïdjah!*«

Aber... war es seine Eile, seine Wut, die ihn daran hinderte, *Adindas* Haus zu finden? Er war bereits weitergerannt bis zum Ende des Weges, wo das Dorf aufhört, und rasend kehrte er um und schlug sich an die Stirn, weil er an ihrem Haus hatte vorbeigehen können, ohne es zu sehen. Aber wieder war er am Eingang, und – mein Gott, war es ein Traum? – wieder hatte er Adindas Haus nicht gefunden! Erneut rannte er zurück, und plötzlich blieb er stehen, griff sich mit beiden Händen an den Kopf, wie um daraus den Wahnsinn wegzupressen, der ihn befing, und rief laut: ›Betrunken, betrunken, ich bin betrunken!‹

Und die Frauen von *Badur* kamen aus ihren Häusern und sahen mitleidig den armen Saïdjah da stehen, denn sie erkannten ihn und begriffen, daß er *Adindas* Haus suchte und wußten, daß es kein Haus von *Adinda* mehr gab im Dorf *Badur*.

Denn als das Distrikshaupt von *Parang-Koodjang* den Büffel von *Adindas* Vater weggenommen hatte...

Ich habe Ihnen gesagt, Leser, daß meine Geschichte eintönig ist.

...da war *Adindas* Mutter vor Kummer gestorben. Und ihre jüngste Schwester war gestorben, weil sie keine Mutter hatte, die sie stillte. Und *Adindas* Vater, der sich fürchtete vor der Strafe, wenn er seine Pacht nicht bezahlte...

Ich weiß wohl, ich weiß sehr wohl, daß meine Geschichte eintönig ist!

...*Adindas* Vater war aus dem Land gegangen. Er hatte *Adinda* und ihre Brüder mitgenommen. Aber er hatte erfahren, wie *Saïdjahs* Vater in *Buitenzorg* mit Rohrschlägen bestraft worden war, weil er *Badur* ohne Paß verlassen hatte. Und deshalb war *Adindas* Vater weder nach *Buitenzorg* noch nach *Krawang* gegangen, noch nach *Preanger*, noch in die Gegend von *Batavia*... er war nach *Tjilang-Kahan* gegangen, in den Distrikt von *Lebak*, der an das Meer grenzt. Dort hatte er sich in den Wäldern versteckt und auf das Eintreffen von *Pa-Ento, Pa-Lontah, Si-Uniah, Pa-Ansiu, Abdul-Isma* und noch einigen anderen gewartet, die vom Distriktshaupt von *Parang-Koodjang* ihrer Büffel beraubt worden waren und die sich alle vor Bestrafung fürchteten, wenn sie ihre Pacht nicht bezahlten. Dort hatten sie sich eines Nachts eines Fischerbootes bemächtigt und waren in See gestochen. Sie hatten westlich gesteuert und hielten das Land rechts von sich, bis *Java-Punt*. Von da aus waren sie in Richtung Norden gefahren, bis sie *Tanah-Itam* vor sich sahen, das die europäischen Seeleute *Prinzeninsel* nannten. Sie hatten dieses Land an der Ostseite umsegelt und sich dann an der *Kaiserbucht* nach der hohen Spitze in den *Lampongs* gerichtet. So zumindest war der Weg, den man einander im *Lebakschen* flüsternd sagte, wenn über offiziellen Büffelraub und unbezahlte Pachtzinsen geredet wurde.

Aber der erschütterte *Saïdjah* verstand nicht richtig, was man ihm sagte. Er begriff nicht einmal die Nachricht über den Tod seines Vaters richtig. Es war ein Hallen in seinen Ohren, als hätte man auf einen *Gong* an seinem Ohr geschlagen. Er spürte, wie das Blut in Schüben durch die Adern an seinen Schläfen gepreßt wurde, die unter dem Druck so starker Ausdehnung zu zerspringen drohten. Er sprach nicht und stierte mit betäubtem Blick umher, ohne zu sehen, was um ihn herum und bei ihm war und brach dann endlich in schreckliches Gelächter aus.

Eine alte Frau nahm ihn mit in ihr Haus und pflegte den armen Irren. Bald schon lachte er nicht mehr so schrecklich, aber er sprach nicht. Nur nachts wurden die Hüttenbewohner aufgeschreckt durch seine Stimme, wenn er tonlos sang: ›*ich weiß nicht, wo ich sterben werde*‹ und einige Bewohner von *Badur* legten Geld zusammen, um den *Boajas* des *Tjiudjung* für die Genesung von *Saïdjah* ein Opfer zu bringen, den man für von Sinnen hielt.

Aber er war nicht von Sinnen.

Denn einmal bei Nacht, als der Mond hell leuchtete, stand er auf vom *Baleh-Baleh* und verließ leise das Haus und suchte nach der Stelle, wo *Adinda* gewohnt hatte. Es war nicht leicht sie zu finden, weil so viele Häuser eingefallen waren. Doch er schien die Stelle an der Weite des Winkels zu erkennen, die manche Lichtlinien durch die Bäume bildeten bei ihrer Begegnung mit seinem Auge, so wie der Seemann Leuchttürme oder Berggipfel anpeilt.

Ja, dort mußte es sein... dort hatte *Adinda* gewohnt!

Stolpernd über den halb verrotteten Bambus und über Teile des eingefallenen Daches bahnte er sich einen Weg zum Heiligtum, das er suchte. Und wahrlich, er fand etwas wieder von dem aufrecht stehenden *Pagger*, neben dem *Adindas Baleh-Baleh* stand, und es steckte im *Pagger* sogar noch der Bambuspflock, an den sie ihr Kleid hing, wenn sie sich schlafen legte...

Aber das *Baleh-Baleh* war eingefallen wie das Haus und fast zu Staub vergangen. Er nahm eine Handvoll davon, drückte es an die geöffneten Lippen und atmete sehr tief...

Am nächsten Tag fragte er die alte Frau, die ihn gepflegt hatte, wo der Reisblock auf dem Hof von *Adindas* Haus gestanden hatte? Die Frau freute sich sehr, ihn sprechen zu hören, und ging im Dorf umher, um diesen zu suchen. Als sie *Saïdjah* den neuen Besitzer zeigen konnte, folgte er ihr schweigend, und am Reisblock angelangt, zählte er darauf zweiunddreißig eingekerbte Striche...

Dann gab er der Frau so viele Silbermünzen, wie für den Kauf eines Büffels nötig waren, und verließ *Badur*. In *Tjilankahan* kaufte er ein Fischerboot und erreichte damit nach einigen Tagen auf See die *Lampongs*, wo die Aufständischen sich gegen die niederländische Obrigkeit wehrten. Er schloß sich einer Bande Bantamer an, nicht so sehr um zu kämpfen, sondern um *Adinda* zu suchen. Denn er hatte eine sanfte Art und er war eher empfänglich für Traurigkeit als für Bitterkeit.

Eines Tages, als die Aufständischen erneut geschlagen worden waren, irrte er in einem Dorf umher, das vor kurzem vom niederländischen Heer erobert worden war und das brannte. *Saïdjah* wußte, daß die Bande, die dort vernichtet worden war, größtenteils aus Bantamern bestanden hatte. Wie ein Geist irrte er in den Häusern umher, die noch nicht ganz verbrannt waren, und fand die Leiche von *Adindas* Vater mit einer Bajonettwunde in der Brust. Neben ihm sah *Saïdjah* die drei ermordeten Brüder von *Adinda*, Jünglinge, fast noch Kinder, und ein wenig entfernt lag die Leiche von *Adinda*, nackt, schrecklich zugerichtet...

Es war ein schmaler Streifen blauer Stoff in die gähnende Brustwunde gedrungen, die ihrem langen Kampf ein Ende gemacht zu haben schien...

Dann lief *Saïdjah* den Soldaten entgegen, die mit angelegtem Gewehr die noch lebenden Aufständischen ins Feuer der brennenden Häuser trieben. Er umfaßte die breiten Schwert-Bajonette, drückte sich mit Kraft voran und drängte die Soldaten noch mit einer letzten Kraftanstrengung zurück, als die Griffe an seine Brust stießen.

Kurze Zeit später herrschte in *Batavia* großer Jubel über den erneuten Sieg, der wieder so viele Lorbeeren zu den Lorbeeren des niederländisch-ostindischen Heeres hinzugefügt hatte. Und der Landvogt schrieb dem Mutterland, daß die Ruhe in den *Lampongs* wiederhergestellt sei. Und der König der Niederlande, aufgeklärt von seinen Staatsdienern, belohnte wiederum soviel Heldenmut mit vielen Ritterkreuzen.

Und wahrscheinlich stiegen im Sonntagsgottesdienst oder in der Gebetsstunde aus den Herzen der Frommen Dankesgebete auf zum Himmel, als sie vernahmen, daß der ›Herr der Heerscharen‹ wieder unter dem Banner der Niederlande mitgekämpft hatte...

›Doch Gott, der soviel Leid bedauerte,
Nahm die Opfer dieses Tages nicht an.‹

Ich habe den Schluß der Geschichte von *Saïdjah* kürzer gemacht als ich es hätte tun können, wenn ich Lust verspürt hätte, etwas Schreckliches zu beschreiben. Der Leser wird bemerkt haben, wie ich verweilte bei der Beschreibung des Wartens unter dem *Ketapan*, als schreckte ich vor dem Ende zurück, und wie ich über dieses voller Widerwillen hinweggegangen bin. Dennoch war dies nicht meine Absicht, als ich über *Saïdjah* zu sprechen begann. Denn anfänglich befürchtete ich, grellere Farben zu benötigen bei der Beschreibung so merkwürdiger Zustände. Im Verlauf jedoch spürte ich, daß es für mein Publikum beleidigend sein würde zu glauben, daß ich mehr Blut in mein Gemälde nehmen sollte.

Trotzdem hätte ich es tun können, denn ich habe Unterlagen vor mir liegen... doch nein: lieber ein Bekenntnis.

Ja, ein Bekenntnis, Leser! Ich weiß nicht, ob *Saïdjah Adinda* lieb hatte. Nicht, ob er nach *Batavia* ging. Nicht, ob er in den *Lampongs* von niederländischen Bajonetten ermordet wurde. Ich weiß nicht, ob sein Vater den Folgen der Rohrschläge erlag, die ihm verpaßt wurden, weil er *Badur* ohne Paß verlassen hatte. Ich weiß nicht, ob *Adinda* die Monde zählte durch Kerben in ihrem Reisblock...

Das alles weiß ich *nicht*!

Aber ich weiß *mehr* als das alles. Ich weiß, und ich kann *beweisen*, daß es *viele* Adindas gab und *viele* Saïdjahs, und daß, *was erdichtet ist im Besonderen, Wahrheit wird im Allgemeinen.* Ich sagte bereits, daß ich die Namen von Personen angeben kann, die wie die Eltern von *Saïdjah* und *Adinda* durch Unterdrückung von ihrem Land vertrieben wurden. Es ist nicht mein Ziel, in diesem Werk Mitteilungen zu machen, die erforderlich wären für ein Gericht, das ein Urteil über die Art und Weise zu fällen hätte, in der die niederländische Herrschaft in Niederländisch-Ostindien ausgeübt wird, Mitteilungen, die nur Beweiskraft für den hätten, der die Geduld besäße, sie aufmerksam und interessiert zu lesen, was man nicht von einem Publikum erwarten kann, das Zerstreuung in seiner Lektüre sucht. Darum habe ich versucht, anstatt dürre Namen von Personen und Orten mit Datum zu versehen, anstatt mit einer Abschrift *der Liste von Diebstählen und Erpressungen, die vor mir liegt,* einen Eindruck zu geben von dem, was die Herzen der armen Leute bewegen kann, denen man das raubt, was ihnen zum Lebensunterhalt dienen soll, oder sogar: ich habe dies nur ahnen lassen, in der Furcht, mich zu sehr zu betrügen im Schildern von Empfindungen, die ich nie verspürt habe.

Aber was die *Hauptsache* anbelangt? Oh, daß ich aufgerufen möge, zu erhärten, was ich schrieb! Oh, daß man sagte: ›Ihr habt diesen *Saïdjah* erdichtet... er sang nie dieses Lied... es lebte keine *Adinda* in *Badur*!‹ Aber daß es gesagt wurde mit der Macht und dem Willen, Recht zu tun, sobald ich bewiesen haben würde, kein Lästerer zu sein!

Liegt Lüge in dem Gleichnis des barmherzigen Samariters, weil vielleicht nie ein ausgeplünderter Reisender in dem Haus eines Samariters aufgenommen wurde? Liegt Lüge in der Parabel des Säers, weil kein Bauer je seinen Samen auf einen Felsen ausstreuen würde? Oder – um abzuschweifen zu mehr Ähnlichkeit mit meinem Buch – darf man die Wahrheit leugnen, welche die Hauptsache in *Onkel Toms Hütte* ausmacht, weil vielleicht nie eine *Evangeline* existiert hat? Wird man der Verfasserin dieses unsterblichen Plädoyers – unsterblich nicht wegen Kunst und Talent, sondern durch *Bedeutung* und *Eindruck* –, wird man ihr je sagen: ›Ihr habt gelogen, die Sklaven werden nicht mißhandelt, denn... es ist Unwahrheit in Eurem Buch: es ist nur ein Roman!‹ Mußte nicht auch sie, statt einer Aufzählung trockener Tatsachen, eine Geschichte bieten, die die Tatsachen einkleidete, um das Bewußtsein des Bedarfs an Verbesserung in die Herzen vordringen zu lassen? Wäre ihr Buch gelesen worden, wenn sie ihm die Form einer Prozeßakte gegeben hätte? Ist es etwa ihre Schuld – oder meine –, daß die Wahrheit, um gehört zu werden, ihr Kleid so oft der Lüge entleihen muß?

Und manche, die vielleicht behaupten, daß ich *Saïdjah* und seine Liebe idealisiert habe, muß ich fragen, woher sie das wissen wollen? Nur sehr wenige Europäer finden es doch der Mühe wert, sich herabzulassen um die Empfindungen der Kaffee- und *Zuckerwerkzeuge* wahrzunehmen, die man ›Einheimische‹ nennt. Doch selbst wenn ihre Behauptungen begründet wären, wer solche Bedenken als Beweis gegen die Hauptaussage meines Buches anführt, bereitet mir einen großen Triumph. Denn sie lauten, übersetzt: ›das Böse, das Ihr bekämpft, gibt es nicht oder zumindest nicht in so hohem Maße, *weil* der Einheimische nicht so ist wie Euer *Saïdjah*... in der Mißhandlung der Javaner liegt kein so großes Übel, wie es darin liegen würde, hättet Ihr Euren *Saïdjah* richtiger gezeichnet. Der Sundanese singt nicht solche Lieder, liebt nicht so, empfindet nicht so, und folglich...‹

Nein, Herr Kolonialminister, nein, Ihr Generalgouverneure a. D., nicht das habt Ihr zu beweisen! Ihr habt zu beweisen, daß die Bevölkerung nicht mißhandelt wird, egal ob es sentimentale Saïdjahs unter der Bevölkerung gibt. Oder würdet Ihr es wagen zu behaupten, daß ihr Büffel stehlen dürft von Leuten, die *nicht* lieben, die *keine* traurigen Lieder singen, die *nicht* sentimental sind?

Bei einem Angriff auf sprachwissenschaftlichem Gebiet könnte ich die Richtigkeit der Zeichnung von *Saïdjah* verteidigen, aber auf politischem Boden gebe ich sofort allen Zweifeln hinsichtlich dieser Richtigkeit nach, um zu verhindern, daß die große Frage in einen falschen Zusammenhang gestellt wird. Es ist mir ganz gleich, wenn man mich für einen unfähigen Zeichner halten mag, unter der Voraussetzung, daß man mir zugestehe, daß die Mißhandlung des Einheimischen ›weitreichend‹ ist! So lautet doch das Wort auf der Notiz des Vorgängers von Havelaar, die von diesem Kontrolleur Verbrugge gezeigt wurde, *eine Notiz, die vor mir liegt!*

Aber ich habe andere Beweise! Und das ist ein glücklicher Umstand, denn auch Havelaars Vorgänger konnte sich geirrt haben.

Leider, denn wenn *er* sich geirrt hatte, so wurde er für dieses Versehen sehr hart bestraft. Er wurde ermordet.

Achtzehntes Kapitel

Es war Nachmittag. Havelaar trat aus dem Zimmer und fand seine Tine auf der Veranda, wo sie mit dem Tee auf ihn wartete. Frau Slotering verließ ihr Haus und schien sich zu Havelaars begeben zu wollen, als sie sich plötzlich zum Zaun wandte und dort mit ziemlich heftigen Gebärden einen Mann zurückwies, der kurz zuvor eingetreten war. Sie blieb stehen, bis sie sich davon überzeugt hatte, daß er das Grundstück verlassen hatte, und kehrte daraufhin am Rasen entlang zurück zu Havelaars Haus.

»Ich möchte nun endlich wissen, was das bedeutet!« sagte Havelaar, und als die Begrüßung beendet war, fragte er in scherzendem Ton, um sie nicht glauben zu lassen, daß er ihr ein wenig Macht mißgönnte auf einem Grundstück, das früher das ihre war: »Nun, Frau Slotering, sagen Sie mir doch, warum Sie die Menschen, die dieses Grundstück betreten, abweisen? Wenn dieser Mann von vorhin nun jemand wäre, der Hühner feilbietet oder etwas anderes, das für die Küche gebraucht wird?«

Auf dem Gesicht der Frau zeigte sich ein schmerzhafter Zug, der Havelaars Blick nicht entging.

»Ach«, sagte sie, »es gibt so viele schlechte Menschen!«

»Sicher, solche gibt es überall. Aber wenn man es den Menschen so erschwert, werden auch die Guten fernbleiben. Kommen Sie, erzählen Sie mir doch einmal rundheraus, warum Sie so eine strenge Aufsicht über das Grundstück führen?«

Havelaar sah sie an und versuchte vergeblich, die Antwort in ihren feuchten Augen zu lesen. Er drängte etwas stärker auf eine Erklärung... die Witwe brach in Tränen aus und sagte, daß ihr Mann im Hause des Distriktshauptes in *Parang-Koodjang* vergiftet worden sei.

»Er wollte gerecht sein, Herr Havelaar«, fuhr die arme Frau fort, »er wollte den Mißhandlungen, unter denen die Bevölkerung gebeugt geht, ein Ende setzen. Er ermahnte die Häupter und drohte ihnen, in Versammlungen und schriftlich... Sie müßten seine Briefe im Archiv gefunden haben?«

Das traf zu. Havelaar hatte diese Briefe gelesen, *deren Abschriften vor mir liegen.*

»Er redete wiederholt mit dem Residenten«, fuhr die Witwe fort, »jedoch immer vergebens. Denn da es allgemein bekannt war, daß die Erpressung zum Behufe und unter dem Schutz des Regenten geschah, den der Resident nicht bei der Regierung anklagen wollte, führten diese ganzen Gespräche zu nichts anderem als zur Mißhandlung der Kläger. Darum hatte mein armer Mann gesagt, daß er sich, wenn vor dem Ende des Jahres keine Besserung eingetreten sei, direkt an den Generalgouverneur wenden würde. Das war im November. Kurz darauf ging er auf eine Inspektionsreise, nahm das Mittagsmahl im Haus des *Dhemang* von *Parang-Koodjang* ein und wurde kurz darauf in jämmerlichem Zustand nach Hause gebracht. Er rief, indem er auf seinen Magen zeigte: ›Feuer, Feuer!‹ und wenige Stunden später war er tot, er, der immer ein Beispiel guter Gesundheit gewesen war.«

»Haben Sie den Arzt aus *Serang* rufen lassen?« fragte Havelaar.

»Ja, aber er hat meinen Ehemann nur kurz behandelt, da dieser schon wenig später nach seinem Eintreffen gestorben ist. Ich wagte nicht, dem Arzt meinen Verdacht mitzuteilen, weil ich aufgrund meines Zustandes vorhersah, daß ich diesen Ort nicht so bald würde verlassen können und Rache fürchtete. Ich habe gehört, daß Sie sich ebenso wie mein Gatte gegen die Mißstände wehren, die hier herrschen, und deshalb habe ich keinen ruhigen Augenblick. Ich wollte dies alles vor Ihnen verbergen, um Sie und Ihre Frau nicht zu ängstigen, und beschränkte mich daher auf die Bewachung von Haus und Hof, damit keine Fremden Zugang zur Küche haben würden.«

Nun wurde es Tine klar, weshalb Frau Slotering ihren eigenen Haushalt weitergeführt hatte und nicht einmal von der Küche hatte Gebrauch machen wollen, ›die doch so groß war‹.

Havelaar ließ den Kontrolleur rufen. Inzwischen richtete er an den Arzt in *Serang* die Bitte, Angaben über die Symptome bei Sloterings Tod zu machen. Die Antwort, die er auf diese Frage erhielt, entsprach nicht den Vermutungen der Witwe. Dem Arzt zufolge war Slotering an ›einem Abszeß in der Leber‹ gestorben. Ich bin mir nicht sicher, ob sich ein derartiges Leiden so plötzlich offenbaren kann und in wenigen Stunden den Tod herbeiführt? Ich glaube, hier die Erklärung von

Frau Slotering beachten zu müssen, daß ihr Ehemann früher immer gesund gewesen war. Doch auch wenn man keinen Wert legt auf eine solche Erklärung – weil die Auffassung über den Begriff *Gesundheit*, vor allem in den Augen von Nicht-Medizinern, sehr subjektiv ist –, so bleibt dennoch die wichtige Frage bestehen, ob jemand, der heute an einem ›Abszeß in der Leber‹ stirbt, gestern noch ein Pferd besteigen konnte mit dem Ziel, einen bergigen Landstrich zu inspizieren, der in manchen Richtungen zwanzig Stunden weit ist? Der Arzt, der Slotering behandelte, kann ein befähigter Mediziner gewesen sein und sich trotzdem bei der Beurteilung der Krankheitssymptome geirrt haben, so unvorbereitet, wie er auf den Verdacht eines Verbrechens gewesen war.

Wie dem auch sei, ich kann nicht beweisen, daß Havelaars Vorgänger vergiftet worden ist, da man Havelaar nicht die Zeit gewährte, diese Sache aufzuklären. Aber ich kann sehr wohl beweisen, *daß seine Umgebung ihn für vergiftet hielt*, und daß man diese Vermutung auf seinen Willen zurückführte, gegen das Unrecht zu kämpfen.

Kontrolleur Verbrugge trat in das Zimmer von Havelaar. Dieser fragte kurz angebunden: »Woran ist Herr Slotering gestorben?«

»Das weiß ich nicht.«

»Wurde er vergiftet?«

»Das weiß ich nicht, aber...«

»Sprich deutlich, Verbrugge!«

»Aber er versuchte, die Mißbräuche zu unterbinden wie Sie, Herr Havelaar, und... und...«

»Nun? Und weiter?«

»Ich bin davon überzeugt, daß er... vergiftet worden wäre, wenn er länger hier geblieben wäre.«

»Schreib das auf!«

Verbrugge hat diese Worte aufgeschrieben. *Seine Erklärung liegt vor mir!*

»Noch etwas. Stimmt es oder stimmt es nicht, daß das Volk in *Lebak* ausgebeutet wird?«

Verbrugge antwortete nicht.

»Antworte, Verbrugge!«

»Ich wage es nicht!«

Verbrugge hat es aufgeschrieben; *es liegt vor mir.*

»Nun! Noch etwas: du wagst es nicht auf die letzte Frage zu antworten, aber du sagtest mir unlängst, als von *Vergiftung* die Rede war, daß du die einzige Stütze von deinen Schwestern in *Batavia* seiest, nicht wahr? Liegt darin vielleicht die Ursache für deine Furcht, der Grund für das, was ich immer *Halbheit* nannte?«

»Ja!«

»Schreib das auf.«

Verbrugge schrieb es auf; *seine Erklärung liegt vor mir!*

»Es ist gut«, sagte Havelaar, »jetzt weiß ich genug.« Und Verbrugge konnte gehen.

Havelaar trat ins Freie und spielte mit dem kleinen Max, den er mit besonderer Innigkeit küßte. Als Frau Slotering gegangen war, schickte er das Kind weg und rief Tine zu sich in sein Zimmer.

»Liebe Tine, ich habe eine Bitte an dich! Ich

möchte, daß du mit Max nach *Batavia* gehst. Ich klage heute den Regenten an.«

Und sie fiel ihm um den Hals und war zum ersten Mal ungehorsam und rief schluchzend: »Nein, Max, nein, Max, das tue ich nicht... das tue ich *nicht! Wir essen und trinken zusammen!*«

Hatte Havelaar unrecht, als er behauptete, daß sie ebensowenig das Recht hatte, sich die Nase zu schneuzen wie die Jungfrauen von Arles?

Er schrieb und verschickte den Brief, von dem ich im folgenden eine Abschrift wiedergebe. Nachdem ich in etwa die Umstände umrissen habe, unter denen dieses Schriftstück geschrieben wurde, glaube ich darauf verzichten zu können, auf die beherzte Pflichterfüllung hinzuweisen, die daraus spricht, ebenso wie auf die Sanftmut, die Havelaar dazu bewegte, den Regenten vor allzu schwerer Strafe in Schutz zu nehmen. Es wird aber nicht überflüssig sein, dabei seine Umsicht hervorzuheben, die ihn kein Wort über die soeben gemachte Entdeckung verlauten ließ, um nicht den Nachdruck seiner Anklage durch die Unsicherheit hinsichtlich einer zwar wichtigen, aber noch unbewiesenen Anschuldigung abzuschwächen. Seine Absicht war es, die Leiche seines Vorgängers exhumieren und wissenschaftlich untersuchen zu lassen, sobald der Regent entfernt und dessen Anhang unschädlich gemacht worden wäre. Man hat ihm jedoch hierzu keine Gelegenheit mehr gelassen.

In den Abschriften von offiziellen Akten – Abschriften, die übrigens wörtlich mit dem Original übereinstimmen – glaube ich die törichte Titulatur durch einfache Pronomina ersetzen zu dürfen. Vom guten Geschmack meiner Leser erwarte ich, daß sie diese Veränderung akzeptieren.

»N°88. Geheim
   Rangkas-Betong, den 24. Februar 1856
Eilt.
An den Residenten von Bantam.
 Seit ich vor einem Monat mein Amt hier angetreten habe, beschäftigte ich mich hauptsächlich mit der Untersuchung der Art und Weise, wie die einheimischen Häupter ihren Verpflichtungen gegenüber dem Volk im Bereich der *Herrendienste*, *Pundutan* und ähnlichem nachkommen.
 Sehr bald entdeckte ich, daß der Regent eigenmächtig und zu seinem Behufe eine Zahl von Menschen kommen ließ, die weit über der ihm gesetzlich zustehenden Zahl *Pantjens* und *Kemits* lag.
 Ich schwankte zwischen der Wahl, sofort offiziell Meldung zu machen und dem Wunsch, mit Sanftmut, später jedoch sogar durch Drohungen, die einheimischen Häupter davon abzubringen, um das zweifache Ziel zu erreichen, diesen Mißbrauch zu beenden und zugleich den alten Diener des Gouvernements nicht sofort zu streng zu behandeln, vor allem aufgrund der schlechten Beispiele, die, wie ich glaube, ihm oftmals gegeben worden sind, und im Zusammenhang mit dem besonderen Umstand, daß er den Besuch zweier Verwandter erwartete, der Regenten von *Bandung* und von *Tjiandjoor*, zumindest aber vom letzteren –

der, wie ich meine, bereits mit großem Gefolge unterwegs war – und er also mehr als sonst in Versuchung war, im Hinblick auf den schlechten Zustand seiner finanziellen Lage *gezwungen* war – durch ungesetzliche Mittel die nötigen Vorbereitungen für diesen Besuch zu treffen.

Dies alles führte zu meiner Milde hinsichtlich dessen, was bisher geschehen *war*, doch keineswegs zu einer Nachgiebigkeit für die Zukunft.

Ich drängte auf eine unverzügliche Einstellung jeglicher Ungesetzlichkeit.

Von diesem vorläufigen Versuch, den Regenten durch Milde zu seinen Pflichten zurückzuführen, habe ich Sie vertraulich in Kenntnis gesetzt.

Ich habe jedoch feststellen müssen, daß er mit dreister Unverschämtheit alles in den Wind schlägt, und ich erachte mich kraft meines Amteides dazu verpflichtet Ihnen mitzuteilen:

daß ich den Regenten von Lebak, Radhen Adhipatti Karta Natta Nagara beschuldige des Machtmißbrauches durch die ungesetzliche Verfügung über die Arbeit seiner Untergebenen, und verdächtige *der Knechtung durch die Forderung von Erträgen in natura ohne oder gegen eine willkürlich festgesetzte, ungenügende Bezahlung;*

daß ich ferner den Dhemang von Parang-Koodjang – seinen Schwiegersohn – der Mittäterschaft der genannten Tatsachen für schuldig halte.

Um in beiden Angelegenheiten entsprechend ermitteln zu können, erlaube ich mir, Ihnen vorzuschlagen, mir zu befehlen:

1° *den oben genannten Regenten von* Lebak *mit höchster Eile nach* Serang *zu senden und dafür Sorge zu tragen, daß er weder vor seiner Abreise noch während seiner Reise die Gelegenheit hat, durch Bestechung oder in anderer Weise auf die Zeugenaussagen, die ich zusammentragen muß, Einfluß zu nehmen;*

2° *den Dhemang von Parang-Koodjang vorläufig unter Arrest zu stellen;*

3° *dieselbe Maßnahme auf Personen geringeren Ranges anzuwenden, die zur Verwandtschaft des Regenten gehören und von denen eine Einflußnahme auf die Lauterkeit der vorzunehmenden Untersuchung angenommen werden kann;*

4° *diese Untersuchung unverzüglich aufzunehmen und über die Ergebnisse ausführlichen Bericht zu erstatten.*

Ich erlaube mir ferner, Ihnen vorzuschlagen, den Besuch des Regenten von *Tjiandjoor* abzusagen.

Schließlich habe ich die Ehre, Ihnen – zum Überfluß, da Sie die Provinz *Lebak* besser kennen als es mir bisher möglich ist – die Versicherung zu geben, daß die streng gerechte Behandlung dieser Angelegenheit aus einem *politischen* Blickwinkel nicht im geringsten problematisch ist, und daß ich eher auf Gefahr gefaßt wäre, wenn sie *nicht* aufgeklärt würde. Denn ich bin darüber informiert, daß der geringe Mann, der, wie ein Zeuge mir sagte, mutlos ist durch die Knechtschaft, sich schon lange nach Rettung sehnt.

Ich habe die Kraft, die ich zu der schwierigen

Pflicht, die ich durch das Schreiben dieses Briefes erfülle, teilweise aus der Hoffnung geschöpft, daß es mir vergönnt sein wird, zu gegebener Zeit das eine oder andere zur Entlastung des alten Regenten anzuführen, mit dessen Situation, wie sehr auch durch eigenes Verschulden herbeigeführt, ich gleichwohl tiefes Mitleid empfinde.

Der Resident-Assistent von Lebak,

Max Havelaar.«

Am nächsten Tag antwortete ihm... der *Resident von Bantam*? Oh, nein, der Herr Slijmering, *privat!*

Diese Antwort ist ein kostbarer Beitrag zur Kenntnis der Art und Weise, in der die Herrschaft in Niederländisch-Ostindien ausgeübt wird. Herr Slijmering beklagte, daß ›Havelaar ihn über die Angelegenheit, von der die Rede in Brief N°88 sei, nicht zuerst mündlich in Kenntnis gesetzt habe‹. Natürlich deshalb, weil es dann eine bessere Chance zum ›Lavieren‹ gegeben hätte. Und ferner: ›*daß Havelaar ihn störe bei seiner vielen Arbeit*‹!

Der gute Mann war sicher mit einem Jahresbericht über ruhige Ruhe beschäftigt! Ich habe den Brief vor mir liegen und traue meinen Augen nicht. Ich lese den Brief des Resident-Assistenten von *Lebak* wieder... ich stelle ihn und den Residenten von *Bantam*, Havelaar und Slijmering, nebeneinander.

. . . .

Dieser Schalmann ist ein gemeiner Schurke! Sie müssen wissen, Leser, daß Bastians häufig wieder nicht ins Büro kommt, weil er die Gicht hat. Da ich nun aus der Verschwendung der Firmengelder – *Last & C°* – eine Gewissensfrage mache, denn ich stehe fest zu meinen Prinzipien, kam ich gestern auf die Idee, daß Schalmann doch eine recht gute Schrift hat, und da er so armselig aussieht und folglich für einen mäßigen Lohn wohl zu bekommen wäre, sah ich mich der Firma gegenüber dazu verpflichtet, auf die billigste Weise für einen Ersatz von Bastians zu sorgen. Ich ging also in die Lange-Leidse-Dwarsstraat. Die Frau von dem Laden war vorne, schien mich jedoch nicht zu erkennen, obgleich ich ihr unlängst sehr deutlich gesagt hatte, daß ich Herr *Droogstoppel* sei, *Makler in Kaffee*, von der *Lauriergracht*. Es liegt immer etwas Empörendes in so einem Nichterkennen, aber da es etwas weniger kalt ist und ich beim letzten Mal meinen Mantel mit Pelzbesatz trug, schreibe ich es diesem Umstand zu und mache mir weiter nichts daraus... aus der Beleidigung, meine ich. Ich sagte also noch einmal, daß ich Herr *Droogstoppel* sei, *Makler in Kaffee*, von der *Lauriergracht*, und bat sie nachzusehen, ob dieser Schalmann zu Hause sei, weil ich nicht wieder, wie unlängst, mit seiner Frau zu tun haben wollte, die immer unzufrieden ist. ›Sie könne nicht den ganzen Tag Treppen steigen für dieses Bettelvolk, sagte sie, ich solle selbst nachsehen.‹ Und dann folgte wieder die Beschreibung der Treppen und Portale, die ich nun wirklich nicht brauchte, denn ich erkenne immer einen Ort wieder, an dem ich einmal war, weil ich immer so gut auf alles achtgebe. Das habe ich mir im Geschäftsleben angewöhnt. Ich stieg also die Treppen wieder hinauf und klopfte an die bekannte Tür, die nachgab. Ich trat ein, und da ich niemanden im Wohnzimmer fand, sah ich mich einmal um. Nun, viel zu sehen gab es nicht. Ein halbes Höschen mit einer bestickten Borte hing über dem Stuhl... was haben solche Leute bestickte Höschen zu tragen? In einer Ecke stand ein nicht sehr schwerer Reisekoffer, den ich in Gedanken am Henkel hochhob, und auf dem Kaminsims lagen einige Bücher, in die ich einen Blick warf. Eine merkwürdige Sammlung! Einige Bände von *Byron, Horaz, Bastiat, Béranger* und... raten Sie mal? Eine Bibel, eine komplette Bibel, einschließlich der apokryphen Bücher! Das nun hatte ich bei Schalmann nicht erwartet. Und es schien auch noch darin gelesen worden zu sein, denn ich fand viele Notizen auf losen Zetteln, die sich auf die Heilige Schrift bezogen – er sagt, daß Eva zweimal zur Welt kam... der Mann ist verrückt! –, nun, alles stammte von derselben Hand wie die Stücke in diesem verwünschten Paket. Vor allem das Buch Hiob schien er eifrig studiert zu haben, denn dort klafften die Seiten auseinander. Ich denke, daß er die Hand des Herrn zu spüren beginnt und sich deshalb durch die Lektüre heiliger Bücher mit Gott versöhnen will. Ich habe nichts dagegen. Aber als ich da wartete, fiel mein Blick auf ein Damenkästchen, das auf dem Tisch stand. Ohne weiter darüber nachzudenken, betrachtete ich es. Es waren ein Paar halbfertige Kinderstrümpfe darin und viele törichte Verse. Auch ein Brief an Schalmanns Frau, wie aus der Aufschrift zu lesen war. Der Brief war geöffnet und sah aus, als hätte man ihn wütend zerknüllt. Nun ist es mein fester Grundsatz, nie etwas zu lesen, das nicht an mich gerichtet ist, weil ich das nicht anständig finde. Ich tue es daher auch nie, wenn ich dazu keinen Grund habe. Nun bekam ich aber die Eingebung, daß es meine Pflicht sei, diesen Brief einmal einzusehen, weil der Inhalt mir vielleicht Aufschluß geben könnte hinsichtlich der menschenliebenden Absicht, die mich zu Schalmann führte. Ich dachte daran, wie doch der Herr immer den Seinen nahe ist, da Er mir hier unverhofft die Gelegenheit gab, etwas mehr über diesen Mann zu erfahren, und mich somit behütete vor der Gefahr, einer unsittlichen Person eine Wohltat zu erweisen. Ich achte sorgfältig auf solche Fingerzeige des Herrn, und das hat mir in den Geschäften oft viel Nutzen gebracht. Zu meiner großen Verwunderung sah ich, daß diese Frau von Schalmann aus vornehmer Familie kam, zumindest war der Brief von einem Blutsverwandten unterzeichnet, dessen Name in den Niederlanden hohes Ansehen genießt, und ich war tatsächlich angetan vom schönen Inhalt dieses Schreibens. Es schien jemand zu sein, der eifrig für den Herrn arbeitet, denn er schrieb: ›daß die Frau von Schalmann sich scheiden lassen müsse von so einem Lumpen, der sie Armut leiden ließ, der sein Brot nicht verdienen könne und zudem ein Schurke sei, weil er Schulden habe ... daß der Verfasser des Briefes sich ihre Lage sehr zu Herzen nehme, obwohl sie dieses Schicksal durch eigenes Verschulden auf sich geladen habe, daß sie den Herrn verlassen habe und sich zu diesem Schalmann bekenne ... daß sie zurückkehren müsse zum Herrn und daß dann die ganze Familie vielleicht helfen würde, um ihr Näharbeiten zu besorgen. Aber vor allem müsse sie sich von diesem Schalmann scheiden lassen, der eine wahre Schande für die Familie sei.‹

Kurzum, in der Kirche selbst wäre nicht mehr Erbauung zu holen als in diesem Brief enthalten war.

Ich wußte genug und war dankbar, daß ich auf so wunderbare Weise gewarnt worden war. Ohne diese Warnung wäre ich doch sicher wieder das Opfer meines guten Herzens geworden. Ich beschloß also nochmals, Bastians zu behalten, bis ich einen geeigneten Vertreter finde, denn ich setze nicht gerne jemanden auf die Straße, und wir können im Augenblick keinen entbehren, weil bei uns soviel los ist.

Der Leser wird wohl neugierig sein zu erfahren, wie es mir beim letzten Kränzchen ergangen ist, und ob ich das *Triolett* gefunden habe? Ich war nicht beim Kränzchen. Es sind merkwürdige Dinge passiert: ich war in Driebergen mit meiner Frau und Marie. Mein Schwiegervater, der alte Last, der Sohn des ersten Last – als die Meyers noch dabei waren, aber die sind schon lange draußen –, hatte schon so oft gesagt, daß er meine Frau und Marie einmal sehen wollte. Nun war es recht gutes Wetter und meine Furcht vor der Liebesgeschichte, mit der Stern gedroht hatte, brachte mir plötzlich diese Einladung wieder in den Sinn. Ich sprach mit unserem Buchhalter darüber, der ein sehr erfahrener Mann ist und mir nach reiflicher Überlegung vorschlug, meinen Plan noch einmal zu überschlafen. Das tat ich sogleich, denn ich bin schnell in der Ausführung meiner Entschlüsse. Am nächsten Tag schon sah ich ein, wie weise dieser Rat gewesen war, denn diese Nacht hatte mich auf die Idee gebracht, daß ich nichts besseres tun konnte, als die Entscheidung auf Freitag zu verschieben. Kurzum, nachdem ich alles reiflich überlegt hatte – es sprach vieles dafür, aber auch vieles dagegen – sind wir gefahren, am Samstagnachmittag und am Montagmorgen zurückgekehrt. Ich würde dies alles nicht so ausführlich erzählen, wenn es nicht in engem Zusammenhang mit meinem Buch stünde. Erstens lege ich Wert darauf, daß Sie wissen, warum ich nicht gegen die Dummheiten, die Stern am letzten Sonntag wieder zum besten gegeben hat, protestiere. – Was ist das für eine Geschichte von jemandem, der etwas hören soll, wenn er tot ist? Marie sprach davon. Sie hatte es von den kleinen Rosemeyers, die in Zucker machen. – Zweitens, weil ich nun erneut zu der sicheren Überzeugung gelangt bin, daß all diese Geschichten über Elend und Unruhen in Niederländisch-Ostindien schlicht und einfach Unsinn sind. So sieht man, wie das Reisen jemandem die Gelegenheit bietet, die Angelegenheiten richtig zu ergründen.

Am Samstagabend nämlich hatte mein Schwiegervater eine Einladung angenommen bei einem Herrn, der früher in Niederländisch-Ostindien Resident war, und der jetzt auf einem großen Landsitz lebt. Dort waren wir, und wahrlich, ich kann den herzlichen Empfang nicht genug loben. Er hatte ein Fahrzeug geschickt, um uns abzuholen, und der Kutscher hatte eine rote Weste an. Nun war es zwar noch etwas kalt, um den Landsitz zu besichtigen, der prächtig sein muß im Sommer, aber im Haus selbst begehrte man nichts mehr, denn es gab reichlich von allem, was Kurzweil spendet: einen Billardsalon, eine Bibliothek, eine überdachte eiserne Glasgalerie als Treibhaus, und ein *Kakadu* saß auf einem Hocker aus Silber. Ich hatte noch nie so etwas gesehen und bemerkte sofort, wie doch immer wieder gutes Betragen belohnt wird. Dieser Mann hatte ordentlich auf seine Angelegenheiten geachtet, denn er hatte nicht weniger als drei Ritterorden. Er besaß einen herrlichen Landsitz und außerdem ein Haus in Amsterdam. Beim Souper war alles getrüffelt, und die Bediensteten am Tisch hatten auch rote Westen an wie der Kutscher.

Da ich mich sehr für die Angelegenheiten Niederländisch-Ostindiens interessiere – wegen des Kaffees –, brachte ich das Gespräch darauf und sah schon sehr bald, woran ich mich zu halten hatte. Der Resident hat zu mir gesagt, daß er es dort immer sehr gut gehabt hätte und daß also kein Wort wahr sei von all diesen Geschichten über Unzufriedenheit in der Bevölkerung. Ich brachte das Gespräch auf Schalmann. Er kannte ihn, und zwar von einer sehr ungünstigen Seite. Er versicherte mir, daß man sehr gut daran getan hätte, diesen Mann wegzujagen, denn er sei eine sehr unzufriedene Person, die immer an allem etwas auszusetzen habe, während doch gerade an seinem eigenem Verhalten einiges zu bemängeln sei. Er entführe nämlich ständig Mädchen und bringe diese dann zu seiner eigenen Frau, und er bezahle seine Schulden nicht, was wirklich sehr unanständig ist. Da ich nun aus dem Brief, den ich gelesen hatte, so genau wußte, wie begründet all diese Anschuldigungen waren, machte es mir große Freude zu sehen, daß ich die Dinge so richtig beurteilt hatte, und war sehr zufrieden mit mir. Dafür bin ich auch bekannt an meinem Pfeiler in der Börse... daß ich immer so richtig urteile, meine ich.

Der Resident und seine Gattin waren liebe, freigiebige Menschen. Sie erzählten uns viel über ihre Lebensweise in Niederländisch-Ostindien. Es muß dort doch sehr angenehm sein. Sie sagten, daß ihr Landsitz bei Driebergen nicht halb so groß sei wie ihr ›Hof‹, wie sie das nannten, im Landesinneren von Java, und daß sie zum Unterhalt nicht weniger als hundert Menschen gebraucht hätten. Aber – und das ist wohl der Beweis dafür, wie beliebt sie waren – das taten diese Menschen ganz umsonst, einzig aus Zuneigung. Auch erzählten sie, daß der Verkauf ihrer Möbel bei ihrer Abreise wohl zehnmal mehr als den Wert gebracht hätte, weil die einheimischen Häupter so gerne ein Andenken an einen Residenten kaufen, der so gut zu ihnen gewesen ist. Ich sagte dies später zu Stern, der behauptete, daß dies durch Zwang geschehe und daß er dies aus Schalmanns Paket beweisen könne. Aber ich habe ihm gesagt, daß dieser Schalmann ein Lästerer ist, daß er Mädchen entführt hat – so wie der junge Deutsche bei Busselinck & Waterman – und daß ich absolut keinen Wert auf sein Urteil lege, da ich jetzt von einem Residenten selbst gehört hätte, wie die Dinge stehen, und folglich von Herrn Schalmann nichts zu lernen hätte.

Es waren dort noch mehr Menschen aus Niederländisch-Ostindien, unter anderem einer, der sehr reich war und immer noch viel Geld mit Tee verdiente, den die Javaner ihm für sehr wenig Geld erzeugen müssen und den die Regierung ihm zu einem hohen Preis abkauft, um die Arbeitsamkeit dieser Javaner zu fördern. Auch dieser Herr war sehr böse auf all die unzufriedenen Leute, die ständig gegen die Regierung schreiben und reden. Er konnte die Führung der Kolonien nicht genug loben, denn er behauptete davon überzeugt zu sein, daß viel Verlust gemacht wurde mit dem Tee, den man von ihm kaufte, und daß es also wahrer Edelmut sei, laufend einen so hohen Preis zu bezahlen für einen Artikel, der eigentlich wenig Wert habe, und daß er selbst ihn auch nicht mochte, denn er trank immer chinesischen Tee. Weiter sagte er, daß der Generalgouverneur, der die sogenannten Teeverträge trotz der Berechnung, daß das Land bei diesen Geschäften soviel

Verlust macht, verlängert hatte, so ein fähiger, braver Mensch sei und vor allem so ein treuer Freund für die, welche ihn früher gekannt hatten. Denn dieser Generalgouverneur hatte das Gerede über den Verlust beim Tee einfach nicht beachtet, und ihm, als die Rede von der Rücknahme dieser Verträge war, 1846 war es, glaube ich, einen großen Dienst erwiesen, indem er verfügte, daß man weiterhin seinen Tee kaufen würde. ›Ja‹, rief er aus, ›das Herz blutet mir, wenn ich höre, wie über solche edlen Menschen gelästert wird! Wenn *er* nicht gewesen wäre, ginge ich nun zu Fuß mit Frau und Kindern.‹ Dann ließ er seinen *Barouchet* vorfahren, und der sah so gepflegt aus, und die Pferde standen so gut im Futter, daß ich durchaus verstehen kann, wie man vor Dankbarkeit für so einen Generalgouverneur glüht. Es tut der Seele gut, den Blick auf so liebliche Rührung zu richten, vor allem, wenn man sie vergleicht mit diesem verwünschten Murren und Klagen von Wesen wie diesem Schalmann.

Am nächsten Tag stattete uns der Resident einen Gegenbesuch ab und mit ihm der Herr, für den die Javaner Tee anbauen. Es sind wirklich nette Leute und auch von vornehmer Gesinnung! Beide zugleich fragten sie, mit welchem Zug wir in Amsterdam anzukommen gedachten? Wir verstanden nicht, was das bedeutete, aber später wurde es uns klar, denn als wir am Montagmorgen dort ankamen, warteten am Bahnhof zwei Bedienstete, einer mit einer roten Weste, und einer mit einer gelben Weste, die uns beide sagten, telegraphisch den Befehl erhalten zu haben, uns mit einem Fahrzeug abzuholen. Meine Frau war durcheinander, und ich dachte daran, was Busselinck und Waterman wohl gesagt hätten, wenn sie das gesehen hätten... daß zwei Wagen gleichzeitig für uns da waren, meine ich. Aber es war nicht einfach, eine Wahl zu treffen, denn ich konnte mich nicht entschließen, eine der beiden Parteien zu kränken. Guter Rat war teuer. Aber ich hatte mich aus dieser höchst schwierigen Lage schon wieder gerettet. Ich habe meine Frau und Marie in das rote Fahrzeug gesetzt – in den Wagen mit der roten Weste, meine ich – und ich habe mich ins gelbe gesetzt... in das gelbe Fahrzeug, meine ich.

Wie diese Pferde liefen! Auf der Weesperstraat, wo es immer so schmutzig ist, flog der Schlamm rechts und links hoch gegen die Häuser, und, als ob wiederum das Schicksal spräche, da ging der schurkige Schalmann, in gebeugter Haltung, mit hängendem Kopf, und ich sah, wie er mit dem Ärmel seines armseligen Rockes sein blasses Gesicht von den Spritzern zu reinigen suchte. Ich bin selten angenehmer verreist gewesen, und meine Frau fand das auch.

Neunzehntes Kapitel

In dem privaten Brief, den Herr Slijmering an Havelaar schickte, teilte er diesem mit, daß er trotz seiner ›vielen Arbeit‹ am nächsten Tag nach *Rangkas-Betong* kommen würde, um zu beraten, was zu tun sei. Havelaar, der nur zu gut wußte, was eine derartige Beratung zu bedeuten hatte – sein Vorgänger hatte so oft ›abouchiert‹ mit dem Residenten von *Bantam!* – schrieb folgenden Brief, den er dem Residenten entgegen sandte, damit dieser ihn noch vor seiner Ankunft in der lebakschen Hauptstadt gelesen haben würde. Ein Kommentar zu diesem Schriftstück ist überflüssig.

»N°91. Geheim
    Rangkas-Betong, den 25. Februar 1856
Eilt.   Abends zur 11. Stunde
Gestern Mittag zur 12. Stunde hatte ich die Ehre, Ihnen meine Depesche N°88 zuzusenden, welche im wesentlichen enthielt:

daß ich nach langer Untersuchung und nachdem ich vergeblich versucht hatte, den Betreffenden durch Milde von seinen Fehlern abzubringen, mich kraft meines Amtseides verpflichtet sehe, den Regenten von Lebak des Amtsmißbrauches zu beschuldigen und daß ich ihn der Ausbeutung verdächtige.

Ich war so frei, in diesem Brief vorzuschlagen, dieses einheimische Haupt nach *Serang* zu berufen, um *nach seiner Abreise* und *nach einer Neutralisierung des verderblichen Einflusses seiner umfangreichen Verwandtschaft* eine Untersuchung der Gründe meiner Beschuldigung und meines Verdachts durchzuführen.

Ich hatte lange oder richtiger *viel* darüber nachgedacht, bis ich diesen Entschluß faßte.

Es war Ihnen durch mich bekannt, daß ich versucht habe, durch Ermahnungen und Drohungen den alten Regenten vor Unglück und Schande zu bewahren und mich selbst vor dem tiefen Unmut, hierfür die – wenn auch nur unmittelbar vorhergehende – Ursache zu sein.

Doch ich sah auf der anderen Seite die *seit Jahren ausgebeutete, stark unterdrückte* Bevölkerung, ich dachte an die Notwendigkeit eines Exempels – denn *viele weitere Ausbeutungen* werde ich ihnen zu melden haben, wenn nicht zumindest *diese* Angelegenheit dem ganzen rückwirkend ein Ende macht –, und ich wiederhole es, *nach reiflicher Überlegung* habe ich das getan, was ich als meine Pflicht erachtete.

In diesem Augenblick erhalte ich Ihre freundlichen und geachteten privaten Worte, welche beinhalten, daß Sie morgen hier eintreffen werden und zudem einen Hinweis, daß ich diese Angelegenheit lieber vorab privat hätte behandeln solle.

Morgen also werde ich die Ehre haben, Sie zu sehen, und genau das ist der Grund, weshalb ich mir erlaube, Ihnen diesen Brief entgegenzusenden, um noch vor der Begegnung folgendes festzustellen:

Alles, was ich hinsichtlich der Handlungen des Regenten untersuchte, war streng geheim. Nur *er selbst* und der *Patteh* wußten davon, denn ich hatte ihn loyal gewarnt. Sogar der Kontrolleur kennt bisher nur zum Teil das Ergebnis meiner Untersuchungen. Diese Geheimhaltung hatte zweierlei zum Ziel. Zunächst, als ich noch hoffte, den Regenten wieder zum rechten Weg zurückführen zu können, war es deshalb, um ihn, im Falle, daß ich Erfolg haben würde, nicht zu kompromittieren. Der *Patteh* hat mir in seinem Namen – es war am 12. dieses Monats – ausdrücklich dafür gedankt. Doch später, als sich die Hoffnung auf ein gutes Resultat meiner Bemühungen als eitel erwies, oder besser, als das Maß meiner Empörung durch einen unlängst erfahrenen Vorfall überlief, als längeres Schweigen in *Mittäterschaft* ausarten würde, mußte diese Geheimhaltung zu *meinem* Behufe gewahrt werden, denn auch mir und den Meinen gegenüber habe ich Pflichten.

Nach dem Schreiben der Meldung von gestern nämlich, wäre ich unwürdig, dem Gouvernement zu dienen, wenn das darin Enthaltene leer, unbegründet, aus der Luft gegriffen wäre. Und wenn es mir möglich wäre oder sein wird zu beweisen, daß ich getan habe: *›wozu ein guter Resident-Assistent zu tun verpflichtet ist‹*, zu beweisen, daß ich nicht unter dem Amt stehe, das mir gegeben wurde, zu beweisen, daß ich nicht unbesonnen und leichtfertig siebzehn schwierige Dienstjahre aufs Spiel setze, und, was mehr besagt, das Wohlergehen von Frau und Kind... wird es mir möglich sein, dies alles zu *beweisen*, wenn nicht strikte Geheimhaltung meine Nachforschungen verdeckt und den

Schuldigen daran hindert, sich selbst, wie man sagt, bedeckt zu halten?

Beim geringsten Verdacht sendet der Regent einen Eilboten zu seinem Neffen, der auf dem Weg zu ihm ist und ein Interesse daran hat, seine Ehre zu wahren. Er bittet ihn, auf Kosten von was auch immer, um Geld, teilt es verschwenderisch an jeden aus, den er in letzter Zeit zu kurz gehalten hat, und die Folge wäre – ich hoffe, nicht sagen zu müssen: *wird* sein – daß *ich* ein leichtfertiges Urteil gefällt habe und kurz: ein unbrauchbarer Beamter bin, um es nicht noch schlimmer auszudrücken.

Dieses Schreiben dient dazu, mich gegen diese Eventualität abzusichern. Ich habe große Hochachtung vor Ihnen, aber ich kenne den Geist, den man ›den Geist der niederländisch-ostindischen Beamten‹ nennen könnte und ich besitze diesen Geist *nicht!*

Ihr Hinweis, daß die Angelegenheit vorab besser *privat* behandelt worden wäre, bewirkt, daß ich ein *Abouchement* befürchte. Was ich in meinem gestrigen Brief behauptet habe, ist *wahr*. Doch vielleicht würde es unwahr *erscheinen*, wenn die Angelegenheit in einer Weise behandelt werden würde, die einer Bekanntmachung meiner Beschuldigung und meines Verdachts, *noch bevor der Regent von hier entfernt ist*, gleichkommen könnte.

Ich darf nicht verhehlen, daß sogar ihr unerwartetes Kommen im Zusammenhang mit der gestern von mir nach *Serang* geschickten Depesche mich fürchten läßt, daß der Schuldige, der früher meinen Ermahnungen nicht nachgeben wollte, *jetzt* vor der Zeit aufwachen und versuchen wird, wenn möglich, sich *tant soit peu* freizusprechen.

Ich habe die Ehre, mich jetzt noch genau auf meine Meldung von gestern zu berufen, doch erlaube ich mir, hierbei zu bemerken, daß diese Depesche auch den Vorschlag enthielt: *den Regenten noch vor der Untersuchung zu entfernen, und die, welche von ihm abhängig sind, vorläufig unschädlich zu machen.* Ich meine nicht weiter verantwortlich zu sein für das, was ich vorschlug, soweit Sie meinem Vorschlag hinsichtlich der *Art und Weise* der Untersuchung zustimmen mögen, die wäre: unparteiisch, öffentlich und vor allem *frei*.

Diese Freiheit besteht *nicht,* bevor nicht der Regent entfernt wurde, und meiner bescheidenen Meinung zufolge liegt darin etwas Gefährliches. Ihm kann doch gesagt werden, daß *ich* ihn beschuldige und verdächtige, daß *ich* das Risiko eingehe und nicht *er*, wenn er unschuldig ist. Denn ich selbst bin der Meinung, daß ich aus dem Dienst entlassen werden muß, falls sich herausstellt, daß ich leichtfertig oder gar nur voreilig gehandelt habe.

Voreilig! Nach *Jahren, Jahren* des Mißbrauchs!

Voreilig! Wenn ein ehrlicher Mann schlafen könnte, leben und genießen, solange sie, für deren Wohlergehen zu wachen er hierher berufen wurde, sie, die im höchsten Sinne seine *Nächsten* sind, geknechtet und ausgesaugt werden!

Es stimmt, ich bin erst seit kurzem hier, aber

ich hoffe, daß die Frage einst lauten wird: *was* man getan hat, und ob man es *richtig* getan hat, nicht, ob man es *in kurzer Zeit* getan hat. Für mich ist jede Zeit zu lang, die von Ausbeutung und Unterdrückung gezeichnet ist, und schwer wiegt mir die Sekunde, die durch *meine* Nachlässigkeit, durch *mein* Pflichtversäumnis, durch *meinen* ›Geist des Lavierens‹ in Elend verbracht worden wäre.

Ich bereue die Tage, die ich verstreichen ließ, ohne Ihnen offiziell Meldung zu machen, und ich bitte Sie um Nachsicht für dieses Versäumnis.

Ich erlaube mir, Sie zu bitten, mir die Gelegenheit zu geben, mein Schreiben von gestern zu rechtfertigen und mir das Mißlingen meiner Versuche nachzusehen, die Provinz *Lebak* von den Würmern zu befreien, die seit Menschengedenken an ihrem Wohlstand nagen.

Aus diesem Grunde erlaube ich mir erneut, Sie zu ersuchen, meine Handlungen diesbezüglich – die übrigens nur in *Untersuchung*, *Protokoll* und *Vorschlag* bestehen – zu genehmigen, den Regenten von *Lebak*, ohne vorhergehende *direkte* oder *indirekte* Warnung von hier zu entfernen, und ferner eine Untersuchung über das , was ich Ihnen in meinem Schreiben von gestern, N°88 mitteilte, zu veranlassen.

Der Resident-Assistent von Lebak
Max Havelaar

Diese Bitte, *die Schuldigen nicht in Schutz zu nehmen*, erhielt der Resident unterwegs. Eine Stunde nach seiner Ankunft in *Rangkas-Betong* stattete er dem Regenten einen kurzen Besuch ab und fragte ihn bei dieser Gelegenheit: was er gegen den *Resident-Assistenten* vorbringen könne und ob *er*, Adhipatti, *Geld brauche?* Auf die erste Frage antwortete der Regent: ›*Nichts, das kann ich beschwören!*‹ Auf die zweite antwortete er zustimmend, woraufhin der Resident ihm einige Banknoten gab, die er – für diese Gelegenheit mitgebracht! – aus seiner Westentasche nahm. Man begreift, daß dies alles ohne Wissen von Havelaar geschah, und gleich werden wir erfahren, wie ihm diese schädliche Handlungsweise bekannt wurde.

Als Resident Slijmering bei Havelaar abstieg, war er blasser als sonst, und seine Worte fielen in größeren Abständen denn je. Es war aber auch keine geringe Sache für jemanden, der so hervorragend ›lavieren‹ und jährliche Ruhe-Berichte abfassen konnte, so plötzlich Briefe zu empfangen, in denen weder eine Spur von dem üblichen offiziellen Optimismus war, noch von einer kunstvollen Verdrehung der Angelegenheit, noch von Furcht vor der Unzufriedenheit der Regierung über die ›Belastung‹ mit ungünstigen Berichten. Der Resident von *Bantam* war erschrocken, und wenn man mir die Derbheit des Bildes um der Richtigkeit willen verzeihen mag, habe ich Lust, ihn mit einem Straßenjungen zu vergleichen, der sich über die Mißachtung althergebrachter Gewohnheiten beklagt, weil ihm ein überspannter Kamerad ohne eine vorhergehende Schimpftirade geschlagen hat.

Er begann damit, den Kontrolleur zu fragen, weshalb dieser nicht versucht hätte, Havelaar von seiner Anklage abzuhalten? Der arme Verbrugge, dem die Anklage völlig unbekannt war, bezeugte diese Unkenntnis, fand aber keinen Glauben. Herr Slijmering konnte einfach nicht begreifen, daß jemand ganz allein, in eigener Verantwortung und ohne langwierige Überlegungen oder ›Rücksprachen‹, zu einer solch unerhörten Pflichterfüllung hatte übergehen können. Da Verbrugge gleichwohl – ganz der Wahrheit entsprechend – bei seiner Unkenntnis über die von Havelaar geschriebenen Briefe blieb, mußte der Resident nach vielen Ausrufen ungläubiger Verwunderung schließlich nachgeben, und er ging – ich weiß nicht, warum? – dazu über, die Briefe vorzulesen.

Was Verbrugge beim Hören hiervon litt, ist schwer zu beschreiben. Er war ein ehrlicher Mann und hätte bestimmt nicht gelogen, hätte Havelaar sich auf ihn berufen, um die Wahrheit des Inhalts der Briefe zu bekräftigen. Aber auch ohne diese Aufrichtigkeit hatte er in vielen schriftlichen Berichten nicht immer vermeiden können, die Wahrheit zu sagen, auch da, wo diese zuweilen gefährlich war. Was wäre, wenn Havelaar davon Gebrauch machte?

Nach dem Vorlesen der Briefe erklärte der Resident, daß es ihm angenehm wäre, wenn Havelaar diese Schriftstücke zurücknähme, um sie als nie verfaßt zu betrachten, was dieser mit höflicher Bestimmtheit ablehnte. Nachdem vergeblich versucht worden war, ihn dazu zu bewegen, sagte der

Resident, daß ihm nichts anderes übrig bliebe als eine Untersuchung hinsichtlich der Tauglichkeit der eingereichten Klagen anzuordnen, und daß er also Havelaar bitten müsse, die Zeugen, die seine Beschuldigung untermauern konnten, aufrufen zu lassen.

Ihr armen Leute, die ihr euch verletzt habt an den Dornensträuchern in der Schlucht, wie furchtsam hätten eure Herzen geschlagen, hättet ihr diese Forderung hören können!

Armer Verbrugge! Ihr, erster Zeuge, Hauptzeuge, Zeuge *ex officio*, Zeuge Kraft Amtes und Eides! Zeuge, der bereits schriftlich bezeugt hatte! Auf Papier, das dort auf dem Tisch lag, unter Havelaars Hand...

Havelaar antwortete: »Resident, *ich* bin Resident-Assistent von *Lebak*, *ich* habe gelobt, die Bevölkerung vor Ausbeutung und Gewalt zu schützen, *ich* klage den Regenten an, und dessen Schwiegersohn von *Parang-Koodjang*, *ich* werde die Tauglichkeit meiner Anklage beweisen, sobald mir dazu die Gelegenheit gegeben wird, wie ich sie vorschlug in meinen Briefen, *ich* bin der Verleumdung schuldig, wenn meine Anklage falsch ist!«

Wie sehr Verbrugge aufatmete!

Und wie merkwürdig der Resident Havelaars Worte fand!

Die Unterredung dauerte lange. Mit Höflichkeit – denn höflich und wohlerzogen war Herr Slijmering wirklich – versuchte er Havelaar dazu zu bewegen, von so falschen Grundsätzen abzurücken. Doch mit einer ebenso ausgesuchten Höflichkeit blieb dieser unbeugsam. Die Folge war, daß der Resident einlenken mußte und als Drohung sagte, was für Havelaar ein Triumph war: *daß er sich in diesem Fall genötigt sehe, die betreffenden Briefe in die Aufmerksamkeit der Regierung zu bringen.*

Die Sitzung wurde geschlossen. Der Resident besuchte den *Adhipatti* – wir sahen bereits, was er dort zu verrichten hatte! – und nahm danach die Mahlzeit am kargen Tisch der Havelaars ein. Gleich darauf kehrte er nach *Serang* zurück, mit großer Eile. Weil. Er. So. Besonders. Viel. Zu. Tun. Habe.

Am nächsten Tag erhielt Havelaar einen Brief des Residenten von *Bantam,* dessen Inhalt aus der Antwort, die ich hier abschreibe, ersichtlich wird:

»N°93, Geheim
    Rangkas-Betong, 28. Februar 1856.
Ich hatte die Ehre, Ihre Depesche vom 26. dieses Monats L^{a}O, *Geheim,* mit der hauptsächlichen Mitteilung:

daß Sie Gründe hätten, die Vorschläge, welche ich in meinen Amtsbriefen vom 24. und 25. dieses Monats, N^{is} 88 und 91, nicht zu akzeptieren;

daß Sie vorab eine vertrauliche Mitteilung gewünscht hätten;

daß Sie meine Handlungen nicht guthießen, welche in beiden Briefen umschrieben wurden;

und schließlich einige Befehle.

Ich habe nun die Ehre, wie übrigens in der Beratung von vorgestern geschehen, erneut und zum Überfluß zu versichern:

daß ich die Gesetzlichkeit Ihrer Macht, wo es die Wahl betrifft, meine Vorschläge zu akzeptieren oder nicht, vollkommen respektiere;

daß die erhaltenen Befehle strikt und falls nötig in Selbstverleugnung, ausgeführt werden, als wären Sie zugegen bei all dem, was ich tue oder sage, oder richtiger: bei all dem, was ich nicht tue oder sage.

Ich weiß, daß Sie sich auf meine Loyalität diesbezüglich verlassen. Doch ich erlaube mir, aufs Feierlichste zu protestieren gegen den geringsten Hauch einer Ablehnung hinsichtlich jeglicher Handlung, jeglichen Wortes, jeglichen Satzes, von mir in dieser Angelegenheit getätigt, gesprochen oder geschrieben.

Ich bin der Überzeugung, meine *Pflicht* getan zu haben, in Ziel und Weise der Ausführung, *ganz meine Pflicht, nichts als meine Pflicht*, ohne die geringste Abweichung.

Ich habe lange überlegt, bevor ich handelte – das heißt: bevor ich *untersuchte, Bericht erstattete* und *vorschlug* – und wenn ich in etwas gescheitert sein sollte... aus Übereilung scheiterte ich nicht.

Unter gleichen Umständen würde ich erneut – jedoch nur noch etwas rascher – gänzlich, wörtlich gänzlich dasselbe tun und unterlassen.

Und wäre es eine höhere Macht als die Ihrige, die etwas ablehnen würde von dem, was ich tat – außer vielleicht das Eigentümliche meines Stils, der einen Teil meiner Selbst ausmacht, ein Mangel, für den ich so wenig verantwortlich bin wie ein Stotte-

rer für den seinigen – auch wenn es das wäre...
doch nein, dies kann einfach nicht sein, aber auch
wenn es so wäre: *ich habe meine* Pflicht *getan!*

Zwar tut es mir – gleichwohl ohne Befremdung
– leid, daß Sie hierüber anders urteilen – und was
meine Person betrifft, so würde ich sofort beruhen
in dem, was mir eine Fehleinschätzung zu sein
scheint – aber es ist ein *Prinzip* mit im Spiel, und
ich habe Gewissensgründe, die fordern, daß entschieden wird, welche Meinung die richtige ist,
Ihre oder *meine*.

Anders zu dienen als ich in *Lebak* diente, ist mir
nicht möglich. Wünscht also das Gouvernement,
daß ihm anders gedient wird, muß ich als ehrlicher
Mann um meine Entlassung bitten. Dann muß ich
mit sechsunddreißig Lebensjahren versuchen, eine
neue Laufbahn zu beginnen. Dann muß ich nach
siebzehn Jahren, nach siebzehn *harten, schwierigen* Dienstjahren, nachdem ich meine Lebens-
kräfte dem, was ich für meine Pflicht hielt, geopfert
habe, die Gesellschaft erneut fragen, ob sie mir Brot
geben will für Frau und Kind, Brot im Tausch für
meine Ideen, Brot vielleicht im Tausch für Arbeit
mit Schubkarre oder Spaten, wenn die Kraft meines Armes für mehr wert erachtet wird als die Kraft
meiner Seele.

Aber ich kann und will nicht glauben, daß Ihre
Meinung von seiner Exzellenz dem Generalgouverneur geteilt wird, und ich bin also verpflichtet,
bevor ich zum bitteren Äußersten gehe, das ich im
vorigen Absatz beschrieb, Sie höflich zu bitten,
dem Gouvernement vorzuschlagen:

dem Residenten von Bantam *ein Schreiben zukommen zu lassen, in dem nachträglich die Handlungen des Resident-Assistenten von* Lebak *bezüglich dessen Depeschen vom 24. und 25. dieses Monats, N^{ls} 88 und 91 gebilligt werden.*
Oder:
den oben genannten Resident-Assistenten zur Rechenschaft zu ziehen hinsichtlich der vom Residenten von Bantam *zu formulierenden Punkte der Ablehnung.*
Ich habe die Ehre, Ihnen schließlich die dankbare Versicherung zu geben, daß, wenn *etwas* mich von meinen lang durchdachten und besonnen doch feurig eingehaltenen Prinzipien diesbezüglich abbringen könnte... es wahrlich die aufrichtige und einnehmende Weise wäre, in der Sie in der vorgestrigen Konferenz diese Prinzipien bekämpft haben.
Der Resident-Assistent von Lebak,
Max Havelaar.«

Ohne ein Wort zu verlieren über den begründeten Verdacht der Witwe Slotering hinsichtlich der Ursache, die ihre Kinder zu Waisen machte, und nur davon ausgehend, was beweisbar ist, daß es in *Lebak* einen engen Zusammenhang zwischen Pflichterfüllung und Gift gab – obwohl dieser Zusammenhang lediglich in Form einer Meinung existierte – wird doch ein jeder einsehen, daß Max und Tine nach dem Besuch des Residenten kummervolle Tage zu verbringen hatten. Ich halte es für nicht erforderlich, die Angst einer Mutter zu umschreiben, welche beim Reichen der Speise an ihr Kind sich ständig die Frage stellen muß, ob sie vielleicht ihren Liebling ermordet? Und er war noch dazu ein sehnlichst erwünschtes Kind, der kleine Max, der sieben Jahre lang ausgeblieben war nach der Hochzeit, als wüßte der Schalk, daß es kein Vorteil war, als Sohn solcher Eltern zur Welt zu kommen!

Neunundzwanzig lange Tage mußte Havelaar warten, bevor der Generalgouverneur ihm mitteilte... doch wir sind noch nicht soweit.

Kurz nach den vergeblichen Versuchen, Havelaar zu einer Rücknahme seiner Briefe zu bewegen oder zum Verrat der armen Leute, die sich auf seine Großmut verlassen hatten, trat Verbrugge bei ihm ein. Der gute Mann war totenblaß und hatte Mühe zu sprechen.

»Ich bin beim Regenten gewesen«, sagte er, »... das ist infam... aber verraten Sie mich nicht.«

»Was? Was soll ich denn nicht verraten?«

»Geben Sie mir Ihr Wort, daß Sie das, was ich sagen werde, nicht verwenden?«

»Wieder Feigheit«, sagte Havelaar. »Aber... gut! Ich gebe mein Wort!«

Und dann erzählte Verbrugge, was dem Leser bereits bekannt ist, daß der Resident den *Adhipatti* gefragt hatte, ob er etwas gegen den Resident-Assistent vorzubringen wüßte, und ihm zudem völlig unverhofft Geld angeboten und gegeben hatte. Verbrugge hatte es vom Regenten selbst erfahren, der ihn fragte, welche Gründe den Residenten dazu bewogen haben mochten? Havelaar war empört, aber... er hatte sein Wort gegeben.

Am nächsten Tag kam Verbrugge wieder und

sagte, daß Duclari ihm vor Augen geführt habe, wie unedel es sei, Havelaar, der mit *solchen* Gegnern zu kämpfen hatte, so gänzlich allein zu lassen, woraufhin Verbrugge zu ihm ging, ihn von seinem Wort zu entbinden.

»Gut«, rief Havelaar, »schreib es auf!«

Verbrugge schrieb es auf. Auch diese Erklärung liegt vor mir.

Der Leser hat sicherlich schon lange eingesehen, weshalb ich so leicht auf jeden Anspruch auf *juristische* Echtheit der Geschichte von *Saïdjah* verzichten konnte?

Es war sehr bezeichnend zu sehen, wie der furchtsame Verbrugge – noch vor den Vorwürfen von Duclari – auf Havelaars gegebenes Wort zu bauen wagte in einer Angelegenheit, die derart zum Wortbruch reizte!

Und noch etwas. Seit den Geschehnissen, die ich hier erzähle, sind Jahre vergangen. Havelaar hat in jener Zeit viel gelitten, er hat seine Familie leiden sehen – die Unterlagen, die vor mir liegen, zeugen davon! – und es scheint, daß er gewartet hat... ich gebe ihnen die folgende Notiz aus seiner Hand wieder:

»*Ich habe in den Nachrichtenblättern gelesen, daß Herr* Slijmering *zum Ritter des* Nederlandse Leeuw *ernannt worden ist. Er scheint jetzt Resident von* Djokyakarta *zu sein. Ich könnte also nun auf meine* Lebakschen *Angelegenheiten zurückkommen, ohne* Verbrugge *zu gefährden.*«

Zwanzigstes Kapitel

Es war Abend. Tine las in der Innengalerie und Havelaar zeichnete ein Stickmuster. Der kleine Max zauberte ein Legespiel zusammen und regte sich auf, weil er ›den roten Leib dieser Frau‹ nicht finden konnte.

»Ob es jetzt besser ist, Tine?« fragte Havelaar. »Sieh, ich habe die Palme etwas größer gemacht... es ist nun gerade wie die *line of beauty* von Hogarth, nicht wahr?«

»Ja, Max! Aber die Schnürlöcher stehen zu dicht zusammen.«

»So? Und wie ist das dann mit den anderen Streifen? Max, zeig mir mal deine Hose! Ah, trägst du den Streifen? Ach, ich weiß noch, wo du sie bestickt hast, Tine!«

»Ich nicht. Wo denn?«

»Es war in Den Haag, als Max krank war und wir so erschrocken waren, weil der Doktor sagte, daß er einen so ungewöhnlich geformten Kopf hätte und daß viel Pflege erforderlich sei, um einen Sekretstau im Gehirn zu verhindern. Gerade in jenen Tagen warst du mit diesem Streifen beschäftigt.«

Tine stand auf und küßte den Kleinen.

»Ich hab ihren Bauch, ich hab ihren Bauch!« rief das Kind fröhlich, und die rote Frau war komplett.

»Wer hört da einen *Tongtong* schlagen?« fragte die Mutter.

»Ich«, sagte der kleine Max.

»Und was bedeutet das?«

»Zeit zum Schlafengehen! Aber... ich habe noch nicht gegessen.«

»Zuerst bekommst du etwas zu essen, das ist klar.«

Und sie stand auf und gab ihm sein einfaches Mahl, das sie aus einem sorgsam verschlossenen Schrank genommen zu haben schien, denn man hatte das Knacken vieler Schlösser gehört.

»Was gibst du ihm da?« fragte Havelaar.

»Oh, mach dir keine Sorgen, Max: es ist Zwieback aus einer Dose aus *Batavia*! Und auch der Zucker ist immer weggeschlossen gewesen.«

Havelaars Gedanken kehrten zurück zu dem Punkt, an dem sie unterbrochen worden waren.

»Weißt du eigentlich«, fuhr er fort, »daß wir die Rechnung dieses Arztes noch nicht bezahlt haben... oh, das ist sehr schlimm!«

»Lieber Max, wir leben hier so sparsam, bald werden wir alles abzahlen können! Außerdem wirst du nun wohl bald Resident werden, und dann ist alles in kurzer Zeit geregelt.«

»Das ist nun gerade die Sache, die mich traurig macht«, sagte Havelaar. »Ich würde so schrecklich ungern *Lebak* verlassen... ich werde dir das erklären. Glaubst du nicht, daß wir Max nach seiner Krankheit noch mehr liebten? Nun, genau so werde ich dieses arme *Lebak* liebhaben nach der Genesung von dem Krebsgeschwür, an dem es seit so vielen Jahren leidet. Der Gedanke an eine Beförderung erschreckt mich: man kann mich hier nicht entbehren, Tine! Und doch, andererseits, wenn ich mir wieder überlege, daß wir Schulden haben...«

»Alles wird gutgehen, Max! Und wenn du jetzt von hier weggehen müßtest, dann kannst du *Lebak* später helfen, wenn du Generalgouverneur bist.«

Mit einemmal kamen wüste Striche in Havelaars Stickmuster! Es lag Zorn in den Blumen, die Schnürlöcher wurden eckig und scharf, sie bissen einander...

Tine begriff, daß sie etwas Falsches gesagt hatte.

»Lieber Max...« begann sie freundlich.

»Verflucht! Willst du die armen Schlucker vielleicht so lange hungern lassen? Kannst du von Sand leben?«

»Lieber Max!«

Aber er sprang auf. An diesem Abend wurde nicht mehr gezeichnet. Er ging zornig in der Innengalerie auf und ab, und endlich sprach er in einem Ton, den jeder Fremde als rauh und hart empfunden hätte, doch von Tine ganz anders aufgefaßt wurde: »Verflucht diese Lauheit, diese schändliche Lauheit! Da sitze ich nun seit einem Monat und warte auf Recht, und inzwischen leidet dieses arme Volk entsetzlich. Der Regent scheint damit zu rechnen, daß niemand es wagt, sich mit ihm anzulegen! Sieh...«

Er ging in sein Büro und kam mit einem Brief in der Hand wieder, der nun vor mir liegt, Leser!

»Sieh, in diesem Brief wagt er es, mir Vorschläge über die *Art* der Arbeit zu unterbreiten, die er von den Menschen, die er gesetzeswidrig angefordert hat, verrichten lassen will. Heißt das nicht die Unverschämtheit auf die Spitze zu treiben? Und weißt du, wer die Menschen sind? Das sind Frauen mit kleinen Kindern, mit Säuglingen, schwangere Frauen, die von *Parang-Koodjang* in die Hauptstadt getrieben worden sind, um für ihn zu arbeiten! Männer gibt es nicht mehr! Und sie haben nichts zu essen, und sie schlafen auf der Straße und essen Sand! Kannst *du* Sand essen? Sollen sie Sand essen, bis ich Generalgouverneur bin? Verflucht!«

Tine wußte sehr gut, wem die Wut ihres Mannes eigentlich galt, wenn er so zu ihr sprach, die er doch lieb hatte.

»Und«, fuhr Havelaar fort, »das geschieht alles unter *meiner* Verantwortung! Wenn in diesem Augenblick dort draußen welche von diesen armen Teufeln umherirren... wenn sie den Schein unserer Lampen sehen, werden sie sagen: ›dort wohnt dieser Lumpenkerl, der uns schützen sollte! Dort sitzt er ruhig bei seiner Frau und zeichnet Stickmuster, und wir liegen hier wie die streunenden Hunde auf der Straße und verhungern mit unseren Kindern!‹ Ja, ich höre es, ich höre es, dieses Rufen nach Rache gegen mich! Komm her, Max, komm her!«

Und er küßte sein Kind so ungestüm, das den Kleinen erschreckte.

»Mein Kind, wenn man dir sagen wird, daß ich ein Lumpenkerl bin, der nicht den Mut hatte, Recht walten zu lassen... daß so viele Mütter durch meine Schuld gestorben sind... wenn man dir sagen wird, daß das Versäumnis deines Vaters den Segen über deinem Kopf fortnahm... oh Max, oh Max, bezeuge dann, wie sehr ich litt!«

Und er brach in Tränen aus, die Tine wegküßte. Sie brachte daraufhin den kleinen Max ins Bett – eine Strohmatte –, und als sie wiederkam, fand sie Havelaar im Gespräch mit Verbrugge und Duclari, die soeben eingetreten waren. Das Gespräch handelte von der erwarteten Entscheidung der Regierung.

»Ich verstehe sehr gut, daß sich der Resident in einer schwierigen Situation befindet«, sagte Duclari. »Er kann dem Gouvernement nicht raten auf Ihre Vorschläge einzugehen, denn dann würde *vieles* ans Licht kommen. Ich bin schon lange im *Bantamschen* und weiß viel darüber, mehr noch als Sie selbst, Herr Havelaar! Ich war schon als Unteroffizier in dieser Region, und dabei erfährt man Dinge, die der Einheimische in dieser Form den Beamten nicht zu sagen wagt. Wenn aber jetzt nach einer öffentlichen Untersuchung das alles ans Licht kommt, wird der Generalgouverneur den Residenten zur Rechenschaft ziehen und ihn fragen, wie es sein kann, daß er in zwei Jahren nicht entdeckt hat, was Ihnen sofort ins Auge gefallen ist? Er muß also versuchen, eine solche Untersuchung zu verhindern...«

»Ich habe das eingesehen«, antwortete Havelaar, »und wachgerüttelt durch seinen Versuch, den *Adhipatti* zu bewegen, etwas gegen mich vorzubringen – was zu zeigen scheint, daß er versuchen will, die Angelegenheit zu verlagern, indem er zum Beispiel *mich* des... ich weiß nicht was beschuldigt – habe ich mich dagegen abgesichert und Abschriften meiner Briefe direkt an die Regierung gesandt. In einem von ihnen kommt die Bitte vor, mich zur Rechenschaft zu ziehen, wenn vielleicht behauptet werden sollte, *ich* hätte etwas verbrochen. Wenn nun der Resident *mich* angreift, kann hierzu in angemessener Weise keine Entscheidung getroffen werden, ohne mich vorab angehört zu haben. Das ist man selbst einem Verbrecher schuldig, und da ich nichts verbrochen habe...«

»Da kommt die Post!« rief Verbrugge.

Ja, es war die Post! Die Post, die den nachstehenden Brief vom Generalgouverneur von Niederländisch-Ostindien an den *ehemaligen* Resident-Assistenten von Lebak, Havelaar, brachte.

»Kabinett N°54. Buitenzorg, 23. März 1856

Die Art und Weise, wie Sie vorgegangen sind bei der Entdeckung oder dem Verdacht gesetzeswidriger Praktiken der Häupter in der Provinz *Lebak*, und die Haltung, welche Sie gegenüber Ihrem Vorgesetzten, dem Residenten von *Bantam*, eingenommen haben, haben in hohem Maße mein Mißfallen erregt.

In Ihren betreffenden Handlungen werden gleichermaßen besonnene Überlegung, Bedachtsamkeit und Vorsicht vermißt, welche so erforderlich sind bei einem Beamten, dem die Ausführung der Gewalt in den Kolonien obliegt (*sic*) wie auch ein

Begriff von Untergebenheit Ihrem direkten Vorgesetzten gegenüber.

Schon wenige Tage nach Amtsantritt hielten Sie es für angebracht, ohne vorhergehende Beratung mit dem (*sic*) Residenten, das Haupt der einheimischen Führung von *Lebak* zur Zielscheibe von belastenden Untersuchungen zu machen.

In diesen Untersuchungen haben Sie Anlaß gefunden, sogar ohne Ihre Beschuldigung gegen dieses Haupt durch Tatsachen oder wenigstens durch Beweise zu erhärten, Vorschläge zu machen, die bedeuteten, einen einheimischen Beamten vom Format des Regenten von *Lebak*, einen sechzigjährigen noch eifrigen Landesdiener, mit angrenzenden, ansehnlichen Regentengeschlechtern verschwägert und über den immer günstige Beurteilungen abgegeben worden waren, diesen einer moralisch vollkommen vernichtenden Anfeindung auszusetzen.

Außerdem haben Sie, als der Resident sich nicht geneigt zeigte, bereitwillig auf Ihre Vorschläge einzugehen, sich geweigert, dem vernünftigen Verlangen Ihres Vorgesetzten nachzugeben, um das, was Ihnen über die einheimische Führung in *Lebak* bekannt war, aufzudecken.

Solche Handlungen verdienen äußerste Mißbilligung und legen die Vermutung einer *fehlenden Eignung* für die Bekleidung eines Amtes in der Führung der Kolonien nahe.

Ich sehe mich dazu verpflichtet, Sie von der weiteren Ausübung des Amtes des Resident-Assistenten von *Lebak* zu entheben.

Unter Berücksichtigung der günstigen Berichte, die ich früher über Sie erhalten habe, habe ich jedoch im Vorgefallenen keinen Grund finden wollen, Ihnen die Aussicht auf eine Wiedereinstellung bei der Führung der Kolonien zu nehmen. Ich habe Sie deshalb bis auf weiteres mit der Stellvertretung des Resident-Assistenten von *Ngawi* beauftragt.

Von ihren weiteren Handlungen in dieser Stellung wird es gänzlich abhängen, ob Sie bei der Verwaltung der Kolonien weiterhin eingesetzt werden können.«

Und darunter stand der Name des Mannes, auf dessen ›*Fleiß, Fähigkeit und Treue*‹ der König behauptete sich verlassen zu können, als er dessen Ernennung zum Generalgouverneur von Niederländisch-Ostindien unterzeichnete.

»Wir gehen fort von hier, meine liebe Tine«, sagte Havelaar gelassen, und er reichte das Kabinettsschreiben Verbrugge, der das Schriftstück zusammen mit Duclari las.

Verbrugge hatte Tränen in den Augen, sprach aber nicht. Duclari, ein sehr kultivierter Mensch, brach in einen wilden Fluch aus: »H........, ich habe hier in der Führung Schelme und Diebe gesehen... sie sind ehrenhaft von hier weggegangen, und man schreibt *Ihnen* solch einen Brief!«

»Es bedeutet nichts«, sagte Havelaar, »der Generalgouverneur ist ein ehrlicher Mann, es muß betrogen worden sein... obwohl er sich vor diesem Betrug hätte schützen können, indem er mich zuerst angehört hätte. Er hat sich im Netz des *Bui-*

tenzorgschen Beamtentums verfangen. Wir kennen das! Aber ich werde zu ihm gehen und ihm zeigen, wie die Dinge hier stehen. Er wird Recht walten lassen, da bin ich ganz sicher!«

»Aber, wenn Sie nach *Ngawi* gehen...«

»Richtig, ich weiß das! In *Ngawi* ist der Regent verwandt mit dem Djokyaschen Königshaus. Ich kenne *Ngwai*, denn ich war zwei Jahre in *Baglen*, das in der Nähe liegt. Ich müßte in *Ngawi* dasselbe tun, was ich hier tat: das wäre ein sinnloses Hin- und Herreisen. Außerdem ist es mir unmöglich, Dienst auf Probe zu leisten, als hätte ich mich schlecht benommen! Und schließlich ist mir nun klar, daß ich, um dieser Schlamperei endlich ein Ende zu setzen, kein Beamter sein sollte. Als Beamter stehen zwischen mir und der Regierung zu viele Personen, die ein Interesse daran haben, das Elend der Bevölkerung zu leugnen. Es gibt noch mehr Gründe, die mich abhalten, nach *Ngawi* zu gehen. Diese Stelle war nicht frei... sie wurde für mich frei gemacht, seht!«

Und er zeigte in der *Javasche Courant*, die mit gleicher Post gekommen war, daß tatsächlich gleichzeitig zum Beschluß der Regierung, mit dem ihm die Führung über *Ngawi* aufgetragen worden war, der Resident-Assistent dieser Provinz in eine andere versetzt wurde, wo eine Stelle offen war.

»Wissen Sie, weshalb ich ausgerechnet nach *Ngawi* gehen soll und nicht in die Provinz, in der die Stelle frei ist? Das werde ich Ihnen sagen! Der Resident von *Madiun*, zu dem *Ngawi* gehört, ist der Schwager des vorigen Residenten von *Ban-*

tam. Ich habe gesagt, der Regent habe früher so schlechte Beispiele gehabt...«

»Ah«, riefen Verbrugge und Duclari gleichzeitig. Sie verstanden, warum Havelaar ausgerechnet nach *Ngawi* versetzt worden war, auf Probe zu dienen, ob er sich vielleicht bessern würde!

»Und es gibt noch einen weiteren Grund, weshalb ich nicht dorthin gehen kann«, sagte er. »Der amtierende Generalgouverneur wird bald zurücktreten... seinen Nachfolger kenne ich, und ich weiß, daß von ihm nichts zu erwarten ist. Um also noch rechtzeitig etwas für das arme Volk ausrichten zu können, muß ich den jetzigen Gouverneur noch vor seiner Abreise sprechen, und wenn ich jetzt nach *Ngawi* ginge, wäre das unmöglich. Tine, hör mal!«

»Lieber Max?«

»Du hast Mut, nicht wahr?«

»Max, du weißt, daß ich Mut habe... wenn ich bei dir bin!«

»Nun denn!«

Er stand auf und schrieb folgenden Antrag, meiner Meinung nach ein Beispiel an Beredsamkeit.

»Rangkas-Betong, 29. März 1856

Dem Generalgouverneur von Niederländisch-Ostindien

Ich hatte die Ehre, die Kabinettsdepesche Eurer Exzellenz vom 23. dieses Monats, N°54 zu erhalten.

Ich sehe mich gezwungen, als Antwort auf dieses Schreiben, Eure Exzellenz zu bitten, mich ehrenhaft aus dem Dienst des Landes zu entlassen.

Max Havelaar«

In *Buitenzorg* war für die Gewährung der beantragten Entlassung weniger Zeit erforderlich, als nötig gewesen zu sein schien für die Entscheidung, wie man Havelaars Klage abwenden konnte. Das hatte doch einen Monat erfordert, die beantragte Entlassung traf innerhalb weniger Tage in *Lebak* ein.

»Gott sei Dank«, rief Tine, »daß du endlich du selbst sein kannst!«

Havelaar erhielt keine Anordnung, die Führung seiner Provinz vorübergehend auf Verbrugge zu übertragen, und meinte, auf seinen Nachfolger warten zu müssen. Dieser blieb lange aus, weil er aus einer völlig anderen Gegend von Java kommen mußte. Nachdem er fast drei Wochen gewartet hatte, schrieb der ehemalige Resident-Assistent von *Lebak*, der jedoch immer noch in dieser Eigenschaft aufgetreten war, folgenden Brief an Kontrolleur Verbrugge:

»N°153   Rangkas-Betong, den 15. April 1856
Dem Kontrolleur von Lebak

Es ist Ihnen bewußt, daß ich per Regierungsbeschluß vom 4. dieses Monats, N°4, auf eigenen Wunsch hin aus dem Dienst des Landes entlassen worden bin.

Vielleicht wäre ich berechtigt gewesen, nach dem Erhalt dieses Bescheides mein Amt des Resident-Assistenten sofort niederzulegen, da es eine Regelwidrigkeit scheint, ein Amt zu erfüllen, ohne Beamter zu sein.

Ich erhielt gleichwohl keine Anordnung, mein Amt hier zu übergeben, und teilweise aus Pflichtbewußtsein, meinen Posten nicht zu verlassen ohne korrekt abgelöst worden zu sein, teilweise aus Gründen untergeordneter Bedeutung, wartete ich auf die Ankunft meines Nachfolgers, in der Überzeugung, daß dieser Beamte bald – zumindest noch in diesem Monat – eintreffen würde.

Nun vernehme ich von Ihnen, daß mein Nachfolger noch nicht so bald erwartet werden kann – Sie haben, glaube ich, die Nachricht in *Serang* gehört –, und zudem, daß es den Residenten wunderte, daß ich in der sehr besonderen Lage, in der ich mich befinde noch nicht gebeten habe, Ihnen die Führung übertragen zu dürfen.

Nichts könnte mir angenehmer sein als diese Nachricht. Denn ich brauche Ihnen nicht zu versichern, daß ich, der ich erklärt habe, nicht anders dienen zu können als ich es tat... der ich für die Art meines Dienens mit Tadel, mit einer ruinösen und entwürdigenden Versetzung belohnt worden bin... mit der Last, die armen Leute zu verraten, die auf meine Loyalität vertrauten – mit der Wahl also zwischen Unehrenhaftigkeit und Brotlosigkeit! –, daß ich nach all dem mit Mühe und Sorgfalt jeden vorkommenden Fall an meiner Pflicht zu prüfen hatte und daß die einfachste Sache *mir* schwer fiel, wo ich doch zwischen meinem Gewissen und den Prinzipien des Gouvernements stand, dem ich Treue schuldig bin, solange ich nicht meines Amtes enthoben bin.

Diese Schwierigkeit offenbarte sich vor allem bei der Antwort, die ich *Klägern* geben mußte.

Ich hatte doch einst versprochen, niemanden der Rache seiner Häupter auszuliefern! Einst hatte ich – was unvorsichtig genug war! – mein Wort für die Gerechtigkeit des Gouvernements verbürgt.

Die arme Bevölkerung konnte nicht wissen, daß das Versprechen und die Bürgschaft in Abrede gestellt worden waren, und daß ich arm und ohnmächtig mit meiner Sucht nach Recht und Menschlichkeit allein stand.

Und man klagte weiter!

Es war schmerzlich, nach dem Erhalt der Kabinettsdepesche vom 23. März als vermeintliche Zuflucht dazusitzen, als machtloser Beschützer.

Es war herzzerreißend, die Klagen über Mißhandlung, Ausbeutung, Armut, Hunger mit anzuhören... während ich jetzt mit Frau und Kind selbst Hunger und Armut entgegensehe.

Und auch das Gouvernement durfte ich nicht verraten. Ich durfte den armen Teufeln nicht sagen: ›Geht und leidet, denn die Führung *will*, daß Ihr geknechtet werdet!‹ Ich durfte meine Ohnmacht nicht zugeben, denn sie war eins mit der Schande und der Gewissenlosigkeit der Ratgeber des Generalgouverneurs.

Siehe hier, was ich zur Antwort gab:

›Ich kann Euch nicht sofort helfen! Doch ich werde nach Batavia gehen, ich werde mit dem

Großen Herrn über Euer Elend sprechen. Er ist gerecht und er wird Euch beistehen. Geht vorerst ruhig nach Hause... und lehnt Euch nicht auf... zieht noch nicht um... wartet geduldig: ich denke, ich... hoffe, daß Recht walten wird!‹

So meine ich, beschämt über die Mißachtung meiner Zusagen von Hilfe, meine Vorstellungen mit meiner Pflicht hinsichtlich der Regierung, *die mich diesen Monat noch bezahlt*, in Übereinstimmung zu bringen, und ich wäre so bis zum Eintreffen meines Nachfolgers fortgefahren, wenn nicht ein besonderer Vorfall mich heute gezwungen hätte, diesem doppeldeutigen Verhältnis ein Ende zu machen.

Sieben Personen hatten geklagt. Ich gab ihnen die obenstehende Antwort. Sie kehrten zurück zu ihrer Wohnstätte. Unterwegs begegnet ihnen ihr Dorfhaupt. Er muß ihnen verboten haben, ihren *Kampong* wieder zu verlassen, und nahm ihnen – wie man mir berichtet – die Kleider ab, um sie zu zwingen, zu Hause zu bleiben. Einer von ihnen entkommt, begibt sich *wieder* zu mir und erklärt: *er wage nicht, in sein Dorf zurückzukehren.*

Was ich nun *diesem* Mann antworten soll, weiß ich nicht!

Ich *kann* ihn nicht beschützen... ich *darf* ihm meine Ohnmacht nicht bekennen... ich *will* das angeklagte Dorfhaupt nicht verfolgen, weil solches den Schein auf sich ziehen würde, als sei diese Sache *pour le besoin de ma cause* von mir aufgewühlt worden, ich weiß nicht mehr, was ich tun soll...

Ich betraue Sie, unter der näheren Genehmigung des Residenten von *Bantam*, ab Morgen mit der Führung der Provinz *Lebak*.
Der Resident-Assistent von Lebak,
Max Havelaar.«

Daraufhin reiste Havelaar mit Frau und Kind von *Rangkas-Betong* ab. Er verweigerte jegliche Begleitung. Duclari und Verbrugge waren tief gerührt beim Abschied. Auch Max war angetan, vor allem, als er an der ersten Relaisstation eine große Menge vorfand, die sich aus *Rangkas-Betong* davongeschlichen hatte, um ihn zum letzten Mal zu grüßen.

In *Serang* stieg die Familie bei Herrn Slijmering ab, der sie mit der in diesen Gebieten üblichen Gastfreundschaft empfing.

Abends besuchten viele Leute den Residenten. Man sagte so bedeutungsvoll wie möglich, gekommen zu sein, *um Havelaar zu begrüßen*, und Max erhielt so manchen beredten Händedruck...

Aber er mußte nach *Batavia*, um den Generalgouverneur zu sprechen...

Dort angekommen, ließ er um Gehör bitten. Dies wurde ihm verweigert, weil seine Exzellenz eine Entzündung am Fuß hätte.

Havelaar wartete, bis die Entzündung geheilt war. Dann ließ er erneut bitten, vorsprechen zu dürfen.

Seine Exzellenz ›*habe soviel Arbeit, daß er sogar dem Generalfinanzdirektor eine Audienz habe verweigern müssen*‹ und könne also auch Havelaar nicht empfangen.

Havelaar wartete, bis seine Exzellenz sich durch die viele Arbeit gekämpft haben würde. Inzwischen verspürte er etwas wie Eifersucht auf die Personen, die seiner Exzellenz für die Arbeit zugeteilt worden waren. Denn er arbeitete gerne schnell und viel, und in der Regel schmolzen solche Berge von Arbeit unter seiner Hand. Davon war jetzt natürlich keine Rede. Havelaars Arbeit war schwerer als Arbeit: er *wartete!*

Er wartete. Endlich ließ er erneut bitten, gehört zu werden. Man gab ihm zur Antwort, ›*seine Exzellenz könne ihn nicht empfangen, weil er durch die Vorbereitungen für seine bevorstehende Abreise daran gehindert wurde.*‹

Max empfahl sich der Gunst seiner Exzellenz um ein halbe Stunde Gehör, sobald ein wenig Platz zwischen seinen vielen Arbeiten sein würde.

Schließlich erfuhr er, daß seine Exzellenz am nächsten Tag abreisen würde! Dies kam für ihn wie aus heiterem Himmel. Noch immer klammerte er sich an den Glauben, daß der zurücktretende Landvogt ein ehrlicher Mann und... betrogen worden war. Eine Viertelstunde hätte ausgereicht, um die Gerechtigkeit seiner Angelegenheit zu beweisen, aber diese Viertelstunde schien man ihm nicht gewähren zu wollen.

Ich finde unter Havelaars Papieren das Konzept eines Briefes, den er dem zurücktretenden Generalgouverneur am Vorabend seiner Abreise ins Mutterland geschrieben zu haben scheint. Am Rand steht mit Bleistift vermerkt: ›*nicht korrekt*‹, woraus ich schließe, daß manche Sätze beim Abschreiben verändert wurden. Ich bemerke dies mit Absicht, um nicht aus Mangel an einer *wörtlichen* Übereinstimmung *dieses* Schriftstücks Zweifel an der Echtheit der anderen *offiziellen* Unterlagen, die ich mitteilte hervorzurufen, und die alle von fremder Hand als *gleichlautende Abschrift* gekennzeichnet worden sind. Vielleicht verspürt der Mann, an den dieser Brief gerichtet wurde, Lust, den *vollkommen* richtigen Text zu veröffentlichen. Man könnte durch einen Vergleich sehen, inwiefern Havelaar von seinem Konzept abgewichen ist. *Sachlich* korrekt lautete der Inhalt:

»*Batavia, den 23. Mai 1856*
Exzellenz!

Meine amtshalber per Depesche vom 28. Februar geäußerte Bitte, hinsichtlich der *Lebakschen* Angelegenheiten angehört zu werden, ist ohne Folgen geblieben.

Ebenso haben Eure Exzellenz mein wiederholtes Ersuchen um eine Audienz nicht gewährt.

Eure Exzellenz haben also einen Beamten, *der beim Gouvernement im günstigen Sinne bekannt war* – das sind Eurer Exzellenz eigene Worte! – jemanden, der siebzehn Jahre lang dem Land in diesen Provinzen diente, jemanden, der nicht nur nichts Unrechtes tat, sondern sogar mit ungeahnter Selbstverleugnung das Gute beabsichtigte und für den Ehre und Pflicht über alles ging... so jemanden haben Eure Exzellenz unter einen Verbrecher gestellt. Denn den *verhört* man wenigstens.

Daß man Eure Exzellenz im Hinblick auf mich getäuscht hat, ist mir klar. Daß aber Eure Exzellenz nicht die Gelegenheit ergriffen haben, dieser Täuschung zu entgehen, verstehe ich nicht.

Morgen reisen Eure Exzellenz von hier ab, und ich darf Sie nicht abreisen lassen, ohne noch einmal gesagt zu haben, *daß ich meine Pflicht getan habe, ganz und gar meine Pflicht, mit Umsicht, mit Bedacht, mit Menschenliebe, mit Milde und mit Mut.*

Die Gründe, auf die sich die Ablehnung in der Kabinettsdepesche vom 23. März stützt, *sind ganz und gar erfunden und lügnerisch.*

Ich kann dies *beweisen* und das wäre bereits geschehen, wenn Eure Exzellenz mir eine halbe Stunde Gehör hätten schenken wollen. Wenn Eure Exzellenz eine halbe Stunde Zeit nur hätte finden können, *um Recht walten zu lassen!*

Dies war nicht der Fall! Eine geachtete Familie wurde deshalb an den Bettelstab gebracht...

Hierüber klage ich gleichwohl nicht.

Aber Eure Exzellenz haben: das System des Machtmißbrauchs, von Raub und Mord, unter dem der arme Javaner gebeugt geht *sanktioniert*, das klage ich.

Das schreit zum Himmel!

Es klebt Blut an den ersparten Pfennigen Ihres hier erhaltenen niederländisch-ostindischen Gehaltes, Exzellenz!

Noch einmal bitte ich um einen Augenblick Gehör, sei es diese Nacht, sei es morgen früh! Und wiederum bitte ich darum nicht für mich, sondern für die Sache, für die ich mich einsetze, die Sache der Gerechtigkeit und Menschlichkeit, die gleichzeitig die Sache der wohlverstandenen Politik ist.

Wenn Eure Exzellenz es mit Eurem Gewissen vereinbaren können, von hier abzureisen, ohne mich zu hören, das meinige wird ruhig sein in der Überzeugung, alles nur menschenmögliche getan zu haben, um die traurigen, blutigen Geschehnisse zu verhindern, die schon bald die Folge sein werden von der eigenwilligen Unkenntnis, in der die Regierung hinsichtlich dessen, was unter der Bevölkerung passiert, gelassen wird.

Max Havelaar.«

Havelaar wartete an diesem Abend. Er wartete die ganze Nacht.

Er hatte gehofft, daß vielleicht die Verstörtheit über den Ton seines Briefes bewirken würde, was er vergebens durch Sanftmut und Geduld zu erreichen versucht hatte. Seine Hoffnung war vergebens! Der Generalgouverneur reiste ab, ohne Havelaar gehört zu haben. Und wieder hatte sich eine Exzellenz im Mutterland zur Ruhe gesetzt!

Havelaar irrte arm und verlassen umher. Er suchte...

Genug, mein guter Stern! Ich, Multatuli, nehme die Feder auf. Ihr seid nicht berufen, Havelaars Lebensgeschichte zu schreiben. Ich habe Sie ins Leben gerufen... ich ließ dich von Hamburg kommen... ich lehrte dich ziemlich gut Holländisch schreiben, in sehr kurzer Zeit... ich ließ dich Louise Rosemeyer küssen, die in Zucker macht... es ist genug, Stern, du kannst gehen!

Dieser Schalmann und seine Frau...

Halt, elendiges Produkt schmutziger Geldgier und gotteslästerlicher Bigotterie! Ich habe dich geschaffen... du bist unter meiner Feder zum Monster ausgewachsen... meine eigene Schöpfung widert mich an: ersticke im Kaffee und verschwinde!

Ja, ich, Multatuli, ›der ich viel getragen habe‹, nehme die Feder auf. Ich erbitte keine Schonung für die Form meines Buches. Die Form kam mir zum Erreichen meines Zieles geeignet vor.

Dieses Ziel ist ein zweifaches:

Ich wollte in erster Linie etwas ins Leben rufen, das als heilige *Pusaka* vom kleinen Max und seiner Schwester bewahrt werden kann, wenn ihre Eltern vor Elend umgekommen sein werden.

Und in zweiter Linie: *ich will gelesen werden.*

Ja, ich will gelesen werden! Ich will gelesen werden von Staatsmännern, die dazu verpflichtet sind, auf die Zeichen der Zeit zu achten... von Sprachwissenschaftlern, die doch auch einmal ein Buch einsehen sollten, über das soviel Böses geredet wird... von Händlern, die Interesse an Kaffeeauktionen haben... von Kammerzofen, die mich für wenige Pfennige ausleihen... von Generalgouverneuren a.D.... von Ministern im Amt... von den Lakaien der Exzellenzen... von Bittpredigern, die *more majorum* sagen werden, daß ich den Allmächtigen Gott schände, wo ich mich lediglich erhebe gegen diesen mickrigen Gott, den *sie* nach ihrem eigenen Bild erschufen... von tausenden und abertausenden von Exemplaren aus der Droogstoppelrasse, die – wenn sie fortfahren ihre Geschäfte in der bekannten Weise zu tätigen – am lautesten mitschreien werden über das Schöne meiner Schreiberei... von den Mitgliedern der Volksvertretung, die wissen müssen, was sich in dem großen Reich über dem Meer abspielt, welches zum Reich der Niederlande gehört...

Ja, man *wird* mich lesen!

Wenn dieses Ziel erreicht ist, werde ich zufrieden sein. Denn es ging mir nicht darum, *gut* zu schreiben... ich wollte so schreiben, auf daß es gehört werde. Und, genau wie jemand, der ruft: ›Haltet den Dieb!‹ sich wenig um den Stil seiner improvisierten Ansprache an das Publikum kümmert, so ist es auch mir völlig gleichgültig, wie man die Art und Weise beurteilen wird, in der ich *mein* ›Haltet den Dieb!‹ hinausgeschrien habe.

›Das Buch ist bunt... es ist kein sinnvoller Aufbau enthalten... Effekthascherei... schlechter Stil... der Autor ist ungeübt... kein Talent... keine Methode...‹

Gut, gut, alles gut! Aber... DER JAVANER WIRD MIßHANDELT!

Denn: die *Widerlegung der* HAUPTBEDEUTUNG *meines Werkes ist unmöglich!*

Je lauter übrigens die Ablehnung meines Buches, umso lieber wird es mir sein, denn umso größer wird dann die Chance *gehört zu werden*. Und genau das *will* ich!

Doch Sie, die ich störe bei Ihrer ›vielen Arbeit‹ oder in Ihrer ›Ruhe‹, Sie, Minister und Generalgouverneure, rechnen Sie nicht zu sehr mit der Ungeübtheit meiner Feder. Sie könnte sich üben und mit einiger Anstrengung vielleicht zu einer Fähigkeit gelangen, die letztendlich sogar bewirken könnte, daß die Wahrheit vom Volk geglaubt würde! Dann würde ich dieses Volk um einen Platz in der Volksvertretung bitten, und wäre es nur darum, gegen die Zertifikate der Rechtschaffenheit zu protestieren, die von den niederländisch-ostindischen Experten *vice versa* verliehen werden, vielleicht um sie auf die merkwürdige Vorstellung zu bringen, daß man selbst auch Wert legt auf diese Eigenschaft...

Um zu protestieren gegen die endlosen Expeditionen und Heldentaten gegenüber armen, elenden Geschöpfen, die man vor allem durch Mißhandlung zum Aufstand gezwungen hat.

Um zu protestieren gegen die schändliche Feigheit von Rundschreiben, welche die Ehre der Nation beflecken durch den Aufruf zu *öffentlicher Wohltätigkeit* für die *Opfer* von *chronischer Seeräuberei*.

Es stimmt, die Aufständischen waren ausgehungerte Skelette und die Seeräuber sind wehrhafte Männer!

Und wenn man mir diesen Platz verweigerte... wenn man fortfahren würde, mir nicht zu glauben...

Dann würde ich mein Buch in die wenigen Sprachen, die ich kenne, und in die vielen Sprachen, die ich lernen kann, übersetzen, um Europa um das zu bitten, was ich in den Niederlanden so vergeblich versucht hätte.

Und in allen Hauptstädten würden Lieder gesungen mit Refrains wie diesem: *Es liegt ein Räuberstaat am Meer, zwischen Ostfriesland und der Schelde!*

Und wenn das auch nicht nützte?

Dann würde ich mein Buch übersetzen ins Malaiische, Javanische, Sundanesische, Alfurische, Buginesische, Battaksche...

Und ich würde *Klewang* wetzende Kriegsgesänge hinausschleudern in die Gemüter der armen Märtyrer, denen ich Hilfe zugesagt habe, ich, Multatuli.

Rettung und Hilfe auf gesetzlichem Wege, wenn es *möglich* ist... auf dem *rechtmäßigen* Wege der Gewalt, wenn es *nötig* ist.

Und *das würde sich sehr nachteilig auswirken auf die Kaffeeauktionen der niederländischen Handelsgesellschaft!*

Denn ich bin kein fliegenrettender Dichter, kein sanftmütiger Träumer, wie der getretene Havelaar, der seine Pflicht mit dem Mut eines Tigers tat und hungert mit der Geduld eines Murmeltiers im Winter.

Dieses Buch ist ein Beginn...

Ich werde zunehmen an Kraft und Schärfe der Waffen, wenn dies erforderlich wird...

Gott gebe, das es nicht nötig sein wird!

Nein, es *wird* nicht nötig sein! Denn *Ihnen* widme ich mein Buch, Wilhelm III, König,

Großherzog, Prinz... mehr als Prinz, Großherzog und König... Kaiser des wunderbaren Reiches *Insulinde*, das sich dort um den Äquator windet, wie ein Gürtel aus Smaragd...

Sie wage ich mit Zuversicht zu fragen, ob es Ihr kaiserlicher Wille ist:

Daß Havelaar mit dem Schmutz von *Slijmerings und Droogstoppels* bespritzt wird?

Und daß dort unten Ihre mehr als dreißig Millionen Untertanen *mißhandelt und ausgebeutet werden in ihrem Namen?*

Bemerkungen und Erläuterungen zur Ausgabe von 1875 *(revidiert, geändert und ergänzt im Jahr 1881)* von Multatuli

Die Verzögerung bei der Erscheinung dieser Auflage ist mir und keinesfalls meinem sehr energischen Herausgeber vorzuwerfen. Es bleibt gleichwohl zweifelhaft, ob das Wort: vorwerfen richtig gewählt ist? Recht zum Vorwurf unterstellt nämlich *Schuld*, und ich frage mich, ob dies auf meinen nahezu unüberwindlichen Widerwillen zutrifft, Seite für Seite, Wort für Wort, Buchstabe für Buchstabe erneut das traurige Drama zu durchleben, das dieses Buch ins Leben gerufen hat? Dieses *Buch!* Etwas anderes wird der Leser darin nicht sehen. Für *mich* sind diese Seiten ein Kapitel aus meinem Leben... für mich war die Korrektur eine Tortur, eine einzige Tortur! Immer wieder entfiel die Feder meiner Hand, immer wieder trübte sich mein Blick beim erneuten Lesen der – noch immer mangelhaften und abgemilderten! – Skizze von dem, was sich nun vor mehr als fünfundzwanzig Jahren an dem früher unbekannten Ort, der *Lebak* heißt, zugetragen hat. Und tiefer noch war die Trauer bei dem Gedanken, was nun seit gut zwanzig Jahren auf die Veröffentlichung des *Buches Havelaar* gefolgt ist. Ständig warf ich Probeseiten beiseite und versuchte, das Auge meiner Seele auf weniger tragische Gegenstände zu richten als jene, die *Havelaars* bisher ungekröntes Streben in mir hervorruft. Wochen-, manchmal monatelang – mein Herausgeber kann es bezeugen! – hatte ich nicht den Mut, die mir zugesandten Probeseiten einzusehen. Mehr schlecht als recht habe ich mich nun durch die Korrektur gequält, eine Korrektur, die mir mehr abnötigt, als das Schreiben an sich. Im Winter 1859, als ich, teilweise in einer Kammer ohne Heizung, teilweise an einem wackligen und schmutzigen Gasthaustisch in Brüssel, umgeben von gutmütigen, doch ziemlich unästhetischen Farotrinkern, meinen *Havelaar* schrieb, meinte ich, etwas *bewirken*, etwas *ausrichten*, etwas *zustande bringen* zu können. Die Hoffnung machte mir Mut, die Hoffnung machte mich ab und zu redegewandt. Noch jetzt erinnere ich mich an die Regung, die mich beseelte, als ich ihr schrieb: *Mein Buch ist fertig, mein Buch ist fertig! Jetzt wird bald alles gut!* Vier lange, vier schwere Jahre hatte ich durchlitten – und fruchtlos verloren, leider! – mit Versuchen, ohne Publizität, ohne Aufsehen, ohne Skandal vor allem, etwas zu bewirken, das zu einer Verbesserung der Zustände, unter denen der Javaner gebeugt geht, führen könnte. Dieser elende Van Twist, der, zumindest falls ein Fünkchen Ehre und Pflichtgefühl in ihm steckte, mein natürlicher Verbündeter hätte sein müssen, war nicht dazu zu bewegen, eine Hand auszustrecken. Der Brief, den ich an ihn richtete, ist unzählige Male publiziert worden und enthält nahezu alles, was im Fall Havelaar das Wesentliche ausmacht. Der Mann hat nie geantwortet, nie Entgegenkommen gezeigt, um soviel wie möglich wiedergutzumachen von dem, was durch sein Verschulden verdorben wurde. Durch diese gewissenlose Laschheit letztendlich zu Publizität *gezwungen*, zur Wahl eines anderen Weges, als ich ihn bis dahin betreten hatte, zeigte mir die Empörung endlich die Mittel, um zu erreichen, was unerreichbar schien: *einen Augenblick Gehör*. Was der faule Van Twist nicht erlauben wollte, wußte ich der Nation abzupressen: der *Havelaar* wurde gelesen, man... *hörte* mich. Leider, hören und verhören sind zweierlei! Das Buch sei ›schön‹, versicherte man, und wenn der Schriftsteller wieder einmal so eine nette Erzählung hätte...

Sicher, man hatte sich bei der Lektüre ›amüsiert‹ und dachte nicht daran – oder verhehlte zu begreifen – daß nicht *ich* im mittleren Alter meine Laufbahn, die glänzend zu werden versprach, zum Vergnügen aufgegeben hatte. Daß *ich* nicht Amüsement beabsichtigt hatte beim Kampf gegen den Vergiftungstod für mich, für meine tapfere Frau, und für unser liebes Kind. Der *Havelaar* sei so ein unterhaltsames Buch, wagte man mir zu sagen, und unter solchen Lobrednern gab es solche, die schreien würden vor Angst bei der geringsten, alltäglichen Gefahr, ich sage nicht für Leib und Leben, aber für einen geringen Teil ihres Wohlstandes. Die meisten Leser schienen zu meinen, daß ich mich und die meinen der Armut, der Demütigung und dem Tod ausgesetzt hätte, um ihnen eine angenehme Lektüre zu verschaffen.

Dieser Irrtum... doch genug. Sicher ist, daß ich von solch einer naiv-grausamen *Jokrissiade* keine Ahnung hatte, als ich erfreut rief: *mein Buch ist fertig, mein Buch ist fertig!* Die Überzeugung, daß ich die ›Wahrheit‹ sagte, daß ich *getan* hatte, was ich *schrieb*, und das Übersehen der Tatsache, daß sich das lesende und lauschende Publikum sosehr an hohle Phrasen gewöhnt hat, an sinnloses Geschwätz, an einen fast durchgängigen Gegensatz zwischen sagen und tun... dies alles erfüllte mich 1859 mit so großer Hoffnung, wie tatsächlich *nötig* war, um das schmerzliche Schreiben des *Havelaar* zu ermöglichen. Aber *jetzt*, da mir zwanzig Jahre später allzu deutlich geworden ist, daß die Nation Partei für die Van Twisten und Konsorten ergreift – das heißt, für Schelmerei, Raub und Mord – gegen mich, also gegen Recht, Menschenliebe und wohlverstandene Politik, jetzt fiel mir die Durchsicht dieser Blätter noch um ein Vielfaches schwerer als 1859, obgleich auch damals bereits die schmerzhafte Bitterkeit wiederholt die Überhand zu nehmen drohte. Hier und dort tritt sie so gerne auch zurückgehalten, zutage. Wer übrigens begehrt, meine Stimmung beim Aufwärmen der Erinnerungen zu kennen, die das Geschehene in *Lebak* und was darauf folgte, in mir erweckt, werde verwiesen auf meine erste Broschüre über *Freie Arbeit*.*

Und... bei allem Kummer über das andauernde Mißlingen meiner Versuche, den Gram über den Verlust von ihr, die an meiner Seite so heldenmütig den Kampf gegen die Welt aufnahm, und die nicht da sein wird, wenn endlich die Stunde des Triumphes geschlagen hat!

Die Stunde des Triumphes, Leser. Denn es mag Sie befremden oder nicht, siegen werde ich! Trotz alles Künstelns und Pfuschens der Staatsmännchen, denen die Niederlande ihre wichtigsten Interessen anvertraut. Trotz unseres törichten Grundgesetzes, die Prämien auf Mittelmäßigkeit oder Schlimmeres aussetzt, eine Instanz, die alles abwehrt, was *jetzt* die überall erkannte Verrottung in unserem Staatswesen heilen könnte. Trotz der vielen, die ein *Interesse* an Unrecht haben. Trotz der niederträchtigen Mißgunst auf mein ›schriftstellerisches Talent‹... heißt es nicht so? Ich bin kein Schriftsteller, meine Herren Buchhersteller, die Sie in mir absolut einen Konkurrenten sehen wollen, so glauben Sie mir! Trotz der plumpen Lästereien, denen nichts zu grob und zu ungereimt ist, um meine Stimme zu ersticken und meinen Einfluß zu brechen. Und schließlich trotz der jämmerlichen Kleinmut der Nation, die das alles weiterhin duldet... siegen werde ich...!

In der letzten Zeit sind Schriftsteller aufgestanden, die mir vorwerfen, daß ich nichts oder nicht genug ausgerichtet, nichts oder nicht genug verändert, nichts oder nicht genug zustande gebracht habe. Sogleich werde ich auf die Quelle zurückkommen, aus denen solche Beschuldigungen hervorkommen. Was die Sache selbst anbelangt... ich erkenne vollkommen an, daß

---

* *Ausgabe von 1873, Seite 97ff, in dem auch die Ursache erklärt wird, die, nach dem* Havelaar, *mich dazu zwang, breiteres Terrain als die Angelegenheiten in Niederländisch-Ostindien zu betreten.*

sich in Niederländisch-Ostindien nichts gebessert hat. Aber...
verändert? Die Leute, zunächst unmittelbar nach dem *Havelaar*, und dann Kraft unseres armseligen Baskule-Systems, die durch dieses Buch ausgelöste Bewegung dazu benutzten, an die Macht zu gelangen, haben nichts anderes getan als *verändern*. Das mußte doch auch so sein? Ihr Staatskunststückemachermetier brachte das mit sich. Dieses teilweise unfähige, teilweise nicht sehr integere Volk, das nach ›60 ›*nach oben fiel aus Mangel an Gewicht*‹, begriff, daß etwas *getan* werden mußte, auch wenn es lieber nicht das Richtige tat, das allerdings auch – dies bekenne ich mit ihnen – nach Selbstmord gerochen hätte. Dem mißhandelten Javaner recht zu tun war gleichbedeutend mit Havelaars Forderung, und die war den meisten ein Urteil.*
Dennoch mußte ein Schein der Wirksamkeit gegeben werden, und dem vor Empörung ›zitternden‹ Volk wurde ständig ein Knochen zugeworfen, nicht wirklich, um den Hunger nach Verbesserung zu stillen, sondern um die Kiefern zu beschäftigen, auch wenn es sich dabei nur um vermeintlich ökonomisch-politisches Geschwätz handelte. Die Staatsmänner warfen ihren Wahlgremien, Zeitungsherstellern und sonstigem Kaffeehauspublikum nacheinander einige Knochen zu, die ich ein für allemal auf den Namen *Geldschneiderei* getauft habe. ›Vrije Arbeid‹ war jahrelang – und auch schon vor dem Havelaar – der Hauptgang, die *pièce de resistance* des verräterischen *Menüs*. Zur Abwechslung tischten die Herren ihren ahnungslosen Gästen aufgeworfene Fragen über das Münzsystem in Niederländisch-Ostindien auf. Darauf folgten die Kataster-Frage, die Preanger- Frage, die Kulturemolumenten-Frage, die Finanzbehörden-Frage, die Agrargesetz-Frage, die Privater-Grundbesitz-Frage, und noch einige dieser Art. Ein neues Gesetz nach dem anderen kam, und immer wieder wußten die Männer an der Macht – ob nun konservativ oder liberal, das spielt keine Rolle! – dem Volk weiszumachen, daß die einzig mögliche Lösung der *von allen erkannten* Schwierigkeit jetzt eigentlich und endlich ausschließlich im zuletzt vorgeschlagenen Heilmittelchen läge. Wirklich, *jetzt* würde es probat sein!

So folgte nach jedem unternommenen Experiment ein neues Experiment. Nach jeder verbrauchten Quacksalberei eine neue Quacksalberei. Bei jedem neuen Ministerium ein

* *Sicher! Siehe die letzten Seiten von* Preußen und die Niederlande.

neues geheimes Heilmittel. Für jedes neue Heilmittel neue Minister, die dazu bestimmt waren, in der Regel den überladenen Pensionsstaat mehr Jahre zu belasten, als sie Monate an der Macht gewesen waren. Und wie die Zweite Kammer ihre Reden schwang! Und wie die Wahlgremien aufbauten oder niedermachten! Und wie das Volk lauschte! All diese neuen Errungenschaften wurden untersucht, geprüft, angewandt, eingeführt. In Niederländisch-Ostindien machte man die Häupter, die europäischen Beamten und vor allem die Bevölkerung sprachlos mit diesen ständigen, plötzlichen Veränderungen... und es sollte sich *nichts* geändert haben seit dem *Havelaar*? Als Folge des *Havelaar*? *Allons donc*! Nach dem Buch und als Folge desselben, ist in Niederländisch-Ostindien das geschehen, was mit Jan Klaassens Uhr passierte. Man hatte diesem Philosophen gesagt, daß das Uhrwerk schmutzig sei und deshalb nicht richtig ginge. Rasch warf er sie in die Gosse und reinigte sie mit einem Stallbesen. Anderen Traditionen des Haager Kasperltheaters zufolge stellte unser Politiker die Hacke seines Holzschuhs darauf. Ich kann dem Leser versichern, daß sich tatsächlich viel in dieser Uhr *verändert* hat!

Die Niederlande haben sich nicht dazu entschlossen, in der Sache Havelaar Recht walten zu lassen. Solange zwei mal zwei vier ergeben wird, solange bleibt es sicher, daß dieses Versäumnis – daß dieses *Verbrechen!* – der Ausgangspunkt für den Verlust ihrer Besitztümer in Niederländisch-Ostindien sein wird. Wer dieser Prophezeiung mißtraut, weil gegenwärtig, also zwanzig Jahre nach meinem *sehr erzwungenen* Auftreten, die niederländische Flagge noch immer in Batavia weht, verrät die Beengtheit seines politischen Blickes. Glaubt man denn, daß Umschwünge wie die, welchen Insulinde entgegensieht, und mit denen faktisch bereits ein Anfang gemacht wurde – seht ihr das nicht, ihr Niederländer? – in einem Zeitraum stattfinden können, der reichen würde für einen alltäglichen Vorgang aus dem eigenen Leben? Im Leben der Staaten sind zwanzig Jahre weniger als ein Augenblick.

Dennoch wird die Katastrophe einen ziemlich raschen Lauf nehmen. Der unbesonnene Krieg mit *Atjeh* war eine der letzten Geldschneidereien, die ein Minister benötigte, um die Aufmerksamkeit von seiner Unfähigkeit abzulenken, und wird sich hinsichtlich Auswirkung und Einfluß als ebenso verhängnisvoll erweisen, wie die Planung leichtfertig und verbrecherisch war. Die wankende niederländische Macht ist gegen

échecs, wie sie dort durch uns erlitten werden, nicht gefeit.*
Doch bereits vor der Offenbarung der Folgen größerer Tragweite, die diese grausame und teure Spinnerei nach sich ziehen *muß*, wo bleibt in dieser Angelegenheit die so hochgelobte ministerielle Verantwortlichkeit. Soll sich die Nation nun damit abfinden, daß ein gewisser Fransen van de Putte es gebilligt hat, sie in eine Lage zu bringen, die – um jetzt nicht von dem gewaltigen Prestigeverlust im indischen Archipel zu sprechen! – so viele Millionen aus der Staatskasse und so viele Menschenleben gekostet hat? Aber sicher! Auch der Name *dieses* Mannes steht auf der Liste der Pensionsberechtigten! Die niederländischen Steuerzahler haben scheinbar zuviel Geld.

Was übrigens den Krieg mit *Atjeh* anbelangt, so werde ich bei den Anmerkungen zum *Havelaar* wohl gezwungen sein, ab und zu darauf zurückzukommen. Nun aber zu der Bemerkung, daß mir auch in dieser Hinsicht klargeworden ist, wie ungenau dieses Buch gelesen wurde. Ich erhielt kaum jemals ein Zeichen, daß man den heutigen Krieg, und meine Prophezeiung dieses Krieges, mit dem Inhalt des dreizehnten Kapitels in Zusammenhang zu bringen vermochte. Bei der großen Verbreitung des *Havelaar* ist es in der Tat bemerkenswert, daß, als im September 1872 mein warnender Brief an den König erschien und im Jahr darauf der Krieg erklärt wurde, sich so wenige daran erinnerten, daß ich bereits 1860 auf das angespannte Verhältnis mit dem atjinesischen Reich hingewiesen und den Beweis erbracht hatte, daß ich etwas mehr über diese Dinge wußte als unsere Zeitungsberichterstatter und Regierungsmitglieder. Wäre dies anderes gewesen, so hätte meine wohlgemeinte Warnung von 1872 vielleicht eher gefruchtet! Noch immer macht der alte Jupiter die Könige und Nationen, die er ins Verderben führen will, blind, taub, schwachsinnig und konservativ oder... liberal. Denn das läuft auf dasselbe hinaus. Die Hauptsache ist und bleibt: Wahrheit *suchen, das Gewicht der Wahrheit* erkennen und vor allem *handeln entsprechend der Gegebenheiten, die man*, wenn man zur Tat schreitet, *für* wahr *halten darf.* War diesem nicht entspricht, ist des Bösen und Holland wird Niederländisch-Ostindien verlieren, weil es mir kein Recht getan hat in meinem Streben den Javaner vor Mißhandlung zu schützen. Es gibt immer noch solche, die den Zusammenhang zwischen diesen beiden Thesen nicht erfas-

---

* *Daß Atjeh* erobert *und die Atijnesen* besiegt *sein sollen, ist eine Lüge.*

sen, aber ist das denn *meine* Schuld? Das Ersticken meiner Klagen ist Schutz für die *Unwahrheit*, Ermutigung der *Lüge*. Ist es denn so schwer zu begreifen, daß es *unmöglich* ist, auf Dauer diese so ausgedehnten Besitztümer zu verwalten, wenn man über Land und Leute ausschließlich unwahre Berichte zu empfangen wünscht? Um etwas zu regeln, zu führen, zu regieren, sollte man doch in erster Linie *wissen*, in welchem Zustand sich die zu behandelnden Angelegenheiten befinden und solange man die im Havelaar gegebenen Daten beiseite schiebt, weiß man dies *nicht!*

Und noch etwas. Aus dem Buch wird ersichtlich, daß bestehende Gesetze nicht angewendet werden. Lieber Himmel, was nützt es dann, ob man sich in Den Haag und bei Wahlen anstellt als ob an dem Machen von Gesetzen etwas gelegen wäre? Ich bleibe dabei, daß die alten Bestimmungen *hinsichtlich der Hauptangelegenheiten* gar nicht einmal schlecht waren. Aber man entschied sich dafür, sich nicht nach ihnen zu richten. Genau dort liegt das Problem!* Dort, und nicht in dem endlosen Argumentieren über Themen von vermeintlichem oder vorgeschütztem, politischem Interesse, ein Kabbeln, das zwar dazu dienen kann, Zeitungsberichterstattern Texte für Leitartikel zu geben, um Minister eine Woche länger an der Macht zu halten und die völlig überflüssige Talentsuche unter den Debattisten zu betreiben, dem einzig wahren Ziel jedoch keinen Schritt näherkommt: *Schutz des Javaners vor der Habsucht seiner Häupter in Mittäterschaft einer verdorbenen niederländischen Führung.*

Was nun diese Ausgabe betrifft, so befand ich mich bei den Anmerkungen, die gleich folgen, ständig im Zweifel über einen geringeren oder größeren Bedarf an Erläuterung. Diese Bedenken sind zweigliedrig und betreffen sowohl die Erklärung eines malayischen oder fremdklingenden Ausdrucks als auch der *Nachweise der Fakten*, die im *Havelaar* mitgeteilt werden. Ich weiß noch immer nicht, wie tief die von Van Twisten verbreitete Geschichte, ›daß ich nur einen Roman geschrieben hätte‹ gewurzelt hat? Wagt man es, die von mir vorgelegten, offiziellen Papiere für falsch zu halten? Davon ist mir nichts zu

* *Siehe zur Erläuterung der charakteristischen Frequenz solcher Fehleinschätzungen den netten Vorfall auf einer Audienz beim Kaiser von Rußland, mitgeteilt in meiner Broschüre über Vrije Arbeid, Ausgabe 1873, Seite 137.*

Ohren gekommen. Dieweil man mir jedoch andauernd den Platz, der mir zustehen würde, falls sie als echt anerkannt werden, verweigert, fiel es mir schwer, den Mittelweg zwischen zu viel und zu wenig Rechtfertigung zu finden. Ich war ständig in Gefahr, die Rechtfertigung zu übergehen von etwas, das in den Augen mancher Leser einen Beweis benötigen könnte und an anderer Stelle etwas mit Beweisen zu erhärten, das jegliche Erläuterung entbehren könnte, ein Fehler, der mich der – normalerweise falschen! – Anwendung des bekannten: *qui s'excuse, s'accuse* bloßstellen würde. Zu *exküsieren* nun habe ich, der ich meine Pflicht tat, nichts. Die Niederlande taten ihre Pflicht *nicht* und haben sich dafür zu entschuldigen, daß sie Partei gegen den Havelaar und für Schelmerei ergreifen. So liegt die Sache!

Der Zweifel also zwischen zu viel und zu wenig Rechtfertigung der angeführten Fakten beeinträchtigte mich sehr. Aber siehe, als ich bereits recht weit mit der Bearbeitung der Anmerkungen gediehen war, wurde mir bewußt, daß ich dabei war, die Grenzen des mir zugestandenen Raumes – ein Raum, den ich früher für ausreichend gehalten hatte – sehr weit zu überschreiten. Meine Notizen, Erläuterungen und Erklärungen auf philologischem, land- und völkerkundlichem oder historischem Gebiet drohten alsbald den ursprünglichen Text an Ausführlichkeit zu übertreffen. Die hierdurch erforderlich gewordene Kürzung war mir eine traurige Arbeit, und ich bin so frei zu glauben, daß der Leser dabei etwas verliert.

Die verfluchten Pünktchen, mit denen Herr Van Lennep geruhte, meine Arbeit zu verderben, sind in dieser Ausgabe natürlich durch *lesbare Wörter aus Buchstaben* ersetzt worden. Die Pseudonyme Slijmering, Verbrugge, Duclari und Slotering habe ich belassen, weil diese Namen nun einmal populär geworden sind. Mein ermordeter Vorgänger hieß Carolus. Die Namen von Kontrolleur Verbrugge und des Kommandanten Duclari waren Van Hemert und Collard. Der Resident von Bantam hieß Brest van Kempen und Michiels war der Name des kleinen Napoleon in *Padang*. Was mich zu einer Änderung dieser Namen im Manuskript, das ich V.L. anvertraute, bewegte? Mit dem Hinweis auf den Schluß des vierzehnten Kapitels möge hierzu die Bemerkung genügen, daß ich den ehrlichen, doch nicht heldenhaften Kontrolleur vor Rache schützen wollte. Obwohl er mich bei meinem Streben unterstützte, so hatte er mir auch nicht entgegengewirkt und sogar aufrichtige Erklärungen abgegeben, wo ich ihn darum bat.

Das war bereits sehr viel, und es hätte ihm als Verbrechen angerechnet werden können. Die Bezeichnung Slijmering diente mir zur Typisierung meines Modells. Und die Veränderung schließlich der Namen Carolus und Collard in *Slotering* und *Duclari* ergab sich aus den vorhergehenden Änderungen. Um Geheimhaltung ging es mir wahrlich nicht, was sich im übrigen aus der ganzen Bedeutung meines Werkes erweist, aber ich fand es falsch, bestimmte Personen dem Urteil des *einfach* lesenden Publikums preiszugeben. In der *offiziellen* Welt, meinte ich – und gerade *sie* ging die Sache etwas an – würde man schon wissen, an wen man sich zu wenden hatte um Informationen über die Dinge, die ich offenbarte, zu erhalten. Dies wußte man daher auch ganz genau, denn nach dem Erhalt des *Havelaar* in Niederländisch-Ostindien ist der Generalgouverneur Pahud sofort nach Lebak gereist, ›um dort einige Klagen über Mißbrauch zu untersuchen‹.

Auf den Titel des Buches werde ich später in einer Anmerkung zurückkommen. Dieser Titel ist weder eine Farce, wie manche vorgeben zu glauben, noch ein Aushängeschild: ein Aushängeschild das in Holland nötig schien um Käufer zu locken, behauptete ein gewisser Publizist in den Deutschen Jahrbüchern für Wissenschaft, Kunst und Politik. Oh, nein, der Titel ist ein Epigramm.

Was die Schreibung anbelangt, so folge ich ebenso wie in meinen anderen Werken der Mode des Tages. »*Nicht*«, wie ich im Vorwort zur fünften Auflage meiner *Ideen* sagte, »*weil ich geringe Ehrfurcht hege für die Sprachkenntnisse der Personen, die heutzutage so gut wie offiziell mit der Bearbeitung dieses Bereichs betraut zu sein scheinen, sondern um nicht das Auge des Lesers abzustoßen durch Fremdheit der Orthographie. Das würde nicht die Mühe lohnen.*« Sicher, wirkliche *Sprachwissenschaft* ist etwas ganz anderes! Dennoch habe ich auch hier den häßlichen i-j-Laut, der von manchen als y-Laut verwendet wird, für immer verabschiedet. Schade für die Puristen, die darum trauern. Dieselbe Art von Sprachkundlern werden wahrscheinlich keinen Frieden bei meiner Interpunktion finden. Und ich nicht mit ihrer. Nun gut, ebenso wie – ich meine – Hildebrand irgendwo, schenke ich ihnen einige Zentner Kommata dazu, um sie da zu plazieren, wo sie meinen, dies tun zu müssen, bis die erstrebte Schleimigkeit und ihre Genugtuung darauf folgt, Amen.

Herr C. Vosmaer macht in seinem ›*Zaaier*‹ die Bemerkung, daß der *Havelaar* Zeichen einer noch unvollkommenen Beherrschung der Sprache trüge, und vom Ringen um Formen für den vielfältigen Stoff. Dem stimme ich vollkommen zu. Auch mich störte bei der Korrektur wiederholt etwas Geschraubtes im Satzbau, das Herrn V. wahrscheinlich zu dieser Kritik veranlaßt hat. Nach meinem besten Wissen habe ich diese Fehler in der gegenwärtigen Ausgabe ausgeräumt.

Und, jetzt zurückkommend auf die Beschuldigung, daß ich bisher so wenig zustande gebracht haben soll... dieser Vorwurf ist nicht einmal so dumm. Man wird *Doctor der Philologie* durch solche Fakten. Lieber Himmel, das habe ich aber doch bewirkt, nicht wahr, daß Personen, die dabei waren, sich durch weitreichenden Lorbeermangel zu erkälten, plötzlich den kahlen Schädel mit dem Doktorhut bedeckt fühlten, nur weil sie das Geschick hatten, mir einige lausbubenhafte Unverschämtheiten zu sagen? In einem Land, in dem die offizielle Auszeichnung so leicht aufs Spiel gesetzt wird...

Es sei so! Was ich *getan* habe, meine Herren? Nun, ich tat das, was im *Havelaar* geschrieben steht. Reicht das nicht? Was taten *Sie?*

Was ich *getan* habe, noch einmal? Ich begann unter drohender Lebensgefahr und unter Aufopferung jeglichen Wohlstandes den Kampf mit Leuten *ihrer* Art, also gegen das *Unrecht.* Geht hin und tut es mir gleich!

Daß übrigens mein Streben nicht gekrönt wurde... – daß ich noch immer ein leicht zu treffendes – und erfolgversprechendes – Ziel der erstbesten Null bin, der die Zunft der Frasenmachern einigermaßen zu verstehen glaubt – selbst wenn es auch darum oftmals traurig bestellt ist – und daß, was mehr aussagt, die Zustände in Niederländisch-Ostindien schlimmer sind denn je... darf man *mir* das vorwerfen? Ich tat, so meine ich, was ein Mensch unter den gegebenen Umständen zu tun vermochte und sicher mehr als irgendein Niederländer. Das Schimpfen auf die relative Unfruchtbarkeit meines Strebens erinnert an den Unmut der Matrosen von Kolumbus im September 1492. Auch dieser Pöbel schimpfte auf den Kardinal. Ob auch sie Doktoren der Philologie geworden sind, weiß ich nicht.

Keine Frucht also aus meiner Arbeit? Es ist hier nicht die richtige Stelle, den Einfluß nachzuvollziehen, den ich in einem ganz anderen Bereich als der Angelegenheit Niederländisch-Ostindiens ausübte. Ich bin so frei zu glauben, daß meine Schriften eine heilsame Wirkung auf sittlichem und religiösem... sagen wir lieber auf *intellektuellem* Gebiet gehabt haben. Von vielen Seiten erhielt ich Zeichen dafür, daß ich manch einen zum Denken angeregt habe. Wer es bezweifelt oder leugnet, der sage mir das bitte und nenne mir, ebenso wie die sehr edlen Herrn A.B. Cohen Stuart und Van Vloten, seinen Namen dazu, um die Schande seiner platten Eifersucht gebührend zu tragen.

Der Mißgunst nämlich meine ich zu einem großen Teil den Ton zuschreiben zu müssen, indem seit einiger Zeit manche Publizisten – oder solche, die es werden wollen – meine Werke und meine Person angreifen. Dieser Ton ist in der Regel etwas zu tief für das Thema.

Daß ich nicht der einzige bin, der bei der Lektüre von Stücken wie jene *Doktor* Van Vlotens an Eifersucht denke, erweist sich unter anderem aus dem herzhaften Artikel des Herrn J. Versluys, in *'t Schoolblad* vom 19. Januar 1875, wo die Animosität dieses Gottesgelehrten in Zusammenhang mit dem Stück über die *Vrije Studie* gebracht wird, das in meinem dritten Bündel *Ideen* vorkommt. Dieses Thema war nämlich auch von Dr. Van Vl. behandelt worden und scheint unter seinen Händen nicht viel hergemacht zu haben. Kann *ich* etwas dafür? Fest steht, daß ich nach der Veröffentlichung *meiner* Abhandlung Spuren von dieser gehässigen Stimmung wahrzunehmen begann, die jetzt offenbar gegen mich besteht. Früher wurde ich allerliebst qualifiziert als: ›*Opfer der falschen Führungspolitik in Niederländisch-Ostindien und der holländischen Lahmheit.*‹ Was ich jetzt bin, weiß ich nicht recht. Ein Schundschreiber, denke ich, dessen Werke verdrängt werden müssen, um den hyperästhetischen Produkten aus der Feder von Dr. V. Vl. Platz zu verschaffen. Wer seine ›*Blütenlese*‹ untersucht wird diese Vermutung ziemlich einleuchtend finden. Auf die offensichtliche Unehrlichkeit in diesem Prachtstück sprachwissenschaftlicher Arbeit deutet Herr Versluys nun auch sehr zu recht hin. Sogar Herr Vosmaer – gewiß doch einer unserer bedeutendsten Dichter, wenn nicht *der* bedeutendste – wird von dem erhabenen Blütenleser mit einem Bann belegt. Der Schriftsteller hatte sich erdreistet, mein Werk in seinem ›*Zaaier*‹ zu loben, und durfte folglich keine Blüten liefern.

Doch auch ohne eigentlichen *Futterneid* ist seit einiger Zeit das Schimpfen auf mich ein *Métier* und ein *Tic* geworden. Die Anzahl der Broschüren und ›Neudrucke‹, die solchen Spekulationen ihr Ansehen verdanken, ist Legion und liefert einen traurigen Beweis für den Mangel an schöpferischer Kraft. Wer nicht imstande ist selbst so etwas hervorzubringen, versucht

Evidenz – und Honorar! – durch das Nagen an der Arbeit eines anderen zu bekommen. Man könnte fast auf die Idee kommen, daß ich selbst hierzu den Weg in meiner *Idee* 249 aufzeigte, wenn man nicht wüßte, daß Wespen, Raupen und Pfahlwürmer so alt sind wie Früchte, Laub und Uferbefestigung.

Aber schade ist es! Daß die Van Vlotens und ähnliche solche Manöver nötig haben, um einen Herausgeber dazu zu bewegen, die ›Nachdrucke‹ aus ihren nicht sehr verbreiteten Zeitschriften zu riskieren, ist verständlich. Auch ehrt es mich sehr, soviel Anklang zu finden, daß davon noch immer etwas abfallen kann, um einem anderen zu einem *Relief* zu verhelfen, obwohl es mir nicht immer behagt, dieses Zehren von Abfall durch die seriöse Beantwortung solcher Schreiberei zu fördern. Dennoch verpflichte ich mich nicht zu anhaltendem Schweigen, aber es wäre mir angenehm, wenn andere diese nicht schwere Aufgabe auf sich nähmen… den Unterschied zwischen Wespen und Obst herauszustellen. *Mir* wird von solchen allzu billigen Beweisführungen die Stimmung verdorben, und das ist schade für mich und für den Leser. Man versteht doch, wie ich, beschäftigt mit der Schöpfung von etwas Lieblichem, mit Ekel die Feder wegwerfe, sobald mich der Gedanke überkommt, daß Wesen wie Van Vloten sich bereit machen, mein Werk zu beschmutzen? Ich glaube, zu gut zu sein, um solchem Volk eine verkäufliche Kopie zu besorgen, und sicher hätte es mich vor einem Viertel Jahrhundert, als ich den Lebakschen Kampf austrug, befremdet, hätte jemand mir prophezeit, daß nach der Veröffentlichung meines Trachtens und Strebens Anlaß zu solch einer Erklärung bestehen würde! Es gereicht dem lesenden Publikum wahrlich nicht zur Ehre, daß manche mir gegenüber einen Ton anzuschlagen wagen, als sei Havelaar einer der ihren. Solange dies möglich ist, behaupte ich, daß man – nach alter Gewohnheit – schlecht gelesen hat. Sonst würde man doch nicht dulden, daß ein Kampf, der so ritterlich begonnen und fortgesetzt wurde, für eine gewisse Art von Menschen, die daran Interesse haben, auf einen Misthaufen geworfen würde. Herzlichen Dank!

**Ich kann auf mein Wort versichern, daß dies im wörtlichsten Sinne eine der Ursachen für die wiederholte Verspätung in der* Geschichte des Walter *ist.*

Anmerkungen

S.10 (Ü): Hieronymus van Alphen (1746–1803), niederländischer Dichter. Er wurde populär durch seine »Kleine gedichten voor kinderen«. Hierauf spielt Multatuli an.

S.11 (Ü): Artis: Die Niederländisch Königliche Zoologische Gesellschaft NATURA ARTIS MAGISTRA, 1838 gegründet zur Förderung von Kunst und Wissenschaft und insbesondere des zoologischen Gartens von Amsterdam.

S.16 (Ü): Driebergen: Damals eine Kleinstadt (Villenort) in der Nähe von Utrecht, wo wohlhabende Leute ihren Lebensabend verbrachten.

S.19 (M): Das Polnische Kaffeehaus war ein beliebter Treffpunkt für Börsenmakler und Händler in der Kalverstraat in Amsterdam.

S.24 (Ü): Mauritshuis: Das Mauritshuis in Den Haag enthält die Königliche Gemäldesammlung mit vielen Meisterwerken der niederländischen Kunst.

S.26 (Ü): »Meenin aeide thea« (griech.) »Singe den Zorn, oh Göttin...« Anfang des ersten Verses von Homers Ilias. (...) Geschenk des Nil: aus dem Buch II von Herodotus Geschichte.

S.27 (Ü): Scaevola, Gajus Mucius: Römische Sagengestalt. Als der Etrusker Porsenna Rom belagerte, soll Muncius, bei einem Mordversuch auf diesen gefangengenommen, zum Beweis seiner Furchtlosigkeit seine rechte Hand im Altarfeuer verbrannt haben. Dies und die Versicherung Mucius‹, er sei nur einer von dreihundert gleichgesinnten Verschwörern, soll Porsenna so beunruhigt haben, daß er die Belagerung aufhob und Muncius freiließ. Muncius erhielt daraufhin den Beinamen Scaevola = Linkshand.

S.35 (Ü): Hochzeit der Götter: Ein Gedicht von Meschaert (»Gouden Bruiloft«), das sehr weitschweifig und umständlich die Reize des Familienlebens seiner Zeit preist.

S.35 (Ü): Hochzeit von Kamacho: Anspielung auf »Don Quichot op de bruiloft van Kamacho«, ein von Molière beeinflußtes zeitgeschichtliches Lustspiel

	des niederländischen Dichters Pieter Langendijk (1683–1756).
S.44 (Ü):	Doctrina et Amicitia: 1787 gegründet. Um 1850 war es vor allem eine vornehme und gemütliche Sozietät, in der in der Regel etablierte Kaufleute Mitglied waren.
S.55 (M):	(...) Die chronologische Reihenfolge verbietet uns, hier an »Der letzte Tag der Niederländer auf Java« von Sentot zu denken, denn dieses Stück wurde nach dem Havelaar, und vielleicht sogar unter dem Eindruck des Havelaar geschrieben. Da ich Schalmanns Paket nicht zur Hand habe und dem Leser dennoch gerne in die Lage versetzen möchte, sich eine Vorstellung von Droogstoppels Empörung zu machen, erlaube ich mir, diese Arbeit Sentots der Nation offenzulegen. Es wird dem künftigen Geschichtsschreiber angenehm sein, beweisen zu können, daß es nicht an Warnungen gefehlt hat. (...)

Die Letzten Tage der Holländer auf Java

Wollt ihr uns noch länger knechten,
Das Herz verhärten durch das Geld,
Und taub dem Ruf nach Recht und Frieden,
Bis »Aufstand« durch die Straßen gellt?

Doch ist der Büffel uns ein Beispiel,
Der Plage müd die Hörner wetzt,
Den grausen Treiber in die Luft wirft,
Und ihn in seinem Zorn zerfetzt.

Dann seng die Kriegsflamm eure Felder,
Dann roll die Rach euch nicht vorbei,
Dann steigt Rauch aus euren Häusern,
Dann bebt die Luft vor Mordgeschrei.

Dann werden uns die Ohren klingen,
Von eurer Frauen Klaggeschrei,
Und wir stehn als triumphierende Zeugen,
Ums Totenbett eurer Zwangsherrschaft.

Dann werden wir eure Kinder schlachten,
Und unsere tränken in ihrem Blut,
Mit Äonen Wucherzinsen,
Altes Unrecht machen gut.

Wenn die Sonne im Westen untergeht,
Benebelt von des Dampfes Brand,
Empfängt sie noch im Todesröcheln,
Letzten Gruß an Niederland!

Und wenn der Nachtenschleier,
Rauchend Erd hat überdeckt,
Der Schakal noch laue Leichen,
verwühlt, abnagt, reißt und leckt.

Dann führn wir eure Töchter hinnen,
Und jede Jungfrau wird zum Ziel,
Dann ruhen wir an weißen Busen,
Von Mordgeschrei und Kriegsgewühl.

Wenn die Schändung ist vollzogen,
Und wir uns haben müdgeküßt,
Bis zum Überdruß gesättigt,
Das Herz von Rach, Leib vom Gelüst.

Dann fängt es an, das Bankettieren,
Der erste Toast heißt: Würdger Schluß,
Der zweite Toast an Jesus Christ,
Der letzte Trunk: auf Niederlands Gott.

Und wenn die Sonn im Osten aufgeht,
Kniet der Javaner vor Mohammed,
Weil er das sanfteste Volk,
Vor Christenhorden hat gerett.

S.45 (Ü):	Multa, non multum: (lat.) Vielerlei, doch nicht viel. Im Sinne von »Zersplitterung, doch nicht Vertiefung«. De omnibus aliquid, de toto nihil. (lat.) Über alles etwas, über das ganze nichts.
S.73 (Ü):	Marschall Daendels: Der niederländische General Herman Willem Daendels (1762–1818) wurde 1806 Marschall von Holland und 1807 Generalgouver-

	neur von Niederländisch-Ostindien. Später war er Generalgouverneur der niederländischen Besitzungen an der Goldküste.
S.76 (Ü):	Gerhard von Riehl (+ 1295) Architekt, wird 1257 als langjähriger wohlverdienter Baumeister des Kölner Doms genannt.
S.76 (Ü):	Erwin von Steinbach: um 1244 bis 1318 Baumeister am Straßburger Münster. Wird als Leiter des Baus genannt.
S.97 (Ü):	Frau von Blaubart: Anspielung auf den Ritter Blaubart in einem französischen Märchen von Charles Perrault (1697), der seine Frauen wegen ihrer Neugier umbringen ließ.
S.99 (Ü):	Diplomatische Vorsicht im Umgang mit einheimischen Häuptern: Man vergißt normalerweise, daß wir selbst zu einem großen Teil die Ursache für die Heuchelei sind, die wir den javanischen Größen vorwerfen. Unter ihnen kursiert der Spruch: falsch wie ein Christ. Und diese Qualifikation klingt nicht einmal unbegründet, wenn man an den Schlendrian und die Streiche denkt, mit denen wir uns bis heute behauptet haben.
S.99 (Ü):	Westmonsun: Die Regenzeit dauert auf Java von Oktober bis März. Im Norden Sumatras aber liegen die Jahreszeiten anders herum. Dort bringen Stürme aus dem Westen heftige Regenfälle, gerade in der Zeit, in der die gesamte Natur auf Java nach etwas Feuchtigkeit dürstet. Es ist bemerkenswert, daß die Regierung in Buitenzorg dies offenbar nicht wußte. Sie schickte die berühmte erste Expedition nach Atjeh zu einem Zeitpunkt, als Horsburghs Indian Directory – und jeder Schiffsjunge von einem Küstenfahrzeug! – ihr hätte sagen können, daß die Westküste Sumatras sehr gefährlich sei. Wieder so ein Beispiel der Folgen der Kommisserei. Die wollen Krieg führen und kennen nicht einmal die Eigentümlichkeiten des Landes!
S.119(Ü):	Diese Werke haben als gemeinsames Kennzeichen eins gemeinsam: den Gegensatz zwischen Isolierung der Personen (auf einer unbewohnten Insel oder im Gefängnis) und deren Reichtum an Empfindungen.
	Cruso-Romane: The life and strange adventures of

Robinson Cruso of York, mariner von Daniel Defoe (1661–1731).

Silvio Pellicos Gefangenschaft: Der italienische Dichter Silvio Pellico (1789–1854) wurde 1820 zu langer Haft verurteilt. 1830 kam er frei; zwei Jahre später veröffentlichte er Le mie prigioni (Meine Kerker), in dem er seine Erfahrungen während er Haft beschrieben hatte.

Picciola von Saintine: X.-B. Saintine ist eines der Pseudonyme des französischen Schriftstellers Joseph-Xavier Boniface (1795–1865). In Piccola (1836) beschrieb er, wie ein Gefangener Trost schöpft aus der Pflege einer Pflanze, und wie dieser durch seine Wahrnehmung der Natur zu einem höheren sittlichen und religiösen Bewußtsein geführt wird.

S.126(Ü): Thomas Robert Malthus (1766–1834), Englischer Wirtschaftswissenschaftler und Geistlicher, veröffentlichte 1798 An essay on the principles of population (...). Er behauptete hierin, daß die Zunahme der Lebensmittel nicht mit dem Bevölkerungszuwachs Schritt hält, so daß eine ständige Nahrungsknappheit droht. Der Staat müßte deshalb im Interesse der Allgemeinheit die Ausbreitung der Bevölkerung einschränken.

S.131(M): Holländer: Jeder Weiße heißt beim Einheimischen: Orang hollanda, wolanda, belanda, was alles dasselbe bedeutet. In Hauptstädten machen sie ab und zu eine Ausnahme dieser Regel, und sprechen von Orang ingris oder Orang prantjies, das bedeutet Engländer oder Franzosen. Der Deutsche heißt manchmal: Orang hollanda gunung: nämlich Berg-Holländer, Holländer aus dem Landesinneren.

S.132(M): Auffassung über den Begriff Kultur. Der Europäer täuscht sich mit der Meinung, daß die höhere Kultur, deren er sich rühmt, überall als Maßstab angenommen wird. Auch darin, daß er tatsächlich in jeglicher Hinsicht kultivierter ist. Ich könnte viele Beispiele aufführen, die unseren angeblichen Ruhm in dieser Hinsicht in Frage stellen, und einige, die ihn zur Unwahrheit abstempeln. Das Prädikat, das Liplaps und Einheimische dem Europäer verleihen, ist: ungewaschen. (...)

S.141(Ü): Godert Alexander Gerard Philip Baron van der Capellen (1778–1848), Generalgouverneur von 1816 bis 1826. In dieser Eigenschaft unternahm er 1824 eine Reise auf die Molukken. Diese Inseln waren wichtig wegen des dort seit Jahrhunderten herrschenden Gewürzmonopols, das für die Bevölkerung sehr ungünstig war. Er hatte deshalb den Vorschlag gemacht, den Handel in Gewürzen frei zu lassen. Während seines Besuches kam Van der Capellen zu dem Schluß, daß die Bevölkerung tatsächlich sehr unter dem Monopol zu leiden hatte, und daß es deshalb aufgehoben werden müsse.

S.146(M): Aufwendungen: Man durfte der Regierung der vereinigten Staaten 83 niederländische Centen am Tag für die Unterbringung von Schiffbrüchigen in Rechnung stellen, ungeachtet dessen, ob es sich dabei um einen Kapitän oder einen Matrosen handelte. Unter diesen vermeintlichen Schiffbrüchigen waren die meisten nicht viel besser als Seeräuber. Die Amerikaner hatten ständig einige tausend Whaler in den indischen Meeren, und die Bemannung dieser Schiffe war der Ausschuß der Nation.

S.149(Ü): »Interessante Waise« ist ein Stereotyp aus der Sprachwissenschaft jener Zeit. Ein braves, schönes, aber armes Mädchen heiratet einen edelmütigen jungen Mann nach viel Widerstand von dessen Eltern; die arme Waise entpuppt sich als schwerreich.

S.150(Ü): Furca caudina: kaudinisches Joch hier in der Bedeutung von: erniedrigende Bedingungen akzeptieren. Geht zurück auf eine von Livius erzählte Episode. Während eines Feldzuges der Römer gegen die Samniter (321 v. Chr.) wurden sie in der Nähe von Caudium in einem Gelände eingeschlossen, das nur durch zwei schmale Schluchten verlassen werden konnte. Die Bedingung für ihre Freilassung war, daß sie – von ihren Feinden verspottet – waffenlos durch ein aus Speeren gebildetes Joch hindurch mußten. (Livius IX, 2–6)

S.182(Ü): Abraham Blankaart: Gestalt aus dem im 18. Jahrhundert in den Niederlanden sehr populären Ro-

	man »Sara Burgerhart«, der von Betje Wolff und Aagje Deken zusammen in Brieform geschrieben worden war (1782).
S.184(Ü):	Omne tulit punctum, qui miscuit: Horaz: Ars poetica »Der hat allgemein Beifall, der das Nützliche mit dem Angenehmen verbindet«.
S.259(Ü):	Waverley: Der Titel des 1840 erschienenen ersten historischen Romans des schottischen Schriftstellers Walter Scott (1771–1832). Nach diesem Titel wurden Scotts Romane als »Waverley-Romane« bezeichnet.
S.260(Ü):	Amy Robsart: Erste Gemahlin des Earl of Lancaster, die nach zehnjähriger Ehe an einem Unfall starb. Lancaster wird beschuldigt, daß er sie habe umbringen lassen.
S.275(Ü):	Padries: Mohammedaner in den Batangschen Oberlanden, die sich scharf gegen die vielen heidnischen Sitten der Malayen wandten, die dort noch herrschten. Er erlangten großen Einfluß und kamen bald mit den Malayen, von niederländischen Truppen unterstützt, in kriegerischen Auseinandersetzungen. Erst 1838 wurden sie endgültig geschlagen.
S.286(Ü):	La Loi Grammont (frz.): Tierschutzgesetz von 1850 benannt nach Jacques Philippe Delamas de Grammont (1792–1862) Französischer General und Politiker.
S.304(Ü):	Jacquerie: 1358 fand ein Aufstand der Bauern in Nordfrankreich gegen die Adelsherrschaft statt. »Jacque« nannten die Adligen abfällig die Bauern.
S.333(Ü):	Figaro: Gestalt aus dem Barbier von Sevilla und Figaros Hochzeit von Beaumarchais den darauf beruhenden Opern von Rossini und Mozart. Der Typ des vielseitigen, gewandten, überlegenen und pfiffigen Mannes aus dem Volke, der um sein Recht kämpft. Policinello: Hanswurst-Gestalt des gefräßigen, unverschämten, listigen Dieners der neapolitanischen Volksposse und der Comedia dell' arte.
S.333(Ü):	Justum ac tenacem: Horaz: Der Gerechte und seinen Vorsätzen Getreue fürchtet sich nicht vor der Macht der Menschen.
S.334(Ü):	Animâ vili (lat.): In einer wohlfeinen Seele.

S.354(Ü): Béranger, Pierre Jean de (1780–1857) Frz. Dichter, erfolgreichster, volkstümlicher Liederdichter Frankreichs im 19. Jahrhundert.

S.376(Ü): Sue Eugène (1804–1857) Frz. Romanschriftsteller, Hauptbegründer des Zeitungsromans. Hier wird auf den Roman »Der ewige Jude« angespielt (1844), worin der javanische Prinz Djalma vorkommt.

S.377(Ü): Radhen Saleh: Geboren in Samarang auf Java 1881, javanischer Maler, meist in Den Haag tätig; Büffeljagd in Indien im Leipziger Museum.

S.434(Ü): Wilhelm Hogart (1697–1764), engl. Maler, Zeichner, Kupferstecher, gilt als Begründer der neuen englischen Malerei.

Glossar

Adhipatti – Titel eines Bezirkoberhauptes
Allang-Allang – wildes Grasfeld
Alun-Alun – Vorgarten, Park
Atap – Dach, meist aus Stroh

Babu – Kinderfrau, Bedienstete
Badjing – Eichhörnchen
Baadju – Hemd
Baleh-Baleh – Ruhestatt aus Bambus
Bamjir – Überschwemmung, Sturmflut
Bendie – Fahrzeug auf zwei Rädern

Datu – Zauberer
Dessah – Dorf
Dhemang – Provinzoberhaupt
Djaksa – Polizeioffizier, auch Staatsanwalt
Djati – Teakholz
Djimat – Andenken

Gamelang – Hammer Orchester
gagah – kräftig, mutig
Galangan – Dammpfad in den Reisfeldern
Gambier – Betel, Pfeffer
Garem glap – illegal gewonnenes Salz

Ikat-pendieng – Gürtelschnalle

Kabaai – kurze Frauenjacke
Kahin – Tuch, Lendenschurz
Kain Kapala – Kopftuch
Kampong – kleines Dorf
Kamuning – gelbes Holz
Kedang – Gehege
Kemit – Gehilfe
Kenari – javanische Blumenart
Kerbo – Wasserbüffel
Ketapan – Nußbaumart
Ketimon – Gurke
Kindang – Hirschart
Klambu – Moskitonetz

Klapper – Kokosnuß, Kokosbaum
Kliwon – Vermittler zwischen Verwaltung und Dorfoberhaupt
Kondeh – Haarknoten der Frau
Koppi dahun – Tee aus Kaffeeblättern
Krandjang – Korb
Kratoon – Fürstenpalast
Kris – javanischer Dolch

Lalayang – Papierdrache
Lombong – Erntespeicher

Mandoor – Vorsteher
Maniessan – Süßigkeiten
Mantrie – einheimischer Aufseher
Mata-api – Auge des Feuers
Matah-glap – verdunkeltes Auge, Blindwut
Melati – kleine weiße Blume mit starkem Jasmingeruch
Mintah ampong – ...ich bitte um Verzeihung

Ontong – Glück
Orang gunung – Mensch aus den Bergen

Padie – junger Reis auf dem Feld
Pagger – Zaun
Pajong – Sonnen- und Regenschirm
Pangerang – Prinz
Pantjens – unbezahlter Arbeiter
Parang – kurzes Schwert
Patjol – Hacke
Patteh – Sekretär des Regenten
Pedatti – von einem Büffel gezogener Karren auf Kupfen
Pendoppo – Dach auf Pfählen
Penghulu – Dorfoberhaupt, Priester
Pinang – Nuß der indisch-malaischen Areca
Pisang – Banane
Pontianak – böser Baumgeist, besonders gefährlich für schwangere Frauen
Pundutan – Naturalabgabe
Prahu – Fischerboot
Pukul ampat – wörtlich: um 4 Uhr. hier eine Blume, die sich um diese Zeit nachmittags öffnet und morgens wieder schließt
Pusaka – Erbstück, meist der Dolch der Ahnen

Rottan – Rotang
Radhen Adhipatti – Titel, der unserem Adelsrang entspricht

Sambal-Sambal – Gewürzsouce
Sarong – Hüfttuch
Sawah – Reisfeld
Sebah – Ratsversammlung
Sienjo – der Junge, der Bube
Sirie – Kautabak
Slamat – Heil, Begrüßung
Slendang – Hüfttuch
Susuhunan – Fürst von Solo

Tandu – Tragstuhl
Tikar – Matte aus Gras
Toko – Laden
Tongtong – ausgehöhlter Baumstamm, der zur Nachrichtenübermittlung zwischen den Dörfern genutzt wurde
Tjempaka – javanische Blumenart
Tommongong – Titel javanischer Fürsten
Tudung – Sonnenhut
Tuwan – Herr

User-Useran – Haarwirbel zwischen den Hörnern

Waringi – Baum mit vielen Luftwurzeln

Dieses Buch entstand mit der freundlichen Unterstützung
der Foundation for the Production and Translation of Dutch
Literature und der Multatuli Gesellschaft Amsterdam.

1. Auflage März 1993
© bei Bruckner & Thünker Verlag AG Köln, Saignelégier
alle deutschen Rechte vorbehalten
Grundlage für diese Übersetzung ist die Salamander Klassiek
von Em. Querido's Uitgeverij B.V. Amsterdam
Schutzumschlag- und Einbandgestaltung Miriam Dalla Libera
Satz und Gesamtherstellung Offizin Andersen Nexö, Leipzig
Printed in Germany
ISBN 3-905208-03-2

C H I N A   S E A

Natuna Is

Anamba Is

gapore
Rhio

B O R

Pontianak

Succadana

Carimata

Banca I.

Billiton I.

J A V A   S

LAMPOONS

Lampoong
DA STRAIT
ava Head
Serang Batavia
Lebak
SOONDAH COUNTRIES
Cheribon
Samarang
Sourabaya
J
A
V
Pr
Paljitan